Jürgen Ehlers
Neben dem Gleis

Bisher vom Autor bei KBV erschienen:

Mitgegangen
Neben dem Gleis
Die Nacht von Barmbeck
Mann über Bord! (Kurzgeschichten)
Ganz schön tot (Hör-CD, zusammen mit Ralf Kramp)

Jürgen Ehlers, geboren 1948, arbeitet im Geologischen Landesamt in Hamburg. Seit 1992 schreibt er Kurzkrimis, die in verschiedenen Verlagen im In- und Ausland veröffentlicht wurden, und ist Herausgeber von Krimianthologien. Er ist Mitglied im »Syndikat« und in der »Crime Writers Association«. Sein erster Kriminalroman »Mitgegangen« wurde in der Sparte Debüt für den Friedrich-Glauser-Preis nominiert.

Jürgen Ehlers

Neben dem Gleis

KBV
KRIMI

1. Auflage September 2006
2. Auflage April 2009

www.kbv-verlag.de
E-Mail: info@kbv-verlag.de
Telefon: 0 65 93 - 99 86 68
Fax: 0 65 93 - 99 87 01
Umschlagillustration: Ralf Kramp, unter Verwendung eines Fotos aus dem *Hamburger Abendblatt* vom 2. Juni 1959
Redaktion: Dorothee Steuer, Sankt Augustin
Satz: Volker Maria Neumann, Köln
Druck: Aalexx Buchproduktion GmbH, Großburgwedel
Printed in Germany
ISBN 978-3-937001-90-6

Im Tunnel

1. Juni 1959

1.

Angst? Natürlich hat er Angst! Dabei wirkt er äußerlich völlig ruhig, wie er jetzt mit seinem Werkzeugkasten vom Hamburger Rathausmarkt an der Börse vorbei in Richtung Rödingsmarkt geht. Niemand beachtet ihn. Er bewegt sich zügig, doch ohne Hast. Unauffällig. Ein Handwerker auf dem Weg zur Arbeit, könnte man glauben. Sein Werkzeugkasten ist ein offener Holzkasten, dunkelblau gestrichen. Zwei Schraubenschlüssel liegen darin und ein alter Lappen. Jetzt überquert der Mann den Mönkedamm. Auf der anderen Straßenseite gibt es nur einen schmalen Bürgersteig. Hier geht sonst niemand; jenseits der Barriere liegt die U-Bahn, deren Gleise nach einer engen Kurve im Tunnel unter dem Prunkbau der Handelskammer verschwinden. Der Mann tritt an die Brüstung heran. Die Schienen blinken in der Sonne. Der Mann beugt sich in aller Ruhe über das Geländer, streckt den Arm aus und lässt den Werkzeugkasten in die Tiefe fallen.

Krach! Der Aufprall ist lauter, als er gedacht hat. Der Mann richtet sich auf, bleibt eine Weile am Geländer stehen. Hat ihn jemand beobachtet? Möglich. Notfalls wird er hinuntersteigen, den Kasten aufnehmen und sich eine Weile an dem Signal zu schaffen machen, als ob etwas daran zu reparieren wäre. Doch niemand beachtet ihn. Ein rot-gelber U-Bahn-Zug kriecht aus dem Tunnel, fährt die Rampe in Richtung Rödingsmarkt hinauf. Es quietscht gewaltig, als sich der Zug in eine elegante Linkskurve legt und in Richtung Hafen verschwindet. Der Mann sieht ihm einen Moment lang nach. Dann beugt er sich wieder über das Geländer. Da liegt der

Werkzeugkasten, zwischen Mauer und Gleis. Außerhalb des Bereichs, den der Zug durchfährt. Genau an der richtigen Stelle. Alles in Ordnung. Der Mann dreht sich um und geht davon, in Richtung Rathausmarkt. Noch ist nichts passiert, denkt er. Wenn er jetzt nach Hause ginge, wäre alles in Ordnung. Einen Moment lang stellt er sich vor, er würde genau das tun. Nach Hause gehen, sich einen Kaffee kochen, die Thermoskanne mit hinausnehmen in den Schrebergarten, sich in die Sonne setzen, den Vögeln zuhören ...

Nie wieder, das hatte er sich geschworen. Und er hat sich daran gehalten. Bis jetzt. Aber nun gilt das nicht mehr. Die Kinderlähmung, die hat ihm einen Strich durch die Rechnung gemacht. Die große Tochter. So ein hübsches Mädchen. Und jetzt? Er braucht das Geld. Er braucht alles Geld, das er kriegen kann. Er nimmt die blaue Pudelmütze ab und steckt sie in die Tasche. In die linke Tasche. Rechts steckt die Pistole. Geladen und entsichert. Oder nicht? Doch, ganz sicher. Er muss sich zwingen, nicht nachzusehen. Er hat immer noch Angst.

2.

Hoffentlich wird der Sekt reichen, denkt Horst Berger. Wer weiß, wer alles kommt. Es ist immer schwer abzuschätzen. Einerseits soll es nicht protzig wirken, andererseits aber auch nicht geizig aussehen.

»Na, das sieht doch alles schon ganz nett aus!« Pagels begutachtet den Tisch mit den Knabbersachen und Getränken.

»Ja, Trudchen hat das alles hier aufgebaut.« Er sieht auf die Uhr. »Gleich geht's los.«

»Nervös?«

»Nein«, sagt Berger. Ja, natürlich ist er nervös.

Pagels lacht. »Wird schon schiefgehn! – So ein schwieriger Haufen sind wir nicht.«

Das hat Berger schon anders gehört. Höll hat ihn ins Bild gesetzt, bevor der die Stelle in Delmenhorst angenommen hat. Sein direkter Vorgesetzter, Roeder, sei ein reiner Theoretiker ohne viel Sinn für tatsächliche Polizeiarbeit. Kayser sei ein Wichtigtuer und Drückeberger, Bentz verbissen und ehrgeizig. Beide hätten sich Hoffnung auf die Stelle gemacht. Der kleine Pagels ist vielleicht noch der beste Mann, den er hat. Mit dem hat auch Wilhelm, sein Vater, schon gearbeitet. Allerdings wäre auch Pagels ein möglicher Kandidat für die Planstelle gewesen. Höheres Dienstalter, größere Erfahrung. Wie wird er sich verhalten?

»Mal sehen, was wir so zuwege bringen.«

Pagels sagt: »Im Augenblick haben wir nur Kleinkram. Die Zeit der großen Räuber ist lange vorbei. In den Zwanzigerjahren, da war hier ganz schön was los. Ernst Hannack, die Petersen-Bande ...«

Berger nickt. Der Lord von Barmbeck! An der Wand hier im Besprechungsraum hängt ein großes Foto des legendären Ein- und Ausbrechers. Aufgenommen in besseren Tagen. Julius Adolf Petersen hat es selbst signiert. Und darunter steht – in anderer Handschrift – *Wir kriegen sie alle!*

3.

Fünfundsechzig Jahre. Ausgedient! Wilhelm Berger steht am Strand der Elbe und sieht hinüber in Richtung Blankenese. Die Sonne scheint. Ein großer Frachter fährt die Elbe aufwärts. Schwarzer Rumpf, weiße Aufbauten, das rot-weißrote Band und das eiserne Kreuz am schwarzen Schornstein klar zu erkennen. Seit dem Krieg kennt Berger sich aus mit Schiffen. Er braucht kein Fernglas, um zu sehen, dass dies ein

Frachter der DDG Hansa ist. Von Asien kommend, auf dem Weg in den Hamburger Hafen. Hat die Fahrt genau abgestimmt, dass er am Montag eintrifft, um unnötige Liegegebühren am Wochenende zu sparen. Und jetzt nutzt er das auflaufende Wasser, denkt Berger.

Berger hat Zeit. Er ist im Ruhestand, könnte ausspannen. Aber er ist früh aufgestanden, aus alter Gewohnheit, und die *Kösterburg* hat geschlossen. Montag Ruhetag. Das alte Lokal sieht so aus, als ob es überhaupt nie wieder öffnen würde. Macht nichts. Berger hat seinen eigenen Kaffee dabei. Er schraubt die Thermoskanne auf und gießt sich einen Becher ein. Noch ist es kühl draußen; der Kaffee dampft. Aber es wird ein warmer Tag werden.

Auf diesen Tag hat er lange gewartet. Sein Sohn, der Horst, fängt heute an als frisch gebackener Kommissar im Raubdezernat. Jetzt kann nichts mehr schiefgehen. Jetzt ist es egal, was der Alte anstellt, man kann es dem Sohn nicht mehr zur Last legen. Und auch wenn sie sich nicht gerade gut verstehen, so freut er sich doch, dass der Horst jetzt eine feste Anstellung hat. Sicher feiern sie jetzt, denkt Berger. Pfeifer hält irgendeine bombastische Ansprache, und es gibt Sekt und belegte Brötchen.

Nein, es ist schon besser, wenn der Junge das allein macht. Die Anwesenheit des Vaters wäre eine Belastung gewesen in solch einem Moment. Sollen sie ruhig unbeschwert feiern.

Das schwarze Schiff ist inzwischen hinter den Kränen der Deutschen Werft verschwunden. Nur die Mastspitzen sind noch sichtbar, wie sie in aller Ruhe weiter in Richtung Hafen ziehen. Berger schüttelt den letzten Tropfen aus dem Becher, schraubt die Thermosflasche zu und verstaut sie wieder im Rucksack. Dann macht er sich auf den Weg.

Den VW hat er am Deich geparkt. Am Sonntag mag es hier von Ausflüglern gewimmelt haben, heute ist sein Wagen der einzige weit und breit. Berger steigt ein und fährt zurück in Richtung Hamburg.

Die Straße folgt den Windungen des Deiches. Prachtvolle Bauernhäuser sieht er, einige noch reetgedeckt. Die Kopfweiden an den Bracks sind lange nicht geschnitten worden; es gibt niemand mehr, der Körbe aus Weidenzweigen flechten würde. Vor Berger kriecht ein Lastwagen durch die Dörfer. Es gibt keine Möglichkeit zu überholen. Aber es ist auch unnötig. Berger hat viel, viel Zeit.

4.

»Ich freue mich, dass wir wieder einen Berger unter uns haben«, sagt Roeder.

Berger sieht ihn prüfend an. Fast könnte man glauben, dass er es ehrlich meint. »Ich freue mich auch.«

»Nette Party übrigens. Schade, dass Ihr Herr Vater es nicht einrichten konnte.«

»Ja«, sagt Berger. Roeder kann nicht wissen, dass er ihn gar nicht eingeladen hat.

»Aber die Rentner, das wissen wir ja alle, nie haben sie Zeit!« Roeder lacht. Er sagt zu Kayser: »Wussten Sie eigentlich, dass die Bergers ein regelrechter Clan von Kriminalisten sind?«

»So würde ich das nun nicht ausdrücken«, widerspricht Berger. »Vater und Sohn, das ist der ganze Clan. Papa war in Düsseldorf bei der Mordkommission und ist dann später nach Hamburg gegangen, und ich – ich fange jetzt gerade erst an.«

»Aber irgendjemand hat mir gesteckt, dass auch Ihr Sohn sich schon für die Kriminalistik interessiert ...«

»Mein Sohn?« Michael ist zehn Jahre alt. Berger schüttelt den Kopf.

»Und Ihr Herr Vater – der ist ja nun schließlich nicht irgendein beliebiger Polizist, sondern einer der ganz großen. Der Mann, der Peter Kürten zur Strecke gebracht hat. Den Vampir von Düsseldorf. Der Erfolg hatte, wo selbst der große Gennat versagte. Und dessen Aufklärungsquote auch nach dem Krieg in Hamburg ganz erstaunlich ...«

Horst Berger kann es nicht mehr hören.

»Wir heißen Sie jedenfalls herzlich willkommen.«

5.

»Na, was halten Sie von unserem Neuen, Pagels?« Trude ist mit ihrem Glas Sekt vertraulich nahe an den Kriminalisten herangerückt.

Trudchen ist harmlos. Aber sie hat zu viel getrunken, denkt Pagels. Und sie schwatzt zu viel. Man muss aufpassen, was man ihr sagt. »Er sieht doch gut aus, finden Sie nicht?«

»Ja, schon ...« Sie tut so, als ob sie Horst Berger zum ersten Mal unter diesem Gesichtspunkt betrachtet.

»Was Krawatten angeht, hat er jedenfalls einen besseren Geschmack als der Roeder. Pech für Sie, dass er schon verheiratet ist. So müssen Sie schon mit Leuten wie mir vorliebnehmen.« Das ist ein Scherz. Pagels ist knapp zwanzig Jahre älter als die Sekretärin und an die zehn Zentimeter kleiner.

Sie wirft ihm einen Blick zu, der bedeuten soll: Leute wie Sie kommen mir sowieso nicht ins Haus. Sie sagt: »Sie irren sich. Er ist nicht verheiratet. Er hat einen Sohn, das ja, aber er ist nicht verheiratet. Getrennt oder geschieden, das weiß ich nicht; das muss ich noch herausfinden.«

»Was Ihnen sicher nicht schwerfallen wird.«

»Ich habe seine Personalakte nur ganz kurz gesehen. Aber – sitzt er jetzt nicht auf dem Stuhl, der eigentlich Ihnen zugestanden hätte?«

»Wer sagt das denn?«

»Ach, man hört so Dinge ...«

»Von mir jedenfalls nicht. Ich bin froh und zufrieden mit dem Posten, den ich hier habe.«

6.

»Und was hältst du nun wirklich von ihm?«, fragt Kayser, als Trudchen auf der Suche nach etwas zu knabbern endlich losgezogen ist.

»Ich bitte dich, Ernst, nach einem halben Tag – was soll ich da sagen?«

»Erster Eindruck?«

»Dafür ist es noch zu früh. – Jedenfalls ist er ganz schön jung, das bringt Leben in die Bude!«

Kayser leert sein Glas, setzt sein Werbelächeln auf und tönt: »Auch Sie können jünger aussehen – denn Palmolive verjüngt Ihr Gesicht!«

»Lass den Unsinn«, sagt Pagels. Er sieht in der Tat älter aus, als er ist.

Kayser lacht. »Wann kaufst du dir endlich einen Fernseher?«

»Um täglich diese Sprüche zu hören? – Nie! Es reicht schon, wenn du dauernd damit kommst!«

»Ich bin eben ein fröhlicher Mensch. – Aber was den Berger angeht, will ich dir sagen, was ich von ihm halte. Ein paar Dinge kann man nämlich schon nach zehn Minuten sehr deutlich erkennen. Ich jedenfalls. Er ist mir zu steif, genau wie sein Vater, und er trägt mir die Nase ein bisschen zu hoch.«

»Guckt mal«, sagt Bentz. »Die beiden da drüben tuscheln auch über ihn!«

7.

»Herr Roeder, ich verstehe Ihre Bedenken nur zu gut.« Bergers neuer Chef hat sich mit Kriminalrat Pfeifer in eine ruhige Ecke zurückgezogen. Pfeifer lächelt ihn an. »Wir haben uns ja ausführlich darüber unterhalten. Und glauben Sie mir, ich habe es mir nicht leicht gemacht. Ich kenne den Berger seit vielen Jahren. Ich weiß, was er kann und was er nicht kann. Und unser Verhältnis war nicht immer völlig ungetrübt. Aber es gibt einfach Notwendigkeiten, über die kann man sich nicht hinwegsetzen.«

»Glauben Sie denn wirklich, dass wir hier im Raubdezernat ...«

Mein Gott, jetzt kommt wieder diese Platte! »Natürlich nicht, mein Lieber, natürlich nicht. Sie können mir glauben, dass mir Raub genauso am Herzen liegt wie die Tötungsdelikte. Aber wir müssen heute nehmen, was wir kriegen können. Das ist der Nachteil dieses sogenannten Wirtschaftswunders. Für Handel und Industrie mag es ein Segen sein, aber für uns in der Behörde ist es eher ein Fluch. Es macht den Stellenmarkt kaputt. Wir haben Vollbeschäftigung. Sie kennen die Zahlen. Was sagt das *Abendblatt*? Arbeitslosigkeit 0,2%. Und da sind noch die Leute mitgezählt, die nun wirklich keine Arbeit haben wollen. Die private Wirtschaft bietet Traumjobs und zahlt Spitzengehälter. Da können wir nicht mithalten. Wir müssen nehmen, was übrig bleibt.«

»Hätte man denn nicht ...«

»Roeder, Schluss damit! Davon will ich nichts mehr hören. Sie kennen Berger doch noch gar nicht. Wahrscheinlich werden Sie viel besser miteinander auskommen, als Sie jetzt denken. Und Sie sind immerhin der Chef.«

Roeder nickt. Er denkt: Doch, ich kenne diese Sorte. Pfeifer kann reden, was er will; es stimmt einfach nicht. Pagels wäre der bessere Mann gewesen. Trotz der Vorgeschichte. Aber er weiß, dass jedes weitere Wort vergebens ist. Er stellt sein Glas ab und geht.

8.

Die Hamburger Zentrale der Deutschen Bank liegt mitten im Herzen Hamburgs. Da ist das Rathaus, da ist die Börse, und ringsherum all die Einkaufsstraßen – genau der richtige Platz für ein großes Bankhaus. Ein klassizistischer Bau, nicht übertrieben zweckmäßig, aber dafür äußerst imposant, mit hohen Fronten zum Alten Wall und zum Adolphsplatz hin und mit einer wunderschönen Sandstein-Fassade. Die Kunden, die hier verkehren, sind in erster Linie Geschäftsleute. Der Kunde, der gegen dreizehn Uhr die Schalterhalle betritt, gehört allerdings nicht zu dieser Kategorie. Helmut Bressel streift ihn mit einem flüchtigen Blick. Ein unauffälliger Mann. In Arbeitskleidung. Ein Handwerker vielleicht. Die einzige Besonderheit ist ein dunkles Halstuch. Ungewöhnlich für einen Mann. Erst recht in dieser Jahreszeit. Aber der Kassierer hat schon weit ungewöhnlichere Kleidung gesehen. Die Hanseaten sind nicht so konservativ, wie man glaubt. Einige zumindest.

Der Mann wartet einen Moment, bis sich seine Augen an die Lichtverhältnisse gewöhnt haben. Hier ist es angenehm kühl. Man spürt geradezu die Seriosität des Hauses und die Nähe des Geldes. Es herrscht reger Publikumsverkehr. Herren im feinen Anzug. Gedämpftes Stimmengemurmel. Niemand beachtet ihn. Für diese Leute ist er ein Niemand, ein Nichts. Das wird sich gleich ändern. Jetzt. Er zieht sich das Halstuch vor das Gesicht, läuft an den Leuten vorbei und springt mit einem Satz bei Schalter zwölf über den Tresen. Helmut Bressel geht auf ihn los; der Räuber schießt sofort, trifft ihn in den Oberarm. Bressel schreit auf, stürzt zu Boden. Mein Arm, denkt er, der Kerl hat mir den Arm zerschossen. Es tut irrsinnig weh. Ich muss ihn packen, denkt Bressel, ihn festhalten, ihn zu Fall bringen, doch er ist zu keiner Gegenwehr mehr fähig. Irgendwo kreischt eine Frau.

Der Kerl rafft Bündel von Zwanzigmarkscheinen zusammen. Er stopft sich das Geld in die Jacke, schießt noch viermal in die Luft, bis sich keiner mehr traut, sich zu bewegen. Einige Kunden haben sich auf den Boden geworfen, andere starren ungläubig in die Ecke, aus der die Schüsse kommen. Einer der Bankbeamten drückt inzwischen auf den Alarmknopf. Sirenen heulen; alle Ausgangstüren der Bank werden automatisch verriegelt. Gott sei Dank, denkt Bressel. Wenigstens das hat geklappt; wir haben ihn. Gut, dass wir das so oft geübt haben! Da sitzt jeder Handgriff. Und der Täter steckt in der Falle.

Aber haben sie ihn wirklich? Nein, noch lange nicht. Der Mann eilt zum Fenster; niemand wagt es, ihn aufzuhalten. Er reißt den rechten Flügel weit auf und springt aus 2,20 m Höhe auf die Straße, auf den Alten Wall. Der Weg ist frei.

Nein, der Weg ist nicht frei. Der Alte Wall ist eine belebte Straße. Der Rechtsanwalt Manfred Dege aus Blankenese sieht, wie der Bankräuber aus dem Fenster springt. Er ist siebenundvierzig Jahre alt, kräftig, ehemaliger Fallschirmjäger. Mutig stellt er sich dem Flüchtenden in den Weg. Ein kurzes Handgemenge. »Lass los!« Der Anwalt lässt nicht los, der Bankräuber setzt ihm die Pistole auf die Brust und drückt ab. Manfred Dege bricht zusammen; der Mann rennt weiter, rennt durch den Hof des benachbarten Postamtes 11, verblüfft sehen sich die Postbeamten nach ihm um. »He, wo willste denn hin?«, ruft einer. Der Mann antwortet nicht.

Über den Hof gelangt er auf die andere Seite der Post, auf den Mönkedamm. Bremsen quietschen, als er über die Straße rennt. Er schwingt sich über die Brüstung und springt in die Tiefe. So ein Idiot! Der Autofahrer, der gerade noch bremsen konnte, schüttelt fassungslos den Kopf. Der Kerl ist doch tatsächlich runter auf die U-Bahngleise gesprungen!

9.

»Störe ich etwa?« Kleinert aus der Zentrale.

»Komm rein, Mensch, trink ein Glas mit!«

Kleinert schüttelt den Kopf. »Ich habe schlechte Nachrichten. Die Party ist wohl zu Ende. Fürs Erste jedenfalls.«

»Sind wir zu laut oder was?«

»Das auch. – Nee, wir haben einen Überfall. Ist gerade gemeldet worden. Deutsche Bank. Die Zentrale ...«

Scheiße, denkt Berger. Das fängt ja gut an! Und dieser Bursche erzählt das in aller Seelenruhe! »Hätten Sie denn nicht anrufen können?«

»Haben wir versucht, aber hier geht ja keiner ran. Hat bei dem Radau wohl niemand gehört, das Telefon.«

Ein Blick auf den Schreibtisch – da steht das Ding. Hätten wir doch hören müssen, denkt Berger. Er hebt den Hörer ab. Ganz normales Freizeichen.

Pfeifer schüttelt den Kopf. »Hat also einer von diesen Narren wieder einmal zugeschlagen!«

»Ja.« Berger dreht das Telefon um. Jemand hat es auf leise gestellt. Wütend sieht er sich um. Pagels legt ihm die Hand auf die Schulter: »Los.«

10.

Warum nur? Warum hat er geschossen? Klar, es ging nicht anders. Und jetzt, jetzt rennt er um sein Leben. Der Sprung in die Tiefe! Halsbrecherisch. Ganz vorsichtig hatte er sich herunterlassen wollen. Doch dafür ist jetzt keine Zeit mehr. Er kommt unglücklich auf. Sein Fuß! Sein rechter Fuß tut irrsinnig weh. Gebrochen? Nein, nicht gebrochen. Er kann weiterlaufen.

Und jetzt? Warten, bis die U-Bahn aus dem Tunnel kommt, das war der Plan. Aber oben auf der Straße werden schon Rufe laut. »Hierher!«, schreit jemand. »Hier ist er!« – Zum Teufel mit dem Plan. Nichts wie weg hier.

In fieberhafter Hast packt er das Geld in den Werkzeugkasten. Ein paar Scheine fallen daneben. Er rafft sie zusammen, rein damit, den Putzlappen drüber, fertig. Und nun weg. Er entscheidet sich für die rechte Röhre. Als er in der dunklen Höhle verschwindet, merkt er, dass er die Mütze verloren hat. Macht nichts, weiter! Im Schein der Taschenlampe rennt er durch den Tunnel. Sie kriegen ihn nicht. Sie dürfen ihn nicht kriegen. Jetzt nicht. Nie. Da gerät er ins Stolpern. Ein wahnsinniger Schmerz durchzuckt seinen rechten Fuß. Und drüben, in der anderen Röhre, ertönt jetzt unüberhörbar das Herannahen des Gegenzuges. Jetzt bleibt ihm noch eine halbe Minute, sich in Sicherheit zu bringen.

11.

Banküberfall mitten in Hamburg! Schießerei, Tote, Verletzte! Täter gefasst! Nein, Täter geflüchtet! Die Meldungen überschlagen sich. Hektik in der Polizeizentrale. Und ich habe Sekt getrunken, denkt Berger. Klar, dass das sofort jeder merkt. Aber es lässt sich jetzt nicht mehr ändern. Hatte er nicht immer noch irgendwo ein Pfefferminz ...? Er kann es nicht finden, egal, nichts wie los! Die Polizei dirigiert sofort alle verfügbaren Radio-Streifenwagen zum Adolphplatz. Die Kollegen von der Rathauswache sind vor Ort, haben den Tatort abgesperrt.

»Was ist mit den Verletzten?«, fragt Berger. Auf dem Pflaster des Gehwegs befindet sich ein großer brauner Blutfleck.

»Schon abtransportiert, auf dem Weg ins Krankenhaus.«

12.

»Die U-Bahn! Wir müssen sofort die U-Bahn stoppen! Alles abriegeln!«

Berger und Pagels sind in der Rathauswache eingetroffen. Nun geht es los.

»Wer ist dafür zuständig?«

»Weiß ich nicht. Wir nicht. Das muss die Hochbahn machen.« Die U-Bahn ist in Hamburg Teil der Hochbahn, das hat Berger inzwischen begriffen.

Um 13.40 Uhr ruft er von der Rathauswache aus bei der Hochbahn an: »Wir müssen einen Mann im U-Bahn-Tunnel Mönkedamm – Rathaus suchen ...«

»Ja, einen Moment bitte, ich verbinde Sie mal mit unserem Außendienst-Inspektor.«

Nervös trommelt Berger mit den Fingern auf die Tischplatte.

»Davon geht es auch nicht schneller«, bemerkt einer der Schupos. Das stimmt natürlich.

13.41 Uhr.

Nichts passiert.

13.42 Uhr.

»Ja, hier ist noch mal die Zentrale. Unser Herr Steffen ist jetzt auf dem Weg zu Ihnen. Polizeiwache im Rathaus, das war doch richtig, oder?«

»Entschuldigen Sie, ich brauche den Mann nicht hier. Er soll die Züge anhalten, dass wir in den Tunnel können.«

»Ja, das können Sie dann alles gleich mit dem Herrn Steffen besprechen. Er ist auf dem Weg.«

Berger knallt den Hörer auf die Gabel. Alles geht schief, denkt er. Mein erster großer Einsatz, und nichts als Chaos.

»Nur ruhig Blut«, sagt Pagels, der die Nervosität seines Chefs bemerkt. »Die Ausgänge sind ja abgeriegelt. Wenn er noch drin steckt, haben wir ihn. Und wenn er schon draußen ist, dann ist er sowieso weg.«

Der ist längst weg, denkt Berger.

Geschlagene zwanzig Minuten dauert es, bis der Außendienst-Inspektor der U-Bahn in der Polizeiwache eintrifft.

»Mein Gott, da sind Sie ja endlich! In der Zeit hätte man ja zu Fuß vom Hauptbahnhof herkommen können!« Berger ist ungehalten.

Steffen, ein gemütlicher, dicker Mann, lässt sich nicht aus der Ruhe bringen. Er ist zu Fuß gekommen. »Wo brennt's denn?«

Nach kurzer Lagebesprechung gibt Steffen über Telefon Anweisung an alle U-Bahn-Züge: »Die Ringlinie zwischen Rödingsmarkt und Hauptbahnhof ist ab sofort in beiden Richtungen voll gesperrt. Personen im Gleisbereich ...«

»Also los!«, ruft Berger.

Er überlegt. Hat er alles richtig gemacht? Ist alles geregelt? Die Staatsanwaltschaft! Hat Roeder das erledigt? Wahrscheinlich.

Um 13.50 Uhr beginnt die Suche im Tunnel. Berger, Pagels und die Schutzpolizisten steigen zusammen mit dem Mann von der Hochbahn über die Barriere am Mönkedamm, klettern hinunter auf die Gleise. Da liegt eine blaue Pudelmütze. Sie wird sichergestellt.

Vorsichtig dringen die Männer in die Tunnelröhren ein. Beide Gleise sind durch eine Mauer voneinander getrennt. Der Tunnel ist eng. Sie müssen auf dem Gleis gehen. Die Röhre führt in einer scharfen Rechtskurve nach unten. Man kann keine fünfzig Meter weit sehen. Die Taschenlampen reichen nicht aus, um den unterirdischen Gang zu erhellen. Unruhig fahren die Lichtkegel hin und her. Die anderen sind auch nervös, denkt Berger. Einer der Schutzpolizisten pfeift die Melodie aus dem *Dritten Mann*.

»Ruhe«, sagt jemand. Die Melodie bricht ab. Berger kann nur hoffen, dass der Bahnverkehr wirklich gestoppt ist. Und dass der Bankräuber nicht irgendwo hier unten mit gezogener Waffe auf sie lauert. Er ist weg, er ist weg, denkt er. Aber – wenn nun nicht?

Kein Zug kommt. Der Tunnel bleibt leer. Wo immer der Täter jetzt sein mag – hier ist er nicht. Steffen sagt: »Er wird wohl gleich zum Rathausmarkt gelaufen sein. Dort ist er dann wahrscheinlich in den nächsten Zug und weg.«

»Das müsste doch jemand gesehen haben!«

Gesehen vielleicht, denkt Berger. Aber warum hätte er es melden sollen?

»Die Haltestelle ist etwas unübersichtlich, das werden Sie gleich merken, wenn wir wieder herauskommen. Wegen der Kurve. Und wenn zum Beispiel auf dem anderen Gleis gerade ein Zug abgefertigt wird, dann kriegt keiner mit, dass da eine betriebsfremde Person aus dem Tunnel kommt.«

Er kann noch hier unten stecken, denkt Berger. Nimmt dieser Tunnel denn überhaupt kein Ende?

Steffen sagt: »Eine solche Flucht ist natürlich mit großer Lebensgefahr verbunden. Die Züge der Ringlinie fahren ja im Fünf-Minuten-Takt. Und an den Tunnelwänden gibt es auf diesem Streckenabschnitt keine Ausweichstellen, das sehen

Sie ja selbst. Nur eine einzige in der Tunnelmitte, zwischen den beiden Gleisen. Auf halbem Wege. Da vorne ist die Stelle, sehen Sie!«

Ja, da ist die Verbindung. Auf einer Strecke von einigen Metern ist die durchgehende Mauer durch einzelne Stützpfeiler ersetzt.

»Fünf Minuten, das ist wirklich knapp«, sagt Berger. Der Tunnel ist von 1912; da hat man wohl noch nicht allzu viel Wert auf Arbeitssicherheit gelegt. Auf den U-Bahn-Gleisen kann man nicht schnell davonlaufen, so viel steht fest. »Aber man kann das natürlich in zwei Etappen machen: erst bis zur Ausweichstelle rennen, in der Nische warten, bis der nächste Zug vorbei ist, und dann weiter.«

»Möglich. – Aber außer den Hochbahnern kennt eigentlich niemand diese Stelle.«

Berger sieht seinen Begleiter an. Weiß der Mann, was er da sagt?

»Man kann es vom Zugfenster aus sehen«, sagt einer der Polizisten.

Steffen widerspricht. Das geht zu schnell, die Züge sind erleuchtet, der Tunnel ist dunkel, man kann nicht viel erkennen.

Er wird es abgegangen sein, denkt Berger. Das wäre kein großes Problem. Nachts ruht der Verkehr; die Zugänge zu den Haltestellen werden zwar mit eisernen Gittern verschlossen, aber der Tunnel bleibt natürlich offen.

Sie kommen zum Rathaus. Die Haltestelle ist in der Tat unübersichtlich – nicht so sehr wegen der Kurve, die Steffen erwähnt hat, sondern weil beide Bahnsteige dicht gedrängt voller Menschen stehen. Eine absurde Situation, denkt Berger. Sie gehen in gebückter Haltung über die Gleise, leuchten in alle Winkel, können gar nicht anders als den Frauen unter die Röcke zu gucken.

»Was ist denn das da?«

Unter dem Bahnsteig findet sich eine Höhlung.

»Ein Kabeltunnel.«

»Wo kommt man da hin?«

»Nirgendwo.«

»Wir müssen trotzdem nachsehen«, sagt Pagels. Berger zögert eine Sekunde. Das ist mein Job, denkt er. Schon kniet er auf dem Schotter, leuchtet mit der Taschenlampe in den Hohlraum unter dem Bahnsteig. Kein Zweifel, hier wäre Platz genug, dass sich ein Mensch verstecken könnte. Berger kriecht auf dem Bauch in das finstere Loch. Es staubt. Er muss husten. Dann leuchtet er jeden Winkel des Hohlraumes ab. Groß genug, um eine ganze Fußballmannschaft zu verbergen. Aber hier ist keine Fußballmannschaft. Hier ist niemand.

Berger erhebt sich, klopft sich den Dreck aus dem Anzug.

»Das war's dann wohl. – Oder sollen wir noch weitergehen bis zur nächsten Station? Mönckebergstraße wäre das dann. Auch nur ein paar hundert Meter«, sagt Steffen.

Berger schüttelt den Kopf. Weiter als bis hier ist der Kerl bestimmt nicht durch den Tunnel marschiert.

»Der ist jetzt längst zu Hause und zählt sein Geld«, sagt jemand.

Ja, wahrscheinlich. Um 15.12 Uhr, mehr als zwei Stunden nach dem Überfall, wird die Suche im U-Bahn-Tunnel abgebrochen.

13.

Der Mann ist nicht zu Hause. Mit Mühe hat er es bis zum Rathausmarkt geschafft. Die U-Bahn – er hat sich nicht getraut, den nächsten Zug zu nehmen. Ein Fehler, denkt er jetzt. Verdammte Panik! Sie waren zu dicht hinter ihm her gewesen. Nun sitzt er hier auf einer der Bänke in der Sonne.

Den Overall hat er ausgezogen; der liegt jetzt im Werkzeugkasten. Darunter das schwarze Tuch.

Und jetzt? Zur U-Bahn kann er nicht zurück. Klar, dass da inzwischen alles abgeriegelt ist. Und die andere Möglichkeit, die er so sorgfältig vorbereitet hat, auch die liegt jetzt jenseits seiner Möglichkeiten. Der Fuß ist angeschwollen, drückt gegen den fest geschnürten Stiefel. Er muss weiter, so rasch wie möglich.

Doch noch immer ist zu viel Polizei auf dem Platz. Vor der Kaufhalle und auch drüben, am Ausgang der U-Bahn.

14.

Als Berger wieder ins Freie tritt, kommt ein Polizist auf ihn zu. »Sind Sie der Herr von der Kripo?«

Berger nickt.

»Wir haben was gefunden. Ein Fahrrad. – Könnte mit dem Banküberfall zusammenhängen.«

»Ein Fahrrad?« Berger guckt skeptisch. Der Kerl ist zu Fuß gekommen und zu Fuß geflüchtet, denkt er. Durch den Tunnel und dann ab in die U-Bahn. Oder vielleicht doch nicht?

»Wo steht denn dieses Fahrrad?«, fragt Pagels.

Vor der Kaufhalle steht es, direkt gegenüber vom Rathaus.

»Du meine Güte«, entfährt es Berger. Das Fahrrad ist eine ziemliche Schrottkiste.

»Das steht hier schon ein paar Stunden. Ist den Leuten von der Kaufhalle aufgefallen, da haben sie uns angerufen. Hier sollen nämlich keine Fahrräder stehen, hier vor den Schaufenstern ...«

»Ja«, sagt Berger. Vielleicht hat der Kerl das Rad hier wirklich deponiert, für alle Fälle sozusagen, und es dann am Ende doch nicht genutzt. Vielleicht hat jemand gesehen, wie er es hier abgestellt hat. Das könnte eine Spur sein. Vielleicht ist er vorher schon mal hier gewesen mit diesem Fahrrad und jemand erinnert sich daran? Lauter Dinge, die sie erfragen müssen.

»Das Rücklicht geht nicht«, sagt der Polizist.

Berger starrt ihn entgeistert an. »Haben Sie das Rad etwa angefasst?«

»Ja, natürlich, ich wollte doch ...«

So viel zum Thema Fingerabdrücke, denkt Berger. »Und wer hat sonst noch mit dem Fahrrad herumhantiert?«

»Niemand eigentlich. Außer den Verkäufern. Die haben es zur Seite geschoben, weil es ja direkt vor dem Schaufenster stand.«

15.

In der Bank werkelt die Spurensicherung. Kayser und Bentz sind dabei, die Zeugen zu vernehmen. Berger nimmt Kayser zur Seite. »Wie sieht's aus?«

Kayser zuckt mit den Schultern.

»Das müssen doch an die zwanzig Zeugen gewesen sein, allein hier in der Bank. Und dann noch draußen auf der Straße.«

»Ja, natürlich. Aber mir ist ein einzelner halbwegs vernünftiger Zeuge immer lieber als zwanzig, die sich ungeheuer wichtig finden und in Wirklichkeit nicht aufgepasst haben. – Aber die Jungs von der Spurensicherung, die haben wenigstens Erfolg gehabt. Klasse Fingerabdrücke.«

»Auf dem Tresen?«

»Nee, da nicht. Aber dafür am Fenster.«

»Fein.« Schade, dass wir ihn nicht erwischt haben, denkt Berger. Eigentlich hätten wir ihn haben müssen.

Da kommt einer der Männer hereingestürzt, die sie gerade vernommen haben.

»Na«, sagt Kayser, »ist Ihnen noch etwas eingefallen?«

»Ich hab ihn gesehen!« Der Mann ist völlig außer Atem.

»Wen haben Sie gesehen?«

»Den Bankräuber! Er ist hier, auf dem Rathausplatz!«

Sie stürzen ins Freie.

»Da! – Da hat er eben noch gesessen.«

Sie kommen zu spät. Der Mann hat all seine Kräfte zusammengenommen und ist mit der Straßenbahn in Richtung Gänsemarkt – Dammtor – Bahnhof davongefahren.

16.

»Der Kerl hat großes Glück gehabt«, sagt Berger.

Sie stehen am Geländer zur U-Bahn. Die Strecke ist wieder freigegeben. Berger und Pagels sehen zu, wie einer der Züge aus dem Tunnel herauskriecht. Im nächsten Moment kommt von der anderen Seite, vom Rödingsmarkt her, der Gegenzug.

»Das war kein Glück«, sagt Pagels. »Das ist ein Profi gewesen. Der hat das geplant.«

Berger schüttelt den Kopf. »Wie soll das gehen? Den Überfall kann er doch nicht bis auf die Sekunde planen. Und dann die Flucht durch die Post. Der Durchgang, da muss erst einmal alles frei sein. Und dann kommt noch der Mann dazwischen, der ihn aufhalten will, das sind doch alles Sachen, die man einfach nicht planen kann.«

»Hier über das Geländer kann er auf jeden Fall. Und dann muss er sich nur eng an die Mauer stellen und warten, bis der Zug vorbei ist. Das sieht zwar nicht so aus, aber da ist genug Platz. Hier bei dem Signal zum Beispiel. Da kann er sich sogar dran festhalten.«

Berger blickt hinunter auf die Gleise. Ja, möglich wäre es vielleicht. »Ich möchte da nicht stehen«, sagt er.

»Gute Nerven, das ist alles. Und dann die Flucht in den Tunnel. Er kann sich ganz sicher sein, dass ihm da so schnell keiner folgt.«

»Wahnsinn. Das muss er vorher ausprobiert haben. Nachts.«

»Ausprobiert oder ausgemessen.«

»Ausgemessen?«

»Auf dem Stadtplan. – Er wartet also, bis der Zug weg ist, und dann latscht er los.«

»Dann rennt er los!«

»Nicht nötig. – Was glaubst du denn, wie lang ist der Tunnel?«

»Fünfhundert Meter?«, rät Berger.

Pagels schüttelt den Kopf. »Schlappe hundertzwanzig Meter.«

»Mir kam's endlos vor.«

»Das täuscht.«

»Ja. Ja, du hast recht, wahrscheinlich war das wirklich ein Profi. Der hat das vorher alles genau ausgetüftelt. Der hat so was nicht zum ersten Mal gemacht.«

Berger kommt sich auf einmal leicht und unbeschwert vor. Nichts ist erreicht – und dennoch: Das könnte klappen, denkt er. Mit dem Pagels könnte es klappen. Kayser und Bentz sind Pfeifen, da kann man nichts machen, aber mit Pagels könnte ich klarkommen.

17.

»Wie geht es Ihnen?« Der junge Mann sieht blass aus.

»Schlecht genug«, sagt er. »Ein glatter Durchschuss, meint der Arzt, und ich sollte froh sein, dass es nicht schlimmer gekommen ist.«

»Ja«, sagt Berger. Der Kassierer kann befragt werden, der Anwalt nicht, hat der Arzt gesagt. Der schwebt noch immer in Lebensgefahr.

»Schmerzen?«

»Nein. Nein, das ist es nicht. Die haben mir ein Mittel gegeben, dass ich nichts merke. – Nein, was mich wurmt, ist, dass ich so gar nichts machen konnte. Ich bin doch einigermaßen kräftig und sportlich, und ich habe immer geglaubt, wenn bei mir einer kommt und so etwas versucht, den haue ich aus dem Anzug. Nichts davon. Gar nichts habe ich gemacht.«

»Er hat Sie niedergeschossen«, sagt Berger. »Da kann man nichts machen.«

»Ich hätte ihn festhalten können.«

»Und dann? Er hätte noch einmal geschossen. Damit wäre nichts gewonnen gewesen.«

»Doch. Für mich. Dann hätte ich gewusst, dass ich alles getan habe, was in meiner Macht stand. Aber so ...«

»Unsinn. – Ich bin auch einmal angeschossen worden«, behauptet Berger. »Ich weiß, wie das ist. Da macht man gar nichts mehr.«

Pagels wirft Berger einen forschenden Blick zu. Angeschossen? Berger? Das würde er wissen.

»Jedenfalls sind Sie unser wichtigster Zeuge. Sie haben den Täter aus nächster Nähe gesehen. Deshalb ist es für uns auch so wichtig, mit Ihnen zu sprechen.«

»Tja«, sagt Bressel. Er überlegt.

»Fangen wir mit dem Einfachsten an«, sagt Berger. »War er groß oder klein?«

»Groß.«

»Größer als Sie?«

»Ja, würde ich sagen. An die 1,90 m, denke ich. 1,80 bis 1,90.«

»Wie alt?«

»Älter als ich. Viel älter. Vierzig vielleicht.«

»Würden Sie den Mann wiedererkennen?«

»Ich weiß nicht. – Ich hab ihn ja erst richtig gesehen, als er zu mir in die Kassenbox gesprungen ist. Und da hatte er ja schon diese Maske auf.«

»Was für eine Maske?«

»So ein dunkles Tuch. Nur die Augen konnte ich sehen.«

»Blau oder braun?«

»Keine Ahnung. Stechend, das ist alles, was mir daran aufgefallen ist. Es ging ja alles so rasend schnell.«

»Ja, natürlich.« Berger bleibt ganz ruhig. Stechende Augen, denkt er. So ein Blödsinn! Aber man darf in solcher Situation keine Gefühle zeigen. Keine Enttäuschung. »Und wie war das mit den Haaren?«

»Tut mir leid, die hab ich nicht gesehen, er hatte ja diese Mütze auf.«

»Die Pudelmütze, ja. Die haben wir nachher auf den Gleisen gefunden.«

Stück für Stück gehen sie die übrige Bekleidung durch. Der graue Anzug entpuppt sich jetzt als ein grünlich-grauer Overall. Passt auch viel besser zu der Verkleidung als Monteur, denkt Berger.

»Und die Schuhe?«

Nein, an die Schuhe kann Bressel sich nicht erinnern.

»Macht nichts«, sagt Berger. »Ich denke, wir werden den Kerl rasch haben. Die Geschosse und auch die Patronenhülsen sind sichergestellt, die können wir später dann mit der Tatwaffe vergleichen. Und – das ist wohl das Wichtigste – wir haben seine Fingerabdrücke.«

»Fingerabdrücke?«

»Ja. An dem Fensterrahmen, also an dem Fenster, durch das er geflüchtet ist, da haben wir wunderbare Fingerabdrücke sichern können.«

Bressel starrt die beiden Polizisten überrascht an. Weiß er nicht, dass man damit jeden Täter sicher identifizieren kann, fragt sich Berger.

Schließlich sagt Bressel: »Ja, aber – der Bankräuber, der hatte doch Handschuhe an!«

18.

»Das war ja ein Blitzstart in deine neue Aufgabe.« Pagels grinst.

»Das kann man wohl sagen.« Die Euphorie ist verflogen. Allen ist klar, dass der Täter zunächst einmal entwischt ist. »Was hat Pfeifer gemeint vorhin, als er gesagt hat, das sei wieder einer von diesen Narren?«

»Ach, du weißt ja, wie das geht. Bankraub ist normalerweise nichts für Einzeltäter. Das macht man zu dritt: Einer wartet mit dem Fluchtwagen vor der Bank; zwei gehen rein, einer fuchtelt mit der Pistole rum, und der andere sammelt das Geld ein.«

»Ja«, sagt Berger. So hat man es ihm im Lehrgang beigebracht.

»Nun gibt es aber natürlich immer wieder Leute, die es allein versuchen. Meistens irgendwelche Trottel, die sich vorher nicht genau überlegt haben, dass sie nicht alles gleichzeitig machen können. Oder Leute, die so extreme Außenseiter sind, dass sie nicht einmal die zwei Freunde auftreiben können, die man als Bankräuber eben braucht. Die schnappen wir dann sofort.«

»Klar. Pech, dass wir diesen jetzt nicht auch gleich erwischt haben.«

»Ja, Pech.«

Berger sieht Pagels an. Ist das jetzt ehrlich gemeint? Oder hat er versagt in Pagels Augen?

»Gute Nacht dann!«, sagt Pagels.

»Gute Nacht.«

19.

Es ist fast Mitternacht, als Berger schließlich zu Hause die Tür zu seiner Wohnung aufschließt. Jetzt schlafen, denkt er. Halt, erst noch die Post! Er bückt sich und hebt die Briefe auf, die auf dem Teppich liegen. Zwei Rechnungen, eine Ansichtskarte aus Italien. Aus Italien? Berger macht Licht, sieht sich den Text an. *Lieber Willy!* Willy? Wieder einmal falsch zugestellt. Es gibt viele Bergers. Zu viele Bergers. Ihn zum Beispiel. Und bei der Klaue – da ist ja nicht einmal klar, ob das überhaupt Hamburg heißen soll. Könnte auch Homburg sein.

Berger gießt sich ein Bier ein. Die Rechnungen legt er zur Seite. Später, denkt er. Das hat Zeit. Warum hat Monika nicht geschrieben? Unser Sohn muss es ihr doch gesagt haben. Es ist schon bitter.

Scheißpolizei! Der Schichtdienst, der hat ihre Ehe kaputt gemacht. Und für was hat er sich aufgeopfert? Für nichts. Absolut nichts. Na schön, Kommissar ist er geworden. Aber was ist das schon. Vorgesetzter von ein paar Affen, die nichts von ihm wissen wollen. Und untergeordnet unter noch größere Oberaffen. Scheiße!

Das Bier ist alle. Berger will sich eine zweite Flasche holen, doch der Kühlschrank ist leer. Na schön. Verpatzt hat er es. Alles verpatzt. Den Kerl nicht gefangen und obendrein mit leichter Fahne auf Räuberjagd gegangen. Wenn die Presse das mitkriegt, ist er geliefert. Aber er hat es ja so gewollt. Alles seine Schuld, alles.

Wilhelm hat schon ganz recht mit dem galligen Brief. Wie hatte er das noch formuliert? Richtig: *Eigentlich hatte ich ja immer gehofft, dass Du einen anderen Beruf ergreifen würdest ...* Und das von Wilhelm Berger, dem großen Berger. Einem der besten Mörderjäger aller Zeiten. Früher jedenfalls. Früher ...

Berger schläft im Sessel ein.

20.

Für den nächsten Morgen ist eine Pressekonferenz angesetzt. Roeder macht das; er ist der Dienstälteste. Berger sitzt mit im Saal, fühlt sich ausgebootet. Er wischt sich den Schweiß von der Stirn. Die Stimmung ist gereizt. Liegt das nun am Misserfolg der bisherigen Bemühungen, an der schlechten Luft hier im Saal oder an Roeders Unfähigkeit, mit den Journalisten umzugehen?

Roeder sagt: »Mit den Ermittlungen sind wir inzwischen ein ganzes Stück weitergekommen. Die Schüsse sind aus einer Pistole abgegeben worden, die in Hamburg in den letzten Jahren bei Straftaten nicht verwendet worden ist. Eine 7,65 mm Walther PP oder PPK. Eine Präzisions-Faustfeuerwaffe mit außen liegendem Hahn, die im Kriege von Offizieren getragen wurde und heute noch von der Polizei verwendet wird.«

Wie gestelzt er doch redet, denkt Berger. Er sollte solche Auftritte nicht selbst machen. Es liegt ihm nicht. Es ist offensichtlich, dass die Reporter ihn nicht ernst nehmen.

»Wir haben Fotos dieser Waffen für Sie vorbereitet. Sie können sich nachher jeder einen Abzug mitnehmen. Diese Art Waffen wurden von der Waffenfabrik Walther aus Zella Mehlis in Thüringen hergestellt. Wir bitten die Öffentlichkeit um Mithilfe. Wer kennt Besitzer von Pistolen der abgebildeten Art? Wer weiß von Personen, die diese Pistolen ›schwarz‹ führen, also nicht im Besitz eines Waffen-Erwerbs-Scheines oder eines Waffen-Scheines sind?«

»Entschuldigen Sie, habe ich das eben richtig verstanden? Die Hamburger Polizei kauft ihre Waffen in der Zone?« Heiterkeit unter den Journalisten.

Roeder ist irritiert. »Natürlich nicht! Da haben Sie mich völlig missverstanden. Ich sagte: Ursprünglich wurden diese

Pistolen in Thüringen hergestellt. Die Firma Walther sitzt aber heute in Ulm.«

»Das hat er nicht gesagt!«, murmelt jemand neben Berger.

»Vor der Kaufhalle am Rathausmarkt ist ein altes, erheblich verrostetes Herrenfahrrad gefunden worden, dessen Fabrikat noch festgestellt werden muss. Es ist nicht auszuschließen, dass der Täter ursprünglich damit seine Flucht fortsetzen wollte. Auch von dem Fahrrad haben wir Fotos bereitgestellt. Wir würden uns freuen, wenn Sie die Aufnahmen veröffentlichen könnten.«

»Auf den Täter gibt es noch keine Hinweise?«

»Wir verfolgen verschiedene Spuren«, behauptet Roeder. »Und die Bevölkerung und namentlich die Inhaber von Vergnügungsstätten werden gebeten, auf auffällig hohe Zechen zu achten, da sich ein Mann dieses Schlages in der Regel leicht dazu verführen lässt, einen großen Teil der Beute zunächst in Lokalen zu verschleudern. – Hinweise nimmt jede Polizeidienststelle entgegen. Und im Raubdezernat ist der Telefonapparat Nummer 3436 ständig besetzt.«

»Wenn ständig besetzt ist, kann ja keiner anrufen!« Die Journalisten lachen.

21.

»Der macht das nicht zum ersten Mal!«, sagt Berger.

Niemand antwortet. Das ist die Ernüchterung, denkt Berger. Erst gibt es eine Phase großer Hektik, in der Zeugen befragt und heiße Spuren verfolgt werden – und dann, wenn man plötzlich ahnt, dass das alles ins Leere läuft, dann ist der Schwung weg.

Die Luft im Raum ist stickig. Berger öffnet ein Fenster. Dann versucht er es noch einmal: »Der Mann ist vierzig, sagen die Zeugen. Niemand beschließt in diesem Alter von heute auf morgen einfach, Bankräuber zu werden!«

»Das sagt sich so einfach ...«

»Bentz, ich bitte dich!«

»Es mag zwar nicht die Regel sein – aber ausschließen können wir es doch auch nicht, oder?«

Bentz hält seinem Blick nicht stand. »Na schön«, sagt er. »Ja, ich glaube auch nicht, dass er das zum ersten Mal macht. Aber – was hilft das schon? Bei uns ist jedenfalls nichts bekannt. Und in den Nachbarländern ...«

»Ich komme aus Harburg«, sagt Kayser. »Wenn da im Landkreis was gewesen wäre, dann würd ich's wissen.«

»In Schleswig-Holstein war auch nichts. Bei größeren Sachen, wenn eine Verbindung nach Hamburg bestehen könnte, dann werden wir ja sowieso eingeschaltet ...«

»Vielleicht hat er vorher was anderes gemacht«, schlägt Kayser vor. »Einbrecher oder so. Und jetzt ist er eben umgestiegen.«

»Warum sollte er?«

»Bankraub bringt mehr.«

Das stimmt alles, denkt Berger. Warum habe ich trotzdem das Gefühl, dass hier gemauert wird? Bei Kayser zum Beispiel. Kayser sieht mich nicht an, wenn er spricht.

Pagels schüttelt den Kopf. »Seh ich nicht, dass das einer von unseren Einbrechern ist.«

»Du kannst doch nicht alles wissen!«

»Alles nicht, aber so etwas? Ein erfolgreicher Einbrecher, Einzeltäter, in dem Alter? Gefasst haben wir keinen, auf den die Beschreibung zutrifft. Und von denen, die wir nicht gefasst haben – also nennenswerte Serien, die haben wir in letzter Zeit doch auch nicht gehabt.«

»Der Fensterbohrer«, wirft Kayser ein.

»Ja, gut.«

»Der ist ganz schön clever.«

»Bei euch draußen ...« Pagels überlegt.

»Der kann genauso mit der Bahn nach Hamburg fahren wie ich auch.«

»Was ist das für ein Fall?«, fragt Berger.

»Ein Einbrecher. Verschafft sich nachts Zugang zu einzeln stehenden Häusern, indem er die Fenster aufbohrt. Durch das Holz vom Rahmen. Und dann einfach mit so einer Art Haken den Riegel hochschiebt.«

»Der ist jetzt wie lange aktiv?«

»Zwei, drei Jahre vielleicht. Alle paar Wochen schlägt er zu.«

Pagels lacht. »Wenn der sich jetzt auf Banken umgestellt hat und alle zwei bis drei Wochen zuschlägt, dann kriegen wir aber ganz schön Arbeit!«

»Gibt es eine Beschreibung?«

»Ja, doch. Aber wie das so ist mit den Zeugen – noch dazu nachts, im Dunkeln! Also: Groß soll er sein, 1,80 m mindestens. Eher alt als jung. Und er trägt Turnschuhe, heißt es.«

»Tolle Beschreibung!« Da ist nichts dran, denkt Berger. Die Arbeitsweise ist zu unterschiedlich. Leise und heimlich im einen Fall, spektakulär und laut im anderen. Geradezu nach Aufmerksamkeit schreiend. Nein, das kann er nicht sein, das ist nicht derselbe Mann.

22.

Als Kayser nach Hause will, fängt Pagels ihn auf der Treppe ab. »So geht das nicht.«

»Lass mich in Frieden, ich will nach Hause.« Kayser versucht, sich an Pagels vorbeizudrängen. Doch der kleine Polizist versperrt ihm den Weg.

»Ich mache das nicht mit.«

»Pagels!« Kayser setzt die Tasche ab.

»So können wir nicht arbeiten.«

»Pagels!«

»Es ist unsere Aufgabe, Verbrechen aufzuklären ...«

»Wollen wir doch, Pagels. Natürlich wollen wir das!«

»Aber wir streuen Sand ins Getriebe ...«

»Pagels! Reiß dich zusammen! Dieser Fall ist ein Geschenk Gottes! So spektakulär, so ungewöhnlich, dass der Berger daran scheitern muss. So unerfahren, wie der ist. Er kann es einfach nicht schaffen. Nicht allein. Nicht ohne uns. Nicht ohne Roeder. – Was glaubst du denn, warum Roeder sich hier kaum blicken lässt? Berger soll das Ding allein machen, und er soll allein damit untergehen, das ist der Sinn der Übung.«

»Das mache ich nicht mit.«

»Du kannst doch jetzt nicht zurück!«

»Doch, kann ich.«

»Wenn du uns in die Pfanne hauen willst ...«

»Ich haue niemanden in die Pfanne.«

Kayser schüttelt den Kopf. »Du Narr!«

23.

Als Pagels zurückkommt, ist auch Berger dabei, seine Sachen zu packen. »Ich dachte, du wärst schon gegangen.«

»Mir ist noch etwas eingefallen«, behauptet Pagels.

»Ja? Komm, setz dich doch!«

»Ich hatte es vorhin schon sagen wollen, als wir von der Vorgeschichte des Täters geredet haben, aber dann sind wir irgendwie von dem Thema abgekommen ...«

»Ja?« Also doch. Es muss eine Vorgeschichte geben!

»Kayser hat natürlich recht: Es gibt in Hamburg und Umgebung keine Banküberfälle, die in ähnlicher Weise durchgeführt worden sind. Ich weiß keinen einzigen Fall, der mit diesem heutigen Überfall vergleichbar wäre. Nicht nach dem Krieg ...«

»Aber?«

»Aber es hat da diese Überfälle auf die Bundespost gegeben ...«

»Auf die Post?« Davon weiß Berger nichts. »Wann soll das gewesen sein?«

»1952/53.«

Vor sechs, sieben Jahren? »Das ist lange her ...«

»Ich weiß.«

Einen Moment lang sehen die beiden sich nur an. Keiner sagt etwas. Wenn er jetzt sagt: Verschont mich mit den alten Kamellen, dann hat er verspielt, denkt Pagels. Dann haben Kayser und Roeder doch recht.

Aber Berger sagt: »Komm, sehen wir es uns an!«

Und das ist das Problem. »Die Akten sind nicht im Archiv.«

»Wie?«

Pagels zuckt mit den Achseln. »Entnommen. Von Unbekannt.«

»Was ist denn das für eine Schlamperei?«

»Soll natürlich nicht vorkommen, aber du weißt ja, wie das ist. Irgendjemand braucht was ganz schnell, irgendein hohes Tier. Das bringe ich gleich wieder zurück, sagt er, und dann wird vergessen, das einzutragen.«

»Und jetzt?«

»Bleiben nur die Zeitungen.«

»Die Zeitungen? Sollen wir bei Springer ...«

Pagels schüttelt den Kopf. »Staatsarchiv oder Staatsbibliothek.«

24.

»So eine Pfeife!« Bentz' Stimme zittert. Er spricht lauter als gewohnt, um den Musikautomaten zu übertönen. Jemand hat Freddy gedrückt, schon zum zweiten Mal.

... und er glaubte nicht daran,
dass ein Mensch, der viel verloren,
wieder neu beginnen kann ...

»Das hab ich doch gleich gewusst.« Haydns Stimme klingt etwas undeutlich. Er ist schon bei der dritten Runde Bier und Korn angelangt. Lütt und Lütt, wie man hier in Hamburg sagt. Und er trinkt es auch so, wie es sich gehört, beide Gläser mit der rechten Hand gefasst, Bier unten, Korn oben. Die ersten beiden jedenfalls. Bei der dritten Runde verschluckt er sich. Bentz kommt nicht aus Hamburg. Sein kleines Helles, das erste an diesem Abend, ist noch immer halb voll.

»Und jetzt?«, fragt Kayser.

»Nichts«, lallt Haydn. »Alles wie gehabt. Dienst ist Dienst und Schnaps ist Schnaps.«

Armleuchter, denkt Bentz. »Du trinkst zu viel!«

»Bist du, bist du von der Heilsarmee, oder was?« Haydn starrt ihn aus glasigen Augen an.

»Hört auf«, sagt Kayser. »Das führt doch zu nichts.«

»Ja, Scheiße«, sagt Haydn. »Das führt zu nichts. – Ich geh weg, ich mach nicht mehr mit. Wir halten den Kopf hin für einen Hungerlohn, und die anderen da draußen in der Wirtschaft, die verdienen sich dumm und dösig.«

»Das ist wohl wahr«, seufzt Kayser.

»Ich geh weg, ich fang an auf der Werft, bei Blohm & Voss. Oder bei Schlieker ...«

»Schlieker zahlt besser«, sagt Kayser.

Hat er sich also tatsächlich erkundigt, denkt Bentz. Aber dennoch wird er nicht weggehen von der Polizei. Dazu ist er viel zu träge.

»Ich will meinen Anteil«, sagt Haydn. »Verdammt noch mal, ich will meinen Anteil! Der Roeder, der hat sein dickes Auto, und selbst der Pagels ...«

»Bleib auf dem Teppich«, sagt Bentz. »Roeder hat reich geheiratet, und der Wagen von Pagels, dieser Lloyd Alexander ...«

»Wer den Tod nicht scheut, fährt Lloyd!«, ruft Kayser dazwischen.

Haydn rülpst.

... doch es blieben ihm zwei Freunde:

die Gitarre und das Meer!

Bentz knickt seinen Bierdeckel. Er weiß plötzlich, dass er mit diesen Kollegen nichts anfangen kann. Sinnlos, sich mit ihnen zu verbünden. Sinnlos, sich mit ihnen zu besaufen. Nein, wenn er etwas werden will, muss er allein etwas bringen.

Freddy schweigt. Kayser erhebt sich schwankend. Aber Bentz ist schneller. Schluss mit der Sentimentalität! Er geht zur Musikbox, wirft seine Münze ein und drückt D7. Mitch Miller. Er wartet, bis die Scheibe auf dem Plattenteller liegt. Der *River-Kwai-Marsch*. Auf dem Weg zurück zum Tisch der Kollegen pfeift er die Melodie laut und falsch mit.

25.

»Hast du schon die Zeitungen gelesen?«, fragt Pagels.

Berger schüttelt den Kopf.

»Solltest du aber tun. Das ist einer der Punkte, die dein Herr Vater uns immer eingeschärft hat: Zuerst die Zeitung lesen!«

»Was steht denn drin?«, fragt Berger mit mäßigem Interesse. Er hat zwar das *Abendblatt* abonniert, kommt aber nur selten dazu, es auch wirklich zu lesen. Und heute früh, als er zum Dienst musste, war die Zeitung noch nicht da.

»Das da!« Pagels wirft Berger die Zeitung auf den Tisch.

Berger liest: »*Hamburger Kripo gab heute Morgen bekannt: Hamburger Bankräuber ein seit sieben Jahren gesuchter Berufsverbrecher* ... Wo kommt denn diese Scheiße her?«

»Da steht es doch.« Pagels deutet auf die entsprechende Stelle: ... *das Raubdezernat der Hamburger Kriminalpolizei* ...

»Welcher Idiot ...«

»Ich war das.« Niemand hat gemerkt, wie Roeder hereingekommen ist.

Berger starrt ihn an.

»Bevor Sie etwas sagen, Herr Berger, lassen Sie mich nur rasch klarstellen, dass Sie zwar die Untersuchungen im Fall des gestrigen Banküberfalls durchführen, dass ich aber nach wie vor Leiter des Raubdezernats bin, und in dieser Eigenschaft nehme ich mir schon das Recht heraus, mit der Presse in Verbindung zu treten, wann immer es mir notwendig erscheint.«

»Sie hätten mich in Kenntnis setzen sollen«, sagt Berger ärgerlich.

»Das tue ich ja gerade. Und ich konnte Sie nicht früher in Kenntnis setzen, weil Sie ganz einfach nicht da waren. Aber im Umgang mit der Presse gibt es ein paar kleine Regeln, die man nicht außer Acht lassen darf. Zum Beispiel die Frage, bis wann spätestens eine Nachricht heraus sein muss, damit sie noch in der nächsten Ausgabe erscheint.«

»Es gibt Telefon«, sagt Berger.

»Glauben Sie vielleicht, ich hab die Zeit, wegen jeder Kleinigkeit hinter meinen Untergebenen herzutelefonieren? – Nee, Herr Berger, so läuft das nicht! Bei mir nicht. Die Meldung musste raus, damit der Bevölkerung klar ist, dass wir im Bilde sind, dass wir den Überblick haben und die Zusammenhänge sehen. Wenn wir das nämlich nicht tun, dann macht das die Presse für uns, die haben auch ein schönes Archiv, und die würden uns sehr schnell erzählen, dass wir gar nicht gemerkt haben, dass wir hier mitten in einer Serie sind.«

»Das wissen wir doch alle«, sagt Pagels. »Die Postüberfälle.«

Roeder nickt. »Hier. Hier steht es – genauso, wie ich es denen gesagt habe. Altona 1952 und Nienstedten 1953.«

»Danke«, sagt Berger. »Danke für die Unterstützung.« Und als Roeder gegangen ist: »Arschloch.«

»Kein Wunder, dass wir die Akten nicht finden konnten«, sagt Pagels. »Roeder hat das ganze Zeug bei sich. – Aber er ist nicht so gut im Bilde, wie er glaubt. Hier, die *Morgenpost* weiß schon mehr als er. Und als wir.«

»Brandstwiete«, sagt Berger. »Was ist denn das für ein Fall?«

»Banküberfall 1954. Ziemlich unspektakulär. Bis auf die Beute: 20.200 DM.«

»Ein Haufen Geld!«

»Ja, das kannst du wohl sagen!«

»Die hätte mancher gut brauchen können. Selbst damals, als das Wirtschaftswunder allmählich losging.«

Pagels zieht die Brauen hoch. »Das Wunder gab es nicht für alle! Wenn ich mich recht erinnere, wurde damals in der Industrie zwar schon wieder so viel gezahlt, dass man ganz gut über die Runden kommen konnte. Aber für uns Beamte sah es nicht ganz so rosig aus. Unsere Besoldung lag glatt ein Drittel unter der von 1927. Das muss man sich mal vorstellen!«

Berger nickt. Damals war er noch kein Beamter, aber dass das Geld knapp war, daran kann er sich schon noch erinnern. Wenn auch für ihn natürlich die Wohnung zu Hause frei war.

»Wir zum Beispiel, wir haben in einer Nissenhütte gewohnt, die ersten Jahre. Burgstraße, mitten zwischen den Trümmern. Zwei Familien auf vierzig Quadratmetern, getrennt durch einen Vorhang. Kein fließendes Wasser, Gemeinschaftsklo. Wellblechwände, keine Isolierung. Und die Kohlen für den Kanonenofen – die mussten auch erst einmal bezahlt sein. Ich hab ja noch Glück gehabt, dass ich bei der Polizei anfangen konnte, aber unser Kleiner ...«

»Ich wusste nicht, dass du verheiratet bist«, sagt Berger.

»Geschieden. Unser Sohn, der hat es verdammt schwer gehabt, überhaupt erst mal ne Lehrstelle zu bekommen. Erst die Heimkehrer, die Frontsoldaten. Er hat dann noch ein freiwilliges Jahr gemacht. Schule nach der Schule. Na ja, hatte er jedenfalls was zu tun. Bei Schlieker ist er dann schließlich untergekommen. Im Schiffbau.«

»Auch so ein Wunderknabe, der Schlieker«, brummt Berger.

Pagels zuckt mit den Achseln.

26.

»Das Kriminalamt Hamburg nimmt den Überfall auf die Deutsche Bank zum Anlass für dieses Grundsatzgespräch, zu dem wir die Vorstände aller ortsansässigen Geldinstitute eingeladen haben«, sagt Pfeifer. »Wir nehmen die Überfälle sehr ernst. Sie wissen natürlich, dass die Häufigkeit von Banküberfällen in den letzten Jahren erheblich zugenommen hat. Und der jüngste dreiste Überfall mitten in Hamburg hat uns allen noch einmal in aller Deutlichkeit vor Augen geführt, dass die Sicherheit der Banken und Sparkassen verbessert werden muss.«

Einer der Bankmanager räuspert sich, als ob er etwas sagen möchte, aber Pfeifer lässt sich nicht unterbrechen. »Unser Herr Kriminalrat Roeder hat vor einigen Monaten die Gelegenheit gehabt, sich in den Vereinigten Staaten einmal über moderne Sicherungsmöglichkeiten in Banken und Sparkassen zu informieren. Herr Roeder, ich gebe Ihnen hiermit das Wort.«

»Danke schön.« Roeder setzt seine Brille auf, sieht sich kurz im Saal um, wirft dann einen Blick auf seine Notizen. »Ich habe die Möglichkeit wahrgenommen, bei meinem Besuch in den Staaten mit einer ganzen Reihe von Sicherheitsexperten und Bankfachleuten zu reden. Man ist drüben generell der Auffassung, jedes Geldinstitut müsste von sich aus dafür Sorge tragen, dass durch geeignete Schutzmaßnahmen Überfälle unmöglich gemacht werden.«

»Genau, bravo! Colts für alle!«, ruft jemand im Publikum.

Irritiert blickt Roeder von seinem Manuskript auf. Richtig, die Presse ist ja auch geladen. »Betrachten wir einmal unter diesem Gesichtspunkt den aktuellen Banküberfall. Die Zentrale der Deutschen Bank war gegen Überfälle so gut wie gar nicht geschützt. Keine der Kassen verfügt über Trennwände aus schusssicherem Verbundglas. Zwar kann von mehreren Arbeitsplätzen aus durch Knopfdruck die Alarmsirene in Tätigkeit gesetzt werden, wobei gleichzeitig automatisch die Türen geschlossen werden. Der Alarmknopf ist aber nicht mit der polizeilichen Notruf-Anlage gekoppelt. Die Polizei muss erst eigens über einen normalen Telefonapparat angerufen werden. Und – in diesem Fall der alles entscheidende Punkt – die Fenster sind nicht voll vergittert. Diesen Mangel muss der Täter geradezu als Einladung empfunden haben. Er wusste, dass er selbst nach Auslösung des Alarms durch einen Sprung aus dem Fenster ohne Probleme flüchten konnte.«

»Ja, ja, das wissen wir ja alles, aber was sollen wir denn nun konkret tun – Ihrer Meinung nach?«

»Ganz einfach: Man muss das Geld und auch den Kassierer vom Kunden trennen. Es genügt dazu eine kugelsichere Glaswand, deren oberer Rand aus normalem Fensterglas besteht. Macht jemand den Versuch, diese Wand zu überklettern, so bricht der obere Glasrand ab und fügt dem Täter schwere Schnittverletzungen zu.«

Roeder führt an, dass in Nordamerika manche Bankinstitute bei Alarm statt einer Sirene ein Magnetophonband in Tätigkeit setzen, das nur zwei Worte ständig wiederholt: »Hilfe! Überfall!« Diese beiden Worte, durch Lautsprecher auf die Straße gebrüllt, machen jeden sofort aufmerksam.

Am Ende des Vortrages bedankt Roeder sich für die Aufmerksamkeit. Verhaltener Beifall. Berger sieht sich im Saal um. Die Bankleute wirken skeptisch.

Er hat sie nicht überzeugt, denkt Berger. Natürlich werden sie die Sicherheit verbessern, das sind sie ihren Mitarbeitern schuldig, aber es ist alles eine Frage der Abwägung. In all den Jahrzehnten, die sich die Bank an diesem Ort befindet, hat es nur einen einzigen Überfall gegeben. Der Verlust von 30.000 DM ist natürlich ärgerlich, aber im Gesamtrahmen spielt dieser Betrag überhaupt keine Rolle.

27.

Die Polizei hat inzwischen sechsundsiebzig Spuren verfolgt, von denen sich einundvierzig bereits als unbrauchbar erwiesen haben. »Wir haben jetzt eine ganz heiße Spur«, gibt Roeder am 4. Juni vormittags der Presse bekannt. Berger rauft sich die Haare. Sie haben überhaupt keine heiße Spur. Sie sind schon am Ende.

Pagels sagt: »Was sagen denn unsere Freunde von der Unterwelt?«

»Weiß ich nicht. Wieso?«

»Na, so ein Überfall, der ist doch Tagesgespräch auf St. Pauli. Da gibt es immer Vermutungen, wer das gewesen sein könnte. Und gar nicht so selten trifft das dann auch zu.«

Berger seufzt. So nützlich sie auch sein möchten – er hat keine Kontakte zur Unterwelt.

»Vielleicht solltest du deinen Vater mal anrufen«, schlägt Pagels vor.

»Wieso?« Es klingt schärfer, als Berger beabsichtigt hat.

»Nur so«, behauptet Pagels.

Pagels hat recht, denkt Berger. Es hilft nichts, ich muss ihn anrufen.

28.

Versuch es mal mit Paul Dierksen, hat sein Vater gesagt. Der ist uns noch einen Gefallen schuldig. Doch nun, wo er in dieser miesen Kaschemme steht, kommen ihm Zweifel. Dies ist nicht seine Welt. Absolut nicht. Und niemand hier, auf den die Beschreibung passen würde. Berger räuspert sich. »Ist Paul hier?«

»Was denn für'n Paul?«

»Dierksen.«

»Nee.« Der fette Wirt betrachtet Berger abschätzend. Bulle, denkt er. Vorsicht.

»Ich hätte gern ein Bier.«

Wortlos zapft der Dicke das Astra. Viel zu rasch. Das halbe Glas ist voll Schaum. »Da. Macht zweifuffzig.«

»Ja«, sagt Berger. Er denkt nicht daran, jetzt schon zu zahlen.

Der Wirt wirft ihm einen giftigen Blick zu. Bevor Berger dazu kommt, das zu knapp geschenkte Bier zu monieren, geht die Tür auf, und drei Männer stolpern herein.

»He, Paul«, ruft der Wirt. »Der Jungbulle hier will was von dir!«

»Halt die Luft an«, raunt Berger.

Die drei Männer sind im Eingang stehen geblieben. »Du hast ja komische Freunde«, sagt der eine.

Der mittlere muss Dierksen sein. Berger kennt ihn nur nach der Beschreibung seines Vaters. »Hallo, Herr Dierksen«, sagt Berger. »Ich soll Ihnen Grüße ausrichten.«

»Grüße?« Dierksen starrt ihn an. »Ich fass es nicht«, sagt er. »Das ist doch der junge Berger, oder? Der Sohn von Wilhelm Berger. Der mich damals geschnappt hat.«

Die anderen lachen, stellen sich aber nicht vor. Schräge Vögel, denkt Berger.

»Dierksen, Sie kennen sich doch aus mit Banken ...«

»Nee, das ist lange vorbei, Herr Kriminalrat ...«

Wieder lachen die anderen.

»Ich bin ja ein ehrlicher Mensch geworden, und mit solchen Dingen, da hab ich heute überhaupt gar nichts mehr zu tun ...«

»Mach's kurz, Paul!«, mischt sich der eine seiner Begleiter ein. Seine gepflegte Kleidung steht in einem gewissen Widerspruch zu seinem Gesicht. »Wie ich den Laden so kenne, will dein Freund wissen, ob du was gehört hast von wegen dem Bankraub.«

»Nee, also wirklich, ihr glaubt doch nicht etwa, dass ich da noch Kontakt ...«

»Es war keiner von hier«, mischt sich der Wirt ein. »Die Bullen, also Ihre Kollegen, die haben doch gestern schon alles abgeklappert hier auf dem Kiez. Aber Fehlanzeige. Sie ham ihn nich gefunden.«

»Ich weiß nur das, was in der Zeitung steht«, sagt Dierksen.

»Der Paul, der macht nämlich in Pferderennen«, sagt der Gepflegte.

»Davon kann doch keiner leben«, entfährt es Berger.

»Doch, doch – wenn man weiß, wie es läuft.«

»Aber die Pferde, die laufen nicht immer so, wie sie sollen«, sagt der Gepflegte. »Haben ihren eigenen Kopf, die ollen Viecher. Und deswegen sind wir hier, um das mal zu klären.«

Dierksen macht einen unglücklichen Eindruck.

»Passen Sie gut auf sich auf«, sagt Berger. »Und falls Sie jemals Hilfe brauchen sollten ...«

»Nicht nötig.« Der Gepflegte grinst. »Wir passen schon auf dich auf, was Paul?«

29.

Pagels lacht. Berger hat ihm von seinem Misserfolg berichtet. Als er Bergers besorgte Miene sieht, sagt er: »Nein, die werden ihn schon nicht umbringen, den Dierksen. Prügel haben sie ihm angedroht, so wie das klingt, das ist alles.«

»Hoffentlich. – Jedenfalls stecken wir jetzt endgültig fest.«

Pagels widerspricht: »Eine Chance haben wir noch.«

Es klopft.

»Bressel«, sagt Pagels. »Ich habe ihn vorgeladen.«

Und da ist er auch schon, der Kassierer.

»Das ist nett, dass Sie gleich gekommen sind, Herr Bressel.«

»Ja, Sie haben mir ja diese Vorladung geschickt ...« Bressel trägt den Arm in der Schlinge, er ist gerade erst aus dem Krankenhaus entlassen worden.

»Wie geht es denn Ihrem Arm?«

»Schlecht. Im Augenblick kann ich ihn überhaupt nicht benutzen. Die Ärzte sagen zwar, das wächst sich alles wieder zurecht, aber ich habe so meine Zweifel. Und es ist der rechte Arm.«

»Verlieren Sie nicht den Mut«, sagt Pagels. »Herr Bressel, ich habe Ihnen hier einige Fotos rausgesucht. Sehen Sie sich die Aufnahmen bitte in aller Ruhe an. Prüfen Sie bitte sorgfältig, ob einer dieser Männer möglicherweise der ist, der Sie angeschossen hat.«

»Ich habe ihn ja nur ganz kurz gesehen«, sagt Bressel zweifelnd.

»Trotzdem.«

Genau zwanzig Bilder sind es, die Pagels auf dem Tisch ausgebreitet hat. Räuber und Einbrecher, die zurzeit auf freiem Fuß sind, und die vom Alter und von der Größe her in etwa in Frage kommen würden. Pagels hat nicht viel Hoffnung, dass Bressel den Täter identifizieren kann. Er ist wahrscheinlich nicht in ihren Akten erfasst. Wahrscheinlich nicht vorbestraft. Die anderen Zeugen, denen er die Bilder vorgelegt hat, haben jedenfalls alle gesagt, der Täter sei nicht dabei gewesen.

Bressel nimmt eines der Fotos in die Hand, betrachtet es aus der Nähe. Pagels zieht die Augenbrauen hoch. Dieses Foto hat er nur hinzugefügt, um auf die runde Zahl von zwanzig Bildern zu kommen. Es zeigt den Kommissar Roeder, aufgenommen auf der letzten Weihnachtsfeier.

»Nein«, sagt Bressel schließlich. »Hiervon war es keiner.«

»Aber bei dem einen Bild waren Sie sich unsicher!«, stellt Pagels fest.

»Nein, eigentlich auch nicht. – Gut, ich sehe, ich muss das erläutern. Also: Man soll ja bei den Menschen nicht nach dem Aussehen gehen, aber die meisten Leute auf diesen Bildern, die haben – um das mal ganz ehrlich zu sagen – richtige Ganovenfressen. Nur dieser eine Mann hier nicht. Deshalb habe ich ihn mir etwas genauer angesehen. Aber der war es auch nicht.«

»Ganz sicher?«, fragt Pagels nach.

»Ganz sicher«, sagt Bressel.

30.

Soll er wirklich nach Norwegen fahren?

Vor Wilhelm Berger auf dem Tisch sind die Prospekte ausgebreitet. Das wird teuer, das hat die junge Dame im Reisebüro auch gesagt und ihn dabei so merkwürdig angesehen, als ob Zweifel daran bestünde, dass er sich die Fahrt leisten könne. Doch daran besteht kein Zweifel. Er könnte den Betrag jederzeit abheben, sich das Geld in norwegische Kronen umtauschen oder in Travellerschecks und dann einfach losfahren. Sofort, wenn es sein muss.

Nein, nicht sofort. Es besteht keine Eile. Die Toten sind tot, und die sind auch in einem Jahr noch tot. Und er sollte sich vorbereiten. Es wäre nicht schlecht, wenigstens ein bisschen Norwegisch zu können. Es gibt Kurse an der Uni, er hat sich erkundigt, und wenn er sich als Gasthörer einschreiben lässt, sollte das kein Problem sein. Egil heißt der Mann, das klingt unheimlich nordisch, Berger stellt ihn sich vor wie einen Troll.

Doch, er traut es sich durchaus zu, eine fremde Sprache zu lernen, auch in seinem Alter noch. Aber wozu? Was will er finden, da oben in Norwegen? Die Deutschen sind nicht beliebt in Narvik, das ist klar. Auch wenn es die Engländer gewesen sind, die am Ende den Ort in Brand geschossen haben, damals, im Frühjahr 1940. Aber vielleicht muss er ja gar nicht nach Narvik hinein. Das was ihn interessiert, das liegt weiter draußen, in den Fjorden. Und in einigen hundert Metern Tiefe, glaubt er jedenfalls.

Und da kommt ihm der Gedanke: Wenn Michael nun mitkäme? Zehn Jahre ist er jetzt. Michael würde es genießen, ein paar Wochen im Zelt zu schlafen. Er war noch nie im Ausland, und so wie es aussieht, würde er da auch so rasch nicht hinkommen. Horst hat keine Zeit und Monika kein Geld. Aber mit ihm zusammen – das könnte gehen. Wie viel harmloser wäre das, ein Großvater, der seinem Enkel Norwegen zeigen will, einem Kind, das 1940 noch gar nicht geboren war?

Kurz entschlossen greift er zum Telefon.

31.

»Sand im Getriebe«, sagt Roeder. Es regt ihn auf, wie wenig Berger auf seine Anregungen eingeht.

Pfeifer schüttelt den Kopf. »Sie übertreiben.«

»Wenn die Hälfte der Abteilung nicht effizient arbeitet, dann kann ich das einfach nicht anders nennen.«

»Mein lieber Roeder, Sie wissen, dass ich Sie schätze. Aber nun bleiben Sie mal bitte auf dem Teppich. Der Berger hat erst seit Montag dieses Amt inne. Das dauert ein bisschen, bis man sich da richtig eingelebt und eingearbeitet hat. Und mit der entsprechenden Unterstützung und Hilfe von Ihrer Seite ...«

»Selbstverständlich. Das Problem ist ja nur, dass er sich einfach nicht helfen lässt. Wir in Hamburg haben ja nur sehr begrenzte Erfahrung mit wirklich schweren Verbrechen. Im Gegensatz zu den Amerikanern zum Beispiel. Ich habe Berger also geraten, er möge sich einmal ansehen, wie das FBI mit solchen Fällen umgeht. Habe die Verbindungen hergestellt, das Fernschreiben auf den Weg gebracht ...«

Pfeifer sieht Roeder scharf an. »Das Fernschreiben hat meines Wissens der Herr Berger selbst formuliert.«

»Sein Englisch mag tadellos sein, das will ich gar nicht bestreiten. Aber das Formale musste ich schon noch überarbeiten. Ganz erheblich sogar. Der Herr Berger hat sich offenbar bisher nicht die Mühe gemacht, sich mit den Gepflogenheiten im innerbehördlichen Briefverkehr vertraut zu machen ...«

»Das kommt sicher noch. Sein Englisch ist jedenfalls wirklich hervorragend – soweit ich das beurteilen kann. Meine Fremdsprachenkenntnisse sind ja kriegsbedingt etwas zu kurz gekommen. – Nun gucken Sie nicht so unglücklich, Roeder!«

32.

Roeder ist unglücklich. Das ist einfach nicht fair, denkt er. Ich mühe mich hier ab, eine moderne, schlagkräftige Truppe aufzubauen, und das ist der Dank. Roeder atmet schwer, als er endlich die Treppe zu der kleinen Dachkammer erklommen hat. Er kann jetzt nicht nach Hause, nicht in dieser Stimmung. Erst einmal ein Bier, denkt er. Er öffnet den Kühlschrank.

Leer. So ein Mist!

Ich bemühe mich doch nun wirklich. Tue was ich kann, um die Fehler dieses Knaben auszubügeln. Beknie die Jungs von der Presse, dass sie nichts davon schreiben, dass er sturzbetrunken auf Bankräuberjagd gegangen ist. Gegangen? Getorkelt geradezu! Und was habe ich davon? Freche Antworten von dem Berger und Schelte vom Pfeifer. Es ist zum Heulen.

Und meiner Frau kann ich mit so was gar nicht erst kommen. Die würde noch eins obendrauf setzen. Für die zählt nur die Karriere. Bei der Polizei! Ausgerechnet! Als ob es da irgendeine Karriere geben könnte. Gehobener Dienst, noch immer, nach all den Jahren. Die Alte, als Lehrerin, die hat gleich mit A13 angefangen. Jetzt A14. Und ich? Lausige A10! Und kein Weiterkommen, trotz aller Versprechen. Für Juristen vielleicht, die steigen auf bis nach ganz oben, haben zwar keine Ahnung von irgendwas, aber leiten den Laden. Aber ich bin kein Jurist. Nein.

Roeder öffnet das Dachfenster. Draußen ist es noch wärmer als hier in der Kammer. Aber ein bisschen frische Luft kann nichts schaden. Und der Blick über Hamburg – herrlich! Roeder muss sich auf die Zehenspitzen stellen, um den Ausblick genießen zu können, und selbst dann sieht er nur die Dächer der umliegenden Häuser. Und die Innenhöfe, die gepflegten Gärten. Hamburg ist schon eine saubere Stadt. Und hinter den Häusern, da ganz hinten irgendwo, im Gegenlicht kaum zu erahnen, da liegt die Alster.

Ein Haus an der Alster, das wäre etwas. Das ist es, wovon seine Frau träumt. Leider unerfüllbar.

Nein, es ist nicht fair. Das Leben ist nicht fair. Fairness, wo gibt es die denn noch? Nur noch im Sport. Der einzige Trost. Roeder geht an den Schrank und entfaltet umständlich das grüne Spielfeld.

33.

Siebzehn Uhr. Jetzt müsste Monika eigentlich zu Hause sein. Es hat keinen Sinn, die Geschichte noch länger hinauszuzögern. Berger greift zum Telefon. Die Nummer kennt er auswendig. Automatisch wählt er die sieben Ziffern.

»Marquardt.« Eine Männerstimme. Verdammt, jetzt hat er sich doch verwählt.

»Entschuldigung, da habe ich wohl die falsche Nummer erwischt.« Berger legt auf. So, und jetzt noch einmal in aller Ruhe. Mit einer Pause nach jeder Ziffer. Doch es hilft nichts:

»Marquardt.«

»Entschuldigung.«

»Wer ist denn da?«

»Horst Berger. Ich hatte eigentlich ...« Berger bricht ab. Im Hintergrund ist ganz deutlich eine Stimme zu hören, die sagt: »Wer ist denn da, Schatz?« Monikas Stimme.

»Ich glaube, das ist dein Ehemaliger.« Es klingt abwertend. »Willst du ...?«

»Gib mal her. – Hallo, Horst, was gibt's denn?«

»Entschuldigung, wenn ich störe!« Es klingt schärfer, als er beabsichtigt hat.

»Ja, ich habe gerade Besuch. – Worum geht es denn?«

Berger atmet tief durch. »Norwegen«, sagt er. »Schönen Gruß von Wilhelm übrigens. Also, Wilhelm will im nächsten Sommer nach Norwegen fahren, und er möchte fragen, ob ...«

»Das schlag dir aus dem Kopf, Horst.«

»... ob der Michael vielleicht mitfahren darf.«

»Der Michael? – Wer fährt sonst noch mit?«

»Nur die beiden.«

»In den Schulferien?«

»Davon gehe ich aus.«

»Wer zahlt? Wilhelm?«

»Ja.«

»Moment mal, bleib mal bitte dran!«

Berger hört, wie der Hörer zur Seite gelegt wird. Erregtes Getuschel. Horst Berger kann keine Einzelheiten verstehen, aber es scheint ihm, der Marquardt sei dafür, Monika dagegen. Berger seufzt. Manfred heißt der Kerl, so viel hat er inzwischen aufgeschnappt.

»Okay«, sagt Monika schließlich. »Über die Einzelheiten sprechen wir noch. Aber im Prinzip geht das klar. – Wenn er denn mitwill.«

»Danke.«

Spitznase

25. Mai 1960

1.

Mittwoch, der 25. Mai 1960, der Tag vor Himmelfahrt. Ein sonniger, schöner Tag. Monika Skriblak schlendert vom »Haus der tausend Töpfe« zur Dresdner Bank. Und für morgen ist auch gutes Wetter angesagt. Sie wird mit ihren Eltern an die Ostsee fahren. Papa weiß noch nichts davon. Aber wenn Mama und ich dafür sind, denkt sie, dann wird er schon nachgeben.

Monika soll die Einnahmen dieses Vormittags einzahlen. Sie ist Lehrling, sechzehn Jahre alt. Der Auftrag bietet ihr eine willkommene Unterbrechung des Arbeitsalltags. Sie geht die Lange Reihe entlang. Der Bürgersteig liegt in der warmen Frühlingssonne. Monika besieht sich die Auslagen in den Schaufenstern der Geschäfte. Schließlich erreicht sie die Bank. Es ist kurz nach zwölf.

Im Inneren des Gebäudes ist es unangenehm kühl. Die dünne Bluse – hier ist sie fehl am Platz. Monika geht direkt zur Kasse. Der Mann lächelt sie an. Sie lächelt mechanisch zurück, aber im Geiste hat sie ihn längst abgehakt. Zu alt. Sie hat gerade zehntausend Mark auf den Schaltertisch gezählt, da kracht es hinter ihr. Erschrocken fährt sie herum. Dreck liegt am Boden. Jemand hat eine große Dose mit Sand und Steinen in die Eingangstür der Bank geschleudert. Dumme Gören, denkt sie. Da stürzt ein mit einem schwarzen Tuch maskierter Mann in die Schalterhalle und ruft: »Keiner rührt sich!«

Der Mann hält eine Pistole in der Hand. Eine echte Pistole! Monika steht starr vor Schreck. Sie sieht, wie der Mann über den Zahltisch springt und das Geld zusammenrafft. Dabei auch die zehntausend Mark, die sie gerade gezählt hat. Um Gottes willen, unser Geld, denkt sie. Warum tut keiner etwas? Sie selbst ist außerstande, irgendetwas zu tun. Nicht einmal schreien kann sie.

Die zweite Frau im Raum, die Bankangestellte Helga Thomaschewski, reagiert wesentlich gelassener. Während der Räuber das Geld einsammelt, löst sie den Alarm aus.

Der Mann blickt nur kurz auf, als die Sirene losschrillt. Er hat inzwischen das Geld in die Taschen gestopft. Er flankt zurück über den Tresen, schubst Monika zur Seite und rennt auf die Straße. Monika starrt ihm nach. Das Geld, denkt sie, mein Gott, der hat mir das Geld geklaut. Tränen schießen ihr in die Augen. Der Filialleiter eilt herbei, nimmt sie in die Arme: »Nun beruhigen Sie sich, Mädchen, das Geld war doch schon eingebucht.«

»Nein, nein«, sie schüttelt den Kopf, sie weiß es besser.

»Wenn ich es sage, dann ist das auch so.« Gott sei Dank, denkt er, keiner ist durchgedreht. Gott sei Dank ist nicht geschossen worden.

In dem Augenblick fällt draußen ein Schuss.

2.

Über dem Eingang der Bank schrillt die Alarmsirene. Der Handelsvertreter Alfred Panzek stutzt, dann eilt er in den nächsten Laden, das Bettengeschäft Sass, und ruft: »Banküberfall! Sofort die Polizei anrufen!«

»Was denn, bei der Dresdner Bank hier drüben?« Die Frau an der Kasse greift zum Telefon.

Inzwischen ist Panzek wieder nach draußen gestürzt. »Ist er noch drin?«, fragt er einen Passanten. Keine Antwort. Doch alle starren auf den Eingang der Bank. Ja, kein Zweifel, der Kerl ist da noch drin. Panzek rennt zu seinem Wagen.

Schnell, schnell! Er klappt das Handschuhfach auf; darin liegt seine Pistole, Kaliber 7,65 mm. Panzek schiebt das Magazin in die Waffe und lädt durch. Dem Burschen werd ich's zeigen!

Und da kommt er. Die Schaulustigen weichen zurück. Niemand riskiert es, dem bewaffneten Räuber in den Weg zu treten. Der bahnt sich einen Weg durch die Menge. Panzek reißt die Pistole hoch. Doch er kann nicht schießen; hier stehen zu viele Menschen. Der Räuber entkommt in einen Torweg. Panzek setzt ihm nach. Schon sind sie im Durchgang des Handelshofes, der die Lange Reihe mit der Straße Koppel verbindet. Panzek holt auf. In der engen Passage hat er endlich freie Bahn. Er schießt. Das Echo hallt von den Wänden. Eine Frau kreischt auf. Der Bankräuber rennt weiter, Panzek hinterher. Panzek ist gut trainiert; er spielt Fußball in seiner Freizeit, und er kann einen Tausendmeterlauf hinlegen, ohne aus der Puste zu kommen. Doch jetzt vergrößert sich der Abstand; der Räuber ist schneller.

Schon sind sie in der Koppel. Wieder schießt Panzek. Wieder vorbei. Er ist ein guter Schütze, aber es ist nicht leicht, im Laufen zu schießen und zu treffen. Wieder sind Passanten im Weg. Aber jetzt, jetzt hat er endlich freies Schussfeld. Doch der Räuber entwischt im letzten Moment in das August-Heerlein-Stift. Ein parkartiges Altersheim-Gelände mitten in St. Georg, umgeben von hohen Mauern. Der Räuber sitzt in der Falle. Wo steckt er? Da, da läuft er! Panzek sieht, wie der flüchtende Räuber an der Rückseite des Geländes an der Umfriedungsmauer hochspringt, sich mit kräftigem Griff nach oben zieht. Panzek bleibt stehen, zielt mit beiden Händen. Baff! Zehn Zentimeter neben dem Fuß des Bankräubers schlägt die Kugel in die Ziegel. Wieder verfehlt. Der Mann schwingt sich über die Mauer.

Und jetzt ist Panzek am Ende. Die Mauer ist zu hoch für ihn. Er kann nicht hinterher. Resignierend steckt er die Pistole ein und geht schwer atmend zur Bank zurück.

3.

Die Pressekonferenz am Nachmittag ist gut besucht. Berger beantwortet diesmal die Fragen; Roeder hält sich im Hintergrund. Pagels sitzt irgendwo unter den Zuhörern. Erste Bewährungsprobe für Berger, denkt er. Ob er das schafft? Der heutige Fall hat seine Tücken.

Berger wirkt ruhig und souverän. Mit knappen Worten schildert er den Tathergang.

»Ist es richtig, dass eine Privatperson den flüchtigen Räuber verfolgt und auf ihn geschossen hat?«

Klar, denkt Berger, das ist ein gefundenes Fressen für die Journalisten. Er sagt: »Ja, das ist richtig. Es handelt sich dabei um den Handelsvertreter Alfred Panzek. Der besitzt einen Waffenschein und ist infolgedessen auch berechtigt, eine Schusswaffe zu führen.«

»Ja, schon – aber durfte er sie in diesem Fall auch benutzen?«

Das ist die Frage, denkt Berger. Jetzt nur keine Unsicherheit zeigen. »Ja, er durfte sie auch benutzen. Hier kommt der §53 StGB zur Anwendung: Eine strafbare Handlung ist nicht vorhanden, wenn die Handlung – also die Anwendung der Schusswaffe – durch Notwehr geboten ist. Und Notwehr ist bekanntlich diejenige Verteidigung, welche erforderlich ist, um einen gegenwärtigen, rechtswidrigen Angriff von sich oder einem anderen abzuwenden. – Oder einem anderen, meine Herrschaften. Das war hier der Fall.« Er sieht dem Journalisten dabei direkt ins Gesicht. Jetzt kommt ihm zugute, dass er das ganze Zeug hat auswendig lernen müssen.

Pagels denkt, was für ein kalter Hund er doch ist!

»Die Verteidigung, die erforderlich – wie war das noch mal?«

Berger lässt gar nicht erst Zweifel aufkommen: »Außerdem gilt hier natürlich der §127 StPO, der da lautet: Wird jemand auf frischer Tat betroffen oder verfolgt, so ist jedermann befugt, ihn auch ohne richterlichen Befehl vorläufig festzunehmen. – Der sogenannte Jedermann-Paragraph.«

»Ja, das ist gut.« Der Journalist nickt.

Berger sieht sich um. »Sonst noch Fragen?« Nein, zu diesem Punkt gibt es keine weiteren Fragen.

Nach der Pressekonferenz, beim Weg zurück in das Arbeitszimmer, raunt Pagels ihm zu: »Klasse gemacht. Aber du hättest noch ein anderes Zitat in den Raum werfen können: Wo kein Kläger ist, ist auch kein Richter!«

Berger nickt. Er weiß selbst, dass es äußerst bedenklich ist, wenn Privatpersonen anfangen, mit Waffengewalt in die Verfolgung von Straftätern einzugreifen. Aber er weiß auch, dass die Öffentlichkeit für derlei Spitzfindigkeiten im Augenblick keinerlei Verständnis aufbringen würde. Und auch die Staatsanwaltschaft hat keine Bedenken geäußert. Wildwest, denkt er. Wenn wir nicht aufpassen, haben wir demnächst Wildwest hier in Deutschland.

4.

»Das kommt von den Krimis«, sagt Kayser. »Kein Wunder, dass die Kriminalität dauernd ansteigt. Von den Krimis, da haben die das her. Mord und Totschlag im Kino, im Fernsehen – überall.«

Berger will widersprechen, doch in dem Augenblick klopft es.

»Herein!«

Ein etwa vierzigjähriger Mann betritt das Zimmer.

»Ach, schönen guten Tag, Herr Roland!« Trudchen springt von ihrem Sitz auf. »Das ist aber nett, dass Sie uns besuchen. Ich nehme an, Sie wollen zu unserem Pressereferenten ...«

Berger guckt irritiert. Roland? Etwa dieser Fernsehheini?

Jürgen Roland schüttelt den Kopf. »Raubdezernat. Der Bankraub heute in der Langen Reihe. Man hat mir gesagt, dafür sind Sie zuständig ...«

»Wollen Sie den etwa verfilmen?«

»Nein. Heute – heute war ich selbst mit dabei. Live sozusagen. Ich bin Zeuge gewesen.«

»Was?«

»Wir haben in Hamburg gedreht die letzten Tage. Diesmal nicht *Stahlnetz*, sondern einen Kinofilm. Und ich war gerade mit meinem Hauptdarsteller auf der Fahrt von Rahlstedt zum Hauptbahnhof, als plötzlich der Schlamassel in der Bank losging. Ich hab sofort angehalten. Die Sirene heulte auf. Die Straße blockieren, hab ich gedacht. Hätte auch geklappt, aber der Kerl hatte gar kein Auto ...«

»Bitte in aller Ruhe und der Reihe nach«, sagt Haydn. Er hat Mühe, mitzuschreiben.

»Also – in dem Moment, als ich den Wagen querstelle, da kommt auch schon ein Mann aus der Bank gerast. Mit einer Gesichtsmaske. Und ein zweiter Mann rennt ebenfalls los. Ich sehe, der hat eine Pistole in der Hand. Die gehören bestimmt zusammen, hab ich gedacht.«

»Die gehörten nicht zusammen«, erläutert Berger.

»Ja, das hab ich inzwischen gehört. Und im zweiten Moment hab ich mir das dann auch gedacht, denn die beiden, die waren gar zu verschieden. Der zweite, der war einfach ein normaler Bürger, der schnell irgendwohin läuft. Aber der erste, der war ganz anders ...«

»Ja?«, fragt Berger gespannt.

»Der erste – das sah richtig professionell aus.«

»Professionell? Was meinen Sie damit?«

»So, als ob er das vorher gründlich geübt hätte. Ich würde sagen, der lief wie ein Schauspieler, der einen Bankräuber spielt.«

Berger lächelt. »Na ja, er macht das wahrscheinlich nicht zum ersten Mal.«

Als alles zu Protokoll genommen ist und Roland gehen will, stößt er in der Tür fast mit Fräulein Fink zusammen. Entschuldigungen auf beiden Seiten. Pfeifers Sekretärin starrt dem Mann hinterher. »Der sah ja gut aus! Wer war das denn?«

»Jürgen Roland war das.«

»Ihr wollt mich auf den Arm nehmen!«

»Nein, wirklich. *Stahlnetz. E 605* – haben Sie das nicht gesehen? Anfang April ist das gelaufen. Zwei Folgen.«

»Klar hab ich das gesehen. Bankraub. Ist ja unser Ressort. – Und das war wirklich der Roland?«

Berger guckt so spöttisch. Sie weiß nicht, ob sie das nun glauben soll oder nicht.

»Wir haben uns natürlich als Erstes mal sein Autogramm geben lassen«, sagt Haydn.

»Was? Wo?«

»Hier auf dem Protokoll!«

5.

»Die Pressekonferenz ist gut gelaufen, das muss ich zugeben. Berger, da haben Sie eine gute Figur gemacht. Glückwunsch. Aber wichtig ist jetzt natürlich, dass wir nicht nur eine gute Figur machen, sondern auch den Täter zu fassen kriegen. Und dabei sehen wir im Augenblick noch nicht ganz so gut aus, fürchte ich?« Roeder ist sichtlich nervös.

»Jeder Überfall bringt uns der Ergreifung des Täters ein Stück näher«, sagt Berger sibyllinisch.

»Ihr Wort in Gottes Ohr!«

»Gott brauchen wir nicht dafür«, sagt Pagels. Ihn ärgert das Getue des Leiters.

»Jedenfalls ist jetzt eine Belohnung ausgesetzt. Die Dresdner Bank hat DM 3.000,- geboten, und ich habe beim Präsidenten durchgesetzt, dass die Polizei noch einmal den gleichen Betrag drauflegt. – Ich geh dann mal und überlasse Sie Ihrer Tätigkeit.«

»Und Roeder brauchen wir auch nicht«, sagt Pagels, als er gegangen ist.

»Mensch, Pagels, reiß dich zusammen.«

»Ist doch wahr! Sprüche klopfen, das kann er.«

»Reg dich ab. – Also: Wieder unser üblicher Täter, wieder seine übliche Vorgehensweise, alles bis ins letzte Detail geplant und ausgeklügelt. Der Fluchtweg – durch die Passage zur Koppel, dann in das Damenstift, dann über die Mauer auf den Hof dieser Versicherung ...«

»Das Verwaltungsgebäude der Alten Volksfürsorge, ja.«

»Von dort auf die Straße An der Alster. Da hat er sicher seinen Wagen geparkt gehabt und ist in aller Ruhe weggefahren.«

»Alles kann selbst dieser Bankräuber nicht planen. Dass auf ihn geschossen wird, zum Beispiel. Damit hat er nicht gerechnet. Und wenn der Mann getroffen hätte ...«

»Hat er aber nicht. Und dann dieser Scherz mit der Blechdose. Da muss erst mal einer drauf kommen.«

»Das war kein Scherz.«

»Nein, das war kein Scherz, ich weiß. Zum einen hat er damit die gesamte Aufmerksamkeit auf sich gelenkt, ohne erst einen Schuss abzugeben, und zum anderen hat er mit dem Sand und den Steinen den automatischen Schließmechanismus der Tür außer Kraft gesetzt. Wir hätten ihn ja gehabt, wenn die Tür sich wie vorgesehen geschlossen hätte. Durch die Fenster wäre er hier jedenfalls nicht rausgekommen.«

»Mensch, Berger, das hätte ich lieber nicht erleben wollen. Der hätte um sich geschossen. Sie hätten ihn rauslassen müssen.«

»Aber dann hätten wir ihn gehabt. Die Peterwagen waren nach zwei Minuten da. Nach zwei Minuten! Von der Wache in der Kirchenallee ist es ja auch wirklich nur ein Katzensprung.«

»Selbst die zwei Minuten waren noch zu viel.«

»Ja. Das zeigt natürlich, dass wir es mit einem Profi zu tun haben. Genau wie bei dem Ding in der Deutschen Bank. Ein Anfänger würde vermutlich versuchen, alles Geld zusammenzuraffen, was da herumliegt. Diesen Fehler macht er nicht. Er weiß, er hat nur gut eine Minute Zeit, und die nutzt er. Er greift sich ein großes Bündel Banknoten, und dann rennt er los.«

»Immerhin haben wir wieder eine neue Täterbeschreibung.«

Berger nimmt den Zettel zur Hand. »Etwa vierzig Jahre alt, etwa 1,80 m groß, schlank, auffallend spitze Nase ...«

»Das mit der Nase, das ist auch früher schon mal gesagt worden. Nach dem Ding in der Brandstwiete. Aber das hat die Presse nie so richtig aufgegriffen.«

»Das werden sie jetzt sicher tun, wo wir die Phantomzeichnung verteilt haben.«

Berger lacht, aber ihm ist nicht zum Lachen zumute.

Pagels sagt: »Ich weiß nicht, wozu das gut sein soll. Ich hab mich gewundert, dass Roeder das Bild rausgerückt hat.«

»Das ist ja eher eine Karikatur als eine Zeichnung. So eine Nase hat doch kein Mensch! Graf Cyrano vielleicht.«

»Wer?«

»Cyrano de Bergerac.«

Den kennt Pagels nicht.

»Vergiss die Nase.«

»Immerhin haben wir jetzt eine Belohnung.«

»Ja«, sagt Berger, »das kommt noch erschwerend hinzu.«

6.

»Ist da die Kriminalpolizei?« Eine verschwörerische Stimme, wahrscheinlich verstellt.

»Ja, Berger, Raub und Erpressung. Mit wem spreche ich?«

»Mein Name tut nichts zur Sache. – Sie suchen doch nach Spitznase, dem Bankräuber?«

»Ja.«

»Nun, zufällig weiß ich genau, wer er ist.«

»Dann schlage ich vor, dass Sie einfach zur nächsten Polizeidienststelle ...«

Wieherndes Gelächter. »Damit er mich umlegt, was? Nein, das werde ich nicht tun.«

»Hören Sie, die Polizei ist sehr wohl in der Lage, Straftäter rasch und sicher unschädlich zu machen.«

»Ich warte lieber, bis Sie das wirklich getan haben.«

»Das ist Ihre Sache.«

»Und die Belohnung – es ist doch eine Belohnung ausgesetzt worden?«

»Ja.«

»Wie hoch?«

Berger sagt es ihm. »Aber wenn Sie die Belohnung kassieren wollen, müssen wir natürlich schon wissen, mit wem wir es zu tun haben.«

»Nein, nein ... Sie werden auch so wissen, wer ich bin. Und damit Sie mich hinterher auch ganz sicher identifizieren können, gebe ich Ihnen ein geheimes Stichwort. Haben Sie Papier und Bleistift bereit?«

»Ja.«

»Das Stichwort heißt Heckenrose.«

»Heckenrose«, wiederholt Berger. Er beginnt, eine Rose zu zeichnen.

»Ja. – Was nun den Spitznase angeht, so kann ich Ihnen sagen, dass ich über jeden seiner Schritte genau informiert bin. Ich bin ihm gefolgt wie ein Schatten, Jahr für Jahr, und ich habe meine Beobachtungen gemacht ...«

Berger hält die Sprechmuschel zu. »Das wird doch mitgeschnitten, oder? Und die sollen feststellen, wo der Anruf herkommt!«

Pagels eilt aus dem Zimmer.

»... durch dunkle Straßen und Gassen.«

»Straßen und Gassen. Ja, habe ich«, sagt Berger. Bis jetzt hat er sich keine Notizen gemacht; die Rose fängt an, sich zu einem Rosengebüsch auszudehnen.

»Spitznase war in früheren Jahren Metallfacharbeiter in einem großen Hamburger Unternehmen ...«

»In welchem?«

»Das tut nichts zur Sache. Nach den ersten gelungenen Überfällen ...«

»Welche waren das doch noch gleich?«

Der andere lacht leise. »Ich beantworte keine Fragen. Ich lasse mich nicht aushorchen. Hören Sie lieber zu, was ich sage. Ich weiß alles über Spitznase. Ich werde Sie zu ihm führen. Er war Metallarbeiter, aber das ist jetzt vorbei. Nach den ersten gelungenen Überfällen hat er den Beruf gewechselt. Er arbeitet heute als Kellner auf St. Pauli.«

»Welches Lokal?«

»Hören Sie doch zu! Ich sagte: Er ist als Kellner auf St. Pauli tätig. Er ist sechsunddreißig Jahre alt, seit Jahren geschieden, und er unterhält zurzeit keinerlei Beziehung zum anderen Geschlecht ...«

»Ist er schwul?«

»... 1,82 m groß, schlank, hat ein schmales Gesicht, blonde Haare und dunkle Augen.«

»Ich weiß, wie er aussieht.«

»Nein, das wissen Sie nicht. Das weiß niemand. Niemand, der dem Schrecken nicht ins Gesicht geblickt hat. Spitznase hat dunkle Augen. Die heben sich ganz stark von seiner hellen Haut ab, und wenn er erregt ist, sind sie ganz hart und stechend. Er hat schmale Lippen ...« Die Verbindung reißt mitten im Satz ab.

»Schmale Lippen, ja, habe ich«, sagt Berger. »Hallo? Hallo, sind Sie noch dran? Scheiße.«

Die Leitung ist tot.

Ein paar Minuten später kommt Pagels zurück. »Ja, sie haben das Gespräch mitgeschnitten. Was war denn das für ein Schwachsinn?«

»Weiß ich nicht. Aber wir werden noch eine ganze Menge Schwachsinn zu hören kriegen, fürchte ich. Für sechstausend Mark, da kann man sich schon einiges einfallen lassen. Und woher kam nun der Anruf?«

»Das haben sie so schnell nicht feststellen können.«

7.

Er hat mitfahren dürfen! Bis zuletzt hatte er daran gezweifelt, dass seine Mutter ihm erlauben würde, mit seinem Großvater nach Norwegen zu fahren. Aber nun steht ihr Zelt auf einer kleinen Lichtung am Ofotfjord, und Wilhelm Berger ist dabei, einen Fisch zu braten, den sie selbst geangelt haben. Michaels Großvater ist ein geschickter Angler. Doch sie sind nicht wegen der Fische hier. So viel hat Michael schon mitbekommen. Wilhelm stöbert in Heimatmuseen und Archiven. Heute früh haben sie eine Bootstour unternommen. Sie hatten Glück gehabt; eine Gruppe von Engländern, die sie am Hafen getroffen hatten, wollte sich unbedingt die Wracks der Kriegsschiffe ansehen. Wilhelm hatte gefragt, ob sie sich anschließen dürften. Es gab keine Einwände. So hatten sie das Wrack der *Georg Thiele* im Rombaksfjord gesehen, auf der Seite liegend, total verrostet, das Hakenkreuz auf dem Vorschiff kaum noch erkennbar. Michael hat gefragt, ob Wilhelm mit dabei gewesen sei, 1940 in Narvik. Nein, war er nicht. Er war auf einem Hilfskreuzer.

»Du warst also einer von den Piraten damals«, stellt Michael fest.

»Wenn du so willst.« Wilhelm wendet den Fisch in der Pfanne. Er sieht ein, dass er nicht völlig mauern darf. »Wir haben Jagd auf feindliche Handelsschiffe gemacht.«

»So mit ›Stoppen Sie sofort!‹ und Schuss vor den Bug?«

»Schuss vor den Bug, ja«, sagt Wilhelm. Aber dabei war es meist nicht geblieben. Es hatte sich sehr schnell gezeigt, dass nur der sofortige direkte Beschuss den Gegner zur Aufgabe zwang. Die britischen Schiffe waren auch bewaffnet. Und – wer zuerst schoss, lebte länger.

»Morgen machen wir eine große Wanderung«, sagt Wilhelm Berger. »Zehn bis zwanzig Kilometer querfeldein. Mal sehen, ob wir das schaffen.« Alles für ein Stück verrosteten Eisens. Hier ist sie in die Luft geflogen, die *Rauenfels*. Mit Mann und Maus untergegangen.

»Klar schaffen wir das«, sagt Michael.

8.

Soll er es wirklich tun? Horst Berger starrt auf den Zettel, den Pagels ihm hingelegt hat. Ja, doch, er muss es wohl tun. Das ist er Monika schuldig. Er wählt ihre Nummer.

»Ja?« Wie immer ist sie sofort am Apparat.

»Monika? Hier ist Horst ...«

»Das hör ich.«

»Monika, hast du einen Moment Zeit?«

»Das ist ein Außenhandelskontor hier, keine Behörde, ich hab nie Zeit!«

»Ich mach's kurz. – Es gibt da ein paar Dinge über deinen Manfred, die du einfach wissen musst ...«

»Hast du nachgeschnüffelt, ja?«

»Monika ...«

»Nix Monika, jetzt hör mir mal zu! Das ist mein Leben, verstehst du, ganz und gar meine Sache, und ich habe nicht das leiseste Verständnis dafür, wenn die Polizei in meinem Leben herumschnüffelt.«

»Es geht um Manfred Marquardt, nicht um dich ...«

»Er ist vorbestraft, ja, das hat er mir erzählt! Er hat geklaut und dafür gesessen, na und? Ich habe auch geklaut, Kohlen nämlich, sonst wären wir schlicht und einfach erfroren 1946, so sieht das aus!«

»Manfred Marquardt hat aber keine Kohlen geklaut ...«

»Horst, ist das nicht illegal, was du da machst? – Ja, das ist illegal! Und ich werde nicht zögern, mich gegebenenfalls an deine Dienststelle zu wenden, wenn das nicht augenblicklich ...«

»Nichts ist hier illegal!«, behauptet Berger erregt. »Wir ermitteln im Zusammenhang mit einem Bankraub, und ...«

Doch weiter kommt er nicht. »Du tickst ja nicht richtig! Falls du den Überfall in der Langen Reihe meinst, ja – um den geht es doch? – Also, falls du den meinst, das kann der Manfred nicht gewesen sein, als das passiert ist, da war er nämlich bei mir im Bett!«

»Monika«, ruft Berger verzweifelt, doch Monika hat schon aufgelegt. Berger starrt wütend auf das Telefon. Dann schüttelt er den Kopf. Dir ist nicht zu helfen, denkt er. Dir ist wirklich nicht zu helfen. Es geht doch überhaupt nicht um die Diebstähle, es geht um die Körperverletzung. Zweimal angeklagt, zweimal freigesprochen. Beide Male waren es Frauen gewesen, die er geschlagen hatte.

Reinbek

9. Dezember 1960

1.

»*Die Polizeibehörde Hamburg wird in den kommenden Wochen im gesamten Stadtgebiet Kontrollen der Beleuchtungseinrichtungen an Fahrrädern durchführen*«, liest Pagels vor.

»Klar, sonst haben wir ja nichts zu tun. Was ist denn das für ein Schrieb?«

»Der ganz offizielle Polizeibericht unserer verehrten Pressestelle.«

»Vom 1. April?«

»Nein, von heute.«

Berger schüttelt den Kopf. Das kann doch nicht wahr sein!

»... *Vorderbeleuchtung: Der Scheinwerfer muss am Fahrrad so angebracht sein, dass eine unbeabsichtigte Verstellung nicht eintreten kann. Der Lichtkegel muss mindestens so geneigt sein, dass seine Mitte in 5 m Entfernung vor dem Scheinwerfer nur halb so hoch liegt wie bei seinem Austritt aus dem Scheinwerfer* ... Wie misst man denn das, bitteschön? Während der Fahrt? Wenn das Fahrrad steht, brennt ja die Lampe nicht!«

»Frag am besten die Pressestelle!«

»Das geht ja noch immer so weiter: *Schlussleuchte für rotes Licht: Der untere Rand der Schlussleuchte muss mindestens 400 mm über der Fahrbahn angebracht sein* ...«

»Wenn jemand nun einen Platten hat?«

»*Roter Rückstrahler: Der untere Rand des roten Rückstrahlers darf nicht höher als 600 mm über der Fahrbahn angebracht sein.*«

»Warum denn eigentlich?«

»Warum? Was ist denn das für eine Frage? Wir sind hier in Deutschland. *Warum* gibt's hier nicht. *Vorschrift* ist das. Muss eingehalten werden!«

Nein, denkt Berger. Ganz so ist es heute nicht mehr. Das Telefon klingelt. »Berger, Raubdezernat.«

»Kommissar Berger? Hier ist Basthaupt, Kripo Ratzeburg.« Der Mann ist kaum zu verstehen.

»Guten Abend, Herr Basthaupt. Was kann ich für Sie tun?«

»Wir haben hier einen Banküberfall ...«

»Könnten Sie bitte etwas lauter sprechen?«

»Wir haben hier einen Banküberfall. Es sieht ganz so aus, als hätten wir es mit Ihrem Hamburger Bankräuber zu tun ...«

»In Ratzeburg?«

»Nein, in Reinbek, unmittelbar an der Landesgrenze sozusagen.«

»Was machen Sie in Reinbek?«

»Amtshilfe. – Ich war dichter dran.«

»Wo sind Sie genau?«

Basthaupt beschreibt ihm die Lage der Bank.

»Ich komme raus.«

»Danke.«

Berger legt auf.

»Spitznase in Reinbek?«, fragt Pagels.

Berger nickt.

»Und da willst du raus? Ohne Antrag? Das ist gegen die Vorschrift!«

Berger sieht den kleinen Kriminalisten an. Nein, der erwartet darauf keine Antwort.

2.

Der Polizeimeister August Wesseck ist mit dem Streifenwagen unterwegs, da kommt die Nachricht über Funk: Banküberfall in Reinbek!

»Peter 125, Ihr Standort bitte!«

»Jenfelder Allee.«

»Fahren Sie sofort zurück zum Revier. Sie sollen Müller nach Reinbek fahren.«

»Müller?«

»Den Hundeführer.«

»Verstanden.« August Wesseck schaltet das Blaulicht ein.

Vor der Wache wartet schon Johann Müller mit Arry, dem Spürhund. Als Müller die Tür öffnet, springt Arry sofort in den Streifenwagen und macht es sich auf dem Rücksitz bequem. Müller setzt sich auf den Beifahrersitz.

»Moin«, sagt Wesseck.

»Moin. – Hat er also wieder zugeschlagen, der Kerl.«

»Ja, sieht so aus.«

Müller sieht seinen wortkargen Kollegen von der Seite an. Der mag keine Hunde, denkt er. Es fällt ihm immer schwer, sich vorzustellen, dass jemand keine Hunde mag. »Keine Angst«, sagt er. »Arry tut nichts, der bleibt da hinten ganz ruhig sitzen.«

»Ja.«

»Der ist gut erzogen, der Arry. Wirklich. Und er fährt gern Auto. Ist der einzige Hund, den ich kenne, der gern Auto fährt. Ist immer ganz aus dem Häuschen, wenn er nur einen Streifenwagen sieht!«

»Haart der nicht?«, fragt Wesseck.

»Nein. Aber wenn du ganz sichergehen willst, kannst du nachher ja noch mal kurz mit dem Staubsauger ...«

»Ist schon gut. – Wo in Reinbek?«

»Wie?«

»Wo in Reinbek soll das sein, der Banküberfall?«

»Schönningstedter Straße.«

»Weißt du, wo das ist?«

»Keine Ahnung. Sollen wir über Funk ...?«

Wesseck schüttelt den Kopf. »Nimm den Stadtplan.« Er deutet auf das Handschuhfach.

Müller knipst die Innenbeleuchtung an. Es dauert eine Weile, bis er in dem stark zerlesenen Heft die richtige Seite gefunden hat. »Wo sind wir denn hier?« Draußen ist es stockfinster.

»Hamburger Straße«, sagt Wesseck.

»Und dann? Was war denn das jetzt für eine Kreuzung eben?« Müller dreht sich um, aber natürlich vergeblich.

»Unwichtig. Wir müssen hier bis zum Ende fahren und dann irgendwie links.«

»Ah, ja, jetzt hab ich das gefunden.«

Wesseck brummt irgendetwas. Es stört ihn, mit Licht im Innenraum zu fahren. Schon sind sie an den ersten Häusern vorbei und fahren den Hang hinunter ins Billetal.

»Jetzt links«, sagt Müller schließlich, aber da ist Wesseck schon links abgebogen.

»Klar, rechts kommt ja nicht mehr viel, außer dem Bahnhof.«

Müller lotst den Streifenwagen mehr schlecht als recht durch Reinbek, doch sie kommen ohne große Umwege vor der Bank an. Da stehen schon zwei Streifenwagen aus dem Kreis.

»Die Grünen sind schon da«, sagt Müller. In Schleswig-Holstein trägt die Schutzpolizei – im Gegensatz zu Hamburg – grüne Uniformen.

3.

Berger ist mit der Bahn nach Reinbek gefahren. In Bergedorf hat die S-Bahn keinen Anschluss. Er braucht eine knappe Stunde.

Der Weg vom Bahnhof führt bergauf. Berger ist völlig außer Atem, als er endlich im Kassenraum steht. Über der Kasse hängt ein sauber geschriebenes Schild *Alarm- und Sicherungsanlagen schützen diese Räume vor Einbruch und vor Überfall.*

Genützt hat es offenbar nichts. Ob es noch mehr an Sicherungen gibt außer diesem Schild? Der Kassenschalter ist jedenfalls nicht durch Panzerglas geschützt. Ein älterer Herr unterhält sich mit den Technikern von der Spurensicherung.

»Herr Basthaupt? Ich bin ...«

»Keine Namen!«, fährt der andere mit leiser Stimme dazwischen. »Feind hört mit!« Er deutet mit dem Daumen auf die Vertreter der Presse, die darauf warten, die Bankangestellten befragen zu können. »Kommen Sie, wir gehen hier rein.« Er deutet auf das Büro des Filialleiters.

»Zunächst einmal herzlichen Dank, dass Sie so rasch gekommen sind.«

»Ich bitte Sie, das ist doch selbstverständlich.«

Basthaupt sieht seinen Hamburger Kollegen an. »Selbstverständlich? Das sollte selbstverständlich sein, ist es aber nicht. Die Dienstvorschriften sehen das leider völlig anders. – Sie haben sich in Ihrer Dienststelle ordnungsgemäß abgemeldet?«

»Natürlich nicht.«

»Natürlich nicht. Sehen Sie? Wir sind hier keine zwei Kilometer von der Landesgrenze. Gleich auf der anderen Seite liegt Hamburg-Bergedorf, da gibt es jede Menge Polizei, und zu Ihrem Präsidium am Karl-Muck-Platz ist es ja auch nicht weit. Aber die Meldung von dem Überfall hier geht stattdessen über Oldesloe nach Ratzeburg. Beides über vierzig km vom Tatort entfernt. Eine Stunde Fahrt, bei den Straßen. Wertvolle Zeit unnütz vertan.«

»Ratzeburg ist Schleswig-Holstein«, sagt Berger. »Kreis Herzogtum Lauenburg.«

»Ja, so ist es in der Tat. Herzogtum! Ohne Herzog natürlich, aber sonst ist noch alles beim Alten. Manchmal verliert man wirklich die Lust an diesem Zirkus.«

Keine Frage, Basthaupt ist frustriert. Berger fragt: »Was ist denn nun eigentlich passiert?«

»Ganz einfach: Dasselbe Schema wie bei Ihnen in Hamburg. Nur in etwas kleinerem Rahmen. Heute Abend waren hier in der Kasse nur drei Personen. Der Filialleiter, Carsten Waitz heißt der, der war gerade damit beschäftigt, Papiere auf seinem Schreibtisch zu ordnen, sagt er. Hat wahrscheinlich gar nichts gemacht. Der Kassierer Otto Beck, der war dabei, Kassensturz zu machen. Und dann gab es noch einen jungen Bankangestellten, Till Arnold, der beschäftigte sich gerade mit seinen Konten.«

»Was heißt das denn?«

»Weiß ich nicht. Wahrscheinlich hat er Zeitung gelesen und gewartet, dass der Beck mit seiner Kasse fertig wird, dass er endlich nach Hause gehen kann. Stattdessen hätte er lieber die Tür zuschließen sollen.«

»Hinterher ist man immer schlauer.«

»Ja, natürlich. Ich schließe ja auch nicht ab, wenn ich zu Hause bin. Aber ich habe ja auch keine Bank zu Hause. – Jedenfalls wird plötzlich die Tür aufgerissen, ein Mann stürzt herein, Pistole in der Hand, Strumpfmaske, Schlägermütze. Er brüllt: Hände hoch oder es knallt!, läuft hinter den Tresen, stopft sich die gebündelten Scheine in die Taschen und versucht dann anschließend, auch noch das Hartgeld einzustecken. Das schafft er aber nicht mit seinen Handschuhen; die Münzen rollen über den Boden.«

Berger seufzt. Das ist nicht unser Mann, denkt er. »Wie alt?«

»Der Täter? Zwanzig bis dreißig Jahre, sagen die Angestellten.«

Das ist nicht Spitznase. »Zu jung«, sagt Berger. »Und das klingt doch alles eher amateurhaft, würde ich sagen.«

»Warten Sie doch ab! Das Entscheidende kommt ja noch erst. Als dann nämlich der Notruf ausgelöst worden ist und die Sirene losheult, da ist der Täter wieder raus auf die Schönningstedter Straße, dann aber um die Bank herum, auf den Hof, in der Hofecke über den Zaun und dann durch die Nachbargärten rüber zur Schulstraße.«

»Durch die Gärten? Im Dunkeln?«

»Er hatte eine Taschenlampe dabei. Ein Rentner, der hier im ersten Stock über der Volksbank wohnt, der hat ihn dabei beobachtet. Und dann war er in der Schulstraße, der Räuber, und da hatte er sein Fluchtauto geparkt.«

»Clever«, muss Berger zugeben. Der Mann ist demnach beinahe einen Vollkreis gelaufen.

»Aber nicht ganz clever genug. Denn auch da ist er gesehen worden, von einer alten Frau, wie er in den Wagen gestiegen ist. Er ist ihr aufgefallen, weil er es so eilig hatte. So extrem eilig, dass er beim Ausparken einen VW-Transporter leicht gerammt hat. Aber er ist nicht angehalten. Ja, und dann war da natürlich noch die Alarmsirene im Hintergrund ...«

»Und dieser Wagen ...«

»Weg natürlich.«

»Schade. Das Ganze war offensichtlich sauber geplant.«

»Ja, ohne Frage. Von den Hamburger Fällen kenne ich natürlich nur die neueren so einigermaßen, stand ja einiges drüber in den Zeitungen.«

»Die anderen sind auch nicht viel anders«, sagt Berger. »Das sind die Überfälle auf das Postamt in Altona, auf die Post in Nienstedten und die Volksbank Brandstwiete. 1954 war das.«

»Mehr nicht? Dann hätte ich da vielleicht noch etwas für Sie«, sagt Basthaupt. »Schwarzenbek, 1955. Kennen Sie den schon?«

Berger schüttelt den Kopf. Basthaupt tut so, als ob es sich um einen besonders gelungenen Witz handeln würde, denkt er.

»Einer meiner ersten Fälle damals. 16.000 DM hat er eingesackt, der Räuber, wenn ich mich recht erinnere. Dagegen sind dies hier kleine Fische!«

»Wie viel hat er denn hier erbeutet?«, fragt Berger.

»Dreitausend.«

Ja, das sind in der Tat kleine Fische. Berger überlegt. Schwarzenbek. Kann natürlich sein, dass Spitznase schon vorher im Umland aktiv gewesen ist. Dadurch würde die Lücke zwischen der ersten und der aktuellen Serie ein bisschen kleiner. Wenn es denn stimmt. »Ich würde mich gern mit Ihnen zusammensetzen«, sagt Berger. »Erfahrungsaustausch.«

»Kommen Sie zu mir nach Ratzeburg. Sonnabend. Können Sie Sonnabend? Da können wir in aller Ruhe die alten Akten durchstöbern ...«

Plötzlich wird die Tür aufgerissen: »Entschuldigung, Herr Basthaupt, die Kollegen aus Hamburg sind da.«

»Können Sie nicht anklopfen?«, empört sich Basthaupt.

Berger zieht die Augenbrauen hoch. Aus Hamburg? Roeder womöglich? »Die Zusammenarbeit ist also doch besser, als Sie befürchtet haben!«

Basthaupt schüttelt den Kopf. »Das ist nur der Mann mit dem Fährtenhund. Unser Kollege in Ratzeburg ist gerade nicht erreichbar; da haben wir uns an Sie gewandt.«

Im Schalterraum begrüßt Basthaupt einen Polizisten. Berger hält sich im Hintergrund. Er kennt den Mann nicht und hofft, dass der ihn auch nicht kennt. Neben dem Mann hockt ein großer Schäferhund.

»Glauben Sie denn, dass Sie eine Chance haben, die Spur zu verfolgen?«, fragt Basthaupt.

Müller zuckt mit den Achseln. »Theoretisch ist das kein Problem. Der Arry, der sollte in der Lage sein, eine Fährte drei Kilometer weit zu verfolgen, selbst wenn sie von jüngeren Fremdfährten gekreuzt wird ...«

»Aber diese Fährte ist doch schon über eine Stunde alt.«

»Auch das sollte eigentlich kein Problem sein. Bis zu vier Stunden, danach wird's dann schwierig ...«

»Aber?«

»Versuchen wir es!«

Basthaupt zeigt Müller, welchen Weg der Bankräuber genommen hat, und in der Tat sieht es zunächst so aus, als habe der Hund eine Spur aufgenommen. Doch vor der Bank marschiert Arry dann schnurstracks auf den Peterwagen zu, mit dem er gekommen ist.

»Das macht er manchmal«, sagt Müller entschuldigend. »Er fährt einfach zu gern Auto.« Und zu Wesseck sagt er: »Könntest du bitte den Wagen ein Stück weiterfahren? Du irritierst den Hund!«

Wesseck fährt den Wagen weg.

»Noch einmal das Ganze«, sagt Basthaupt.

Doch sie haben kein Glück. Weder in der Bank noch auf dem angeblichen Fluchtweg des Räubers durch das Gartengelände kann der Hund eine brauchbare Fährte aufnehmen.

»Macht nichts«, sagt Basthaupt. »Wir haben ja die Zeugenaussagen.«

4.

Als Berger nach Hause kommt, liegt Michael auf dem Sofa, in ein Buch vertieft. Berger guckt ihm über die Schulter, sieht Bilder von untergehenden Schiffen.

»Was liest du denn da?«

»Hab ich vom Manfred ausgeliehen.«

Manfred? Irgendein Klassenkamerad wahrscheinlich, denkt Berger. Michael hält ihm das Buch hin. *Die Kriegsmarine im Kampf um den Atlantik.* »Spannend«, sagt er.

»Hm.« Berger nimmt das Buch zur Hand. *Söhne Großdeutschlands erkämpfen in diesem Kriege die Freiheit der Meere für das neue Europa* heißt es im Geleitwort des Oberbefehlshabers der Kriegsmarine. Admiral Raeder. »Ist das nicht alles ein bisschen – veraltet?«

Michael zuckt mit den Achseln. »Was Besseres hab ich nicht. Und Opa war doch bei der Marine ...«

»Ja, auf einem Hilfskreuzer.«

»Die *Atlantis*, ja, von der steht hier auch was drin. Warte mal, ich zeig's dir! Seite 259, da bin ich gerade.«

Berger winkt ab. »Wenn dich das wirklich interessiert, werd ich mal Opa fragen, ob er dir sein Buch gibt.«

»Sein Buch?«

»Ja, der Kapitän Rogge, der hat nach dem Krieg ein Buch herausgebracht, das ist ein bisschen besser als dieser alte Schinken ...«

5.

Die Fahndung nach dem Reinbeker Bankräuber läuft. In der Nacht zum Sonnabend wird in einem Lokal in Göttingen der dreiundzwanzigjährige Hartmut Sch. aus Hamburg festgenommen. Er ist unterwegs mit einem grauen VW mit leicht beschädigtem Kotflügel und Stormarner Kennzeichen ...

Doch Hartmut Sch. ist unschuldig. Am Sonnabend lässt Basthaupt in Wentorf den dreiundfünfzigjährigen Handelsvertreter Willy Fischer festnehmen. Der fährt seit mehreren Monaten einen grauen VW, den er bei einer Autovermietung an der Sternschanze in Hamburg ausgeliehen hat. Bei der Rückgabe am Samstagvormittag stellte sich heraus, dass der rechte vordere Kotflügel eingedrückt war; der Verleiher hatte die Zeitung gelesen und sich daraufhin mit der Polizei in Verbindung gesetzt.

6.

Basthaupt wohnt in einem kleinen Haus in Ratzeburg nicht weit vom Bahnhof. Auf dem Dach der angebauten Garage liegt ein lila Hula-Hoop-Reifen.

»Glückwunsch«, sagt Berger. Er hat eine Flasche Wein mitgebracht.

»Danke.« Basthaupt wirkt nicht besonders glücklich. »Den trinken wir gleich zusammen.«

»Das ist doch richtig, was in der Zeitung steht: Sie haben jemand festgenommen, der im dringenden Verdacht steht, den Banküberfall in Reinbek begangen zu haben.«

»Ja, ja.«

»Aber?«

»Ach, Berger, ich habe die größten Zweifel. Der Mann, den wir da festgesetzt haben, dieser Handelsvertreter, Fischer, also der ist uns natürlich kein Unbekannter. Vorstrafen wegen Betrug und aller möglichen anderen Geschichten. Wir haben ihn ein bisschen ausgefragt, wie man das so macht, und er hat sich bei der Vernehmung auch sofort in Widersprüche verstrickt. Jetzt haben wir ihn, haben wir gedacht. Wir haben dann eine Gegenüberstellung mit den Bankangestellten durchgeführt.«

»Und?«

»Das Ergebnis ist eher kümmerlich. Ja, er könnte es gewesen sein, sagen sie. Vielleicht. Das reicht nicht.«

»Schade.«

»Erst hatten wir auch seine beiden Söhne noch mit verhaftet. Die wären auch in Frage gekommen. zweiundzwanzig und achtundzwanzig Jahre alt, die beiden hoffnungsvollen Sprösslinge. Auch nicht ganz unbekannt bei uns. Aber die beiden sind aus dem Schneider. Noch nie gesehen, sagen die Zeugen. Da sind sich die Bankleute ganz sicher. Und außerdem haben die Söhne im Unterschied zu ihrem Papa ein Alibi.«

»Und wo war der Vater?«

»Der Vater war genau da, wo wir ihn haben wollen. Alles passt hundertprozentig zusammen. Unmittelbar vor dem Überfall ist er in einem Lokal gesehen worden, keine dreißig Meter von der Bank entfernt. Er ist auch gesehen worden, wie er sein Auto bei der Bank abgestellt hat. Und er ist ein drittes Mal gesehen worden, wie er nach dem Überfall aus einer Seitenstraße losgebraust ist und dabei den Unfall verursacht hat.«

»Das ist schon ne ganze Menge, würde ich sagen. So viele Zufälle ...«

»Ja. Dazu kommt noch, dass der Fischer dies alles abstreitet. Was völlig absurd ist; die Zeugen sind sich sicher, dass sie ihn gesehen haben, haben in dem Lokal sogar mit ihm gesprochen – aber nein, er ist nie dagewesen.«

»Das ist doch oberfaul!«

»Ja, das ist oberfaul.«

»Und trotzdem haben Sie Zweifel?«

»Ja. Die Bankleute haben ihn – wie gesagt – nicht sicher identifizieren können.«

Solche Gegenüberstellungen sind immer problematisch, denkt Berger. Mal haben die Leute zu viel Fantasie und mal zu wenig. »Denken Sie an die Maske!«

»Ja, natürlich. Aber da gibt es noch einen kleinen, niedlichen Punkt, der ziemlich gut erklären würde, warum der Mann auf Teufel komm raus so beharrlich lügt.«

»Nämlich?«

»Er ist auf Bewährung draußen. Wenn er sich irgendetwas zuschulden kommen lässt, muss er für neun Monate in den Knast. Davor hat er natürlich Angst. Und dieses ›irgendetwas‹ – das kann so etwas Lächerliches sein wie ein kleiner Unfall mit Fahrerflucht.«

»Sie wollen ihn laufen lassen?«

»Ja. Ich werde morgen früh noch einen letzten Versuch machen, ihn zum Geständnis zu bewegen, aber ich glaube nicht, dass das viel Sinn hat. Meiner Meinung nach ist er weder der Täter noch ein möglicher Helfershelfer. Und eine spitze Nase hat er auch nicht.«

»Schade.«

»Ach, macht nichts. Zu einfach darf es ja nun auch nicht sein. Kommen Sie mit ins Wohnzimmer, ich mache den Wein auf, und dann erzähle ich Ihnen von Schwarzenbek 1955.«

»Haben Sie eigentlich Kinder?«, fragt Berger.

»Nein. Ich bin Junggeselle. Wieso?«

»Oder treiben Sie – extreme Sportarten?«

»Ich treibe überhaupt keinen Sport, wenn es nicht unbedingt sein muss.«

»Wie kommt dann der Hula-Hoop-Reifen aufs Dach?«

»Ach, der Reifen. Die Kinder vom Nachbarn haben heute früh draußen rumgetobt und gelärmt. Mein einziger freier Tag, ich wollte ausschlafen. Da hab ich ihnen den Reifen weggenommen und aufs Dach geworfen. Manchmal muss man eben zu radikalen Maßnahmen greifen!«

Berger beschließt, dass er Basthaupt nicht mag.

Der Heidemörder

Mittwoch, 3. Mai 1961

1.

An alle Polizeidienststellen.

Heute früh wurden von dem Bauern Konrad Andersen aus Oerzen am Rande eines Ackers in der Nähe der Bundesstraße 209 Lüneburg – Soltau die Leichen von zwei jungen Männern entdeckt. Es handelt sich um die Brüder Torsten und Karsten Schirmbeck, die als Baufacharbeiter (Fugendichter) auf einer Baustelle in Lüneburg beschäftigt waren. Die beiden Brüder Torsten (28) und Karsten (34) sind wohnhaft in Obrighoven in der Nähe von Wesel (Nordrhein-Westfalen). Sie haben in der letzten Zeit auf verschiedenen Baustellen in Norddeutschland gearbeitet und wohnten zuletzt in einer Pension in Oerzen. Bei der Tatwaffe handelt es sich um ein Kleinkalibergewehr. Im Zusammenhang mit dem Mord wird gesucht nach einem hellgrauen PKW Ford Taunus 15 M mit Weseler Kennzeichen. Der Wagen gehörte den Brüdern Schirmbeck.

»Das geht uns nichts an«, sagt Kayser.

»Das geht uns sehr wohl etwas an«, widerspricht Roeder. »Deshalb habe ich Ihnen die Meldung ja vorgelesen. Es ist durchaus möglich, dass der Täter sich mit der Beute in Richtung Hamburg abgesetzt hat.«

»Was hat er denn erbeutet?«, fragt Pagels.

»Das weiß ich nicht. Aber nach Lage der Dinge würde ich nicht ausschließen wollen, dass es sich um einen Raubmord handelt. Beim Bau wird ja ganz schön verdient heutzutage.«

Pagels schüttelt den Kopf. »Nach Lage der Dinge«, sagt er, »brauche ich erst einmal einen Kaffee.«

Kayser summt einen alten Schlager: »*Wenn abends die Heide träumt ...*«

Pagels sieht ihn mitleidig an. »Die Heide träumt nicht mehr. Alles Wald heute. Oder Truppenübungsplatz.«

Berger lacht. Auch er glaubt nicht, dass dieser Fall sie in irgendeiner Weise berühren könnte. Doch hier irrt er sich.

2.

Michael erfährt es zuerst. Er hat heute erst zur dritten Stunde Schule. Jetzt liegt er auf dem Bauch vor dem alten Radio und hört den Polizeifunk.

»Hier ist Peter 123.«

»Was gibt's?«

»Wir stehen Horner Landstraße, direkt vor der Nummer 33. Wir haben hier einen verdächtigen PKW festgestellt. Parkt auf dem Fußweg.«

»Abschleppdienst wird ...«

»Nein, nein, hallo?«

»Was gibt's, Peter 123?«

»Der Wagen hat Einschüsse im Dach, und die Heckscheibe fehlt.«

»Typ und Kennzeichen?«

»Ford Taunus 15 M, und das Kennzeichen – Moment mal bitte – das Kennzeichen ist WES – S 408.«

»Kripo kommt.«

Der Heidemörder, denkt Michael. Das ist das Auto des Heidemörders. Ob wohl Papa mitmacht bei der Jagd auf den Kerl?

Horner Landstraße – das sind keine zwei Kilometer von da, wo er wohnt. Mama ist einkaufen, und Manfred ist sowieso nicht da. Er könnte eigentlich auf dem Weg zur Schule einmal gucken, was da draußen so los ist. In einer halben Stunde müsste er da sein. Da ist der Wagen bestimmt noch nicht weggeräumt. Er lässt das Frühstück stehen und macht sich auf den Weg.

3.

Doch Michael kommt zu spät. Der Bereich ist abgesperrt, im Hintergrund kann er nur knapp erkennen, wie das Auto auf einen Abschleppwagen gezogen wird. Es sieht nicht anders aus als bei irgendeinem beliebigen Falschparker. Michael seufzt. Der Umweg hat sich nicht gelohnt. Und er wird in der Schule zu spät kommen – für nichts.

Er läuft los. Im Laufen dreht er sich um, um zu sehen, wie der Abschleppwagen sich auf den Weg macht. So sieht er die Mülltonne nicht, die auf dem Bürgersteig steht. Es scheppert gewaltig, als Michael mit der leeren Alu-Tonne kollidiert. Können die Müllmänner das Ding nicht ordentlich an den Rand stellen? Und schlampig gearbeitet haben sie auch. Da liegt noch etwas am Boden der Tonne. Michael hat Mühe, das dunkle Etwas herauszufischen. Es ist ein Hut. Ein fast neuer, schwarzer Hut.

Unschlüssig dreht Michael den Hut in der Hand. Er hat eine breite Krempe. Eine Art Cowboyhut. Wer den wohl weggeworfen hat? Ob er ihn behalten sollte?

Einer der Polizisten ist aufmerksam geworden. »Na, was hast du denn da gefunden?«

Michael zeigt ihm den Hut.

»Und der war hier in der leeren Tonne?«

»Ja.«

»Darf ich mal sehen?« Der Polizist nimmt den Hut in die Hand, dreht ihn um. Auf dem eingenähten Schweißband ist ein Schild mit den Initialen des Eigentümers befestigt. P.P.B.

4.

Roeder tritt am Mittag vor die Presse: »Also, meine Herrschaften, ich kann Ihnen mitteilen, dass uns ein großer Erfolg gelungen ist. Heute früh um 7.30 Uhr hat einer unserer Streifenwagen auf der Horner Landstraße das Fluchtauto des

Heidemörders entdeckt. Die Vorgeschichte ist Ihnen wahrscheinlich bekannt ...«

»Ist bekannt.«

»Aber wir wissen inzwischen noch mehr. In dem Auto fanden sich einige blutverschmierte Kleidungsstücke, die den erschossenen Brüdern gehört haben. Und in einer Mülltonne in der Horner Landstraße haben wir einen Hut gefunden, eine Art Jägerhut. Ein Filzhut mit breiter Krempe und dicker Kordel. Wir verteilen nachher die Aufnahmen dieses Hutes. Der Besitzer ist unbekannt. Der Hut hat jedenfalls nicht den Brüdern Schirmbeck gehört. Wir gehen davon aus, dass der Mörder ihn zurückgelassen hat.«

»Ist das nicht ziemlich dämlich?«

»Ja, natürlich. Aber Sie wissen ja selbst, dass unsere Straftäter sich nicht immer durch einen besonders hohen Intelligenzquotienten auszeichnen ...«

Roeder unterbricht sich. Er glaubt ganz sicher gehört zu haben, dass da jemand geraunt hat: Unsere Bullen auch nicht! Irritiert guckt er in die Runde.

»Dieser Hut – vielleicht hat der Täter den auch nur zurückgelassen, um eine falsche Fährte zu legen. Jedenfalls findet sich auf der Innenseite des Hutes ein kleines Schild mit den Buchstaben P.P.B.«

»Dann suchen Sie jetzt also nach einem P.P.B.?«

»Nein, nicht unbedingt. Wie ich aus Hannover erfahren habe, sucht die Kripo in Lüneburg zunächst in erster Linie nach Bernd Schirmbeck, einem jüngeren Bruder der Erschossenen. Bernd Schirmbeck ist einundzwanzig Jahre alt, lebt im Rheinland ...«

»Daher das Auto mit dem Weseler Kennzeichen ...«

»Nein, das ist der Wagen der Ermordeten. – Jedenfalls ist Bernd Schirmbeck zurzeit unter seiner angegebenen Adresse und an seinem Arbeitsplatz nicht erreichbar. Nach ihm wird inzwischen im ganzen Bundesgebiet gefahndet. Die Grenzkontrollen sind unterrichtet. Ich habe hier auch ein Foto von Bernd Schirmbeck für Sie. Das ist eine etwas ältere Aufnahme ...«

»Der sieht aus wie ein harmloser, großer Junge«, stellt der Mann vom *Abendblatt* fest.

»Ja, so sieht er aus«, muss Roeder zugeben. »Aber bitte bedenken Sie: Dieser junge Mann hat wahrscheinlich zwei Menschen kaltblütig erschossen. Seine eigenen Brüder. Wenn Sie ihn also irgendwo im Stadtgebiet sehen, seien Sie vorsichtig. Unternehmen Sie nichts auf eigene Faust, informieren Sie die nächste Polizeidienststelle.«

5.

Sie suchen weisungsgemäß nach dem Heidemörder. Doch es gibt keine Hinweise, denen sie nachgehen können. Wenn er wirklich in Hamburg steckt, hat er sich gut verborgen. Als Berger am Sonnabend, drei Tage nach dem Mord, im Amt erscheint, begrüßt ihn Pagels mit den Worten: »Du kommst zu spät.«

»Wieso?« Berger ist spät dran. Er hat verschlafen. »Hat er wieder zugeschlagen, unser Heidemörder?«

Pagels schüttelt den Kopf. »Spitznase. Hast du noch keine Nachrichten gehört? Banküberfall in Aumühle. Gestern Abend.«

»Schon wieder ein Überfall? Der Bursche wird immer dreister. Das sind doch keine sechs Monate seit dem letzten Ding!«

»Basthaupt sagt: Großer, sportlicher Typ, Sprung auf den Tresen, 18.300 DM eingesammelt, und dann ab. Das Ganze nicht länger als eine Minute.«

»Das passt alles.«

»Es kommt aber noch besser: Die Spur führt nach Hamburg. Das Fluchtauto, das soll ein Volkswagen sein, mit dem Kennzeichen GÖ – AV 482.«

»GÖ – Das ist aber nicht Hamburg. Was ist denn das? Göttingen?«

»Ja. Ich hab mal geguckt. Der Wagen ist in Hamburg als gestohlen gemeldet worden.«

»Wann denn?«

»Gestern.«

»Wo?«

»An der Alster irgendwo. Aus einer Tiefgarage. Bentz ist draußen mit der Spurensicherung. Und das mit diesem gestohlenen Auto, das ist eine ziemlich verworrene Geschichte. Das solltest du dir einmal selber ansehen.«

»Na schön ...«

»Aber da ist noch etwas: Lüneburg hat angerufen.«

»Lüneburg?«

»Der Bankraub in Aumühle. Die Kollegen in Lüneburg haben die Meldung in den Nachrichten gehört und glauben jetzt, ihr Heidemörder könnte den Überfall in Aumühle verübt haben ...«

»Was?«

»Ja, natürlich ist das Quatsch. Aber Roeder – du kennst ihn ja – also, der Roeder, der ist völlig aus dem Häuschen. Schwafelt irgendetwas von einer trilateralen Sonderkommission, die er einrichten will. Wo doch das Fluchtauto des Heidemörders in Hamburg gefunden worden ist. Er hat schon mit Hannover und Kiel telefoniert.«

»Soll er! Das gibt doch die größte Blamage aller Zeiten!«

Pagels schüttelt den Kopf. »Horst, du hast es immer noch nicht begriffen, wie das läuft. Was auch passieren mag, unsere Oberen blamieren sich nie. Absolut nie. Das lassen sie immer für uns übrig.«

Ja, denkt Berger, so ist das wohl. »Und wo genau ist nun dieses Auto geklaut worden?«

»Komm mit, ich zeig's dir.«

6.

Berger hat die Personalien des Mannes aufgenommen; er heißt Erich Hoffmann, ist achtundvierzig Jahre alt. »Sie sind also Tankwart.«

»Ja. Ich arbeite an der Tankstelle in der Bremer Reihe, das ist auch hier in St. Georg, gleich um die Ecke, sozusagen. Dabei betreue ich auch die Garage in der Elmenhorststraße.«

»Und Sie hatten gestern früh Dienst.«

»Ja. Und da bin ich morgens gleich in die Garage ...«

»Können Sie das genauer angeben, wann das gewesen ist?«

»Nee, nicht genau. So ungefähr um sieben oder halb acht. Da bin ich mit einem Kunden runter in die Garage. Der war zugeparkt worden, und ich musste die Autos aus dem Weg räumen, dass er wegfahren konnte.«

»Sie mussten Autos aus dem Weg räumen – wie haben Sie das denn gemacht?«

»Einfach weggeschoben. Die meisten Kunden lassen den Schlüssel stecken. Die Garage ist ja verschlossen, da kann nichts wegkommen ...«

»Aha«, sagt Berger.

»Ja, und da habe ich dann auch diesen Wagen aus Göttingen ein Stück zur Seite geschoben. Den von dem Lehrer. Daher kann ich ja auch ganz sicher sagen, dass er morgens noch dagewesen ist.«

»Und ist Ihnen sonst noch etwas aufgefallen?«

»Ja. Da war einer am arbeiten. Das heißt, er sah aus wie ein Arbeiter, aber gearbeitet hat er nicht. Hat bloß am Fenster gestanden und zugeguckt, wie ich die Wagen weggeschoben hab.«

»Können Sie den Mann beschreiben?«

»Nee. Nee, der stand ja ein Stück weiter ab, den hab ich nicht so genau gesehen. Und dann hat er sich irgendwie gebückt oder hingekniet und jedenfalls nicht mehr in meine Richtung geguckt.«

»Was sind denn das für Arbeiten, die da am Sonnabendmorgen so gegen sieben Uhr ganz dringend ausgeführt werden mussten?«

»Das weiß ich nicht. Ist ja nicht meine Garage. Aber wenn man jetzt so da drüber nachdenkt – ja, ein bisschen komisch war das schon. Jedenfalls bin ich dann wieder rausgegangen und hab hinter mir abgeschlossen. Und als ich dann nach 'ner halben Stunde wiedergekommen bin, da stand die Tür sperrangelweit auf, und der Mann war weg.«

7.

»So«, sagt Pagels, »nun hat Lüneburg einen neuen Verdächtigen. Jetzt ist ein gewisser Peter Paul Blanck der Mörder von Oerzen.«

»Na prima. Daher also der Hut mit den Initialen P.P.B..«

»Das wird Roeder freuen. Der Mann ist siebenundzwanzig Jahre alt, und er passt damit auch viel besser als der junge Schirmbeck zu unserem Banküberfall im Sachsenwald.«

»Pagels, nerv mich nicht!«

»Was glaubst du, wie genervt ich bin! Dauernd tritt mir der Roeder auf die Füße, ich soll irgendwelches Zeug über den Blanck raussuchen. Dabei haben wir in Wirklichkeit doch nur das, was in der Presse steht.«

»Und was ist jetzt mit dem Schirmbeck junior?«

»Das steht auch in der Presse. Er hat Verleumdungsklage eingereicht. Er war nämlich nicht untergetaucht, wie die

Zeitungen geschrieben haben, sondern ist sofort von zu Hause losgerast nach Oerzen, als er von dem Doppelmord an seinen Brüdern gehört hat.«

Was für eine Blamage, denkt Berger. Aber zum Glück nicht unser Problem. »Wie weit sind wir denn mit der Suche nach diesem Handwerker inzwischen?«

»Aus der Tiefgarage? Wir sind kein Stück weiter. Bentz hat mehrfach versucht, den Besitzer anzurufen. Da geht keiner ans Telefon. Es ist Wochenende, Horst. Und dann dieses Wetter! Der Mann ist bestimmt an der Ostsee.«

8.

Wenig später ruft Basthaupt an und berichtet Berger von der Großfahndung. Hundertfünfzig Mann Bereitschaftspolizei durchkämmen den Sachsenwald. »Wenn wir keinen Fehler gemacht haben, muss er da noch drin stecken.«

»Nach fast vierundzwanzig Stunden?« Berger ist skeptisch.

»Wir haben alles abgeriegelt«, behauptet Basthaupt. »Ich habe mir gedacht, dass er das machen würde. Noch einmal zuschlagen in dieser Gegend. Die Sparkasse in Aumühle ist einfach prädestiniert für so einen Überfall. Und die Absperrung hat blitzschnell geklappt. Da kommt keine Maus mehr raus.«

»Selbst nachts?«, fragt Berger.

»Nicht mit dem Auto jedenfalls. Keine Chance.«

»Viel Glück. – Wir konzentrieren uns inzwischen auf den gestohlenen Wagen. Der Bankräuber ist offenbar gesehen worden, als er sich den Wagen besorgt hat.« Berger berichtet von der Befragung des Tankwarts.

»Na, dann haben wir ja wirklich gute Chancen, den Kerl zu erwischen. Ach ja, übrigens sieht es so aus, als hätten wir diesmal Fingerabdrücke. Die Bankleute glauben, er habe keine Handschuhe getragen. Und auf dem Tresen gibt es Abdrücke, die vom Täter stammen könnten. Aber das wird noch untersucht.«

»Das hört sich gut an.« Schade, denkt Berger. Ich sitze hier fest und kann nichts machen.

»Vielleicht wäre es nicht schlecht, wenn Sie auch noch einmal mit unserer besten Zeugin sprechen könnten, dem Fräulein Albers. Damit Hamburg auch im Bild ist.«

»Ich kann hier nicht weg.«

»Nach Dienstschluss vielleicht? Ich habe Ihren Besuch jedenfalls schon mal vorsorglich angekündigt.«

9.

Die Sonne strahlt vom Himmel. Bestes Fotowetter.

»Das sieht doch prima aus!« Daniela Flohr deutet auf eine knorrige Eiche direkt am Wegrand.

Rainer schüttelt den Kopf. »Nicht hier am Weg. Frühling im Wald heißt das Thema. Da stelle ich mir schon etwas vor, was eben wirklich mitten drin ist im Wald, nicht hier am Rand.«

»Du musst es ja wissen.«

Die beiden Tischlerlehrlinge sind unterwegs, um für die Fotoausstellung der Berufsschule ein paar Aufnahmen zu machen. Fünfzig Mark sind als Preis ausgesetzt für das beste Foto. Eine Menge Geld. Und Rainer kann gut fotografieren. Das Wetter stimmt auch. Bleibt nur das Motiv.

»Vielleicht hätten wir zur Bille runter gehen sollen?«

»Nein, das hier ist schon richtig.« Rainer hatte zuerst auch erwogen, zur anderen Seite zu gehen. Aber das Billetal hatte zu dunkel gewirkt, das hatte ihn abgeschreckt. Frühling im Wald, das sollte doch wohl eher ein helles, lichtes Motiv sein.

»Da drüben vielleicht?«

»Nein, den Weg kenn ich, da sind wir gleich wieder am Waldrand, und dann landen wir in Kröppelshagen.«

»Und hier?«

»Hier schon eher.« Ein halb zugewachsener Pfad auf der anderen Seite des Weges.

Daniela bahnt sich mit beiden Händen einen Weg durch das Unterholz. Plötzlich bleibt sie stehen: »Sind da vorn schon wieder Häuser?«

Rainer schüttelt den Kopf. »Da gibt's keine Häuser.« So weit kennt er sich aus im Sachsenwald.

»Und was ist das?«

»Zeig mal.« Rainer drängt sich nach vorn. »Das ist kein Haus. Das sieht eher aus wie – ja, das ist ein Auto. Mensch, wie kommt hier denn ein Auto her? Mitten im Wald?«

Sie treten näher heran. Ein VW.

»Das ist aber komisch«, sagt Rainer. »Beide Fenster offen. Und hier – der Zündschlüssel! Da steckt ja noch der Zündschlüssel!«

Unschlüssig sehen die beiden sich an. Hier stimmt etwas nicht.

»Weißt du was«, sagt Daniela schließlich, »wir gehen zur Polizei. Die soll sich die Geschichte mal ansehen.«

»Wo ist denn hier Polizei?«

»In Wohltorf drüben. Ich weiß, wo das ist. Und ich denke, wir machen vorher noch ein paar Fotos von dem Auto, damit wir beweisen können, dass wir es auch wirklich gesehen haben. Nicht, dass nachher der Typ einfach zurückkommt und damit abhaut. Von da hinten, dann kommt auch das Kennzeichen mit drauf.«

Rainer schüttelt den Kopf. »Wie der hier reingefahren ist, zwischen all dies Gestrüpp – das gibt doch Kratzer am Lack!

Das ist bestimmt geklaut, das Auto. Das hat er hier nur versteckt und will es hinterher wieder abholen.«

»Dann haben wir ja die Fotos.« Das Mädchen überlegt. »Ich weiß noch was Besseres.«

Mit dem Taschentuch öffnet Daniela Flohr die Wagentür, beugt sich in das Innere des Autos und zieht den Zündschlüssel ab. »So. Der fährt hier jetzt nicht mehr weg. – Und nun ab nach Wohltorf!«

10.

Polizei-Obermeister Bockholt seufzt. Er sieht auf die Uhr. 15.30 Uhr. Mehr als einen Tag nach dem Überfall. Der Täter ist bestimmt längst über alle Berge.

»Ich bin gleich zurück«, sagt er zu seinem Kollegen. »Du musst hier die Stellung halten.« Dann macht er sich mit den beiden Lehrlingen auf den Weg. Es ist ein heißer Frühsommertag; Bockholt kommt ins Schwitzen. Zecken, denkt er. Bestimmt gibt's hier Zecken. Bloß raus hier aus dem Gesträuch! Wie ein Elefant bricht er durch das Unterholz.

Da ist das Auto. Ja, kein Zweifel, das ist das gesuchte Fluchtauto. Und nun? Wenn jetzt nur die Kollegen da wären. Alles dauert so unendlich lange.

Bockholt hat einen Feldstecher dabei. Er geht die paar Schritte bis zum Waldrand, sucht die Umgebung ab. Plötzlich sieht er in großer Entfernung einen Mann stehen. Der hat doch – warum klappt denn das wieder nicht mit der Scharfeinstellung? – Ja, jetzt geht es.

Kein Zweifel, der andere hat ebenfalls ein Fernglas und beobachtet ihn.

Das ist er, denkt Bockholt. Das ist der Räuber. Er trägt eine blaue Jacke; mehr lässt sich auf die Entfernung nicht erkennen. Bockholt setzt das Fernglas ab und marschiert auf den

Mann zu. Erst langsam, dann beginnt er zu rennen. Auch der andere bewegt sich jetzt.

»Bleiben Sie stehen!«, schreit Bockholt. »Stehen bleiben, Polizei!«

Der Mann hört ihn nicht. Jedenfalls reagiert er nicht. Er steigt auf ein Fahrrad und fährt davon. Bockholt gibt die Verfolgung auf und kehrt schwer atmend zum Fundort des Wagens zurück. Nur Minuten später tauchen in rascher Folge drei Streifenwagen an dem Waldstück auf. Doch es ist zu spät. Der unbekannte Radfahrer ist verschwunden.

11.

»Sie sind also Fräulein Albers. Oder Frau Albers?«

»Nein, ich bin nicht verheiratet.«

Hübsch sieht sie aus. »Und Ihr Vorname?«

»Irmi.«

»Irmi?« Seltsamer Name!

»Ja. Eigentlich Irmtraut.«

Berger zieht die Augenbrauen hoch.

»Ja, ich weiß, das ist ein schrecklich altmodischer Name ...« Sie ist rot geworden.

»Entschuldigen Sie, das macht doch überhaupt nichts. Das ist wenigstens etwas Besonderes. Ich zum Beispiel, ich heiße Horst. In meiner Klasse gab es drei Horst, und jetzt bei der Polizei in Hamburg, da sind es noch mehr.«

»Es ist ein altmodischer Name«, beharrt sie. »Ich bin dreiundzwanzig. Keine, die ich kenne, heißt Irmtraut. Aber vielleicht bin ich auch ein bisschen altmodisch.«

»Und, wie war das nun am Freitag?«

»Furchtbar. Aber das wollen Sie natürlich nicht hören. Also, wir waren zu sechst in der Bank, das muss so gegen zehn Uhr gewesen sein, und der Klaus, das ist der Kassierer, der sagte gerade: ›Eigentlich könnten wir heute auch dichtmachen. Bei dem schönen Wetter kommt sowieso keiner.‹ Das stimmte natürlich nicht wirklich, es kamen schon Kunden, aber wir waren mit unseren Gedanken alle schon irgendwie im Wochenende ...«

Sie hat Rehaugen, denkt Berger. Schöne, braune Rehaugen.

»Da wurde plötzlich die Tür aufgerissen. Ein Mann stürzte herein; im Laufen zog er sich eine Maske vor das Gesicht ...«

»Was für eine Maske?«

»Irgend so ein Tuch – wie so ein Räuber in einem Witzblatt. Aber es war überhaupt nicht witzig. In der linken Hand hatte er eine Pistole ...«

»Moment. In der linken Hand, sagen Sie – heißt das, von Ihnen aus gesehen links?«

»Nein, es war seine linke Hand. Von mir aus gesehen rechts.«

Das passt nicht, denkt Berger. »Sind Sie ganz sicher?«

»Absolut sicher. – Bevor wir überhaupt reagieren konnten, war der Kerl schon auf den Tresen gesprungen und hat gerufen: Hände hoch! – Ja, und das haben wir dann gemacht.«

»Das war sicher das Klügste, was Sie tun konnten«, sagt Berger.

»Ja, das hat man uns ja immer wieder gesagt: Wenn es wirklich zu einem Überfall kommt, dass wir die Ruhe bewahren sollen und tun, was der Räuber sagt. Etwas anderes blieb uns ja auch gar nicht übrig. Wir haben ja noch nicht mal eine Alarmanlage.«

»Er ist also auf den Tresen gesprungen. Wie hat er das gemacht? Im Schlusssprung und dann hoch – hopp?«

»Nein, nicht so dramatisch. Einfach mit dem Hinterteil zuerst, so etwa!« Irmtraut demonstriert, wie sich der Bankräuber über den Tresen geschwungen hat. Sie hat einen hübschen Po, denkt Berger.

»Und dann?«

»Dann ist er auf der anderen Seite heruntergesprungen, hat das Geld eingesammelt, alles in seine Tasche gestopft, und dann ist er zurück über den Tresen. Keiner rührt sich vom Fleck!, hat er dann noch gerufen, und dann ist er zur Tür raus. Da sind die beiden jungen Leute, der Bruno und der Michael, gleich hinterher, und die haben noch gesehen, wie er mit dem Auto weggefahren ist. Ein VW war das. Den hatte er direkt vor der Tür geparkt. Und die Nummer ...«

»Ja, die Nummer wissen wir schon.«

»Ich hatte solche Angst. Und – wenn ich ehrlich sein soll – ich hab noch immer Angst. Ich muss doch Montag wieder hin und weiterarbeiten. Wenn er nun zurückkommt?«

»Der kommt nicht zurück«, beruhigt Berger. »Das hat er noch nie gemacht. Das wäre viel zu riskant.«

»In der Zeitung heißt es: Dieser Bankräuber, das war womöglich der Mörder, den Sie suchen. Dieser Blanck, der Heidemörder?«

»Wie sah er denn aus?«

»Ich weiß nicht ...« Sie lächelt unsicher. »Es ging alles so entsetzlich schnell ...«

»War er älter oder jünger als Sie?«

»Er war auf jeden Fall älter. Eher an die dreißig, würde ich sagen. Aber sonst – er hatte das Gesicht ja maskiert.«

Berger legt ein Foto auf den Tisch. Irmi starrt auf das Bild.

»Ist er das, der Heidemörder?«

Berger nickt. Das ist das Fahndungsfoto von Peter Paul Blanck.

Irmi Albers sieht sich das Bild genau an. »Nein«, sagt sie dann schließlich. »Nein, ich glaube, der war das nicht.«

12.

»Na? War das nun Blanck oder unser Herr Spitznase?«, fragt Pagels.

Berger schüttelt den Kopf. Er hat den Sonntag freigehabt. Zeit genug, sich noch einmal alles durch den Kopf gehen zu lassen. Wenn es doch Spitznase wäre, denkt er. Das wäre jedenfalls ein Grund, das Fräulein Albers noch einmal zu befragen. Einmal? Mehrere Male. Und vielleicht würde sich eine Gelegenheit ergeben ...

Pagels sieht auf die Uhr. »So, jetzt müsste unser Mann aber allmählich wach sein.«

»Der Garagenheini? Nimm meinen Apparat.«

Pagels kann die Nummer auswendig. Mehr als ein Dutzend Mal hat er sie inzwischen gewählt. Diesmal geht endlich jemand ran.

»Ja?«

»Guten Morgen, Herr Schladek. Hier ist Pagels von der Kriminalpolizei. Es geht um den Autodiebstahl aus Ihrer Tiefgarage. Wir hätten da noch ein paar Fragen an Sie ...«

»Das passt jetzt aber ganz schlecht!«

»Ja, wir können Sie natürlich auch ins Präsidium vorladen ...«

Das wirkt. Fünf Minuten später weiß Pagels alles, was er wissen wollte. Ja, in der letzten Woche hat ein Elektriker an mehreren Tagen in der Garage gearbeitet. Aber nicht am Sonnabend. Schladek nennt die Firma, die er beauftragt hatte. Er weiß sogar den Namen des Mannes, der die Arbeiten dann tatsächlich durchgeführt hat. Ein gewisser Pukalla.

»Komm«, sagt Berger. »Den kaufen wir uns!«

13.

»Hallo, ist da die Polizei? Kommen Sie bitte ganz schnell!«

»Worum geht es denn?«

»Der Heidemörder! Er ist hier! Hier bei mir im Lokal! Ich hab ihm direkt in die flackernden Augen gesehen!«

»Wo sind Sie jetzt?«

»Zeughausmarkt. *Gaststätte Finck.*«

»Und Ihr Name?«

»Rehpfennig, Anita Rehpfennig.«

»Wir kommen sofort.«

Großalarm. Von allen Seiten rasen die Peterwagen heran. Schon ist der erste Wagen am Zeughausmarkt. Die Beamten springen aus dem Fahrzeug, stürzen ins Lokal, die Pistolen in der Hand.

»Gut, dass Sie endlich da sind!« Frau Rehpfennig ist nicht zu übersehen. Eine vielleicht fünfzigjährige, ziemlich dicke Frau mit leicht zerzauster Dauerwelle.

»Wo ist er?«

»Ja, jetzt ist er weg.«

Die Beamten sehen sich an; beide denken dasselbe: Die Alte spinnt.

»Um 13.25 Uhr ist er hier reingekommen, das weiß ich ganz genau.«

Die Streifenpolizisten sehen auf die Uhr über der Theke. 13.10 Uhr.

»Nee, die geht nach, die stimmt nicht. Zwei ist es jetzt. Genau zwei. Und hier, hier hat er gesessen, an diesem Tisch hier. Eine Erbsensuppe bitte, hat er gerufen, bevor ich überhaupt da war, um ihn nach seinen Wünschen zu fragen. Ich hab ihn dann gefragt, ob er auch Würstchen dazu will. Nein, hat er gesagt. Gleich dreimal. Nein, nein, nein! Richtig mit

Nachdruck. Und die Suppe, ganz heißhungrig hat er sich die dann reingeschaufelt. Nur drei Minuten hat er gebraucht; ich hab auf die Uhr gesehen. Und umgeguckt hat er sich immer wieder, ganz gehetzt umgeguckt. Das konnte man richtig sehen, wie dem die Angst im Nacken saß. Und die Hand, mit der er den Löffel gehalten hat – richtig gezittert hat die!«

»Und dann?«

»Ja, dann ist er aufgestanden und weggegangen. Bezahlt hatte er ja schon vorher.«

»Und in welche Richtung ...?«

»Nee, das kann ich nicht sagen, das weiß ich nicht. Das konnte ich ja nicht sehen, da hab ich ja angerufen bei Ihnen, dass Sie schnell herkommen sollten ...«

»Na, der ist jetzt über alle Berge! Können Sie den Mann beschreiben?«

»Ja, natürlich, so an die dreißig, würd ich sagen. Ein Oberhemd mit weißen Streifen hat er angehabt. Und dann, das Wichtigste, dieser unstete, lauernde Blick, mit dem er sich immer wieder umgeguckt hat.«

14.

Die Beamten durchkämmen die einschlägigen Lokale auf der Reeperbahn.

»Was wollt ihr denn hier? Spielt ihr Wildwest oder was?«

»Wir suchen einen flüchtigen Doppelmörder.«

»Den Blanck etwa?«

»Den Blanck. Ganz genau. So sieht der aus.« Der Beamte legt das Fahndungsfoto auf die Theke. »Ist der hier gewesen?«

Der Wirt sieht gar nicht hin, schüttelt den Kopf. »Nee, nie gesehen.«

»Wenn er vorbeikommen sollte ...«

»Ja, ja, dann rufen wir 110 an!« Die Männer an der Theke lachen.

»Scherzen Sie nicht. Der Mann ist gefährlich.«

Der Wirt wirft dem jungen Polizisten einen schrägen Blick zu: »Wir kennen ein paar Leute, die sind auch ziemlich gefährlich. Wir haben keine Angst.«

Am Ausgang hält einer der Kunden einen Polizisten am Ärmel fest. »Wart ihr schon im *Fuchsbau*? Würd ich mal versuchen!«

15.

Der *Fuchsbau* ist eine Spelunke in der Davidstraße. Zu sechst steigen sie die Stufen zum Lokal hinab, mit gezogenen Pistolen. Sie reißen die Tür auf, stürzen in die Gaststube.

»Die Ausweise bitte!«

Einer der Gäste, der in der Nähe des Eingangs gesessen hat, gibt sich betont uninteressiert. Zwei Beamten treten auf ihn zu. »Na, wen haben wir denn da?«

Der Mann greift in seine Tasche. Die Polizisten reagieren sofort. Blitzschnell hat der eine die Waffe im Anschlag und auf den Verdächtigen gerichtet. Im selben Moment hat sein Partner schon zugeschlagen. Der Mann geht zu Boden.

»Mein Ausweis, ich wollte doch nur meinen Ausweis zeigen«, wimmert er.

»Los, mitkommen, zur Wache!«

In Handschellen wird der Verdächtige abgeführt.

»Mein Schuh!«, protestiert er.

»Keine Fisimatenten jetzt!«

Es hilft nichts, er muss mit. Erst später merken die Beamten, dass der Mann tatsächlich den linken Schuh verloren hat. Und der gesuchte Doppelmörder – nein, der Heidemörder ist dieser Mann nicht.

16.

Aber die Jagd auf den Heidemörder geht weiter – nicht nur in Hamburg. Überall ist er gesehen worden. In Soltau, Lüneburg und in Uelzen.

»Ja, ich verbinde.« Der Polizist hält die Sprechmuschel zu und sagt: »Schon wieder einer, der den Heidemörder gesehen hat!«

»Gib mal her. – Von Freyberg, Kriminalpolizei Uelzen, mit wem spreche ich bitte?«

»Hier ist August Wegdorfer. Schnell, schnell, kommen Sie schnell! Der Mörder – er ist hier ...«

»Von wo sprechen Sie?«

»Von der Schokoladengroßhandlung. Er ist nebenan, bei der Martha ...«

»Bei wem?«

»Bei der Martha, bei meiner Frau! Um Gottes Willen, beeilen Sie sich!«

»Wo sind Sie denn?«

»Ecke Turm- und Pastorenstraße, da ist unser Laden ...«

»Und woher wissen Sie ...«

»Er hat sich ausgewiesen! Den Ausweis vorgelegt!«

»Was? Wir kommen.« Von Freyberg legt den Hörer auf. »Das ist ernst, Meurers. Nichts wie hin. Turmstraße, Ecke Pastorenstraße. Wissen Sie, wo das ist?«

Der Kollege nickt.

17.

»Endlich, da sind Sie ja.«

Gott sei Dank, denkt von Freyberg, die Frau ist noch am Leben.

»Wo ist er hin?«

»Weg. In diese Richtung ...«

»In was für einem Auto, haben Sie das gesehen?«

»Nein, in gar keinem Auto. Zu Fuß ist er gegangen.«

»Zu Fuß? Der will Richtung Lüneburg. Beier und Krüger, ihr fahrt sofort zum Ortsausgang. Der Bahnübergang bei der Zuckerfabrik. Wenn er per Anhalter weiter will, ist das die günstigste Stelle. Wenn er kommt, schnappt ihn euch. Aber seid um Gottes willen vorsichtig. Der Kerl ist schwer bewaffnet.«

»Wir passen schon auf.«

Hoffentlich, denkt von Freyberg. Die Brüder Schirmbeck sind von zwanzig Kugeln regelrecht durchsiebt worden. Aus einer automatischen Waffe wahrscheinlich.

Nachdem die beiden Polizisten weg sind, wendet sich von Freyberg dem Ehepaar Wegdorfer zu. »So, nun erzählen Sie mir mal bitte ganz genau, was hier passiert ist.«

»Ja, also ich stehe in unserem Laden hier, da kommt plötzlich so ein blasser junger Mann rein. Ziemlich ungepflegt, lange Bartstoppeln. Der greift in seine Tasche ...«

»Moment mal. Wie war er gekleidet?«

»Blaue Jacke, darunter ein schmutziges weißes Hemd. Und die Hose – weiß ich nicht.«

»Gut. Und dann?«

»Dann zieht er also eine Uhr aus der Tasche. Eine Armbanduhr. Und er sagt: Ich brauche Geld. Können Sie mir die Uhr abkaufen?«

An- und Verkauf steht über der Eingangstür. Logisch, dass er es hier versucht hat.

»Bedaure, hab ich gesagt. Ich kaufe keine Uhren.«

»Nicht?«, fragt von Freyberg. Er wirft einen Blick auf die Auslage.

»Na, ja, eigentlich schon, aber dieser Kerl war mir unsympathisch. Mit dem wollte ich nichts zu tun haben.«

»Und dann?«

»Dann hat er gesagt: Dann schmeiß ich sie eben weg!«

»Ist ja irre.«

»Ja. Da hab ich ihn gefragt: Wieso? Haben Sie so viele davon? – Ja, drei Stück. – Da hab ich ihn gefragt, was er denn haben will für die Uhr. Das war ne ganz normale Uhr, nichts Besonderes. Zwei Mark, hat er gesagt. – Ja, und da hab ich ihm die Uhr für zwei Mark abgekauft.«

»Die Uhr werden wir uns einmal näher ansehen müssen«, sagt von Freyberg. Er denkt: Drei Uhren – eine eigene, zwei von den ermordeten Brüdern. »Hat er eine Eigentumserklärung unterschrieben?«

»Ja, natürlich. Peter Blanck hat er geschrieben.«

Seinen eigenen Namen, denkt von Freyberg.

»Und dann hab ich ihn gefragt, ob er seinen Ausweis dabei hat.«

Für zwei Mark, denkt von Freyberg. Die Frau muss wirklich überzeugt gewesen sein, dass da etwas nicht stimmt.

»Und dann hat er mir seinen Ausweis vorgelegt. Und da ist es mir dann plötzlich wie Schuppen von den Augen gefallen: Das ist doch der Mann, der wegen des Doppelmordes bei Lüneburg gesucht wird! Ich hab mir aber nichts anmerken lassen. Erst als er draußen war, hab ich meinem Mann Bescheid gesagt, dass er schnell bei Ihnen anrufen soll. Und dann hab ich noch gesehen, wie er sich von den zwei Mark Brötchen und Wurst gekauft hat. Ja, und dann ist er weggegangen. Da, in die Richtung.«

»Mal sehen, ob wir ihn kriegen«, sagt von Freyberg.

18.

Beier und Krüger haben den Wagen bei der Zuckerfabrik abgestellt. Jetzt lehnen sie am Zaun und beobachten den Verkehr.

»Nicht viel los heute Morgen auf der B 4«, sagt Beier. »Aber nachher, wenn ich nach Hause will, dann ist wieder alles verstopft. Und natürlich die Schranke runter.«

In dem Augenblick beginnt der Schrankenwärter, die große Schranke herunterzukurbeln. Der Verkehr kommt zum Erliegen.

»Es ist schon ein Ärgernis«, gibt Krüger zu. »Hamburg – Hannover, da fährt ja wirklich alle naslang ein Zug durch. Bin gespannt, wann sie endlich die Unterführung bauen.«

»Halt mal«, sagt Beier. »Guck mal, der da hinten!«

Tatsächlich, da kommt ein junger Mann ganz gemächlich auf sie zu.

»Das ist er.«

»Ja. Sieht so aus.«

Der Mann beachtet sie nicht. Die beiden Polizisten warten, bis er an ihnen vorübergegangen ist und vor der geschlossenen Schranke stehen bleibt. Zu zweit springen sie ihn von hinten an, reißen ihn zu Boden. Der Mann leistet keinen Widerstand.

»Peter Paul Blanck«, sagt Beier.

»Ja, der bin ich.« Es klingt völlig mutlos. Resigniert.

»Sie sind verhaftet.« Erst als sie ihm Handschellen angelegt haben, untersuchen die Beamten ihren Gefangenen. Und bekommen noch nachträglich einen gehörigen Schreck. In einem Schulterhalfter trägt Blanck ein abgesägtes automatisches Schnellfeuergewehr, zwanzig Schuss im Magazin, durchgeladen. In der Aktentasche drei volle Reservemagazine und eine Schachtel mit weiteren neunzig Schuss Munition.

19.

Bentz sitzt in der Bücherhalle; das *Abendblatt* aufgeschlagen vor ihm auf dem Tisch, aber die Zeitung interessiert den jungen Kriminalkommissar nicht. Er hat es schon viel zu lange hinausgezögert. SPD oder CDU, das ist die Frage. Wer hier wirklich vorankommen will in der Hansestadt, der braucht das richtige Parteibuch. Aber – was ist das richtige Parteibuch? Pfeifer zum Beispiel, der ist CDU. Glaubt er jedenfalls. Über solche Dinge spricht man nicht unter den Kollegen.

Aber CDU – das wäre wahrscheinlich falsch. Seit der Niederlage des Hamburg-Blocks 1957 ist die nicht mehr an der Regierung. Kein Wunder, dass der Pfeifer nicht weiter aufgestiegen ist. Und der Berger – nein, der Berger, der ist in überhaupt keiner Partei. Der gehört auch zu dieser »skeptischen Generation«, wie es so schön heißt. Ist einer von denen, die sich nicht engagieren, raushalten aus der Politik, aus allem. Ohne Emotionen. Da hat er recht, dieser Knabe, der das geschrieben hat. Wie heißt er doch noch gleich? – Schumsky, Schelsky oder so ähnlich. Bentz hat das Buch nicht gelesen, aber davon gehört.

Er, Bentz, gehört jedenfalls nicht zu diesen blassen Gestalten. Und deshalb wird er jetzt in die SPD eintreten. Vor der Bürgerschaftswahl natürlich, damit es nicht so aussieht, als wolle er sich bloß auf die Seite der Sieger schlagen. Schade, dass es so teuer ist. Aber es ist wichtig. Ja, er wird es tun.

20.

»Na, was macht dein Elektriker?«, fragt Berger. »Vernehmungspause?«

Pagels sitzt auf dem Flur und raucht. »Ach, Scheiße, ich weiß es nicht. Der Bursche behauptet nach wie vor, er sei erst um acht Uhr in der Garage gewesen. Was im Grunde auch Sinn macht, denn irgendwie kann ich nicht glauben, dass man um sieben Uhr morgens am Sonnabend einen Elektriker irgendwo hinbekommt.«

»Warum war er überhaupt am Sonnabend da?«

»Weil sie Freitag nicht fertig geworden sind.«

»Und?«

»Und es passt trotzdem nicht. Hoffmann, der Tankwart, bleibt dabei, dass er so gegen sieben Uhr in der Garage gewesen ist und dass er da den Elektriker gesehen hat. Der Elektriker sagt aber, er war erst um acht da und er hat weder den Hoffmann noch seinen Kunden gesehen. Ich hab ja erst gedacht, das ist alles gelogen und der Mann steckt mit drin, aber inzwischen weiß ich nicht mehr, was ich denken soll.«

»Vorstrafen?«

»Keine.«

»Fester Wohnsitz?«

»Ja, natürlich.«

»Lass ihn laufen.«

»Wirklich?« Pagels schüttelt den Kopf. »Weißt du was? Wir lassen den Mann nicht laufen. Wir machen eine Gegenüberstellung mit den Zeugen. Dann wird sich schon zeigen, ob er der Bankräuber ist oder nicht.«

21.

Roeder winkt Berger herein, deutet auf den Besucherstuhl. Besonders glücklich sieht er nicht aus. »Ich hab gerade Lüneburg am Telefon!«

Berger setzt sich. Er sieht zu, wie Roeder einige Male nickt und mehrere Male Ja sagt. Schließlich ist das Gespräch beendet.

»Der Heidemörder?«, fragt Berger. Er hat es schon in den Nachrichten gehört.

»Ja. Sie haben ihn gefasst. Inzwischen ist auch klar, was er gemacht hat die ganze Zeit vom letzten Mittwoch bis jetzt. Durch ganz Deutschland ist er geflüchtet. Erst mit dem Auto nach Hamburg, dann per Anhalter nach Bremen, dann nach Duisburg, nach Dortmund, nach Mainz, nach Kassel, nach

Hannover und schließlich nach Uelzen, wo sie ihn dann erwischt haben.«

»Alles per Anhalter?«

»Alles per Anhalter. Er hatte ja überhaupt kein Geld. Er war richtig ausgehungert, als sie ihn festgenommen haben.«

»Und die Beute? Ich denke, das war ein Raubmord?«

Roeder schüttelt den Kopf. »Nicht wirklich. Fünf Mark hatten die Brüder Schirmbeck bei sich gehabt. Deshalb hatten sie ja auch in dem Auto übernachtet ...«

»Damit steht jetzt aber fest, dass der Heidemörder mit dem Überfall auf die Bank in Aumühle nichts zu tun hat, oder?«

»Ja, natürlich. Zu dem Zeitpunkt ist er nachweislich in Dortmund gewesen.«

»Dann können wir jetzt also wieder ...«

»Wir machen jetzt gar nichts mehr. Der Bankraub in Aumühle wird von den Ratzeburgern weiter bearbeitet.«

»Aber das Auto, das stammt doch aus Hamburg.«

»Na und? Der Überfall war in Schleswig-Holstein. Mensch, Berger, der Kerl ist weg, den kriegen wir nicht mehr! Sollen wir uns damit jetzt noch nachträglich die Statistik versauen? Nein, das überlassen wir mal lieber den Schleswig-Holsteinern.«

Berger kriegt einen roten Kopf. »Wir haben einen Verdächtigen«, sagt er. »Wir brauchen eine Gegenüberstellung mit den Leuten aus der Bank.«

Roeder überlegt.

Wenn du das torpedierst, denkt Berger, dann gehe ich direkt zu Pfeifer, Dienstweg her oder hin!

Aber Roeder nickt. »Versuchen Sie Ihr Glück!«

22.

Es ist das erste Mal, dass Ulrike Roeder ihren Mann zu einem Fußballspiel am Rothenbaum begleitet. Ein Geburtstagsgeschenk. Sie hat es sich nett vorgestellt, doch schon beim Warten am Eingang erkennt sie, dass sie falsch angezogen ist. Selbst das schlichte dunkelblaue Kostüm, für das sie sich entschieden hat, fällt hier auf. Überhaupt sind wenige Damen anwesend. Und die, die Ulrike Roeder sieht, würde sie nicht als Damen bezeichnen.

»So, jetzt kommt gleich der Anpfiff«, sagt Roeder.

Seine Frau wirft einen prüfenden Blick auf ihren Mann. Sie hat darauf bestanden, dass er sich einen Schlips umbindet.

»Von rechts nach links. Der HSV spielt von rechts nach links.«

Unten auf dem Rasen setzen sich die Spieler in Bewegung. Die mit den roten Hosen fangen an, auf die linke Seite zu laufen.

»Das ist Dörfel, der da jetzt den Ball hat.«

Dörfel hat eine Glatze und sieht nicht so aus, wie Ulrike Roeder sich einen Fußballer vorstellt.

»Jetzt flankt er nach innen.«

»Ja, das sehe ich doch.« Das fehlt ja noch, dass ihr Mann sich hier wie einer dieser unsäglichen Reporter aufführt, die im Rundfunk von den Fußballspielen berichten. Sie braucht sich nichts sagen zu lassen, sie hat alles nachgelesen. Elf Mann gehören zu einer Mannschaft: Fünf Stürmer, drei Läufer, zwei Verteidiger und ein Torwart. Ein Raunen geht durch die Menge. Die Rothosen haben den Ball am Tor vorbeigeschossen.

»Da ist Uwe nicht rangekommen«, sagt Roeder.

»Uwe?«, seine Frau zieht die Augenbrauen hoch.

»Uwe Seeler.«

Duzt er den etwa? Das fehlte ja noch, dass er sich womöglich mit Fußballspielern in irgendwelchen dubiosen Kneipen herumtreibt.

»Alle sagen nur Uwe. Es gibt ja auch noch den Dieter Seeler. Da drüben.«

Na schön. Das Spiel ist chaotisch. Warum bleibt der Linksaußen nicht außen links, wo er hingehört? Warum rennen alle zur Mitte, wenn der Ball auch nur in die Nähe des Tores kommt, anstatt die ganze Breite des Feldes auszunutzen? Das erscheint ihr äußerst ineffektiv. Aber die anderen sind auch nicht besser. Bergedorf 85. Die Elstern, wie ihr Mann sie genannt hat. In der Tat sehen sie aus wie große, traurige Vögel. Traurig, weil die anderen besser spielen. Warum tragen sie schwarzweiße Trikots? Bergedorf war doch nie preußisch!

Ulrike Roeder hat Geschichte studiert. Bergedorf. Einen Moment lang denkt sie an Tettenborns verwegenen Ritt, der dazu geführt hatte, die Franzosen aus Hamburg zu vertreiben. Wenn auch nur für kurze Zeit. Marschall Davout war kein schöner Mann gewesen, aber ein kühler Kopf. Der hatte sich nicht von einer Handvoll Kosacken ins Bockshorn jagen lassen ...

»Eins zu Null«, unterbricht ihr Mann den Gedankengang.

Der Hinweis wäre überflüssig gewesen: Die Menge tobt. Es ist der HSV, der das Tor geschossen hat.

Wenn doch Sigmund auch so ein kühler, überlegener Kopf wäre, denkt sie. Anfänglich hat sie das geglaubt. Doch nach mehreren Jahren Ehe sind ihr Zweifel gekommen. Die einzige Gemeinsamkeit mit Davout scheint zu sein, dass er auch kein besonders schöner Mann ist.

23.

»Ich möchte gern ein Konto eröffnen.«

»Ein Sparkonto oder ein Girokonto?« Fräulein Albers gibt mit keiner Miene zu erkennen, dass sie Berger kennt.

»Ein Girokonto, bitte. Mein Gehaltskonto.«

»Dann bräuchte ich einmal Ihre Personalien ...«

Hat sie gelächelt, ganz flüchtig gelächelt? Nein, wohl nicht.

»Berger, Horst. Geboren am 3. September 1930 in Düsseldorf, geschieden, ein Kind ...«

»Diese Angaben brauchen wir nicht.«

Jetzt hat sie doch gelächelt.

»Haben Sie vielleicht Ihren Ausweis dabei?«

Berger legt den Dienstausweis auf den Tresen. »Oder hätten Sie lieber den Personalausweis?«

»Lieber den Personalausweis.«

Berger öffnet die Brieftasche, zieht den Personalausweis heraus.

»Und dann bräuchte ich noch Angaben über Ihren Arbeitgeber.«

Sie zieht es bis zum Ende durch, denkt Berger amüsiert. Er sagt: »Freie und Hansestadt Hamburg, Kriminalpolizei.«

»Und – möchten Sie Ihre Belege zugeschickt bekommen oder lieber hier abholen?«

»Ich möchte die Belege lieber abholen«, sagt Berger.

Abholer schreibt sie auf das Formular. »Das wär's dann schon. Haben Sie sonst noch eine Frage, Herr Berger?«

Jetzt müsste er sagen: Ja. Könnte ich Sie zum Essen einladen? Aber er traut sich nicht. Er blickt ihr in die braunen Rehaugen und schüttelt den Kopf.

Rehauge

Mittwoch, 10. Mai 1961

1.

»Ich habe bei der Sparkasse in Aumühle ein Konto eröffnet.«

Basthaupt starrt ihn an, als ob er nicht ganz bei Trost sei.

»Na ja, ich hab mir gedacht, das gibt mir die Möglichkeit, jederzeit in die Sparkasse zu gehen, mir die Kontoauszüge abzuholen und dabei nach dem Rechten zu sehen. Und wenn ich immer abends, kurz vor Dienstschluss da bin, dann lässt sich das sogar mit meinem Dienstplan vereinbaren.«

»Berger!«, sagt Basthaupt.

»Es könnte doch sein, dass unser Täter in dieser Gegend weitermacht. Der Überfall ist so reibungslos abgelaufen, die Beute war so groß – warum soll er das nicht ein zweites Mal versuchen?«

»Berger, nein wirklich!«

»Wieso?«

»Sie können natürlich machen, was Sie wollen, das ist alles völlig privat, ich weiß, aber bitte erzählen Sie mir nicht, dass Sie damit unseren Bankräuber fangen wollen!«

»Es könnte doch sein!«

»Unsinn! Aber, um ehrlich zu sein, ich hab mir gleich gedacht, dass das Fräulein Albers Ihnen gefallen würde. Und warum auch nicht? Obwohl ich natürlich sagen sollte, dass das, was Sie hier machen, nur halb privat ist. Sie handeln zwar ohne Auftrag, aber wenn Sie gestern mit Fräulein Albers gesprochen haben, dann doch vermutlich nicht nur darüber, was Sie am nächsten Wochenende unternehmen wollen. Sie haben sie nach dem Banküberfall gefragt. Dienstliche Dinge also. Es ist zwar völlig lächerlich, ich weiß, aber irgendjemand könnte daran Anstoß nehmen.«

»Ach, jetzt übertreiben Sie ...«

»Ja. Vielleicht. – Nun gut, wie machen wir weiter?«

»Diesmal ist er uns durch die Lappen gegangen.«

»Ja, so sieht es aus. Aber das nächste Mal sind wir noch besser vorbereitet, da erwischen wir ihn bestimmt.«

»Sie glauben also auch, dass er in diesem Gebiet noch einmal zuschlägt?«

»Herr Berger, er wäre dumm, wenn er das nicht täte! Reinbek, Wentorf, Aumühle – gucken Sie sich doch die Häuser an: Eine ziemlich noble Gegend ist das. Das liegt ja auch alles sehr hübsch hier. Die Bille, der Sachsenwald. Kleine, hübsche Orte mit kleinen, hübschen Banken ohne aufwendige Sicherung. Ein Paradies für Bankräuber.«

2.

Als Berger zurückkommt, ist die Wahlgegenüberstellung im Polizeipräsidium fast beendet. Berger hält ohnehin nicht viel davon. Es gibt zu viele Fehlermöglichkeiten. Zu leicht gibt sich der Verdächtige durch seine Nervosität zu erkennen. Denn er ist nervös, im Gegensatz zu den anderen fünf Personen. Doch mit seiner Skepsis steht Berger im Augenblick allein. Haydn und Kayser wirken überaus zufrieden. Und Pagels strahlt.

»Na, Horst, wer war es denn nun?«

Berger sieht durch die Einwegscheibe. Und er muss zugeben, Pagels hat sich Mühe gegeben. Die Männer sind annähernd gleich groß, und sie sind zumindest ähnlich gekleidet. Berger hat den Verdächtigen nie gesehen; dies ist ein Test, ob er ihn allein durch sein Verhalten herausfinden kann.

»Der zweite von links ist es jedenfalls nicht«, erklärt Berger. Den kennt er. Einer der Leute, die in der Kantine arbeiten.

»Okay.« Pagels verzieht keine Miene.

»Aber die anderen ...« Berger kratzt sich den Kopf. Warum nur hat er dieses schlechte Personengedächtnis? Er müsste sie alle kennen, Pagels kann sie doch nur aus dem Präsidium herausgepickt haben, alle bis auf einen – aber er erkennt sie nicht.

»Was ist mit der Nervosität?«, fragt Pagels.

Keiner der Beteiligten wirkt sonderlich nervös.

»Ich sehe sie ja nur von vorn«, sagt Berger schließlich. »Kann ich die Herrschaften mal bitte von der Seite sehen?«

Pagels grinst. »Das habe ich unseren Zeugen nicht erlaubt. Aber weil du es bist, will ich einmal eine Ausnahme machen!«

Auf Pagels Anweisung machen die Herren hinter der Glasscheibe eine Linkswendung um neunzig Grad. Und nun ist es einfach.

»Der Dritte«, sagt Berger, ohne zu zögern.

Pagels lacht. »Deshalb habe ich die Herrschaften ja nur von vorn gezeigt. Es war einfach nicht möglich, noch jemand mit einer solchen Spitznase aufzutreiben. Im ganzen Präsidium nicht.«

»Von vorn sind sie sich ziemlich ähnlich«, sagt Berger.

»Ja. Und dennoch haben fast alle Zeugen den richtigen Mann identifiziert. Und jetzt schnappe ich ihn mir!«

3.

»Tja, Herr Pukalla – was sagen Sie jetzt?«

»Herr Kommissar – was soll ich dazu sagen. Ich bin Elektriker, weiter gar nichts.« Der Mann sieht den Polizisten bekümmert an. Pagels stellt die Fragen, Haydn führt das Protokoll.

»Und – wie erklären Sie es sich dann, dass von den acht Personen, denen wir Sie gegenübergestellt haben, sechs mit absoluter Sicherheit behaupten, dass Sie der Bankräuber von Aumühle sind?«

»Die irren sich. Ich bin kein Bankräuber.« Richtig verzweifelt sieht er aus.

»Herr Pukalla, Herr Pukalla«, sagt Pagels.

»Um Himmels willen, wie komm ich hier bloß wieder raus?«

»Und wenn Sie nun einfach Ihr Gewissen erleichtern?«, schlägt Pagels vor.

Der Elektriker schweigt.

»Fassen wir noch einmal zusammen. Am letzten Sonnabend arbeiten Sie morgens früh – wie die beiden Tage davor auch – in der Tiefgarage in der Elmenhorststraße. Sie wissen, dass die meisten Wagen nicht verschlossen sind und dass der Zündschlüssel steckt. Kein zufällig vorbeikommender Einbrecher kann das wissen, aber Sie, Pukalla, Sie wissen das. Nachdem der Tankwart seinem Kunden den Weg freigeschoben hat, warten Sie noch einen Augenblick, und dann fahren Sie mit dem VW mit dem Kennzeichen ...«

»Nein, nein, nein!«

»... nach Aumühle ...«

»Ich war nicht in Aumühle.«

»Wo waren Sie denn dann am Samstagvormittag?«

»In der Garage, das wissen Sie doch, das hab ich doch schon tausendmal gesagt. Ich war in der Garage und hab gearbeitet.«

Pagels schüttelt den Kopf. »Nein, Herr Pukalla, das stimmt doch nicht. Der Herr Hoffmann ist gegen neun Uhr noch einmal in der Tiefgarage gewesen, und da waren Sie nicht mehr da. Und zu Hause waren Sie auch nicht, das hat Ihre Frau ausgesagt. Sie sind erst am Nachmittag nach Hause gekommen.«

»Ich hab bis mittags gearbeitet und bin dann nach Hause gegangen. Warum glauben Sie mir nicht?«

»Herr Pukalla, ich denke, mit etwas Nachdenken können Sie sich diese Frage selbst beantworten.«

Pukalla schüttelt den Kopf.

4.

»Ich schaff's nicht!« Pagels knallt die Mappe mit den Unterlagen auf den Tisch.

»Ein harter Brocken, was?«

»Ein verdammt harter Brocken. Die Aussagen der Zeugen sind so klar, wie sie überhaupt nur sein können ...«

»Moment mal, Pagels.« Berger blättert in den Unterlagen. »Wie alt ist der Mann? Einundzwanzig?«

»Ja, einundzwanzig. – Ich weiß, was du sagen willst, aber er sieht doch eindeutig älter aus. Kann sehr wohl als Dreißigjähriger durchgehen. Die unvorteilhafte Frisur, die Haare glatt nach hinten gekämmt, die großen Geheimratsecken. Und dann die Nase. Wenn jemand eine Spitznase hat, dann der.«

»Ja, deshalb haben die Zeugen ihn ja auch alle wiedererkannt. Oder geglaubt, ihn wiederzuerkennen. Aber das passt dennoch nicht. Wenn er das 1952 gewesen sein soll, dann war er ja bei seinen ersten Überfällen erst zwölf Jahre alt.«

»Dann war er *das* eben nicht. Von mir aus hat er nur dieses eine Ding in Aumühle gedreht. Von mir aus ist er einfach nur ein Nachahmer, ein Trittbrettfahrer, der alles genauso macht wie Spitznase, sein großes Vorbild.«

»Tatsächlich? Und der dann obendrein noch genauso aussieht?«

»Weiß ich nicht.«

»Komm mit, Pagels, der Durchsuchungsbefehl ist da. Schauen wir uns die Wohnung unseres Elektrikers einmal näher an. Vielleicht finden wir da etwas, was uns weiterhilft.«

5.

Der Elektriker wohnt in Winterhude. Aber es ist keines der noblen Häuser mit schmiedeeisernen Gittern vor den gepflegten Gärten und Blick auf die Alster. Es ist eine bescheidene Wohnung in einer grauen Seitenstraße.

Frau Pukalla öffnet. Ein kleines Mädchen, zwei Jahre vielleicht, hängt an ihrem Rockzipfel. »Mama, Mama!« Ein zweites Baby ist unterwegs. Im Hintergrund läuft der Fernseher:

»Ich finde Omo einfach prima. Wenn ich meine schmutzige Wäsche in die Omo-Lauge lege, merkt man sofort, dass sich der Schmutz löst ...«

Berger zeigt seinen Durchsuchungsbefehl vor, sagt seinen Spruch auf.

»Kommen Sie rein, wir haben nichts zu verbergen.«

In der Küche herrscht Chaos. Spielsachen sind auf dem Fußboden verstreut, ein weiteres Kind ist dabei, den Küchenschrank auszupacken, ein Teller zerklirrt, auf dem Herd brennt etwas an.

»Moment mal!« Die Mutter wendet sich dem Essen zu.

»Wir kommen schon klar«, sagt Berger.

»... unermüdliche Waschkraft. Das zeigt sich am Weiß ...«

Berger drückt auf die Aus-Taste. Der Omo-Reporter verschwindet.

Ja, sie kommen klar. Sie durchsuchen die Wohnung von einem Ende bis zum anderen. Im Nachtschränkchen finden sie einen Packen Präservative. »Weiß er nicht, wie man die benutzt?«, fragt Pagels halblaut.

Sie finden die Ausweise sowohl von Pukalla als auch von seiner Frau. Der Elektriker hatte seinen bei der Vernehmung als verloren angegeben. »Na, da wird er sich aber freuen«, sagt Berger. Der Abgleich der Daten zeigt, dass Pukalla keine falschen Angaben gemacht hat.

Sie lernen, dass seine Frau Leni heißt und 1941 in Magdeburg geboren ist. »Leni«, sagt Pagels. Das Foto der Regisseurin ist über das Bett gepinnt.

Doch außer dem Vornamen hat Leni Pukalla keine Gemeinsamkeiten mit der großen Regisseurin. Die Wohnung ist in schlechtem Zustand. Verschmutzte Fenster, verschmierte Möbel, Dreck überall. Berger klopft sich den Staub aus der Hose, nachdem er unter das Bett gesehen hat. Darunter steht nur ein Nachttopf. Leer, aber nicht sauber. Es riecht nach Urin.

Im Küchenschrank finden sie sieben Mark fünfzig in Münzen und einen vierfach gefalteten Zehnmarkschein. Sonst gibt es in der Wohnung kein Geld.

»Das war's dann schon, danke«, sagt Berger, als sie sich verabschieden.

Die Frau sieht ihn an. »Er hat eine Freundin, nicht wahr?«

»Davon wissen wir nichts.«

6.

An seiner Arbeitsstelle werden sie fündig. Hier haben sie keinen Durchsuchungsbefehl, aber der Meister zeigt sich sehr großzügig, obwohl sie ihn nach Feierabend zu Hause stören. Er geht mit den Beamten in die Werkstatt, öffnet ihnen den Spind von Pukalla. »Natürlich habe ich einen Zweitschlüssel. Für alle Fälle.«

Der Spind enthält Arbeitsklamotten und eine Reihe von Werkzeugen – darunter auch solche, die gewöhnlich nicht zur Ausrüstung eines Elektrikers gerechnet werden. Und eine Zigarrenkiste.

»Raucht er?«, fragt Pagels.

Der Meister schüttelt den Kopf.

Berger nimmt die Zigarrenkiste aus dem Spind. *Schneehasen*, steht drauf. *40 Pfennige*. Aber was da so klötert in der

Kiste, das sind keine Zigarren. Berger hebt den Deckel. Ein paar Uhren, etwas billiger Schmuck. Nachdenklich betrachtet der Meister einen Schlüsselring mit verschiedenen Dietrichen, den Pagels jetzt in der Hand hält.

»Er war eigentlich kein schlechter Mann, dieser Pukalla«, sagt er. Meint er das wirklich, oder tut es ihm nur leid, eine schwer ersetzbare Fachkraft zu verlieren?

Berger zögert einen Moment. Dann sagt er. »Er ist noch immer ein guter Mann. Uns liegt keine Anzeige gegen ihn vor. Wir werden ihm ein bisschen ins Gewissen reden, das ist alles. Er gibt die Sachen zurück, und morgen haben Sie ihn wieder.«

7.

»Zu weich«, sagt Pagels. »Du bist zu weich.« Sie sind auf dem Rückweg ins Präsidium.

Berger seufzt. »Ja, ich weiß. Ein Idiot bin ich. Natürlich könnten wir ihm den Bruch anhängen, wenn wir denn wollten. Ist garantiert irgendwo angezeigt worden. Und wahrscheinlich hilft es auch gar nichts, wenn ich ihn laufen lasse. Er macht später doch weiter. Aber wenn man all das Elend sieht ...«

»Für Gnade sind wir nicht zuständig.«

»Ich gebe ihm eine Chance.«

»Jeder hat eine Chance«, sagt Pagels. Sein Blick verdeutlicht, was er davon hält.

»Außerdem denke ich, dass wir den Pukalla noch brauchen ...«

8.

Und sie brauchen ihn wirklich. Mit Engelszungen redet Berger auf ihn ein. Ja, er ist bereit, die Dinge zurückzugeben, die er am Samstagvormittag versehentlich irgendwo gefunden hat. Ja, er hat seine Fehler eingesehen und wird so etwas nie wieder machen. Aber sein Foto, nein, seine Fotografie will er nicht veröffentlicht sehen. Beim besten Willen nicht. Dabei ist sein Foto doch am 8. Mai schon durch die Zeitungen gegangen. Aber nirgendwo stand damals, dass er der unbekannte Verdächtige war, den die Polizei festgenommen hat. Pagels kommt schließlich die rettende Idee. Kein Foto. Aber gegen eine Zeichnung habe er doch sicher nichts einzuwenden? – Also wird er gezeichnet. Das ist sowieso besser, denkt Berger. Da kann man leichter die Veränderungen anbringen, die den Doppelgänger vom Original unterscheiden. Vor allem das Alter.

Und so erscheint das korrigierte Bild des Doppelgängers im *Abendblatt*. Der Täter ist 1,80 – 1,83 m groß, sportlich, fünfunddreißig bis zweiundvierzig Jahre alt, hat leicht ergrautes, welliges Haar. Er trägt es nach hinten gekämmt. Die »tückischen« Augen sind auch die vom Pukalla, leicht verändert. Und die Nase, sie haben sie etwas kleiner gemacht.

Wer kennt diesen Mann? – Berger ist sehr zufrieden mit der Presse. Die drei großen Tageszeitungen haben prompt reagiert. Aber die erhoffte Reaktion der Öffentlichkeit bleibt aus. Niemand kennt diesen Mann. Oder die ihn kennen, melden sich nicht.

9.

So, denkt Berger, und jetzt nichts wie nach Hause! Gut, dass er sich endlich den Wagen gekauft hat! Sonst wäre er jetzt wieder eine halbe Ewigkeit unterwegs. Und der DKW fährt nicht schlecht. Berger hat ihn aus zweiter Hand. Weil er noch unerfahren ist, sieht Berger öfter als nötig in den Rückspiegel. Der graue VW da hinten – war der nicht eben schon da? Wird er etwa verfolgt? Unsinn, so etwas gibt es nicht. Warum sollte jemand hinter ihm herfahren? Berger ordnet sich links ein, biegt ab. Der Graue folgt ihm.

Lächerlich! Tausende von Hamburgern fahren um diese Zeit mit dem Wagen nach Hause. Viele haben dieselbe Richtung. Warum soll dieser Mann nicht genau in dieselbe Straße abbiegen wie er auch. Dieser Mann? Einer oder mehrere? Berger sieht in den Rückspiegel. Ja, es ist offenbar ein einzelner Mann, der da in dem Wagen sitzt.

Berger überlegt einen Moment, dann biegt er an der nächsten Kreuzung links ab und dann wieder links, sodass er praktisch in Richtung Innenstadt zurückfährt. Wenn der andere jetzt immer noch hinterherkommt, ist klar, dass er beschattet wird. Aber warum? Wer sollte so etwas tun? Jemand, der herausfinden will, wo er wohnt? Wohl kaum. Und da ist auch kein grauer VW mehr. Alles Einbildung!

Als Berger bremst, um den Wagen zu wenden, kommt der andere doch noch. Ist wohl durch den Gegenverkehr aufgehalten worden. Oder durch Fußgänger. Na, denkt Berger, dem werde ich es zeigen!

Er ist eher belustigt als beunruhigt, aber als der andere sich auch auf einer halbstündigen Spazierfahrt kreuz und quer durch Barmbek nicht abhängen lässt, hat Berger die Schnauze voll. Er parkt den Wagen quer vor einer Ausfahrt, steigt aus und geht mit eiligen Schritten durch den Torweg.

»He, Moment mal, so können Sie da aber nicht stehen!«, ruft ein Rentner hinter ihm her. Berger kümmert sich nicht darum. Und der VW – wahrscheinlich ist er vorbeigefahren. Na, mal sehen. Berger gelangt in einen Hinterhof. Kisten mit leeren Flaschen stehen da, mehrfach übereinander gestapelt. Offenbar das Lager einer Getränkefirma. Berger duckt sich hinter einen der Stapel und wartet. Nichts geschieht.

Plötzlich eine Bewegung. Berger fährt zusammen. Eine Katze läuft von links nach rechts über den Hof und verschwindet mit einem eleganten Satz über die Mauer. Und dann hört Berger Schritte. Jemand bemüht sich, leise und unbemerkt in den Hof zu schleichen. Nicht leise genug. Berger ist unbewaffnet. Also muss er schneller sein als der andere. Er ballt die Fäuste.

Als der Unbekannte den ersten Schritt auf den Hof gemacht hat, springt Berger aus der Deckung und schlägt blitzschnell zu. Der andere geht stöhnend zu Boden. Schon ist Berger über ihm. Er packt den Mann am Kragen und zerrt ihn hoch. Dich mache ich fertig, denkt er.

»Nein, nicht!«, jammert der Bursche.

Bevor Berger zum zweiten Mal zuschlagen kann, wird ihm bewusst, dass er den Mann kennt. Es ist einer der Reporter.

»Was soll der Blödsinn?« Berger ist ungehalten. »Was verfolgen Sie mich?«

»Ich – ich hatte gehofft ...«

»Was hatten Sie gehofft?«

»Der Zeuge. Ich – ich hatte gehofft, Sie würden vielleicht zu dem Zeugen fahren.«

»Was für ein ...« Plötzlich wird Berger klar, worum es geht.

»Der Mann auf der Zeichnung. Warum gibt es kein Foto? Ich wollte ein Foto haben!«

Berger seufzt. Er hätte nicht übel Lust, noch einmal kräftig zuzuschlagen. Reicht es nicht aus, dass sie sich mit Räubern herumschlagen müssen? Muss ihnen auch noch die Presse in die Quere kommen? Nein, denkt er. Falsch. So machen wir das nicht.

»Ich erkläre es Ihnen. Sie können alles wissen, aber nicht alles drucken. Einverstanden?«

»Einverstanden.« Der Reporter nickt. Er reibt sich das Kinn.

Berger ist klar, dass er nicht alles sagen darf. Aber die Presse ist auch nicht der Feind. Er will die Presse auf seiner Seite haben. Er sagt: »Und das nächste Mal rufen Sie mich bitte an, anstatt mir heimlich nachzuschleichen!«

10.

Der abendliche Besuch in der Schwarzenbeker Verbandssparkasse in Aumühle ist für Berger inzwischen zur Routine geworden. Für Irmtraut auch.

»Hier Ihre Auszüge«, sagt sie, wenn er an den Tresen kommt.

»Danke«, erwidert er. Das ist alles. Das reicht nicht. »Könnten Sie – ich interessiere mich für einen Bausparvertrag«, lügt Berger.

»Ah, das ist eine sehr gute Sache!« Sie strahlt ihn an. »Für Bausparverträge ist mein Kollege, der Herr Koch, zuständig. Er wird Sie gern ausführlich beraten. Wenn Sie bitte so lange hier Platz nehmen möchten ...«

Sie lächelt. Berger entscheidet, dass es ein spöttisches Lächeln ist.

11.

Er wartet vor der Bank, bis sie Schluss hat. Sie tut, als ob sie ihn nicht bemerkt, wendet sich rasch nach rechts.

»Ach, Fräulein Albers, ich hätte da noch eine Frage ...«

»Ja, bitte?«

»Hätten Sie vielleicht Lust, heute Abend mit mir irgendwo essen zu gehen?«

»Heute Abend? Nein, heute Abend gehe ich mit einer Freundin ins Theater. Aber – falls Ihr Angebot auch für morgen gelten sollte ...«

»Ja?«

»Morgen ja. Abgemacht. Wir treffen uns hier vor der Bank.«

Berger sieht ihr nach, wie sie davoneilt. Er seufzt.

»Muss Liebe schön sein«, bemerkt jemand im Vorübergehen.

Berger schreckt hoch. War das der Mensch, der ihm eine halbe Stunde lang etwas von Bausparverträgen erzählt hat? Ach, egal.

12.

»So, Mädchen, ich muss noch mal los.« Er hat gehofft, dass sie um diese Zeit längst schlafen würde. Aber so ist es, wenn die Mama nicht da ist. Die Tochter will und will nicht einschlafen. Mit zwölf Jahren bleibt man lange wach. Und mit zwölf Jahren stellt man Fragen.

»Wo willst du denn hin – jetzt noch, so spät?«

»Kleiner Sondertransport für die TransCo. Die haben vorhin angerufen.«

Vorhin hat niemand angerufen, das weiß sie sicher. »Papa?«

»Ja?«

»Das ist doch nichts Gefährliches, was du da machst?«

»Nein, natürlich nicht.« Er lacht, strubbelt ihr das Haar.

»Nimmst du mich mit?«

»Nein, das geht nicht. Du musst schlafen, Kindchen. Es ist jetzt nach elf, und morgen früh ist wieder Schule. Und außerdem können wir doch die kleine Lotte nicht allein lassen. Vier Jahre! Wenn die aufwacht, und keiner ist da, die kriegt doch Angst im Dunkeln!«

Es ist schon blöd, wenn man eine kleine Schwester hat. »Wann kommen Mama und Uschi denn zurück?«

»Bestimmt bald. Ich weiß nicht, wann die Spätvorstellung zu Ende ist.«

»Mach's gut!«

»Du auch.« Das wird immer schwieriger, denkt er. Sie fängt an, Fragen zu stellen. Er selbst hat in dem Alter nie Fragen gestellt. Aber diese hier, die ist anders. Die lässt sich nichts vormachen. Irgendwann muss ich aufhören. Er packt seine Sachen.

Als er gegangen ist, schleicht das Mädchen auf Zehenspitzen in die Küche und macht Licht. Da liegt der Zettel auf dem Tisch, wie gewöhnlich: *Ich muss noch mal weg, bin vor dem Frühstück zurück. Euer Papa.* Sie seufzt. Jedenfalls hat er die Pistole nicht mitgenommen, denkt sie. Das Schulterhalfter hängt an der Garderobe, das kann sie sehen. Oder? Sie geht rüber auf den Flur. Sandkörner pieksen ihr in die Fußsohlen; sie ist barfuß. Ärgerlich reibt sie die Füße an ihrem Nachthemd ab. Dann schiebt sie die Jacke zur Seite. Das Schulterhalfter ist leer.

13.

Er nimmt das Motorrad. Die Bahn wäre praktischer, aber es kann länger dauern, und er will nicht den letzten Zug verpassen. Zu Fuß zurück, das wären an die zehn Kilometer. Eigentlich kein Problem für ihn, er ist durchtrainiert, aber er braucht seinen Schlaf. Morgen früh muss er wieder zum Dienst antreten. Erst am Nachmittag beginnt für ihn das Wochenende.

Es regnet. Er muss vorsichtig fahren. Er kommt von Süden her, wählt die geradeste Strecke. Die Sachsenwaldstraße, dann passiert er die ersten Häuser von Aumühle. Großzügig angelegte Villen hinter dichten Hecken. Die meisten Fenster sind bereits dunkel. Keiner beachtet den nächtlichen Motorradfahrer. Er rollt über die Brücke, vorbei am Bahnhof, dann auf der anderen Seite im Bogen auf den großen Parkplatz. Das Lokal hat noch geöffnet; vereinzelt parken Wagen auf der weiten, nassen Fläche. Er stellt seine Maschine weitab von den Lichtern, hängt sich die Tasche um und macht sich auf den Weg.

Als er zurückgeht über die Brücke, reißt plötzlich die Wolkendecke auf. Gut so. Es ist viel sicherer, wenn er ohne die Lampe arbeiten kann. Er hat sich alles genau eingeprägt. Hoffentlich stimmt die Karte noch. Es ist schon sieben Jahre her, dass er beim Katasteramt in Ratzeburg gewesen ist. Er hat sich nicht getraut, jetzt noch einmal zu gehen. Es könnte auffallen.

Die Sparkasse liegt im Dunkeln. Keine Überraschungen hier, die Sparkasse kennt er. Er geht ohne zu zögern rechts an dem Haus vorbei, tritt in den Garten. Hier verharrt er einen Augenblick, lauscht. Dann sieht er sich um. Nein, niemand hat ihn bemerkt, die Straße ist leer.

Der Zaun zum Nachbargrundstück ist fast mannshoch, oben doppelt mit Stacheldraht gesichert. Das könnte ihn nicht wirklich hindern, doch der andere Weg ist unauffälliger. Er kniet sich nieder, nimmt die Drahtschere aus der Tasche und schneidet oben und unten je eine Drahtmasche heraus. Jetzt ist der Draht lose; er lässt sich mühelos herausdrehen. So, das wäre geschafft. Er zwängt sich durch die Lücke; schon steht er im Nachbargarten. Ziersträucher auf beiden Seiten verbergen den Eingriff. Und er vertraut darauf, dass niemand im Januar im Garten arbeiten wird. Schon gar nicht hinter den Büschen.

Zwei weitere Zäune muss er durchtrennen, dann steht er hinter der Post. Wohnt hier jemand? Wahrscheinlich, aber das Haus ist dunkel. Er weiß aus der Karte, dass am Ende des Grundstücks ein Schuppen sein muss. Ja, da steht er. Es geht doch nichts über eine gute Karte. Verschlossen natürlich, der Schuppen, doch das Vorhängeschloss ist kein ernstes Hindernis. Es dauert keine Minute, bis er es geöffnet hat. Vorsichtig zieht er die Tür auf; sie knarrt leise. Er wird sie ölen müssen; das Nähmaschinenöl hat er mitgebracht. Er inspiziert das Innere des Schuppens. Ein paar alte Möbel, etwas Feuerholz, zersägt, aber noch nicht gehackt. Unwichtig. Jedenfalls hat er hier genügend Platz, um sich in Ruhe und im Trocknen umzuziehen.

Er steckt das Schloss wieder ineinander, sodass es geschlossen aussieht, aber nicht einrastet. Dann tritt er hinter den Schuppen. Die Rückseite des Grundstücks besteht aus einer Art Bretterwand. Er prüft die Bretter, bricht schließlich mit einem kräftigen Schraubenzieher zwei heraus. Das geht nicht ohne Geräusch ab. Der Mann verharrt einen Moment, lauscht in die Dunkelheit. Alles bleibt ruhig. Er zwängt sich durch die Lücke. Nun steht er über den Bahngleisen. Vorsichtig steigt er den steilen Abhang hinunter. Vom Stellwerk aus könnte man ihn sehen. Aber im Stellwerk brennt Licht. Wer immer dort Dienst tun mag, sieht draußen nichts als schwarze Nacht. Er wird ihn nicht bemerken. Alles geht glatt, denkt er. Da bleibt er an einer Brombeerranke hängen. Das darf nicht passieren, wenn er in Eile ist! Er befreit sich aus den Dornen und schneidet die Ranke ab.

Sorgfältig untersucht er den Hang auf weitere Hindernisse. Was er findet, räumt er aus dem Wege. Dann steigt er über die Signaldrähte. Die Gleise der Fernbahn Hamburg – Berlin, die muss er überqueren; die Züge nach Bergedorf fahren auf der anderen, auf der Nordseite.

Die Uhr – das ist das Wichtigste. Er steht auf dem verlassenen Bahnsteig, wirft einen Blick auf die Armbanduhr. 0.31 Uhr. Und die Normaluhr auf dem Bahnsteig zeigt auch 0.31 Uhr. So muss es sein. Dieser Überfall muss auf die Minute klappen. Wenn er zu früh kommt, holen sie ihn aus dem wartenden Zug. Und wenn er den Zug verpasst, sitzt er erst recht in der Falle. Die nächste Bahn fährt dann erst zwanzig Minuten später.

Aber es wird klappen. Bis jetzt hat es immer geklappt.

14.

Berger ist pünktlich. Er sieht auf die Uhr. In einer Viertelstunde hat Irmi Schluss. Puh, was für ein elendes Winterwetter! Fast zehn Grad über Null, aber Regen und Wind. Berger schlägt den Kragen seines Wintermantels hoch. Da prasselt ein neuer Schauer auf ihn nieder. Soll er zum Bahnhof zurückgehen? Unsinn! Er flüchtet in die Sparkasse. Der Kassierer ist schon bei der Abrechnung.

Irmi begrüßt den späten Kunden mit einem Lächeln.

»Nein, Herr Berger, keine neuen Auszüge«, sagt sie. Und etwas leiser, sodass nur er es hören kann: »Du kommst zu früh! Noch zehn Minuten.«

Berger setzt sich an den Besuchertisch, blättert in den Prospekten. Kommunalobligationen – vielleicht sollte er sich wirklich irgend so etwas zulegen, denkt Berger. Wie viel Prozent könnte ich da kriegen? Die Tür geht auf. Noch ein weiterer Besucher, der vor dem Regen flüchtet. Berger merkt erst auf, als der späte Kunde die Tür hinter sich abschließt und mit schneidender Stimme ruft: »Alles zurücktreten!«

Überfall! Berger springt auf, doch schon sieht er die Pistole des Bankräubers auf sich gerichtet. Seine eigene Waffe steckt unter Mantel und Jackett, nicht griffbereit. Er erstarrt. Äußerste Vorsicht ist angesagt. Er hat zwei Menschen niedergeschossen, dieser Kerl, denkt Berger. Mindestens. Einen dritten wahrscheinlich getötet. Damals, bei den Postüberfällen. Es bringt nichts, hier den Helden zu spielen. Er tut, was der Räuber verlangt, geht rückwärts bis an die Wand, bleibt dort reglos stehen.

Der Räuber springt jetzt mit einem Satz über den Tresen, fängt an, Scheine zusammenzuraffen. Im Hintergrund der Kassierer, kreidebleich, und daneben Irmi. Angstvoll starrt sie herüber – nicht auf den Bankräuber, sondern auf ihn. Was wird Berger tun?

Ich erledige ihn draußen, entscheidet Berger. Der kommt mir nicht davon! Der Moment, wo er in den Fluchtwagen springt, das ist sein schwacher Punkt. Ich zerschieße die Reifen, und wenn er nicht aufgibt, schieße ich ihn nieder.

Berger öffnet vorsichtig die oberen Knöpfe des Mantels. Doch da ist der Bankräuber bereits fertig, setzt zurück über den Tresen, schließt die Tür auf, rennt ins Freie. Berger sofort hinter ihm her; die Tür schlägt ihm ins Gesicht, er stößt sie auf, ist einen Augenblick benommen, stürzt nach draußen, zieht die Pistole. Und der Räuber? Die Straße ist voller Menschen; offenbar ist gerade ein Zug aus Richtung Hamburg angekommen. Kein Auto, das irgendwo eilig gestartet wird. Überhaupt kein Auto in Sicht.

Wo ist der Kerl? Berger bahnt sich einen Weg durch die Menge, starrt in die Gesichter der Leute, doch das sind alles Menschen, die von der Arbeit kommen, harmlose Pendler, keine Bankräuber.

»Die Bahn!«, ruft einer der Bankangestellten hinter ihm her. »Er muss zum Bahnhof gelaufen sein!«

An der Sperre wird Berger aufgehalten. »Wo wollen Sie denn so eilig hin?«

»Polizei! Die Bank ist überfallen worden ...« Berger sucht in der Brieftasche nach seinem Dienstausweis.

»Schon wieder? Nee, hier ist er nicht langgekommen, der Räuber. Der ist sicher mit dem Auto weg. Oder rüber auf die andere Seite, ab in den Sachsenwald.«

Berger rennt zurück auf die Straße. Von der Brücke aus hat er einen guten Überblick. Er kann ein ganzes Stück weit auf die andere Seite sehen. Aber da ist niemand. Verdammt! Der Kerl ist weg! Er kann sich doch nicht in Luft aufgelöst haben!

Die Straße wirkt jetzt wie leergefegt. Berger blickt von der Brücke hinunter auf den Bahnsteig. Da steht noch der Zug, hell erleuchtet, so gut wie leer. Um diese Zeit will niemand mehr nach Hamburg reinfahren, alle wollen nach Hause.

Berger bemerkt den Mann erst, als er die Gleise schon überquert und den Bahnsteig erreicht hat. Das ist er! Das muss er sein! Zu weit für einen sicheren Schuss. Und ein Sprung von der Brücke? Das sind an die fünf Meter, das traut er sich nicht zu. Wenn er rennt, kann er vielleicht noch ... Da wird der Zug abgepfiffen; die Bahn setzt sich in Bewegung. Berger rast zurück in den Bahnhof.

»Der Zug! Können Sie den Zug anhalten? Der Bankräuber sitzt in der Bahn, die eben abgefahren ist!«

»Was denn, der Spitznase? – Hier ist er aber nicht durchgekommen!«

Berger beißt sich auf die Lippen vor Ungeduld, erklärt dann in knappen Worten, was geschehen ist.

»Nein, ich kann den Zug nicht anhalten; das geht nicht, ich hab hier ja gar kein Telefon. Drüben im Stellwerk, vielleicht können die etwas machen, wenn Sie es da mal versuchen würden.«

15.

Es dauert fast zwei Stunden, bis die Kripo aus Ratzeburg endlich zur Stelle ist. Basthaupt lacht: »So, und Sie sind also der Kunde, der so beherzt die Verfolgung des Bankräubers aufgenommen hat ...«

»Mensch, Basthaupt«, sagt Berger. »Ich hab mich blamiert bis auf die Knochen!«

»Wir haben alle keine gute Figur gemacht, fürchte ich. Wenn ich auch nur im Entferntesten geglaubt hätte, dass der Kerl hier ein zweites Mal zuschlägt, dann hätte ich wahrscheinlich – nein, ich weiß auch nicht, was ich dann gemacht hätte. Wir können die gefährdeten Objekte nicht überwachen. Das ist völlig unmöglich. Und Ihren Einsatz hier, den hab ich eigentlich immer in Zusammenhang gesehen mit dem jungen Fräulein ...«

»Ja«, sagt Berger. »Da besteht auch ein Zusammenhang. Wir wollten zusammen essen gehen heute.«

»Daraus wird wohl nichts werden. Bis wir hier fertig sind, ist es wahrscheinlich nach Mitternacht. Das heißt, Sie können natürlich schon eher gehen. Sie sind ja nur als Gast hier, und wenn ich Ihre Aussage zu Protokoll ...«

»Wenn Sie nichts dagegen haben, würde ich doch gern bleiben.«

Basthaupt hat keine Einwände. Inzwischen ist auch schon der Fehlbetrag ermittelt worden. 7.600 DM. Nicht viel für einen so riskanten Überfall.

Berger geht zu Irmtraut. »Es tut mir so leid ...«, sagt er.

»Ich hatte solche Angst, dass du ... dass Sie ...«

»Du kannst gern Horst zu mir sagen. Ja, ich hab gesehen, dass du mehr Angst vor mir gehabt hast als vor dem Bankräuber.«

»Nicht vor dir!« Aber bevor sie zu weiteren Ausführungen ausholen kann, sieht sie an seinen spöttischen Augen, dass er das nicht ernst gemeint hat.

»Und ich wollte dich doch zum Essen einladen ...«

»Ja. Mir knurrt der Magen inzwischen. Vielleicht kannst du uns etwas von dem Kiosk draußen holen, falls der noch auf hat?«

16.

Die Frau in dem Kiosk hält Berger auf. »Sie sind doch von der Polizei, nicht?«

Berger nickt.

»Dann passen Sie mal auf, junger Mann! Ich hab nämlich alles genau gesehen! Der Mann ist aus der Bank rausgerannt und dann hier bei mir vorbei und direkt in den Bahnhof rein!«

Das weiß Berger besser, doch die Frau lässt sich nicht von ihrer Aussage abbringen.

»Wie sah er denn aus?«, fragt Berger.

»Großer Kerl, mit Hut, heller, langer Wintermantel...«

Berger sieht die Frau an. Sie trägt eine Brille, denkt er. Jetzt nicht, aber sonst. Ja, da liegt sie ja, auf dem Ladentisch. Die hat nicht den Bankräuber gesehen, sondern ihn, Berger.

»Ich hab jetzt leider keine Zeit«, sagt er. »Aber meine Kollegen werden sich gleich um Sie kümmern.«

Als Berger hinausgeht, hört er noch, wie die Frau der nächsten Kundin erzählt: »Ja, so sind sie, diese jungen Leute. Kekse und Schokolade und mit den Mädchen herumflirten, aber wenn es darum geht, einen Mörder zu fangen ...«

17.

Berger kommt mit den Keksen und der Schokolade in die Schalterhalle zurück. »Etwas Besseres hatten sie nicht.«

»Das hilft erst einmal.« Sie breiten die Sachen auf dem Kundentisch aus; nach und nach kommen alle anderen und greifen zu. Die Bankangestellten setzen ihre Kaffeemaschine in Betrieb.

Basthaupt erklärt mit vollem Mund: »Die Täterbeschreibung also wie gehabt: 1,80 m groß, breitschultrig, etwa dreißig Jahre alt. Blond. Monteuranzug, Cordmütze, dunkles Tuch vor dem Gesicht. Turnschuhe.«

»Er hatte sich Socken über die Schuhe gezogen«, sagt Berger. »Um die Abdrücke zu verwischen. Er wusste ja, dass er durch die Gärten fliehen würde.«

»Das war bis ins Detail vorbereitet.«

»Ich begreife noch immer nicht, wie er es geschafft hat, vor der Bank von einer Sekunde auf die andere zu verschwinden.«

»Er ist gleich hier nach links weg, in die Büsche abgetaucht und dann um das Haus herum, durch die Gärten. Die Büsche hat er kräftig zurechtgestutzt, dass er da durchlaufen konnte. Von außen sieht man nichts, aber wenn man die ersten Zweige zur Seite biegt, dann ist dahinter alles weggeschnitten. Und dann die Zäune. Alle sauber durchtrennt, dass er da einfach so ohne Aufenthalt durchsausen konnte.«

»Ich war doch sofort hinter ihm!«

»Da muss er noch im Rhododendron gesteckt haben.«

»Verdammt!«

Basthaupt zuckt mit den Schultern. »Sie haben getan, was Sie konnten, Berger. Wahrscheinlich ist es auch gut, dass Sie ihn in dem Busch nicht entdeckt haben. Er hätte zuerst geschossen ...«

»Aber in Bergedorf. Die hätten ihn in Bergedorf beim Umsteigen in die S-Bahn packen müssen. Ich hab doch sofort im Präsidium ...«

»Wenn er denn noch im Zug saß. Aber das wissen wir nicht. Er kann schon in Wohltorf oder Reinbek ausgestiegen sein, da hätten wir sowieso keine Chance gehabt. Bis Wohltorf sind es zwei Minuten. Wo wollen Sie da so schnell Polizei herkriegen?«

18.

Es dauert in der Tat bis nach Mitternacht, bis Basthaupt schließlich verkündet: »So, Schluss für heute, wir brechen unsere Zelte hier ab. Machen Sie's gut, Berger!«

»Gleichfalls!«

»Dann bis morgen, Irmi!« Der Kassierer schließt seinen Wagen auf. Der Filialleiter ist schon gegangen.

»Und du? Was machst du jetzt?«, fragt Irmi.

»Ich? Ich muss zurück in die Stadt.«

»Die letzte Bahn ist längst weg.«

»Aber es muss hier doch irgendwo noch ein Taxi ...«

Irmtraut schüttelt den Kopf. »Um diese Zeit nicht mehr.«

»Drüben bei der Post hab ich eine Telefonzelle gesehen ...«

Sie sieht ihn an. »Willst du wirklich noch zurück in die Stadt? Ich wohne hier in Aumühle. Gar nicht weit vom Bahnhof.«

»Wenn das eine Einladung sein soll ...«

Sie sagt nichts. Da nimmt er sie in die Arme und gibt ihr einen Kuss.

19.

»Die Dicke aus der Zeitung?« Bergers Sohn kommentiert gnadenlos.

»Sie ist nicht dick.«

»Sie ist doppelt so dick wie Mama, und sie ist höchstens halb so alt.«

»Sie ist dreiundzwanzig, und wie du darauf kommst, dass sie dick ist ...«

»Hier, guck selbst! Das Zeitungsbild – nein, nicht von jetzt, da gibt es ja noch keine Bilder, das vom letzten Überfall. Ich hab mir die Berichte doch ausgeschnitten. Deine ganzen Fälle.«

»Zeig mal.« Berger hatte gar nicht registriert, dass Irmtraut damals auch mitfotografiert worden war. Ja, da steht sie, bei der Übersichtsaufnahme des Kassenraumes. Nicht sehr vorteilhaft, von der Seite aufgenommen.

»Hat sie nun einen dicken Hintern oder nicht?«

»Sie ist eine ganz liebe Frau ...«

»Im Gegensatz zu Mama, ja?«

»Das habe ich nie behauptet.« Es wird immer schwieriger, sich mit Michael vernünftig zu unterhalten. Dabei ist er erst zwölf. »Du wirst sie ja kennenlernen.«

»Ja«, sagt er. Er denkt: Wenn es sich nicht vermeiden lässt!

»Ich werde Irmi fragen, ob wir vielleicht ...«

Da klingelt das Telefon.

Das Amt, denkt Michael. Natürlich ist es seine Polizei, die anruft. Er sieht seinen Vater an.

»Ja«, sagt Berger. »Geht das nicht auch ... Ja, natürlich. Ja, gut. Ich komme.«

»Du musst noch mal weg?«, fragt Michael, als Papa aufgelegt hat. Sag, dass es nicht wahr ist, denkt er.

»Ja, leider. – Mach nicht solch ein Gesicht, vielleicht dauert es ja nicht lange. Du kannst gern hierbleiben ...«

Jetzt, am Sonnabend, denkt Michael. Unser gemeinsames Wochenende. Er müht sich, die Enttäuschung zu verbergen. »Ja«, sagt er. »Ich les dann was.«

Horst Berger greift sich eine Scheibe Toastbrot. Kauend macht er sich auf den Weg.

Michael könnte heulen. Wütend knallt er den Ordner mit den Zeitungsausschnitten zurück ins Regal. Gesammelt hat er sie, jeden einzelnen.

Plopp! Da kommt Nachschub. Lustlos stapft Michael in den Flur. Da liegt das *Abendblatt*. Die Titelseite ist eingerissen – wieder einmal. Die Wochenendausgabe passt kaum durch den Briefschlitz. Und, was gibt es Neues? *Nevermann und von Hassel einig: Großflughafen bei Kaltenkirchen; erster Start in 8 Jahren*. Na fein. Vielleicht bin ich dann der erste Fluggast. Bloß weg von hier.

Nein, eigentlich stimmt das gar nicht. Eigentlich will er überhaupt nicht weg. Papa und Mama sollten sich wieder vertragen, denkt er. Aber das ist wohl nicht drin. Mama hat ja ihren Manfred, und Papa hat jetzt auch eine Neue ...

Und dieser Überfall, von dem Papa erzählt hat, was schreiben sie darüber? *Bericht auf Seite 3*. Ah, da ist es ja. Und da ist ja auch diese Irmtraut in Großaufnahme. Michael seufzt. Doch, denkt er, sie sieht nett aus. Wahrscheinlich ist sie nett. Ein bisschen erschrocken wirkt sie. Und ein bisschen verlegen. Aber kein bisschen zickig. Na schön.

Michael legt das Blatt zur Seite; er blättert weiter zu *Tim und Struppi*. Und zu den *Mumins*.

20.

Es ist Roeder, der angerufen hat. Jetzt sitzen sie sich in seinem Zimmer gegenüber.

»Ich wusste gar nicht, dass Sie in Aumühle wohnen.« Das war der falsche Anfang, denkt Roeder. Warum schaffe ich es nicht, mich mit dem Berger normal zu unterhalten? Liegt das an ihm oder an mir? Er ärgert sich.

Berger ärgert sich auch. »Ich wohne in Wandsbek«, sagt er. »Das wissen Sie.«

»Und wie kommen Sie dann auf dieses Foto?«

Die Aufnahme ist von schlechter Qualität. Eine Sekunde lang erwägt Berger, zu behaupten, das sei er gar nicht, aber er entschließt sich anders. Wir sind doch nicht im Kindergarten, denkt er. Er erzählt Roeder, wie er auf das Foto gekommen ist.

»Ja«, sagt Roeder. »So habe ich mir das in etwa gedacht. – Ich habe vorhin mit Dingel in Lübeck telefoniert. Kriminalpolizeidirektion Süd ist das, das wissen Sie wahrscheinlich. Und wir sind beide mehr oder weniger der Meinung, dass wir es hier mit einer sehr ernsten Situation zu tun haben. Dieser Spitznase, wie die Zeitungen ihn inzwischen nennen, der treibt sein Spiel mit uns. Es wird Zeit, dass wir ihn endlich erwischen.«

Berger nickt. Worauf will Roeder hinaus?

»Ich frage mich, ob Sie für diese Aufgabe eigentlich gut genug ausgestattet sind. Personell, meine ich.«

»Ja, zusätzliches Personal können wir natürlich immer gebrauchen«, sagt Berger ausweichend. Was ist das jetzt für ein überraschendes Angebot? Soll das eine Hilfe sein oder eine Behinderung? Berger sagt: »Andererseits dürfen wir natürlich die anderen Abteilungen nicht unnötig schwächen. Ich glaube, dass im Augenblick eine informelle Zusammenarbeit auf unterer Ebene mit den Nachbardienststellen in Schleswig-Holstein uns weiter bringt als ein massiver Einsatz von Personal, für das wir keine konkrete Aufgabe haben.«

»Ich habe gewusst, dass Sie so reagieren würden«, sagt Roeder. »Also gut. Machen Sie so weiter.« Er denkt: Dieser Berger, der arbeitet immer Klein-Klein, genau wie der Vater. »Übrigens gibt es eine neue heiße Spur. In der S-Bahn von Bergedorf nach Hamburg ist eine Aktentasche gefunden worden. Eine leere Aktentasche. Sie könnte dem Täter gehören ...«

21.

»Heiße Spur ist gut!« Pagels lacht. »Während du in Aumühle herumgeturtelt hast, haben wir ein wahres Wunder an Ermittlungsarbeit vollführt. Nein, Scherz beiseite. Es war lächerlich einfach. Weder haben wir selbst die Tasche gefunden – das Fundbüro der Bundesbahn hat uns angerufen – noch haben wir lange nach dem Eigentümer gesucht. Name und Anschrift standen in der Tasche. Also, das war so: Am Ende der Fahrt geht der Triebfahrzeugführer immer noch einmal durch den ganzen Zug und guckt nach, ob etwas liegen geblieben ist. Und da hat er dann die Tasche entdeckt.«

Am Ende der Fahrt? Das heißt also in Pinneberg oder Elbgaustraße oder wo immer die Züge aus Bergedorf enden mögen. »War es denn überhaupt der richtige Zug?«

»Ja, wahrscheinlich. Also, wir holen die Tasche vom Hauptbahnhof ab, mit Tatü-tata, versteht sich. Wir machen die Tasche auf. Die Tasche ist leer. Eine alte, ziemlich ramponierte Aktentasche. Aus Leder, immerhin. Und auf der Innenseite des Deckels steht der Name. Mitic, Gregor. Ein Jugoslawe aus dem Funkturmlager in Billbrook. Ein alter Mann, neunundfünfzig Jahre alt. Der springt nicht mehr über Tische und Bänke. Und richtig Deutsch kann er auch nicht. Ich habe einen Dolmetscher gebraucht, um ihn zu befragen.«

»Das könnte natürlich auch nur Mache sein ...«

»Das ist echt, Horst, da bin ich mir ganz sicher. Und 1,80 m ist er auch nicht. Ein kleines Männchen. Nein, der war's nicht. Ist von Bergedorf zum Lager zurückgefahren, im Zug eingeschlafen, hochgeschreckt, als die Bahn in Billwerder-Moorfleet anhielt, schnell rausgesprungen – ja, und da hat er dann halt die Tasche vergessen.«

22.

Horst Berger und Irmi hocken auf Kissen auf dem Fußboden in Irmis Wohnzimmer. Sie sitzen im Dunkeln. Das einzige Licht kommt von der Anzeige des Nordmende-Radios. Grün leuchtet das Magische Auge. Der NWDR bringt das neue Programm der Münchner Lach- und Schießgesellschaft.

»Was soll denn der Quatsch mit der Aktentasche?«

»Das ist gar kein Quatsch, man soll die Aktentasche über den Kopf halten, das steht in der Broschüre.«

»Ja, was soll es denn, das schützt vor Strahlung und herabfallenden Trümmern.«

»Vielleicht sollte man in die Aktentasche noch etwas hineintun, dann schützt sie noch mehr!«

»Ja, die Broschüre!«

Irmi lacht. Dieter Hildebrandt ist wieder einmal in Höchstform. Die Broschüre *Jeder hat eine Chance*, vor ein paar Monaten vom Innenministerium an alle Haushalte verteilt, ist bei

Berger direkt in die Mülltonne gewandert. Noch machen wir Witze, denkt er. Aber das sind Kriegsvorbereitungen. Der Kalte Krieg treibt seinem Höhepunkt zu.

Berger fasst Irmis Hand. Vielleicht sollten wir heiraten, denkt er. Möglichst bald. Er sagt: »Irmi, was hältst du davon, wenn ich dich meinem Vater vorstelle?«

23.

Er hätte den Besuch ankündigen sollen. Als Wilhelm Berger die Tür öffnet, verschlafen, mit roten Augen und wirrem Haar, weiß Horst, dass er einen Fehler gemacht hat.

»Kommt rein«, sagt sein Vater.

»Das ist Irmi«, sagt Berger. »Irmi, das ist mein Vater.«

»Kommt rein«, wiederholt Wilhelm Berger. »Und nehmt Platz. Ich bin noch nicht rasiert.«

Irmtraut lächelt verlegen. Sie folgen Horsts Vater ins Wohnzimmer.

Wilhelm Berger rafft als Erstes einige Zeitschriften zusammen, macht den Tisch frei. Ein Heft fällt herunter, Berger bückt sich danach, ist aber nicht schnell genug. Irmtraut hebt es auf. Es ist eine pornographische Zeitschrift.

»Danke«, sagt Wilhelm Berger.

Der Einzige, der rot wird, ist Horst.

»Ja, tut mir leid, hier sieht es aus wie in einer Junggesellenbude«, sagt Wilhelm. »Ich geh mich mal schnell rasieren und anziehen.«

Er ist angezogen, denkt Horst Berger. Das zerknitterte Zeug – wahrscheinlich hat er in seinen Sachen geschlafen. »Ich glaube, ich mach uns mal einen Kaffee.«

In der Küche herrscht Chaos. Berger findet keine einzige saubere Tasse. Die erste, die er abwäscht, hat einen Sprung. Die Kaffeemaschine muss gereinigt werden, der Filter ist übergelaufen, die Heizplatte klebt von altem Kaffee. Als er das Gerät endlich funktionsfähig hat, entdeckt er, dass nur Nescafé da ist.

Im Wohnzimmer studiert Irmtraut die Bücher. »Ich fürchte, es ist eine sehr männliche Bibliothek«, sagt Horst Berger. Er nippt an seinem Kaffee. Zu stark und zu heiß.

»Ich habe nichts anderes erwartet.«

»Die meisten von unseren Büchern sind damals in Düsseldorf mitverbrannt«, sagt Berger entschuldigend. »Wir sind ja ausgebombt worden.«

Irmtraut lächelt.

Horst ist verlegen, weiß nicht, was er sagen soll. Diese Wohnung – was für ein peinliches Durcheinander. Der Teppich – bestimmt seit Wochen nicht gesaugt. In der Ecke liegen Stapel von alten Zeitungen. Der Papierkorb quillt über.

»So, da bin ich endlich!«

Horst unterzieht seinen Vater einer kritischen Musterung. Die Haare sind gekämmt, die Bartstoppeln verschwunden. Dafür ziert die Wange jetzt ein Pflaster. Wilhelm hat sich beim Rasieren geschnitten. Das Oberhemd – sauber, wenn auch nicht gebügelt.

»Sie waren bei der Marine?« Irmtraut deutet auf das Bücherbord.

»Ja, das stimmt. Gefahren bin ich auf der *Goldenfels*, das Foto hängt da drüben.«

Horst dreht sich um. Ja, da hängt die große Aufnahme, die er von früher kennt.

»Gebaut für die DDG Hansa, 1937, 7862 BRT, dann nach Kriegsausbruch 1939 umgebaut zum Hilfskreuzer. Schiff 16, *Atlantis*, falls Ihnen das etwas sagt ...«

Es sagt Irmtraut nichts.

»Unter Rogge.«

Irmtraut lächelt höflich. Der Name sagt ihr auch nichts.

»Wo wir gerade bei diesen Dingen sind«, unterbricht ihn Horst, »kannst du mir vielleicht das Buch ausleihen? Der Michael interessiert sich dafür. Ach ja, er lässt dich übrigens grüßen ...«

»Wollte er nicht mitkommen?«

»Sonntagmorgen? Da ist er doch beim Fußball ...«

Wilhelm sucht im Regal über dem Sofa. Er weiß, welches Buch Horst meint. »Das hat er selbst signiert, der Rogge. Ist heute Admiral, ein hohes Tier bei der NATO, Wehrbereichskommando Nord ...«

»Ja«, sagt Horst. Er blättert in dem Buch. *Nur weiter so!*, hat der Admiral geschrieben. *Dein Bernhard.*

24.

»Das ist aber schön, dass du mal anrufst!« Die Stimme von Horsts Schwester klingt überraschend deutlich. Berger hofft, dass er die Zeitzone richtig umgerechnet hat. Neunzehn Uhr müsste es jetzt sein in Illinois.

»Ja, Susanne, tut mir leid, dass ich mich nicht eher gemeldet habe.«

»Und deine Frau – ihr habt euch getrennt, stimmt's?«

»Ja. Susanne...« Berger wird bewusst, dass sie seit Jahren nicht mehr miteinander gesprochen haben.

»Grüß sie bitte trotzdem von mir. Ihr seid doch noch in Kontakt?«

»Ja, natürlich. Ich rufe an, weil – es ist wegen Vater.«

»Die Pensionierung?«

»Ja. Ich mache mir Sorgen um ihn. Er lässt sich gehen.«

»Ich habe mir schon gedacht, dass es schwer für ihn werden würde.« Ihre Stimme klingt plötzlich weiter weg.

»Er verkraftet das nicht. Er ist zu viel allein.«

Keine Antwort.

»Allein mit seinen Gedanken«, schiebt Berger nach.

Stille. Schließlich sagt Susanne: »Es ist dein Vater, nicht meiner!«

»Susanne!«

»So ist es doch, Horst. Als unsere Eltern geheiratet haben, war ich neun Jahre alt. Wer mein wirklicher Vater ist, habe ich erst viel später erfahren. Ein Jude natürlich, sonst hätte Mama es ja nicht so eilig gehabt, mich ins Ausland zu schaffen. Und der Mann, von dem du sagst, er sei unser Vater – erst habe ich ihn geliebt, heiß und innig, dann habe ich ihn gehasst, weil er nicht da war, als ich ihn brauchte, und heute – heute ist er mir gleichgültig.«

Berger beißt sich auf die Lippen. »Immerhin hat er unserer Mama das Leben gerettet, damals, bei ihrem ersten Selbstmordversuch, das weißt du.«

»Ja, Horst, das weiß ich. Ich bin ja dabei gewesen damals, im Gegensatz zu dir.« Ihre Stimme zittert ein wenig. »Er hat ihr das Leben gerettet, aber das hat ihm noch lange nicht das Recht gegeben ...« Sie kann nicht weitersprechen.

Er ist ihr nicht gleichgültig, denkt Berger. Wir gehören zusammen, sie ist meine Schwester. »Ich wollte dich eigentlich fragen ...«

»Ob ich rüberkomme?« Sie lacht. Es klingt unheimlich. »Ist es das, weswegen du anrufst? Ob ich rüberkomme und ihm die finsteren Gedanken vertreibe? Nein, ich komme nicht rüber, Horst, ganz bestimmt nicht. Wir hätten alle ausreisen können, 1933. Aber er ist geblieben. Und Mama mit ihm. Er braucht mich, hat sie gesagt. Aber in Wirklichkeit hat sie ihn gebraucht. Und dann, als der Krieg losging, da war er nicht mehr da, um Mama zu schützen. Als ich gehört habe, damals, dass sie tot ist, da habe ich mir geschworen, nie wieder in sein

Land zu fahren. Nie wieder. Und ich sehe keinen Grund, diesen Entschluss jetzt zu revidieren ...«

»Er ist ein alter Mann, Susanne ...«

»Nein, Horst, ich komme nicht. Wenn er dunkle Gedanken hat, dann weiß er auch, warum. Und ich gönne sie ihm, jeden einzelnen.«

»Susanne, ich bitte dich ...«

Aber da hat sie schon aufgelegt.

25.

»Dasselbe wie immer?«

Berger nickt.

»Zwei Halbe. – Ja, Berger, es wird langsam Zeit, dass wir diesen Burschen kriegen. Meine diversen Chefs werden allmählich ziemlich ungeduldig. Der Dingel redet schon dauernd davon, dass er die Geschichte von Lübeck aus übernehmen will. Und nach der nächsten Pleite, wenn sie denn kommt, wird er das wahrscheinlich auch machen. Aber da spiele ich nicht mit. Bevor das passiert, mache ich etwas ganz anderes ...«

»Was denn?«, fragt Berger.

»Ach, es ist noch zu früh, darüber zu reden. Nein, dazu muss es ja nicht kommen. Wir müssen ihn vorher packen.«

»Ja, aber wie?« Bis jetzt hat der Kerl keinen Fehler gemacht.

Basthaupt nippt an seinem Bier. »Die Augen offen halten. Der Kerl ist nicht unsichtbar. Bevor er einen Überfall riskiert, sieht er sich das Gelände genau an. Er überprüft die möglichen Fluchtwege. Er ist da, in der Bank, vor der Bank, hinter der Bank, Tage oder Wochen vor dem Überfall.«

»Ja, natürlich. Aber bis jetzt hat ihn noch nie jemand dabei beobachtet.«

»Das heißt aber nicht, dass man ihn nicht beobachten könnte, wenn man nur aufpasst. Aber wir können noch mehr tun. Wir können ihm eine Falle stellen. Und zwar über das Geld.«

»Fanggeld? Das wird nicht gehen. Wenn die Scheine gekennzeichnet sind, nimmt er sie nicht. Oder er schmeißt sie hinterher weg, wenn er merkt, dass etwas nicht stimmt.«

»Es darf nicht so auffällig sein. Um ehrlich zu sein, ich habe es schon gemacht, vor dem letzten Überfall. In jeder der Banken rings um den Sachsenwald ein Bündel Fünfziger deponiert. Markiert mit Silbernitrat.«

Das führt doch zu nichts, denkt Berger.

»Aber vielleicht ist das zu auffällig. Deshalb habe ich jetzt die Taktik geändert. Es muss etwas sein, was der Täter nicht merkt, was den Bankleuten aber sofort auffällt.«

»Was denn?«

»Eine Manipulation an der Nummer der Banknote.«

»An der Nummer?«

»Alle Geldscheine sind nummeriert.«

»Ja, klar, weiß ich ...«

»Aber wie sieht diese Nummer genau aus? Wissen Sie das auch?«

»Eine lange Reihe von Buchstaben und Zahlen.«

»Wie lang genau? Wie viele Buchstaben und Zahlen?«

»Zwei Buchstaben, glaube ich – und zehn Zahlen?«

»Nicht schlecht geraten. Nun wollen wir einmal sehen, was da wirklich steht.« Basthaupt zückt seine Brieftasche und entnimmt ihr einen Zwanziger. GM1073123C steht da. Zwei Buchstaben – sieben Ziffern – ein Buchstabe. »Würde es wohl sehr auffallen, wenn da hinter dem C noch ein X stünde?«

»In dem Bild nicht«, muss Berger zugeben. »Aber die Zahl steht ja zweimal da. Einmal im Bild, einmal auf dem weißen

Feld. Und auf dem weißen Feld ist kein Platz für einen weiteren Buchstaben.«

»Wir machen es nur im Bild, nicht am Rand.«

»Wir?«

»Ich kenne da einen Drucker, der ist mir noch einen kleinen Gefallen schuldig. Ich hab ihn gefragt. Ja, er könnte das machen.«

»Wer Banknoten nachmacht oder verfälscht oder nachgemachte oder verfälschte sich verschafft und in Verkehr bringt ...«, zitiert Berger.

»Ich verfälsche sie nicht.«

Berger schüttelt den Kopf. »Das machen die Banken nicht mit.«

Basthaupt lächelt. »Mein lieber Berger, das weiß ich nun allerdings besser. Ich habe sie nämlich schon gefragt. Und warum sollten sie dabei nicht mitmachen? Das ist die allerbilligste Art der Sicherung, die sie installieren können. Sie kostet gar nichts.«

»Und wie weit wollen Sie diese Scheine streuen?«

»Ich verteile sie an die zwölf Geldinstitute hier am Rande des Sachsenwalds. Bis hin nach Schwarzenbek und Glinde.«

»Das klappt nie. Der Bursche wird hier doch nicht noch einmal zuschlagen. Der geht nach Winsen oder Buchholz oder Buxtehude, wenn er schlau ist.«

»Nein, das glaube ich nicht. Ich habe versucht, mich in den Burschen hineinzudenken. Ich habe mir die verschiedenen Möglichkeiten angesehen, die zur Auswahl stehen.«

»Und? Wo geht er hin?«

»Glinde oder Reinbek«, sagt Basthaupt.

»Reinbek? Noch einmal? Das kann ich nun wirklich nicht glauben.«

»Nicht dieselbe Sparkasse noch einmal. Nein, das glaube ich auch nicht. Ich tippe auf die Commerzbank, Bahnhofstraße 11. Wegen der vielen verschiedenen Fluchtwege ...«

»Dieser Basthaupt spielt sein eigenes Spiel«, sagt Berger.

»Und das gefällt dir nicht.« Ich sehe es ihm an, denkt Irmi. So weit kenne ich ihn jetzt.

»Er hat mir nichts davon erzählt, dass er die Banken ringsum den Sachsenwald vorher gewarnt hat. Und er hat mir nichts von dem Fanggeld erzählt. Du übrigens auch nicht!«

»Ich hab gedacht, dass du das sowieso weißt. – Das ist übrigens ein Teufelszeug, dieses Silbernitrat. Natürlich hat er uns gewarnt, dass wir die Scheine nicht anfassen dürfen. Aber Klaus, der Kassierer, der hat sie dann doch mal berührt. Wir haben uns köstlich amüsiert, als er dann die schwarzen Finger hatte und sie erst gar nicht wieder sauber kriegen konnte.«

»Wo hattet ihr denn die Scheine deponiert?«

»Direkt an der Kasse. Und der Räuber hat sie dann ja auch prompt miteingesackt.«

»Ja. Aber trotzdem, das gefällt mir nicht. Wenn ich mit jemandem zusammenarbeite, dann erwarte ich, dass mit offenen Karten gespielt wird.«

Zwei Hirsche, die mit ihren Geweihen aufeinander losgehen, denkt Irmi. Sie sagt: »Ich glaube nicht, dass da böse Absicht im Spiel ist.«

»Ich schon.«

27.

Das Gespräch beginnt mit einem vorsichtigen Abtasten des Gegenübers. »Den Heidemörder, den haben sie jetzt verurteilt«, sagt Horst.

»Ja, hab ich in der Zeitung gelesen«, brummt Wilhelm.

»Zweimal lebenslänglich hat er gekriegt.«

»Ja. Und was macht dein Spitznase?«

»Nicht viel.« Horst ist nicht gekommen, um mit seinem Vater über dienstliche Dinge zu reden.

»Du brauchst nur Geduld und einen langen Atem.«

»Haben wir beides«, sagt Horst Berger.

Sein Vater lacht. Er glaubt nicht, dass sein Sohn sehr geduldig ist. »Damals auf der *Atlantis*«, sagt er. »Wir waren über 622 Tage auf See. Sechzehn Schiffe versenkt. Das sieht nach viel aus, und das ist auch viel. Aber worauf es hinausläuft ist dies: Auf einen Tag mit Schiff kommen fünfunddreißig Tage ohne Schiff. Und natürlich sind die nicht gleichmäßig verteilt, die guten Tage. Es gab auch mal siebzig Tage, an denen gar nichts passiert ist. Mehr als zwei Monate. Kein Schiff, keine Rauchwolke am Horizont, nichts als Wasser und Himmel. Warten. Langeweile. Aber darauf kommt es an, dass man Geduld hat. Und mit der Wachsamkeit nicht nachlässt. Sonst geht es einem an den Kragen.«

»Und doch seid ihr am Ende versenkt worden.«

»Ich nicht.«

»Aber davon wollte ich eigentlich gar nicht sprechen.«

»Nein? Nein, ich weiß.«

»So kann es nicht weitergehen mit dir. Du verkommst.«

»Tatsächlich?«

»Guck dich doch an! Die Wohnung – wie sieht das hier aus! Die leeren Flaschen in der Küche – ich nehme an, die hast du allein geleert?«

»Nein, nein, wir feiern hier rauschende Feste, wenn du nicht da bist!«

»Sei nicht albern.«

»Horst, jetzt will ich dir mal was sagen. Ich kenne deine Wohnung nicht, und es ist mir egal, ob da aufgeräumt ist oder nicht ...«

»Da ist aufgeräumt!«

»Das habe ich mir gedacht, aber das ist mir egal. Deine Wohnung, dafür bist du verantwortlich, und meine Wohnung, das ist meine Sache. Ist das klar?«

Man könnte fast glauben, dass er nüchtern ist, denkt Horst. »Papa, ich mache mir Sorgen um dich ...«

»Tatsächlich? Du brauchst dir keine Sorgen zu machen. Da kann ich dich beruhigen. Aber ich glaube eigentlich auch gar nicht, dass du dir Sorgen machst. In Wirklichkeit bin ich dir nur peinlich, das ist alles!«

»Das stimmt nicht.«

»Doch, Horst, da kannst du sagen, was du willst, aber das stimmt!«

28.

Als sein Sohn gegangen ist, nimmt Wilhelm sich den Brief vor, der heute aus London gekommen ist. Es gibt Unterlagen, hatte der eine der Engländer erzählt, als sie die Bootstour in Narvik unternommen hatten. There is documentation. Er hatte nicht geglaubt, dass die *Rauenfels* mit Mann und Maus untergegangen war.

Da hatte auch Wilhelm wieder angefangen zu zweifeln. Doch als sie dann am nächsten Tag nach mühsamer Wanderung die zerfetzten Eisenplatten gesehen hatten, die am Strand verstreut lagen, da war Wilhelm klar gewesen, dass von diesem Schiff absolut nichts übrig geblieben war. Und hier, diese Schriftstücke, die werden nun den endgültigen Beweis liefern.

Berger reißt den Umschlag auf. Ein paar Seiten fallen zu Boden. Wilhelm bückt sich, um sie aufzuheben.

Dieu et mon droit. Das Wappen mit dem Löwen und dem Einhorn. *Supplement to the London Gazette* ... Der Text stammt vom 3. Juli 1947.

FIRST AND SECOND BATTLES OF NARVIK ON 10th AND 13th APRIL 1940 RESPECTIVELY. The following Despatch was submitted on the 25th April, 1940, to the Lords Commissioners of the Admiralty by Rear Admiral R. H. C. Hallifax, Rear Admiral (D1), Home Fleet ...

Der offizielle Bericht über die Kämpfe um Narvik. Während des Krieges geheim gehalten, aber danach dann wohl sehr bald veröffentlicht. Die Darstellung der Sieger.

SIR, I have the honour to forward herewith reports from H.M. Ships HOTSPUR and HOSTILE on the destroyer raid on Narvik on 10th April, 1940. As senior surviving officer of this raid, I feel I should also attempt to give some co-ordinated account. In doing so, I am using information obtained from H.M. Ships HOTSPUR, HOSTILE and surviving officers from H.M.S. HARDY. No report has yet been received from H.M.S. HAVOCK and of course, nothing is available from H.M.S. HUNTER.

Mit fünf Zerstörern haben sie angegriffen, die Engländer. Ein tollkühnes Unternehmen, fünf gegen zehn, wobei zu der Zeit nicht klar war, ob nicht auch die norwegischen Küstenpanzerschiffe *Eidsvoll* und *Norge* in deutsche Hände gefallen waren. Das Glück ist mit den Mutigen. Sie schaffen es, die deutschen Streitkräfte zu überraschen. Zwei deutsche Zerstörer, die direkt in Narvik liegen, werden versenkt, drei andere außer Gefecht gesetzt. Doch der Sieg hat seinen Preis. Beim Rückzug wird die *Hardy* in Brand geschossen und muss aufgegeben werden, und die *Hunter* versinkt mit Mann und Maus.

... and of course, nothing is available from H.M.S. HUNTER.

Die haben keinen Bericht mehr abgeben können. Berger nimmt einen Schluck auf das Wohl der toten Helden. Er will den Text schon zur Seite legen, als sein Bericht auf einen Namen fällt: *Rauenfels.*

When about 18 miles west of Narvik, the German ammunition ship RAUENFELS was seen steaming up the fiord. Mistaking us for German destroyers she continued her course and was then stopped and blown up by HAVOCK.

Gestoppt und in die Luft gejagt. Kein Wort von Überlebenden. Und der Kapitän, schuldig oder nicht am Tod seiner Frau, der ist damals mit umgekommen. Friede seiner Asche. – Der Whisky ist gut; Berger schenkt sich noch einmal nach.

Er blättert weiter in dem Text. Und da – fast hätte er es überlesen – zwischen dem ersten Text und der Darstellung der Zweiten Schlacht von Narvik, in der die verbliebenen Schiffe der deutschen Kriegsmarine endgültig zusammengeschossen und versenkt worden sind, der Bericht von *H.M.S. Havock*:

On the way down the fiord a merchant ship was sighted which proved to be the German S.S. RAUENFELS, and HOSTILE stopped her with a shot and ordered me to examine her. I fired another round into her bow and she stopped and her crew hurriedly abandoned ship. I stopped and picked them up while the ship slowly drifted to the beach ...

Also hat es doch Überlebende gegeben. Die Besatzung ist in die Boote gegangen, und die Engländer haben sie aufgefischt.

... I fired two H.E. into her to hasten the fire and went ahead. The result was certainly startling, as the German literally erupted and a column of flame and debris rose to over 3,000 feet ... Judging from the fragments picked up she contained all the reserve ammunition and torpedoes for the destroyer flotilla, and also the Narvik minefield.

Mehr Informationen gibt es nicht. Berger legt das Blatt zur Seite. Gut möglich, dass er überlebt hat, der Kapitän. Wahrscheinlich lebt er noch heute. Ich werde ihn aufspüren, denkt Wilhelm Berger. Pagels hilft. Ich schnappe ihn mir. Den Mann aufspüren, zur Rede stellen und dann – ja, was dann? Er kann wohl kaum hoffen, ihn vor Gericht zu zerren. Schwein sein ist nicht strafbar. Doch er hat ja noch die Pistole.

Wasser bis zum Hals

16. Februar 1962

1.

Als Horst Berger am Morgen ins Präsidium kommt, sind die Diensträume geradezu verwaist. Nur der kleine Pagels hält die Stellung. »Wo sind denn die anderen? Wo ist Haydn?«

»Der wird wohl etwas später kommen«, sagt Pagels.

»Und Kayser?«

»Der auch. Wenn überhaupt.«

»Wieso? Was ist denn los? Irgendeine Feier gestern Abend, die ich verpasst habe?«

Pagels schüttelt den Kopf. »Hast du es noch nicht gehört? Die kommen nicht über die Elbe. Alles dicht.«

»Wie?«

»Der Sturm gestern Nacht. Ja, ich weiß, es war nicht so schlimm wie der Anfang der Woche, jedenfalls hat es sich nicht so angefühlt. Aber diesmal ist das Wasser mitgekommen. An der Elbe steht alles unter Wasser. Deichbrüche in Wilhelmsburg und anderswo. Die Autobahn ist überflutet, die Bundesbahn fährt nicht mehr. Haydn will versuchen, über Lüneburg und dann Lauenburg – Büchen reinzukommen, aber ob das geht, weiß im Augenblick keiner.«

»Ist nicht wahr. In der Zeitung – ich hab doch gerade noch die Zeitung gelesen – da steht nichts davon.«

»Das ist nach Redaktionsschluss passiert«, sagt Pagels. »Wahrscheinlich sind an die hundert Menschen ertrunken. Oder noch mehr.«

»Mein Gott, ist es wirklich so schlimm?« Berger kann es noch immer nicht fassen.

»Das Ausmaß der Katastrophe lässt sich noch gar nicht abschätzen.«

»Was ist denn mit Kayser?«, fragt Berger. »Wohnt der nicht in Francop? Sind da auch die Deiche gebrochen?«

»Wir haben noch keine Nachricht ...«

Da kommt Kayser herein. Total verschlafen, er reibt sich die Augen. Alle starren ihn an.

»Was guckt ihr denn so dämlich? Ist'n bisschen später geworden gestern Abend ...«

»Wo kommst du denn her?«

»Wieso? Was geht euch das an?«

»Nicht von zu Hause, oder?«

»Nee. Was soll die Fragerei?«

Statt einer Antwort schaltet Pagels das Radio lauter, das die ganze Zeit im Hintergrund getönt hat. Nachrichten. Kayser wird blass.

2.

Hamburg ist von der Sturmflut überrascht worden. Der Erste Bürgermeister weilt zur Kur in Bad Hofgastein. Die Senatoren sind ahnungslos. Der Innensenator, der nachts von einer Sitzung aus Berlin zurückkommt, erfährt als Erster von der Katastrophe. Er fährt sofort ins Polizeipräsidium und bemüht sich, die Lage unter Kontrolle zu bekommen. Helmut Schmidt ist dreiundvierzig Jahre alt, Hauptmann der Reserve und äußerst entscheidungsfreudig. Bundeswehr, NATO-Truppen, Grenzschutz, Feuerwehr, Technisches Hilfswerk, Luftschutzverband und die gesamte Polizei werden zur Rettung eingesetzt – insgesamt über zwanzigtausend Mann. Seit der Sturm nachlässt, sind Hubschrauber in der Luft, suchen nach Überlebenden.

Boote und weitere Hubschrauber treffen im Laufe des Vormittags ein. Das Verteidigungsministerium wird um weitere Hilfe gebeten. Die Befehlshaber der Wehrbereiche I und II,

Rogge und Müller, sagen ihre Hilfe zu. Vordringlich ist die Rettung der gefährdeten Personen sowie die Versorgung all derer, die in ihren Häusern in Wilhelmsburg vom Wasser eingeschlossen sind. Über Funk werden Nachrichtenverbindungen zu den abgeschnittenen Stadtteilen hergestellt.

Die Schlauchboote der Bundeswehr erweisen sich als untauglich, da sie zu leicht von Stacheldrahtzäunen und anderen Unterwasserhindernissen aufgeschlitzt werden. Sturmboote aus Metall müssen her. Es fehlen Notunterkünfte, Luftmatratzen, Notbetten, Decken, Kleidung. Und man benötigt Trinkwasseraufbereitungsanlagen.

Am Nachmittag ist die Situation weitgehend unter Kontrolle. Der Innensenator lässt sich über das Katastrophengebiet fliegen. Soldaten patrouillieren in Sturmbooten in den überschwemmten Gebieten. Sie sollen dafür sorgen, dass es nicht zu Plünderungen kommt.

3.

»Haben Sie die Nachrichten nicht gehört? Auf Plünderer wird geschossen!« Haydn ist sichtlich erbost.

Der Mann ihm gegenüber schüttelt den Kopf. »Ich bin kein Plünderer.« Jämmerlich sieht er aus in seinen zu großen Klamotten.

»Das haben wir aber anders gehört«, sagt Haydn.

Wieder schüttelt das Männchen den Kopf.

»Ich lese Ihnen der Einfachheit halber mal vor, was der Feldwebel Meyer hier zu Protokoll gegeben hat ...« In Wilhelmsburg hatten sie ihn erwischt, die Pioniere. Als sie dabei waren, das überflutete Kleingarten- und Behelfsheimgelände am Vogelhüttendeich mit ihren Sturmbooten zu durchkämmen und nach weiteren Opfern zu suchen, da waren sie plötzlich auf diesen Mann gestoßen, der sich aus zwei Türen ein Floß gebaut hatte und damit – wie der Feldwebel sich ausdrückte – auf Kaperfahrt gegangen war.

»Stimmt alles nicht«, sagt der Mann.

Haydn seufzt. »Na schön. Machen wir es also auf die gründliche Art. Fangen wir noch einmal ganz von vorne an. Name?«

»Wiesner, Georg.«

»Alter?«

Achtundfünfzig Jahre ist er alt.

»Beruf?«

»Schlosser. Zur Zeit arbeitslos ...«

Schlosser, denkt Haydn. Das passt ja prima. Der weiß also, wie man versperrte Türen aufkriegt.

»Wohnort?«

»Wilhelmsburg, Vogelhüttendeich ...«

Haydn legt den Stift zur Seite. »Wenn Sie glauben, dass Sie mich hier verarschen können ...«

Statt einer Antwort legt Wiesner seinen durchweichten Ausweis auf den Tisch. Haydn nimmt das Dokument mit spitzen Fingern, blättert darin. Tatsächlich. Wenn er Wiesner ist, dann wohnt er am Vogelhüttendeich.

»Das Foto ist schon etwas älter ...«

Haydn vergleicht das Lichtbild mit dem Mann, der da vor ihm sitzt. Fast zehn Jahre alt ist der Ausweis. Kann ein Mann sich wirklich so stark verändern? Vielleicht.

»Ich wollte in meine Wohnung; ich wollte meine Sachen holen ...« Es klingt weinerlich.

»Und – warum haben Sie den Pionieren erzählt, dass Sie Journalist sind?« Schwachsinniger Einfall, denkt Haydn. Der hier, der sieht nun wirklich nicht aus wie ein Reporter.

»Wegen der Kamera ...«

»Wieso? Das versteh ich nicht ...«

»Ja, ich hatte doch die Kamera dabei. Ich wollt noch ein paar Bilder machen, aber ...«

Die Pioniere hatten sein Floß gerammt und ihn ordentlich untergetaucht, bevor sie ihn schließlich ins Boot gezogen und an Land gebracht hatten. Dabei war auch die Kamera in Mitleidenschaft gezogen worden. »Wieso haben Sie denn gesagt, dass Sie Journalist sind? Ich denke, Sie sind Schlosser?«

»Ja, das war so: Die Soldaten in dem Schlauchboot, die haben mich mit dem Fotoapparat gesehen, und die haben gefragt: Wohl von der Presse, was? – Und ich hab schon gesehen, dass die ziemlich ärgerlich waren. Und da hab ich halt ja gesagt.«

Das hatte die Pioniere nicht überzeugt. »Und das hier ist Ihre Kamera?«

»Ja.«

»Hm.« Selbst den Pionieren dürfte klar gewesen sein, dass eine Agfa Click nicht gerade zur Standardausrüstung eines Fotoreporters gehörte. »Sie fotografieren gern?«

Wiesner nickt.

»Was haben Sie denn zuletzt aufgenommen?«

»Ach, nichts besonderes. So Familienbilder.«

»Familienbilder. Hm. – Herr Wiesner, wir haben den Film inzwischen entwickeln lassen ...«

»Und Landschaften auch.«

»Was denn so für Landschaften?«

Wiesner überlegt. »Ich weiß nicht mehr genau ...«

Haydn schlägt mit der Faust auf den Tisch. »Hören Sie auf mit dem Unsinn! Sie wissen nicht mehr, was Sie aufgenommen haben, weil Sie es gar nicht wissen können! Weil dies nämlich gar nicht Ihre Kamera ist!«

»Ja.«

»Was heißt ja?«

»Ja, es ist nicht meine Kamera. Ich hab sie gefunden.«

»Gefunden!« Haydn lacht. »Und die tausend Mark in Ihrer Brieftasche, die haben Sie natürlich auch gefunden?«

»Nein. Das ist mein Geld.«

»Selbstverständlich. Ich wusste gar nicht, dass die Arbeitslosenunterstützung so großzügig ist!«

Doch Wiesner beharrt darauf, das sei sein Geld.

Haydn klappt die Brieftasche auseinander, nimmt die Scheine heraus. Er zählt sie Wiesner einzeln vor. »Alles Ihr Arbeitslosengeld?«

»Ja.«

»Und das hier?« Haydn zeigt eine Banderole hoch. *Schwarzenbeker Volksbank* steht darauf. »Ist es nicht ziemlich unpraktisch, wenn Sie Ihr Geld ganz aus Schwarzenbek holen?«

»Ich kann mein Geld holen, wo ich will«, sagt Wiesner patzig.

»Herr Wiesner, ich glaube, wir werden uns noch ein bisschen eingehender mit Ihnen beschäftigen müssen ...« Haydn steckt das Geld in die Brieftasche zurück. Verwundert blickt er auf seine Finger. »Igitt, auch noch dreckig macht man sich hier ...« Dann wird ihm klar, um was es sich handelt.

4.

»Silbernitrat«, sagt Berger. »Wir müssen das im Labor untersuchen lassen, aber so wie das aussieht, würde ich auf Silbernitrat tippen.«

»Ich hab immer gedacht, dass man das bei Geld nicht verwenden kann, weil das Papier sehr schnell dunkel wird ...«

»Doch, das geht. Da gibt es ein neues Verfahren, wo man die Banknoten erst mit einem Gel einstreicht ...«

»Das ist professionell gemacht worden, in einem richtigen Labor. Mit an Sicherheit grenzender Wahrscheinlichkeit sind das die Scheine aus Aumühle. Basthaupt hat da Fanggeld eingesetzt.«

»Und dann ist dieses Männchen unser berühmter Spitznase?«

Berger schüttelt den Kopf. »Männchen sagst du? Das kann er nicht sein. Ich hab ihn ja selbst gesehen bei dem letzten Überfall in Aumühle. Der ist so groß wie ich, eher etwas größer ...«

»Ein Komplize vielleicht?«

Berger ist skeptisch. »Ich weiß nicht ...«

»Dieser Wiesner hat eine ganze Reihe von Vorstrafen. Einbrüche im Wesentlichen. Es kann natürlich gut sein, dass er bei unserem Spitznase eingebrochen hat und dabei diese Scheine erbeutet ...«

»Dann muss er uns jetzt nur noch sagen, wo das gewesen ist.«

»Er hat sich bisher nicht als besonders kooperativ erwiesen.«

Berger zuckt mit den Schultern. »Das schaffst du schon«, sagt er. »Früher oder später reden sie doch alle ...«

5.

Doch Wiesner bleibt bockig. Er behauptet, das Geld gefunden zu haben.

»Gefunden? Sicher in irgendeiner Wohnung!«, mutmaßt Berger.

Haydn schüttelt den Kopf. »Es hat auf der Straße gelegen, sagt er.«

»Wohl kaum.«

»In Bergedorf, sagt er. In der Mantiusstraße. Irgendwann im Januar angeblich. Ein Freitag soll das gewesen sein.«

»Ein Freitag?« Berger überlegt. Der Überfall in Aumühle war an einem Freitag. Das könnte stimmen.

»Abends, sagt er, sei das gewesen. Nicht allzu spät.«

»Und was hat er selbst da gemacht in Bergedorf?«

»Angeblich Freunde besucht.«

»Klar. – Name und Anschrift der Freunde, und dann sehen, was dabei herauskommt.«

Haydn nickt.

Gar nichts wird dabei herauskommen, denkt Berger. Aber versucht werden muss es trotzdem.

6.

Michael legt die Zeitung zur Seite, als Berger hereinkommt. »Sie haben es tatsächlich geschafft!«

Horst Berger fasst sich an den Kopf. Richtig, der Junge, heute ist er bei ihm; den hätte er jetzt fast vergessen. Dabei hatte Monika ihn ausdrücklich gebeten, sich um Michael zu kümmern.

»Ja, es sieht so aus. Die unmittelbare Gefahr ist vorüber, das Wasser läuft langsam wieder ab ...«

»Nein, das meine ich doch nicht. Hier, die Amerikaner!«

Ach, die! Daran hat er überhaupt nicht mehr gedacht. »Wie ist es gelaufen?«

»Fantastisch. Amerika steht Kopf, schreiben sie im *Abendblatt*. Wenn du dir endlich Fernsehen anschaffen würdest, könnten wir uns das jetzt in der Tagesschau angucken ...«

»Mama hat ja auch noch keins ...«

»Nein, aber sie will sich demnächst einen Fernseher kaufen. So teuer sind die gar nicht mehr. Und bei den neuen Geräten ist das Zusatzteil für das Zweite Programm gleich miteingebaut.«

Soll sie, denkt Berger. Zwei Programme zur Auswahl, seit einem guten halben Jahr. Das sind zwei Programme mehr als er braucht. Wenn er nach Hause kommt, ist er meist zum Umfallen müde.

»Der ist schon vierzig Jahre alt, dieser Glenn«, sagt Michael. »Und du bist noch nicht mal zweiunddreißig. Wenn du dich anstrengst, kannst du noch der erste Deutsche auf dem Mond werden. Lange dauert das jetzt nicht mehr, das schreiben sie auch hier. In ein, zwei Jahren, dann geht es ab zum Mond!«

»Wenn alles gut geht«, sagt Berger. Er erinnert sich noch allzu deutlich daran, wie viele Raketen beim Start explodiert sind, bevor endlich die USA ihren ersten Satelliten ins All geschafft hatten – Jahre nach den Russen. Und auch jetzt, bei der Erdumkreisung, sind ihnen die Russen wieder zuvorgekommen.

»Das schaffen die. Du wirst sehen, in zehn Jahren ist der Mond voll besiedelt ...«

Horst strubbelt dem Jungen über das Haar. »Ja, wenn sie mich hier in Hamburg feuern, vielleicht kann ich dann Mondpolizist werden ...«

Ping-Pong

Juni 1962

1.

Tag der offenen Tür im Polizeipräsidium. Berger ist mit Irmi und Michael gekommen.

»Eindrucksvoll«, muss Irmi zugeben. Das neue Polizeihochhaus am Berliner Tor – mit seinen zweiundzwanzig Stockwerken ist es zurzeit das höchste Gebäude in Hamburg.

»Seit Juni sind wir hier drin. Es ist einfach wunderbar. Ein so viel besseres Arbeiten. Und – das Gebäude ist nicht nur zweckmäßig, sondern auch noch schön.«

»Hm.« Irmi sieht das anders. Sie liebt es kleiner, beschaulicher.

»Komm, wir nehmen den Fahrstuhl.«

Schon rauschen sie nach oben.

»Huch, da bleibt einem ja die Luft weg!«

Berger lacht. Die Fahrstühle sind irrsinnig schnell. 4 m in der Sekunde! Daran muss man sich in der Tat erst gewöhnen.

Michael ist begeistert. »Die Türen – alles automatisch! Guck mal, hier sind so kleine Fotozellen, die sorgen dafür, dass die Türen nicht zuschnappen, wenn noch jemand ein- oder aussteigen will.«

Irmi runzelt die Stirn. »Ich weiß nicht, aber irgendwie finde ich es falsch, dass das höchste Gebäude der Stadt ausgerechnet das Polizeipräsidium ist. Als ob Hamburg so eine Art Polizeistaat sei ...«

»Nein, so würde ich das nun aber überhaupt nicht sehen!« Horst ist fast ein wenig beleidigt. »Komm, ich zeig euch jetzt erst einmal die Funkleitzentrale.«

Sie betreten einen großen, hellen Raum vollgestopft mit komplizierten Geräten. Berger erläutert, dass auf einem Tableau jederzeit ablesbar ist, welche Peterwagen einsatzbereit sind und in welchem Bezirk sie sich gerade befinden. Kommt ein Notruf über 110 herein, so kann über eine Auffangtaste sofort ermittelt werden, woher der Anruf kommt. »Selbst wenn irgendein Verletzter nur noch in den Hörer röchelt, können wir auf diese Weise gleich feststellen, wo wir ihn finden. Die eingehenden Nachrichten werden notiert und über Fließbänder weitergeleitet.«

»Alles sieht noch so neu und so leer aus ...«

»Neu schon, aber leer überhaupt nicht. Das sind nur die Flure. Aus feuerpolizeilichen Gründen. Die Fluchtwege dürfen nicht versperrt sein. Aber davon abgesehen ist das Haus schon mehr als voll. Tausendzweihundert Mitarbeiter sind jetzt schon eingezogen. Und später kommen dann noch vier- und fünfgeschossige Nebengebäude mit dazu, für die Labors, in denen die kriminaltechnischen Untersuchungen durchgeführt werden.«

»Alles, was das Herz begehrt. Fernschreiber, Funkstellen ...«

»Sogar einen Atombunker haben wir!«

»Ehrlich?«, fragt Michael. Seine Augen leuchten.

Irmi sagt: »Du machst mir Angst, Horst.«

»Keine Sorge«, sagt Berger. Aber ihm ist auch klar, dass sie seit August letzten Jahres dem Atomkrieg ein ganzes Stück nähergekommen sind. Der Bau der Mauer, die monatelange Konfrontation russischer und amerikanischer Panzer in Berlin, alles keine guten Zeichen. Aber: »Der Bunker, der existiert bisher nur im Rohbau ...«

»Mal im Ernst, Horst, was passiert, wenn nun wirklich die Russen kommen? Musst du dann auch – kämpfen?«

Er schüttelt den Kopf. »Das darf ich gar nicht. Die Polizei hat keinen Kombattantenstatus.« Noch nicht. Er kann nur hoffen, dass es so bleibt. »Und Hamburg wird sowieso kampflos übergeben.«

»Was sind denn das für defätistische Äußerungen?« Berger fährt herum. Roeder lacht. Berger hat ihn nicht kommen hören. »Ah, und ist das die künftige Frau Berger?«

Irmi wird rot. Berger sagt: »Das ist Fräulein Albers. Wir haben uns bei der Jagd auf Spitznase kennengelernt. – Und das mit Hamburg, das steht im *Spiegel*, in der neuesten Ausgabe.«

»Was lesen Sie denn für staatsfeindliche Zeitungen? – Aber Scherz beiseite kommen Sie mit, ich bin gerade auf dem Weg, unser Allerheiligstes vorzuführen!« Und an Michael gewandt: »Du willst doch sicher einmal sehen, wo dein Papa arbeitet?«

Michael schweigt. Das hätte ich ihm auch allein zeigen können, denkt Berger.

Roeder führt sie ins Besprechungszimmer. Er zeigt Michael das Bild. »Das ist der Lord von Barmbeck. Von dem hast du sicher schon einmal gehört, oder?«

Michael nickt. Er liebt es gar nicht, wenn man ihn wie ein kleines Kind behandelt. Immerhin ist er jetzt dreizehn Jahre alt und fast so groß wie Irmi.

»Und wenn dein Papa den Spitznase gefasst hat, dann hängen wir dessen Foto hier auf!«

Roeder ist der Einzige, der über seinen Witz lacht. Michael fühlt sich veralbert, Irmi trifft die Erinnerung an den Überfall wie ein Stich, und Berger kann nicht umhin, den versteckten Vorwurf aus Roeders Bemerkung herauszuhören: Wann wirst du ihn endlich erwischen? – In diesem Moment kommen weitere Besucher herein, und die peinliche Situation ist beendet.

»Im Augenblick sind die Pinnwände ziemlich leer«, sagt Roeder. »Aber wenn wir mitten in einem neuen Fall sind, dann ist hier alles voll mit Lageplänen, Tatortskizzen, Fotos ...«

Im Augenblick hängt da nur das Phantombild von Spitznase. Einer der Besucher tritt vor und sieht sich das Bild aus der Nähe an. Roeder erzählt von ihrer Arbeit. Berger mustert unauffällig die Neuankömmlinge. Einige kennt er vom Ansehen. Klaus Neukirchen und den Wesseck von der Präsidiumswache. Polizisten, denkt er. Einige haben ihre Frauen mitgebracht oder ihre Freundinnen, ein Schulmädchen ist auch dabei, vielleicht in Michaels Alter. Berger denkt: Im Grunde sind es nur Polizisten, die sich für die Arbeit der Polizei interessieren.

»Das größte Problem sind im Augenblick natürlich die Banküberfälle. Die meisten Fälle sind rasch geklärt, aber – wie Sie ja wissen – haben wir seit einigen Jahren ein Problem mit einem besonders kaltblütigen Einzeltäter.«

»Spitznase«, sagt jemand.

»Ja, so hat ihn die Presse genannt. Hier auf dieser Karte haben wir alle Überfälle eingetragen, die von Spitznase begangen worden sind ...«

»Das ist nicht neu«, raunt das Mädchen Michael zu. »Die Karte hab ich schon vor einem Jahr drüben am Karl-Muck-Platz gesehen. Beim letzten Tag der offenen Tür.«

Michael nickt. Beim letzten Mal war er nicht dabei.

»Ich bin Erika«, sagt das Mädchen. »Ich gehöre zu dem Großen da!« Sie zeigt auf einen der Männer, die sich um die Karte drängen.

»Ja«, sagt Michael, der Roeder zuhören will.

Der sagt gerade: »Jedes dieser grünen Fähnchen markiert eine Bank oder Sparkasse. Und jedes der roten Fähnchen ist eine Polizeiwache. Sie sehen, dass natürlich die Banken und auch die Polizeiwachen in der Innenstadt am stärksten konzentriert sind. Wenn man dagegen in die Außenbereiche geht, oder gar in die angrenzenden Kreise der benachbarten

Bundesländer, so sieht man, dass vor allem die Dichte der Polizeiposten deutlich geringer ist. Wahrscheinlich hat auch Spitznase das erkannt und daher seine Tätigkeit in letzter Zeit in die Umgebung des Sachsenwaldes verlagert. Hier – im Osten.«

Erika stupst Michael an: »Nachhilfe für Bankräuber!«

Michael lacht.

»Pst!«, macht einer der Polizisten. Erika schneidet eine Grimasse.

Roeder sagt: »Entscheidend ist dabei nicht so sehr die tatsächliche Entfernung zwischen der Bank oder Sparkasse und der nächsten Polizeiwache, sondern die Reaktionsgeschwindigkeit. Response time, wie unsere amerikanischen Kollegen sagen. Und in dieser Hinsicht ist das Gebiet um den Sachsenwald außerordentlich ...«

Michael hört nicht mehr zu. Er beobachtet das Mädchen. Frech sieht sie aus, die Erika. Jemand, mit dem man Pferde stehlen könnte. »Komm«, raunt er, »ich zeig dir was.«

»Was denn?«

»Sein Zimmer!« Er deutet mit dem Daumen auf Roeder.

»Da ist bestimmt zu!«, flüstert Erika.

Michael schüttelt den Kopf. Er hat vorhin auf dem Flur gesehen, dass Roeder nicht abgeschlossen hat.

Erika zögert einen Moment. Roeders Zimmer interessiert sie nicht die Bohne, aber für eine Ungezogenheit ist sie immer zu haben. Und dies ist ohne Zweifel eine Ungezogenheit. »Komm!«

Roeder sagt gerade: »... versprechen wir uns eine wesentliche Verstärkung durch den künftigen Einsatz des Polizeihubschraubers ...«, da machen sich die Kinder aus dem Staub.

2.

»Und von hier aus lenkt und leitet er dann also das Ganze!« Belustigt sieht sich Erika in dem Raum um.

»Ja, wahrscheinlich.« Der Raum wirkt völlig steril. Wahrscheinlich hat Roeder ordentlich aufgeräumt vor diesem Tag der offenen Tür.

»Und jetzt bin ich der Chef!« Erika wirft sich in den Drehsessel, wippt ein paarmal mit der Federung, zieht den Stuhl so dicht wie möglich an den Schreibtisch, macht ein finsteres Gesicht und weist mit ausgestrecktem Finger auf Michael: »Mein lieber Watson, was ich da in letzter Zeit von Ihnen hören musste ... wie heißt du eigentlich wirklich?«

»Michael.«

»Also, was ich da von Ihnen hören musste, mein lieber Michael Watson, das ist wirklich ...«

Sie ringt nach Worten.

»Ein Skandal?«, schlägt Michael vor.

»Ja, genau. – Ein Skandal ist das! Einfach ein Skandal!«

Nicht so laut, denkt Michael. Er sagt: »Es wird nicht wieder vorkommen, Euer Ehren ...«

In dem Augenblick schrillt das Telefon.

Nichts wie weg, denkt Michael. Ihm klopft das Herz bis zum Hals. Doch Erika bleibt ganz ruhig. Gelassen zieht sie den Apparat zu sich heran und hebt den Hörer ab. »Hallo, Schnucki!«, haucht sie mit spitzen Lippen in den Hörer.

Einen Moment herrscht völlige Stille. Dann hört man eine Frauenstimme: »Wer ist dort, bitte? Kann ich bitte mal meinen Mann sprechen?«

Erika legt auf. Die beiden prusten los. Erika gackert noch immer, als sie aus dem Zimmer schlüpfen. Michael denkt: Na, das wird bestimmt Ärger geben bei den Roeders heute Abend!

3.

Als Berger ins Wohnzimmer kommt, sieht er zu seiner Überraschung, dass Irmi feuchte Augen hat. Sie weint. Rasch stellt er die Tasche ab und nimmt sie in die Arme.

»Irmi, meine liebe, kleine Irmi, was ist denn los?«

Sie schluchzt.

»Was hab ich falsch gemacht?«

»Gar nichts.«

Das Präsidium, denkt er. Der Gang durch das Präsidium. Es hat sie erschreckt. Er ist so stolz auf die neue Technik, aber für sie wirkt das Ganze nur kalt und unpersönlich. Ein Behördenapparat ohne Herz.

»Das sieht doch alles nur so aus«, sagt er. »Wir sind nicht herzlos. Denk nur an den kleinen Pagels oder an Pfeifer. Das sind doch lauter nette Leute ...«

»Das meine ich doch alles gar nicht ...«

»Was dann?«

»Die Überfälle. – Ach, Horst, du glaubst ja gar nicht, wie diese Überfälle mein Leben verändert haben. Immer sehe ich jeden Kunden, der neu in die Bank kommt, erst einmal daraufhin an, ob er nicht vielleicht ein Bankräuber ist. Und bei jedem Mann, dem ich begegne, auf der Straße, beim Friseur, überall, immer frage ich mich zuerst einmal: Kann es der gewesen sein?«

»Du brauchst keine Angst zu haben.«

»Ja, das sagst du, und für dich ist es ganz leicht. Aber für mich nicht. Ich kann das einfach nicht abschütteln. Vorhin zum Beispiel, bei euch im Präsidium, da hat mir einer der Polizisten nachgesehen, und ich habe gedacht: Das ist er gewesen. Aber das war natürlich Unsinn. Und dann hinterher in der S-Bahn ...«

»Was hältst du von Urlaub?«, fragt Berger.

»Urlaub? Ich habe noch nie richtig Urlaub gemacht. Mit Verreisen, meine ich.«

»Dann tun wir es jetzt. Jetzt sind noch keine Schulferien, und zwei, drei Wochen könnten wir sicher beide freibekommen.«

»Ja, das wäre schön ...«

»Wir beide fahren irgendwo hin, wo es keine Polizei gibt und keine Banken, nur uns zwei.«

»Wo soll das denn sein?«

»Grönland?«, schlägt Berger vor.

4.

»Und hier, hier haben sie ihn dann schließlich geköpft«, sagt Michael.

»Wo?«, fragt Erika. Sie haben sich in Horst Bergers Wohnung getroffen. Sturmfreie Bude, hatte Michael versprochen. Jetzt sitzen die beiden Kinder auf dem Sofa, trinken Limonade, und Michael erzählt von Klaus Störtebeker, dem Seeräuber.

»Auf dem Grasbrook«, sagt Michael. Er springt auf und sucht im Regal nach dem Stadtplan.

»Lass man!«, sagt Erika. So genau will sie es gar nicht wissen. Aber Michael hat den Plan schon gefunden. Er faltet die Karte auseinander und zeigt mit dem Finger auf die Stelle. »Aber da sieht man heute nichts mehr.«

Erika nickt. *Gaswerk* steht da.

»Aber bis zuletzt hat er sich für seine Kumpane eingesetzt. In der Sage heißt es, er hat sich ausbedungen, dass alle freikommen, an denen er nach der Hinrichtung noch vorübergehen würde. Ohne Kopf. Das haben sie ihm zugebilligt, denn ohne Kopf kann keiner mehr gehen, haben sie gedacht. Aber er schon. Er hat das geschafft. An elf Leuten ist er noch vorbeigegangen, der Störtebeker, bis ihm der Scharfrichter dann schließlich ein Bein gestellt hat ...«

»So'n Quatsch!«

Michael schüttelt den Kopf. »Bei Hühnern geht das auch. Hast du das mal gesehen, wenn bei einem Huhn der Kopf abgeschlagen wird?«

»Hör auf!« Davon mag Erika nichts hören. Sie steht auf und öffnet die Balkontür. Draußen scheint die Sonne. »Wollen wir nicht lieber hier rausgehen?«

»Klar.« Hoffentlich sieht uns hier keiner, denkt Michael. Er hat Papa nicht gefragt, ob er das Mädchen einladen darf. Und er ist sich ziemlich sicher, dass sein Vater das nicht gutheißen würde.

Erika reckt sich. »Hübsch habt ihr es hier!«

»Ja«, sagt Michael. Obwohl der Blick vom Balkon eigentlich nichts zeigt als den Hof und die Gärten der Nachbarhäuser.

Erika räkelt sich in ihrem Campingsessel. »Weiß dein Alter eigentlich, dass wir hier sind?«

Michael schüttelt den Kopf. »Vor sechs kommt er nicht nach Hause.

Erika blinzelt in die Sonne. Dann wendet sie sich dem Jungen zu: »Möchtest du meine Brust anfassen?«

5.

»Wir schaffen es nur mit der Technik«, sagt Roeder. »Der Einsatz neuer Techniken wird die Möglichkeiten der Polizei enorm verbessern. Da können die Verbrecher nicht mithalten, da sind wir einfach besser. Denken Sie nur an die Fernschreiber. Schon jetzt ist es möglich, schriftliche Texte von einem Ort zum anderen in Minuten zu übermitteln. Bis jetzt gilt das nur für die Polizeizentralen, aber ich könnte mir durchaus vorstellen, dass in einigen Jahren jede Polizeidienststelle über solche Fernschreiber verfügt.«

»Ich weiß nicht, ob Sie da nicht die technischen Möglichkeiten etwas überschätzen.« Pfeifer schmunzelt. Es ist nicht das erste Mal, dass die beiden in Pfeifers Wohnung zusammensitzen. Und es ist nicht das erste Mal, dass der technikgläubige Roeder ihn vom Segen des Fortschritts zu überzeugen versucht.

»Was noch vor wenigen Jahrzehnten undenkbar erschien, liegt heute im Bereich des Möglichen. Denken Sie nur an den Flug zum Mond ...«

»Noch ist keiner dagewesen, mein Lieber! – Aber was nun die Fernschreiber angeht, so lassen Sie sich von einem alten Hasen sagen: Der Nutzen ist geringer, als Sie denken. Es wird viel zu viel Unsinn geschrieben und in alle Welt verschickt, nur weil es möglich ist und um Aktivität vorzuweisen, und der Absender macht sich nicht die geringsten Gedanken darüber, dass der flüchtige Taschendieb aus Braunschweig mich in Hamburg nicht für fünf Pfennige interessiert.«

»Disziplin und eine gewisse Schulung im Umgang mit den neuen Möglichkeiten sind natürlich eine der Grundvoraussetzungen für den erfolgreichen Einsatz«, räumt Roeder ein.

»Sie überschätzen die Möglichkeiten.«

Er ist einfach alt und verknöchert, denkt Roeder. Er sieht nicht die Zeichen der Zeit. Gut, dass er demnächst in Rente geht und Platz macht für junge dynamische Kräfte. Jung? Roeder wird bewusst, dass er auch schon vierzig ist. Nun ja, nicht unbedingt jung, zu jung ist auch schlecht, die sind dann zu unerfahren, aber dynamisch, darauf kommt es an.

»Darf ich Ihnen noch ein Glas Wein einschenken?«

»Nein, danke, ich muss noch fahren.«

»Lobenswert«, sagt Pfeifer. Er denkt: Dummkopf. Es gibt doch die Bahn. Und von diesem 59er wirst du so schnell nichts wieder angeboten bekommen. Er gießt sich selbst noch ein Glas ein.

»Mein Bruder arbeitet in der Versicherung«, sagt Roeder. »Drüben an der Alster. Die werden sich jetzt wahrscheinlich eine Großrechenanlage zulegen. Eines von diesen Elektronengehirnen.«

»Sollen sie«, sagt Pfeifer. »Da gibt es ja auch genug zu berechnen. Die ganzen Risiken abzuschätzen, für viele tausend Kunden, da kann ich mir schon vorstellen, dass so eine Rechenanlage Sinn macht.«

»Eine IBM 7040 – oder so ähnlich. Ich hab mir die Unterlagen zeigen lassen. Das Ding ist gar nicht mehr so groß, wie man früher immer gedacht hat. Lässt sich ganz gut in einem Raum unterbringen. Und – das ist das Faszinierende an der Geschichte: Diese IBM-Maschinen basieren zwar alle auf demselben System, aber man kann sie in der Größe haargenau auf die jeweilige Aufgabe zuschneiden lassen.«

»Und – welche Aufgabe wäre das in unserem Fall?«

»Nun, dazu müsste ich natürlich noch etwas tiefer in die Materie einsteigen, aber ich habe mir sagen lassen, dass die Polizei in England schon seit 1959 auf ein zentrales Elektronengehirn zurückgreifen kann.«

Pfeifer schüttelt den Kopf. »Mal ganz abgesehen von den Kosten der Anschaffung, die ja nach meiner Kenntnis astronomisch sein dürften, würde so eine Maschine unglaubliche Mengen an Personal binden. Das sind ja nicht nur die Leute, die das Gerät bedienen ...«

»Mehr als zehn Programmierer würde man wahrscheinlich gar nicht brauchen«, wirft Roeder ein. Aber das ist geraten. Er hat keine Ahnung, wie das bei der Versicherung aussieht.

»Abgesehen von diesen sagen wir mal zehn, zwanzig Leuten brauchen Sie ja noch Dutzende weiterer Kräfte, die die ganzen Informationen auf die Hollerithkarten bringen. Das wären bei uns dann – im Gegensatz zu der Versicherung

– keine Zahlen, sondern Texte. Alles auf Lochkarten bringen. Wie viele Zeichen passen auf so eine Lochkarte? Hundert?

»Achtzig«, sagt Roeder. Er verschweigt, dass auch davon ein gewisser Anteil für Steuerzeichen und Ähnliches fest reserviert ist.

»Achtzig Zeichen. Und – was glauben Sie, wie viele Zeichen so ein Vernehmungsprotokoll hat? Oder die Verbrecherkartei zum Beispiel? Das müsste erst alles codiert werden. Das geht nicht. In hundert Jahren nicht. Und die Fotos, die können Sie überhaupt nicht erfassen. Nein, mein Lieber, das können Sie vergessen. Und das brauchen wir auch nicht. Unsere Verbrecherkartei erlaubt auch so, wie sie jetzt ist, einen sehr raschen Zugriff auf alle Informationen. Und dann haben Sie am Ende jedenfalls etwas Konkretes in der Hand und nicht nur so eine dämliche Lochkarte.«

Er begreift es nicht, denkt Roeder. Es ist völlig zwecklos. Wenn ich hier irgendetwas modernisieren will, muss ich es doch über die SPD versuchen. Ich kenne da ja zum Glück ein paar Leute.

Pfeifer denkt: Was rege ich mich hier auf? In fünf Jahren bin ich in Pension, da können die Jungs dann herumreformieren, so viel sie wollen.

6.

Irmi steht mitten im Wohnzimmer und sieht sich um.

»Es ist eine Junggesellenbude«, sagt Berger entschuldigend.

Irmi lacht. »So sieht also eine Junggesellenbude aus?«

Nein, denkt Berger, so sieht eine normale Junggesellenbude wahrscheinlich nicht aus. Seine Wohnung ist viel zu gut aufgeräumt.

»Es ist schon komisch. Alles Mögliche hast du mir gezeigt, deinen Arbeitsplatz, deinen Sohn, selbst deinen Vater hast du mir vorgestellt – aber hier in deiner Wohnung bin ich heute zum ersten Mal.«

»Ich musste erst die Spuren all der anderen Frauen beseitigen«, lügt Berger. Er findet seine Wohnung nicht sonderlich attraktiv. Mit Irmis gemütlichem Nest in Aumühle kann sie kein bisschen konkurrieren.

Irmi gibt ihm einen Kuss. Ihr Blick fällt auf die Wanduhr. »Möchtest du die Nachrichten hören?«, fragt sie.

Berger schüttelt den Kopf. »Jetzt nicht.«

»Die Welt wird schon nicht untergehen!«

Berger denkt: Vielleicht doch. Vielleicht ist dies die allerletzte Stunde, die wir auf dieser Erde zubringen. Die Seeblockade gegen Kuba ist in Kraft getreten. Und ein amerikanisches Aufklärungsflugzeug wird vermisst. Wahrscheinlich abgeschossen. Wenn die Russen nicht nachgeben, in letzter Stunde nachgeben, dann haben wir morgen Krieg.

Er fragt: »Möchtest du etwas essen?«

Irmi schüttelt den Kopf. Sie betrachtet die Büchersammlung. Sachbücher zumeist, alle ordentlich ausgerichtet. Fast alle. Ein dicker Band steht nicht ganz in der Reihe. *Strahlen aus der Asche* – den muss er kürzlich in der Hand gehabt haben. Er macht sich Sorgen, denkt sie. Aber wir können nichts tun. Gar nichts. Sie sagt: »Ich bin müde.«

»Komm«, sagt er.

7.

Berger schläft unruhig. Im Traum jagt er den Bankräuber zu Fuß quer durch Hamburg. Aber Hamburg ist eine Trümmerlandschaft. Und ein ums andere Mal entkommt ihm der Bursche. Als er ihn endlich in die Ecke gedrängt hat, sieht er, dass es Chruschtschow ist. Er grinst diabolisch. Er hält eine

Atombombe in der Hand. Sein Gesicht sieht aus wie eine vertrocknete Kartoffel. Die Bombe knistert.

»Wach auf!« Irmi rüttelt ihn wach.

Berger ist in Schweiß gebadet.

»Hier, trink!«, sagt sie. Sie hat den Champagner aus dem Kühlschrank geholt. Das Knistern – das ist der Champagner.

Berger nimmt sein Glas. »Worauf trinken wir?« Er ist noch immer benommen.

»Auf deinen Geburtstag natürlich«, sagt Irmi. »Und auf den Frieden. – Ich hab eben die Nachrichten gehört. Die Großmächte haben sich geeinigt. Die Russen ziehen ihre Raketen ab.«

8.

Nach wenigen Tagen ist die Kuba-Krise vergessen, und Spitznase beherrscht wieder die Schlagzeilen.

Frecher Raubüberfall in Reinbek: Beute 11.000 schreibt die *Morgenpost*.

Bankraub in Reinbek. Wieder der Einzelgänger schreibt die *Bild*-Zeitung.

Und das *Abendblatt* schreibt: *Der Mann mit der Maske schlug wieder zu / Mit 11.250 DM geflohen / Alarmsirene störte ihn nicht*.

Berger sagt gar nichts. Er schenkt sich einen Kaffee ein, trinkt zu hastig, verbrennt sich den Mund. Er liest die Berichte in allen drei Zeitungen. Dann sieht er Pagels an. »Warum tut er das?«

»Weil das Geld aus dem letzten Überfall alle ist, vermutlich. Wir haben doch schon seit Monaten damit gerechnet, dass er wieder zuschlägt.«

Berger schüttelt den Kopf. »Das meine ich nicht. Basthaupt meine ich. Hier, diese ganzen Einzelheiten. Wieso gibt er diese Dinge an die Presse? Dass sie Geldscheine markiert haben, dass die Polizei regelmäßig die Runde macht bei allen Geldinstituten und dass die Bankangestellten gehalten sind, die Nummern aller Fahrzeuge aufzuschreiben, die in der Nähe der Bank parken ...«

»Pong«, sagt Pagels.

»Pong?«

»Das ist so eine Art Ping-Pong, was wir hier betreiben. Du weißt doch, wie das ist. Ungelöste Fälle liebt keiner. Also sieht man zu, dass man sie den Nachbarn zuschiebt. Und die Kollegen aus Schleswig-Holstein, die haben jetzt endlich die Schnauze voll, und da haben sie halt den Ball in unser Feld zurückgespielt.«

»Vielleicht ist das gut so«, sagt Berger. »Wir sind schneller und besser als die mit ihren paar alten Männern da draußen. Wenn ihn jemand erwischen kann, diesen Spitznase, dann sind wir das!«

9.

»Das ist endlich einmal eine gute Nachricht!« Roeder wirkt so zufrieden wie schon lange nicht mehr.

»Um was geht es?«, fragt Berger.

»Unser junger Kollege, der Herr Kriminalassistent Bentz, hat heute Nacht in den Colonnaden einen Einbruch in ein Juweliergeschäft verhindert.«

»Heute Nacht?«, fragt Kayser.

»Ja, mein Lieber, manche Polizisten schlafen nicht nur, sondern arbeiten auch gelegentlich!«

»Moment«, sagt Berger. »Ich glaube, ich muss hier mal etwas klarstellen ...«

»War ein Scherz, seien Sie doch nicht gleich so empfindlich! – Jedenfalls ist der Bentz darüber zugekommen, wie sich jemand Zutritt zu dem Laden verschaffen wollte. Er hat den Einbrecher gestellt und, als dieser flüchten wollte, ihn durch einen Schuss ins Bein gestoppt.«

»Großartig«, sagt Berger. Es klingt aber nicht wie ein Lob. »Und wo steckt unser junger Held jetzt?«

»Beim Herrn Kriminalrat Pfeifer zur Berichterstattung.«

10.

»Glückwunsch«, sagt Pfeifer.

Bentz strahlt.

»Es ist immer gut zu wissen, dass unsere jungen Leute auf Zack sind und auch außerhalb der Dienstzeiten darauf achten, was um sie herum passiert.«

»Ich gebe mir Mühe, Herr Kriminalrat!«

Pfeifer nickt. Er mustert Bentz kritisch. »Was ich nicht verstanden habe«, sagt er, »aber vielleicht habe ich das in Ihrem Bericht auch einfach überlesen – also, was ich nicht verstanden habe: Was haben Sie eigentlich nachts um 1.30 Uhr in den Colonnaden gemacht?«

»Ich – ich war auf dem Weg nach Hause.«

»Von wo?«

»Vom Kino. Ich – ich hatte mir noch die Spätvorstellung angesehen. *Streits*, am Jungfernstieg. Und von da bin ich dann in Richtung Dammtor-Bahnhof ...«

»Die S-Bahn fährt aber nicht mehr um halb zwei«, stellt Pfeifer fest.

»Nein, ich weiß. Ich wollte ja ein Taxi ...« In dem Moment, wo er es sagt, wird Bentz bewusst, dass es auch am Jungfernstieg einen Taxenstand gibt. Sozusagen dem Kino direkt gegenüber.

»Und Sie wollten nicht gleich nach Hause, sondern erst noch ein bisschen spazieren gehen«, sagt Pfeifer. »Ja, das verstehe ich.«

Bentz wird rot. Es hat geregnet gestern Nacht, und kalt war es auch. Kein vernünftiger Mensch würde freiwillig bei diesem Wetter spazieren gehen.

Pfeifer lächelt. »Wie dem auch sei – Sie haben einen Einbrecher auf frischer Tat überrascht und festgenommen. Einen unserer alten Bekannten, wie ich höre. Das ist gut.«

»Paul Dierksen, ja.« Worauf will er hinaus? Bentz ist total verunsichert.

»Und wenn gerade kein Schutzmann da ist, haben Sie natürlich nicht nur das Recht, sondern geradezu die Pflicht, einzuschreiten. Und da kann man es wohl nur als glücklichen Zufall bezeichnen, dass Sie – aus welchen Gründen auch immer – mit einer geladenen Pistole ins Kino gegangen sind.«

»Ja, ich dachte – ich wollte ...«

»Ja, natürlich. Aber das ist gefährlich. Sie sind in Zivil, vergessen Sie das nicht. Und – vergessen Sie bitte auch nicht, dass wir bei der Polizei eigentlich eine gewisse Arbeitsteilung haben. Die Schutzpolizei ist für die Gefahrenabwehr zuständig. Sie sind aber bei der Kriminalpolizei. Es ist nicht Ihr Job, nachts durch Hamburg zu streifen und nach Gesetzesbrechern zu suchen.«

Bentz nickt.

»Trotzdem Glückwunsch«, sagt Pfeifer.

11.

»Schlieker ist pleite«, sagt Pagels.

Berger nickt. Das hat er in der Zeitung gelesen. »Die Banken haben ihm keinen Kredit mehr gegeben.«

»Das lag nicht an den Banken!«

Pagels ist verbittert. Berger fällt ein, dass ja sein Sohn bei Schlieker arbeitet.

»Ein abgekartetes Spiel war das!«

»Ich weiß nicht.«

»Doch, Tatsache. Der Nevermann, der hatte es in der Hand. Ein Wort von ihm, und alles wäre klargegangen.«

»Alles kann der Erste Bürgermeister ja nun auch nicht richten ...«

»Mensch, Horst, wo lebst du denn? Der Nevermann, der hat sich ja geweigert, mit dem Mann auch nur zu reden!«

»Soweit ich weiß«, sagt Berger, »war Paul Nevermann im Widerstand. Und Willy Schlieker war einer der Macher in Albert Speers Rüstungsministerium. Kein Wunder, wenn die beiden sich nicht mögen.«

Pagels schweigt.

12.

»Du liest zu viel«, hat Monika gesagt.

Ja, Michael liest viel. Um den Diskussionen mit seiner Mutter aus dem Weg zu gehen, verlagert er diese Aktivitäten in Horst Bergers Wohnung. Die hat er oft genug für sich allein, wenn sein Vater Dienst hat, oder wenn er in Aumühle bei Irmi übernachtet. Michael hat den Schlüssel. Sein Vater hat keine Ahnung, wie oft er ihn nutzt. Und wozu. Vierzehn ist Michael jetzt. Erika und er sitzen auf dem Bett. Michael liest im *Abendblatt*, Erika hat die *Bravo* vor sich aufgeschlagen und lackiert sich die Fußnägel.

»Pass auf, dass du keine Flecken machst«, sagt Michael. Er denkt: Ob sie sich wohl wieder anfassen lässt? Im Augenblick tut sie jedenfalls uninteressiert.

Das *Abendblatt* bringt eine ausführliche Serie über die Zukunft. Wirtschaft und Technik machen gigantische Fortschritte, und niemand zweifelt daran, dass es weiterhin aufwärts geht. *Hamburg 1983 – Wie wird unsere Stadt in zwan-*

zig Jahren aussehen? Faszinierende Perspektiven. *Was hier steht, ist nur das Wenigste, was sich in Hamburg verändern wird. Auf unbegründetes Spekulieren wurde verzichtet.*

Eines der Bilder zeigt den Blick über die Binnenalster, bei dem die klassische Skyline mit dem Rathaus und der Ruine der Nikolaikirche vor einem alles überragenden Ensemble von Wolkenkratzern winzig klein erscheint. Das Leben in der Stadt wird sich in zwanzig Jahren völlig revolutioniert haben. Der Einkauf erfolgt dann über das Fernsehtelefon. Die alten Autos sind durch neue Modelle mit Elektromotoren ersetzt, um die Umwelt zu schonen. Es gibt kreuzungsfreie Stadtautobahnen, und die Wagen können elektronisch gesteuert werden, sodass der Fahrer während der Fahrt getrost Zeitung lesen kann. – Ja, das käme Michael sehr entgegen.

Der Vorhafen in Neuwerk in der Elbmündung ist 1983 fertiggestellt und aufgrund der größeren Wassertiefe der Konkurrenz in Rotterdam weit überlegen. Vom neuen Großflughafen in Kaltenkirchen gibt es Direktverbindungen in alle Welt, und vom alten Stadtflughafen in Fuhlsbüttel kommt man mit Senkrechtstartern alle Stunde nach Frankfurt oder München. Viele Hamburger besitzen neben dem Auto ein eigenes Flugzeug und verbringen das Wochenende, das von Freitagmittag bis Montagfrüh dauert, in ihrem Ferienhaus in Italien oder Spanien ...

»Ist schon irre, was sich alles verändern wird in den nächsten zwanzig Jahren!«

»Ja.« Die ferne Zukunft interessiert Erika nicht. Sie lebt heute. In zwanzig Jahren, da ist sie ja schon vierunddreißig – eine alte Frau.

Michael hat inzwischen weitergeblättert. *Reiseziel Mond.* Tim und Struppi sind schon unterwegs. Professor Bienlein sagt: *Wenn alles nach Plan läuft, meine Herrschaften, werden wir in einer kleinen halben Stunde auf dem Mond landen.* Jeden Samstag eine neue Seite im *Abendblatt*. Michael liest die Geschichten noch immer gern, obwohl er sich inzwischen eigentlich schon fast zu alt dafür vorkommt. Die Mondrakete in der Bildergeschichte hat mit einer modernen Saturn V keine Ähnlichkeit, und es bleibt Michael nicht verborgen, dass das Technik-Abenteuer an Professionalität stark zu wünschen übrig lässt. Auch das *Abendblatt* hat sich inzwischen etwas von seinem Helden distanziert. Tim ist nicht mehr – wie früher – *unser jüngster und pfiffigster Reporter*, sondern nur noch eine beliebige gezeichnete Figur. Papa sagt, Hergé hat *Objectif Lune* schon um 1950 gezeichnet.

Erika hat indessen ihr Werk betrachtet und für gut befunden. »Ziemlich warm hier«, sagt sie.

»Zieh doch das Hemd aus«, sagt Michael.

In diesem Augenblick kommt Irmi herein.

13.

»Er kann sehr nett sein«, sagt Irmi.

Monika lächelt. Soll sie das kommentieren? Die beiden Frauen sitzen zusammen in einer Gondel der Seilbahn und schweben über das IGA-Gelände. Es war Bergers Idee, einen gemeinsamen Ausflug zur Gartenbauausstellung zu machen. Totaler Schwachsinn natürlich. Monika hat erst gezögert, dann aber doch zugesagt. Aus Neugier. Ihren Freund hat sie nicht mitgebracht. Die Männer würden sich doch nur in die Haare kriegen.

Und wie ist er nun wirklich?, denkt Irmi. Nett ja, aber das reicht nicht aus, um ihn zu charakterisieren. Er hat auch seine Schwächen Er ist hanseatisch steif. Etwas kontaktarm vielleicht auch. Manchmal zu schüchtern. Deutlich älter als ich zwar, aber nicht wirklich alt. Junggeselle.

Komisch, denkt sie, dass mir das jetzt einfällt. Zum einen sehen wir uns fast jedes Wochenende und verbringen manche Nacht zusammen. Und zum anderen war er verheiratet, wenn auch nur kurz. Ein Junggeselle mit Kind, sozusagen. Einmal in der Woche jedenfalls. Manchmal auch am Wochenende. Normalerweise nicht. Ein Alltagskind, das er da hat.

Und was machen sie miteinander, Vater und Sohn? Nichts. Oder so gut wie nichts. Sie essen zusammen, lesen zusammen, wenn auch in verschiedenen Büchern. Wenn der Papa überhaupt da ist. Wenn er zu spät nach Hause kommt, schläft Michael schon. Wegen der Schule. Die nimmt er sehr ernst, auch wenn man das manchmal nicht glauben könnte, bei seinen Sprüchen.

Sie selbst kommt mit Michael gut klar. Er akzeptiert sie. Was nicht selbstverständlich ist, und Horst hat ihr erzählt, dass es am Anfang wohl auch Schwierigkeiten gegeben hat. Aber das hat sich zum Glück rasch gegeben; sie selbst hat davon nie etwas bemerkt. Er ist nicht so schüchtern wie Horst, aber er redet wenig, gibt nicht viel von sich preis.

»Euer Sohn, der Michael, das ist wirklich ein netter Junge.«

»Ja«, sagt Monika kurz.

Horst Berger und Michael sitzen in der nächsten Gondel. Michael sieht seinen Vater forschend an. Ob Irmi ihm wohl von dem Zwischenfall erzählt hat? Nein, wahrscheinlich nicht. Sie hat die beiden Kinder zur Rede gestellt, aber nicht gepetzt.

»Toll, so über die ganzen Straßen und die Parks hinwegzuschweben!«

Auch Horst Berger kann sich der Faszination nicht entziehen, auch wenn ihm der hohe Preis zunächst einmal die Sprache verschlagen hat. 3,50 DM pro Erwachsener; Michael geht noch als Kind durch, für 1,50. Vorher hat Berger schon den Eintritt für alle bezahlt, weitere zehn DM. Aber die Anlagen sind wirklich sehenswert. Und es ist schon klar, dass sie nachher auch noch die Runde mit der Kleineisenbahn werden fahren müssen.

Wie die Frauen wohl miteinander klarkommen? Gegensätzlicher könnten sie eigentlich kaum sein, die große, blonde norddeutsch-herbe Monika und die kleine, gemütliche Irmi. Besorgt sieht Berger sich nach der anderen Gondel um. Die beiden Frauen sind ins Gespräch vertieft. Berger sieht, wie Monika auf Irmi einredet. Es war vielleicht keine gute Idee, die beiden miteinander bekannt zu machen.

Monika fühlt sich grenzenlos überlegen. Sie denkt: Mit diesem Mäuschen geht mein Ex nun ins Bett? Hm, vielleicht sollte ich einmal ein kleines bisschen den Teufel spielen. Sie sagt: »Nimm's mir nicht übel, dass ich das sage, aber ich glaube, der Horst ist zwar charmant und gewandt im Umgang und sieht auch ganz gut aus – aber im Grunde seines Herzens ist er leider ziemlich gefühlsarm.«

»Das kann ich nicht bestätigen.« Irmi ist betroffen.

Monika muss sich zusammenreißen, um nicht laut loszulachen. »Vielleicht täusche ich mich ja. Mag sein. Aber ich fürchte, er sieht im Zweifel immer seine Pflichten und Vorschriften, nicht die Menschen, mit denen er es zu tun hat. – Wenn ich ihm jetzt gleich erzähle, dass ich diese Handtasche bei Karstadt geklaut habe, dann nimmt er mich fest.«

»Das macht er nicht!«

»Da wäre ich mir nicht so sicher. Aber um dich zu beruhigen, ich habe sie in Wirklichkeit nicht geklaut, und ich werde deinen Horst auch gar nicht erst auf die Probe stellen. Er interessiert mich nicht mehr. Er ist jetzt dein Problem, nicht mehr meins.«

»Ja«, sagt Irmi.

Das hat gesessen, denkt Monika. »Komm, wenn diese Fahrt zu Ende ist, gehen wir erst einmal ein ordentliches Eis essen!«

Eine Provokation

3. Januar 1964

1.

»Kalt erwischt«, sagt Pagels.

»Ja.« Berger starrt auf das Seil, das vom Fenster der Dresdner Bank hinunter in den Garten baumelt.

»Der frechste Bankraub der Nachkriegsgeschichte!«, konstatiert Pfeifer. »Das war kein Überfall – das war eine gezielte Provokation.«

Niemand widerspricht. Alle sind sie im Kassenraum versammelt, kaum zehn Minuten, nachdem sich der Überfall ereignet hat. Direkt unter ihren Augen. Keine hundert Meter vom Präsidium entfernt.

»Das ist keine einfache Wäscheleine«, stellt Roeder fest.

Nein, das ist ein richtiges Seil, wie es verwendet wird, um Boote festzumachen. Oder zum Bergsteigen. Das trägt einen Mann ohne Probleme. Und der Haken, mit dem er das Seil am Fensterbrett befestigt hat, das ist ein Fleischerhaken. Stark genug, um einen Ochsen zu tragen, ohne sich zu verbiegen.

»Mist!«, sagt Berger.

Pagels boxt ihn in die Seite. »Horst, wach auf! Dieser Überfall hier ist das Beste, was uns passieren konnte. Er wird übermütig, unser Spitznase. Diese Haken, dieses Seil, das kriegst du nicht in irgendeinem normalen Kaufhaus, wo der Kunde anonym bleibt. Diese Dinge musst du schon in einem Spezialgeschäft erwerben.«

»Ja, vielleicht hast du recht.« Berger wendet den Blick ab von den Polizisten, die noch immer den Garten nach weiteren Spuren durchsuchen.

»Entschuldigung, kann ich Sie einen Moment stören? Die Herrschaften von der Presse draußen, die würden gern ...«

»Gleich. Sagen Sie den Leuten, wir machen eine Pressekonferenz in einer halben Stunde. Drüben im Präsidium. Nicht hier in diesem Chaos, sondern auf unserem Terrain.«

2.

»Ich schildere Ihnen zunächst einmal kurz den Ablauf des Überfalls.«

Berger blickt in die Runde. Mehr als zwei Dutzend Journalisten haben sich eingefunden. Eine Fernsehkamera surrt. Die Presse hat schnell reagiert.

»Heute Abend um 17.50 Uhr, zehn Minuten vor Kassenschluss also, hat ein einzelner Täter die Filiale der Dresdner Bank in der Straße Beim Strohhause überfallen. Der Mann war maskiert und mit einer Pistole bewaffnet. Er hat mit wenigen Sätzen den Kassenraum durchquert, ist über den Tresen gesprungen, über einen Schreibtisch geflankt und dann von hinten in die durch schusssicheres Glas gesicherte Kasse eingedrungen. Er hat dann das dort verfügbare Geld zusammengerafft. Die Bankangestellten haben angesichts des bewaffneten Täters keinen Widerstand geleistet ...«

Gut, wie er das macht, denkt Pagels. Es hört sich so an, als hätten die Bankleute die Situation völlig unter Kontrolle gehabt. In Wahrheit hatte Panik geherrscht. Eine Frau hatte geschrien wie am Spieß, Kunden hatten sich auf den Boden geworfen, Männer versucht, sich hinter den Schreibtischen zu verstecken. Der Einzige, der die Ruhe bewahrt hatte, war der Bankräuber gewesen. Wortlos hatte er sein Geld eingesammelt und war gegangen.

»Der Täter ist dann quer durch den Kassenraum gelaufen, hat ein Fenster an der Rückseite des Gebäudes aufgerissen, sich noch einmal umgedreht und gerufen: Wer aus dem Fenster sieht, wird erschossen!, und sich dann mit einem mehrfach geknoteten Seil von diesem Fenster aus in den Garten abgeseilt ...«

»Wieso abgeseilt?«

»Die Bank liegt am Geesthang. Das Erdgeschoss befindet sich auf der Rückseite des Hauses drei Meter über dem Boden. Ein Sprung wäre zu riskant gewesen.«

»Wie hat er das Seil festgekriegt? Ums Fensterkreuz geknotet?«

»Das Seil wurde mit einem Fleischerhaken an der Fensterbank befestigt. In dem Augenblick, als der Räuber den Raum verlassen hatte, hat die Kassiererin Alarm ausgelöst. Gleichzeitig ist der Filialleiter auf die Straße gerannt und um das Haus herum, in der Hoffnung, den Täter auf dem Hof hinter dem Gebäude zu stellen ...«

Was das wohl geworden wäre, denkt Pagels. Ein aufgeregter Bürohengst trifft auf den kaltblütigsten Bankräuber der Nachkriegsgeschichte. Zum Glück ist es nicht dazu gekommen.

»Der Täter hatte jedoch bereits die Umzäunung übersprungen und war in dem mit Gras und Gestrüpp überwucherten Gelände hinter der Bank verschwunden. Er hatte den 2,50 m hohen und mit schräg angebrachtem doppelten Stacheldraht gesicherten Zaun vorher mit einem Jutesack abgedeckt und so mühelos überqueren können.«

»Vorher?«

»Er hatte den Sack um die Drähte gewickelt und festgebunden.«

»Wohin ist er geflüchtet?«

»Wir haben sofort versucht, mit Polizeihunden seine Spur aufzunehmen; dies ist jedoch nicht gelungen. Er kann sich nach rechts gewendet haben und dann durch die Gärten zur Hammerbrookstraße geflüchtet sein. Er kann die Bahngleise überquert haben und zur Spaldingstraße gelaufen sein. Am wahrscheinlichsten ist aber, dass er sich direkt nach links gewendet hat und auf dem unmittelbar angrenzenden Bahnhof Berliner Tor mit einer der S-Bahnen verschwunden ist.«

»Ist der Bahnhof nicht eingezäunt?«

»Es gibt keinen Zaun, den ein entschlossener Mann nicht überwinden könnte. Aber, um Ihre Frage zu beantworten, nein, das Bahngelände ist von dieser Seite nicht eingezäunt. Die Bahnlinien verlaufen ja auf einem mehrere Meter hohen Damm, sodass niemand zufällig auf die Gleise geraten kann.«

»Und wie weit, sagten Sie, ist die Filiale der Dresdner Bank vom Polizeipräsidium entfernt?«

Arschloch, denkt Berger. Der Kerl weiß genau, wie weit sie entfernt ist. »Die Bank liegt direkt gegenüber dem Polizeipräsidium auf der anderen Seite der Straße Beim Strohhause. Das sind keine hundert Meter.« Es sind genau fünfundfünfzig Meter, aber das soll der Journalist gefälligst selbst herausfinden.

»Hundert Meter – das sind also vielleicht zehn, zwölf Sekunden?«

Berger setzt ein überlegenes Lächeln auf. »Das gilt vielleicht für Armin Hary. Aber den haben wir hier nicht. Und wir sind hier nicht in Rom im Olympiastadion. Wir sind überhaupt nicht auf einem Sportplatz. Dies ist eine viel befahrene Straße. Ein, zwei Minuten dauert es schon, bis man die überquert hat.«

Der Reporter sieht ihn zweifelnd an, fragt aber nicht weiter nach.

Hinzu kommt natürlich, denkt Berger, dass der Alarm bei der Zentrale eingegangen ist und nicht unten bei der Präsidiumswache. Das hat mindestens eine weitere Minute gekostet.

»Aber Sie stimmen mir zu, dass es der dreisteste Banküberfall ist, den es bisher in Hamburg gegeben hat?«

»Ja, das war der dreisteste Überfall, den es je in Hamburg gegeben hat. In der Nachkriegszeit jedenfalls. Aber gelohnt hat er sich nicht. Die Beute des Täters beträgt ganze 2.650 DM.«

3.

»Du hast dich gut geschlagen«, sagt Pagels.

»Unwichtig«, sagt Berger.

»Nein, das ist sehr wichtig. Das ist die größte Blamage, die wir je erlebt haben, und du hast es so dargestellt, dass wir immer noch ganz gut aussehen.«

»Mal sehen, was die Blätter morgen daraus machen. Aber insgesamt können wir uns eigentlich nicht beschweren. Ich finde, die Presse ist ziemlich fair.«

»Ja. Wir haben natürlich Glück, dass der Spitznase ein Bankräuber ist. Da sind die Sympathien in der Öffentlichkeit schon ein bisschen geteilt. Die Banken sind nicht besonders populär, und wenn jemand clever genug ist, denen ein paar Mark abzuluchsen, dann vergießt deswegen keiner heiße Tränen. Was meint du, was hier aber los wäre, wenn der Spitznase nun kein Bankräuber wäre, sondern vielleicht ein Kindsmörder?«

»Daran mag ich lieber gar nicht denken«, sagt Berger.

»Ich glaube, dein Vater hat da damals ganz anders unter Druck gestanden ...«

»Lass meinen Vater aus dem Spiel«, sagt Berger sofort.

»Entschuldigung.« Pagels sieht Berger prüfend an. Er denkt: Bist du deshalb bei Raub gelandet, statt in die Fußtapfen des Alten zu treten?

»Nein, ich habe mich zu entschuldigen.« Berger wirkt plötzlich sehr müde. »Das mit meinem Alten, das ist einfach ein wunder Punkt. Für euch alle ist er ein Held. Der Kerl, der damals den Kürten zur Strecke gebracht hat. Und für mich ...«

Pagels legt ihm die Hand auf die Schulter. »Was ist das zwischen euch?«

»Ach, nichts. Reine Privatsache.«

4.

»Das war ein anstrengender Tag für dich«, sagt Irmtraut.

»Ja, weiß Gott. Und wir stecken noch mitten drin. Die Geschichte geht weiter.«

»Bis ihr ihn habt.«

»Hoffentlich, ja. – Eines steht fest: Er schlägt demnächst wieder zu. Dieses Ding hier, das hat ja nur schlappe zweieinhalbtausend eingebracht. Wenn wir davon ausgehen, dass Spitznase diese Überfälle nicht nur macht, um uns zu provozieren, sondern dass er wirklich Geld braucht, dann war dies ein glatter Fehlschlag. Er wird es also demnächst wieder versuchen. In allerkürzester Zeit. Vielleicht ist das unsere Chance.«

»Du meinst, er könnte sich überhasten und dabei einen Fehler machen?«

»Ja, das hoffe ich. Ich habe so eine Ahnung, was er als Nächstes macht.«

»Was denn?«

»Dasselbe noch einmal.«

»Ich denke, das hat sich nicht bewährt. Das hat er doch bei uns draußen gelernt. Beim zweiten Mal sind alle besser vorbereitet, die Beute ist geringer und das Risiko viel höher.«

»Wie hoch es wirklich gewesen ist in Aumühle, das hat er ja nie erfahren. In den Zeitungen hat nichts davon gestanden, dass ein Polizist vor Ort gewesen ist. Und die Höhe der Beute – an bestimmten Tagen ist einfach viel Geld in der Bank, das lässt sich gar nicht vermeiden.«

Berger macht eine Pause, nimmt noch einen Schluck Rotwein.

»Von meinem Zimmer im Präsidium habe ich den Blick auf den Bahnhof Berliner Tor und die Straße Beim Strohhause. Da sind drei Banken direkt nebeneinander. Er kann sich die beste aussuchen. Und den Fluchtweg, den braucht er nicht erst zu erkunden, den kennt er ja schon.«

»Und was wollt ihr machen?«

»Schneller sein. Einfach schneller sein. Vom Alarm bis zu unserem Eintreffen vor der Bank darf auf keinen Fall mehr als eine Minute vergehen. Und das lässt sich erreichen. Ich hab das durchprobiert mit den Jungs von der Präsidialwache. Pakulat, Wesseck, Eggert, Koes, Neukirchen. Das sind natürlich alles schon etwas ältere Semester, nicht gerade solche Eddie-Constantine-Typen ...«

»Wer ist Eddie Constantine?«

»Gehst du nicht ins Kino? Von den Filmen gucke ich mir jeden einzelnen an. Letztes Jahr zum Beispiel, *Eddie wieder coltrichtig*. Was glaubst du, was da los ist im Kino, wenn so ein Streifen läuft? Der ganze Saal tobt, wenn Eddie wieder einen der Schurken verprügelt.«

»Ich weiß nicht, ob das meine Sorte Film ist ...«

»Nein, vielleicht nicht. – Jedenfalls, solche Haudegen sind das nicht, aber die sind voll mit dabei, wenn es darum geht, die Scharte auszuwetzen. Die hoffen jetzt alle, dass der Bursche wirklich wieder am Berliner Tor zuschlägt.«

»Und wenn er euch wieder entwischt? Ihr stürmt vorne zur Bank rein, und der Kerl springt hinten aus dem Fenster?«

»Dafür ist vorgesorgt. Ein Streifenwagen rast zur Spaldingstraße, einer zur Hammerbrookstraße. Der S-Bahn- und U-Bahn-Verkehr wird sofort gestoppt. Das ist der schwierigste Punkt, die Bundesbahn und die Hochbahn waren auf solche Fälle bisher natürlich nicht vorbereitet. Das ist jetzt anders. Das lässt sich in drei Minuten schaffen, wenn die Zentrale sofort reagiert. Und die reagiert sofort. Wir müssen vier Linien stilllegen. Zwei S-Bahn- und zwei U-Bahn-Linien. Und das wahrscheinlich mitten im Berufsverkehr. Und dann kämmen wir das Bahngelände von allen Seiten durch. Nicht, dass er uns wieder in irgendeinen Tunnel entkommt.«

5.

»Roeder zu mir.« Klar, denkt Roeder, dass der Chef verärgert ist. Mit unguten Vorahnungen macht er sich auf den Weg.

»Nehmen Sie Platz!«

Roeder setzt sich. Das Zimmer stinkt nach Zigarrenrauch. Auch das ist ein schlechtes Zeichen. Pfeifer raucht nur, wenn er nervös ist.

»Roeder, da haben Sie uns ja etwas Schönes eingebrockt! Ich hatte eben Helmut Schmidt am Telefon ...«

»Den Innensenator?«

»Schmidt-Schnauze, ja. Sie können sich vorstellen, dass der über die jüngste Serie von Verbrechen nicht gerade begeistert ist. Die CDU hat jetzt verlangt, das Thema Unaufgeklärte Banküberfälle auf die nächste Sitzung der Deputation für Inneres zu setzen. Der Herr Senator erwartet, dass ich persönlich zu den Vorfällen Rede und Antwort stehe. Das gab es noch nie. Und die Sitzung ist am 23. Januar.«

»In einer Woche! Herr Pfeifer, ich bitte Sie! Wir können in der knappen Zeit keine Ergebnisse vorliegen haben!«

»Das weiß ich selbst«, sagt Pfeifer ärgerlich. »Was ich von Ihnen erwarte, ist eine klare Aufstellung darüber, was wir wissen, was wir bisher getan haben und was wir zukünftig zu tun gedenken.«

»Natürlich, das ist doch selbstverständlich ...«

»Hier ist gar nichts selbstverständlich.« Pfeifer legt die *Bild*-Zeitung auf den Tisch. Roeder bemüht sich, über Kopf zu lesen. Auf dem Titelblatt steht nichts besonders Beunruhigendes, findet er.

»Ja?«

»Was Sie der Presse im Zusammenhang mit dem letzten Banküberfall mitgeteilt haben, das halte ich für äußerst unglücklich ...«

»Ich habe gedacht ...«

»Was Sie gedacht haben, ist mir egal. Entscheidend ist, was Sie gesagt haben. Ich zitiere aus der *Bild*-Zeitung: *Kriminaloberrat Roeder, der die Ermittlungen nach den Bankräubern der letzten Jahre leitet, zu BILD: Die Kripo glaubt, dass es außer ›Spitznase‹ noch den Bankräuber des Sachsenwaldes gibt.* – Und dann weiter: *Unabhängig von diesem Räuber ist noch eine zweiköpfige Bande am Werk* ...«

»Ja, natürlich. Das sind diese Überfälle am Stadtrand – Halstenbek, Ost-Steinbek, Stapelfeld, Ellerbek. Ich hatte Ihnen doch ...«

»Herr Roeder, jetzt rede ich. Das sind schon drei verschiedene Täter oder Gruppen von Tätern, die völlig ungehindert in und um Hamburg herum operieren. Aber es kommt ja noch besser! Dann haben Sie der Presse noch erklärt: *Und der letzte Banküberfall an der S-Bahn-Station Berliner Tor? Die Täterbeschreibung spricht dafür, dass ein wesentlich kleinerer und jüngerer Mann als ›Spitznase‹ der Täter war.* Mein Gott, Roeder, sind Sie denn noch zu retten?«

»Ich – ich habe gedacht, dass der MO in diesen Fällen völlig unterschiedlich ist, und das deutet darauf hin ...«

»Sie können natürlich denken, was Sie wollen. Aber Sie sollten es nicht der Presse erzählen. Der Modus operandi wird meistens gewaltig überschätzt, mein lieber Roeder. Das gibt es heute einfach nicht mehr, dass die Täter immer und immer wieder auf genau die gleiche Weise vorgehen. Die Zeiten sind vorbei. Die Straftäter sind lernfähig, genau wie wir auch. Natürlich dürfen wir nicht von vornherein unterstellen, dass alle diese Überfälle nur von einem Täter ausgeführt worden sind. Wir müssen ergebnisoffen ermitteln. Aber was wir der Presse mitteilen, das steht auf einem anderen Blatt.«

»Ich habe doch nur gesagt ...«

»Mein Gott, Roeder, Sie haben gesagt, dass bei uns alles drunter und drüber geht, das haben Sie gesagt! Das darf natürlich nicht sein. Das kann nicht akzeptiert werden. Auf keinen Fall.«

Pfeifers Blick fällt auf die schwarz-weiß-blau gemusterte Krawatte seines Gegenübers.

»Sie sind Fußballfan, habe ich mir sagen lassen ...«

»Nun ja ...«

»Dauerkarte beim HSV?«

»Ja.« Mein Gott, denkt Roeder, was soll das?

»Wenn also beim HSV alles drunter und drüber geht, was meinen Sie, was dann passiert, Roeder? Was denn? Ja, richtig, dann wird der Trainer ausgetauscht. Und diese Möglichkeit behalte ich mir ausdrücklich vor. Haben Sie mich verstanden?«

»Wir werden alles tun ...« Roeders Hände zittern, als er das Zimmer des Chefs wieder verlässt.

6.

Irmi ist am Telefon: »Ich habe Kinokarten besorgt.«

»Kinokarten?«

»Für heute Nachmittag. Wenn du natürlich nicht kannst, werde ich unseren Kassierer fragen, der würde bestimmt gern mitkommen ...«

»Natürlich habe ich Zeit. Die Bankräuber sollen warten!«, behauptet Berger. Zum Glück liegt heute wirklich nichts an. »Wo wollen wir denn hin?«

»In die *Oase*. Es gibt Eddie Constantine, *Zum Nachtisch blaue Bohnen* ...«

»Der Film wird dir nicht gefallen«, sagt Berger. »Und die *Oase* auch nicht.« Aber er findet es irrsinnig nett, dass sie sich opfert, mit ihm diesen Streifen anzugucken. Und nie würde er zugeben, dass er ihn schon mit Pagels zusammen gesehen hat ...

7.

Zehn Tage sind es jetzt seit dem spektakulären Coup in der Dresdner Bank. Wenn es noch einen Überfall gibt, dann wahrscheinlich sehr bald. Berger und Pagels gehen noch einmal ihre Vorsichtsmaßnahmen durch. Auf dem Tisch vor ihnen liegen Lichtpausen der neuesten Katasterpläne der Gegend um das Berliner Tor. Kayser hat sie besorgt, frisch aus dem Vermessungsamt. Der Geruch von Salmiakgeist liegt in der Luft.

»Es gibt noch einen weiteren Tunnel«, sagt Pagels. »Daran hatte ich neulich gar nicht mehr gedacht. Die alte U-Bahn nach Rothenburgsort.«

»Alte U-Bahn?«

»Ja, vorm Krieg, da ging eine Stichlinie vom Hauptbahnhof über Spaldingstraße – Süderstraße nach Rothenburgsort. Der größte Teil war als Hochstrecke gebaut, aber das erste Stück, Hauptbahnhof – Spaldingstraße, das lief als Tunnel. Endete irgendwo da, wo heute das Arbeitsamt ist.«

»Da ist doch kein Tunnel.«

»Doch, bestimmt. Allerdings weiß ich nicht, ob sie den Ausgang vielleicht zugeschüttet oder zugemauert haben ...«

»Und was ist mit dem Rest der Strecke passiert? Wieso ist die nach dem Krieg nicht wieder aufgebaut worden?«

»Kein Bedarf mehr«, sagt Pagels. »Rothenburgsort war doch total platt. Da stand kein einziges Haus mehr. Ist als Wohngebiet nie wieder aufgebaut worden.«

Seine Stimme klingt so anders, denkt Berger. »Du bist dabei gewesen?«

Pagels schüttelt den Kopf. »Meine Eltern ...« Sind das Tränen in seinen Augenwinkeln?

»Tut mir leid.«

»Schon gut.«

Pagels hat sich gefasst. »Ich werde mich um den Tunnel kümmern.«

»Sehr gut. Entschuldige, ich muss jetzt los, sonst komme ich zu spät zum Kino.«

8.

In der Oase läuft die Wochenschau. Das Kino ist gut besucht, trotz der frühen Vorstellung.

»Unser erster Bericht ist der Bericht über das Ende einer Aktion, die von den Kommunisten die humanitäre genannt wird. Letzter Tag des Passierschein-Abkommens: 48.000 Kraftfahrzeuge verursachen ein Verkehrschaos an den Übergangsstellen und in den sonst leeren Straßen von Ostberlin ...«

Berger sieht die Bilder vom Besucherstrom an der Grenze, von den Autoschlangen. Ihm fällt ein, dass Jutta irgendwo da drüben lebt und arbeitet. Ob Wilhelm wohl noch manchmal an sie denkt? Horst Berger hat sie nie getroffen. Er kennt sie nur von Fotos als junges Mädchen. Und jetzt hat er wohl keine Chance mehr, sie jemals kennenzulernen. Die Grenze ist zu, wahrscheinlich für immer.

Johnson erscheint auf der Leinwand. Er sagt: »As we meet, Mr. Chancellor, the people of West-Berlin for the first time in years are able to cross ...« Dann übernimmt der Kommentator: »Mit einem Bekenntnis zur Freiheit Berlins empfing der amerikanische Präsident Lyndon B. Johnson den deutschen Bundeskanzler in seinem Heimatstaat Texas, und trotz gewisser äußerer Unterschiede befand sich Professor Erhard sofort in vertrauter Atmosphäre ...«

Sprüche, denkt Berger. Und jetzt kommt auch noch der Papst-Besuch.

»Was ursprünglich als Pilgerreise gedacht war, wurde schließlich zu einer ebenso politischen wie religiösen Demonstration für Frieden, Einheit und Gerechtigkeit ... In Alt-Jerusalem, das auf jordanischem Gebiet liegt, wurde Paul VI. von den Arabern mit Jubel überschüttet ...«

»Das klingt doch alles sehr positiv«, raunt Irmi.

Berger widerspricht ihr nicht.

9.

»Das ist er«, sagt der Eisenbahner.

Sie haben starke Lampen mitgebracht. Vor ihnen liegt ein Stück ungenutzten U-Bahn-Tunnels. Kahler Beton, die Eisenträger leicht angerostet.

»Viel Platz war da nicht«, stellt Pagels fest.

Der Eisenbahner zuckt mit den Schultern. »So hat man das gemacht damals.«

Ohne Schotter, ohne Gleise sieht der Tunnel kahl aus.

»Nach dem Krieg hatte die U-Bahn hier erst ihre beschädigten und zerstörten Wagen abgestellt. Aber das ist dann alles nach und nach beseitigt worden.«

»Und die Eingänge?«

»Auf beiden Seiten zugemauert.«

Zugemauert ist gut, denkt Pagels. Für Züge vielleicht. Aber wir sind doch hereingekommen. »Lassen Sie es uns abgehen«, schlägt er vor.

»Bitte.«

Nach gut hundert Metern weitet sich plötzlich der Tunnel nach links.

»Was ist das?«

»Der geplante Abzweig in Richtung Berliner Tor. Gleich mit eingeplant, aber nie gebaut.«

Sie gehen weiter. Ihre Schritte hallen in dem leeren Gewölbe. An der Wand ein weißes Emailleschild. Pagels leuchtet mit der Taschenlampe. *1:809,6 / 159,48 m* und *1:22,6 / 182,00 m* steht da. Heute bedeutungslos. 1:22,6? Die Steigung, denkt Pagels. Das muss die Steigung sein. Es geht steil bergan.

»So«, sagt der Eisenbahner. »Und hier ist dann die Welt zu Ende.«

Sie stehen vor einer Betonmauer.

»Und wohin geht das hier?« Pagels deutet auf eine Stahltür.

»Da kommt man in den Besenbinderhof«, sagt der Eisenbahner. »Aber der Ausgang ist zu. Da kommt keiner rein oder raus.«

Pagels prüft die Klinke. Die Tür lässt sich mühelos öffnen.

10.

Der Saal tobt. Eddie Constantine liefert sich einen heißen Ringkampf mit der schönen Géraldine Montevecchio, während sich zwei Ganoven im Keller darauf vorbereiten, die Villa in die Luft zu jagen. Eddie überwältigt die Frau, trägt sie in die Garage und deponiert sie in dem dort geparkten Sportwagen. »Ich bin gleich wieder da. Ich muss nur schnell noch nachsehen, was du in den Schubfächern hast. – Schlaf süß!«

Doch bevor Eddie dazu kommt, die Villa zu durchsuchen, sieht er die beiden Bombenleger davonrennen. Eddie schießt, trifft den einen ins Knie. Der Kerl zieht ein Messer, doch Eddie ist schneller, setzt ihn außer Gefecht.

In dem Augenblick geht die Tür auf, und etwas Licht fällt in den Saal der *Oase*. Unwilliges Gemurmel begrüßt einen verspäteten Besucher, der zunächst am Rand der Sitzreihen stehen bleibt, wohl um sich an die Dunkelheit zu gewöhnen. Berger beachtet ihn nicht. Eddie nimmt sich inzwischen den überwältigten Ganoven vor.

»Was hast du mit deinem dicken Freund hier gemacht?«

»Ich – ich – haben Sie mich in diese verfluchte Villa gebracht?« Panik in der Stimme.

»Was glaubst du, wo du sonst bist? Auf dem Ball der einsamen Herzen?«

»Wir müssen weg! Wir müssen sofort hier weg! Die Bombe!«

»Wo ist sie?«

»Direkt unter dir!«

»Direkt unter mir?«

»Direkt unter mir und dir! – 7.35 Uhr macht sie Musik!«

Pfiffe werden laut. Doch sie gelten nicht Eddies müden Scherzen, sondern einem kleinen Mann, der nach vorn vor die Leinwand gelaufen ist und mit den Armen rudert. Irmi lacht. Auch Berger pfeift, bis er merkt: Der Mann ist Pagels.

Eddie sagt: »Was glaubst du, was in neun Minuten alles noch drin ist! – Ich bin gleich wieder hier!«

Berger sagt: »Das ist Pagels da vorn. Wir haben einen Überfall. Ich muss weg.«

Schon drängt er in Richtung Ausgang. Zu spät, denkt er. Wieder einmal zu spät. Doch auch Eddie kommt zu spät. Als er aus der Villa herausrennt, sieht er gerade noch, wie Géraldine mit dem Triumph-Cabrio durch das Garagentor donnert und dann auf der Straße davonrast. Der schöne Wagen! Eddie ruft ihr hinterher – vergeblich natürlich.

Als Berger das Kino verlässt, geht gerade die Bombe hoch. Eddie wirft sich zu Boden. Trümmer regnen auf ihn herab. »Erst 7.31 Uhr! – Auf nichts ist mehr Verlass!«

»Genau«, sagt Pagels. »Viel zu früh! Um diese Zeit hat Spitznase noch nie zugeschlagen.«

Irmi ist wütend. Da sitzt sie nun in diesem unsäglichen Film, ganz allein unter lauter unreifen Männern, die darüber lachen, dass gerade ein Mensch mit dem Haus in die Luft geflogen ist. Monika kommt ihr in den Sinn. Klar, so etwas hat die sich nicht bieten lassen.

11.

Peterwagen mit zuckendem Blaulicht stehen in der Waitzstraße. Als Berger und Pagels die Filiale der Altonaer Volksbank betreten, ist alles längst gelaufen. Um 16.10 Uhr hat er diesmal zugeschlagen, zwei Stunden früher als üblich. Seine Beute: 17.500 DM.

»Wir haben sofort reagiert.« Der Filialleiter ist immer noch ganz fassungslos. »Sofort Alarm ausgelöst. Der Kerl hat sich nicht stören lassen. Erst das Geld aus der Kasse eingesammelt, Scheine, Münzen, alles – und dann hat er von unserem Herrn Knop – das ist der Kassierer – verlangt, dass er den Tresor ausräumt. Im Keller.«

Riskant, denkt Berger. Wertvolle Minuten sind das.

»Und dann kommt schließlich der Knop mit dem Geld zurück. Eine Schublade voller gebündelter Scheine. 15.000 DM. Es wäre mehr da gewesen, aber das konnte der Kerl ja nicht wissen. Er stopft auch dieses Geld in seine Aktentasche. Und dann sagt er zu uns allen: Los, runter in den Keller! Ich dachte, mein Herz bleibt stehen. Ich dachte, jetzt guckt er nach, ob wir ihm auch wirklich alles gegeben haben. Und wenn er sieht, dass der Tresor nicht leer ist, dann legt er uns alle um ...«

»Was er aber nicht getan hat«, sagt Berger.

»Nein, was er nicht getan hat. Er hat nur gesagt, dass er schießt, wenn sich jemand von uns oben sehen lässt. Dann ist er gegangen. Wir haben vielleicht eine Minute gewartet. Als wir dann hochgekommen sind, da haben wir schon die Martinshörner der Streifenwagen gehört. Aber der Bankräuber – der war weg. Wie vom Erdboden verschluckt.«

»Wie haben Sie es geschafft, so rasch die Polizei zu alarmieren?«, fragt Berger. »Gibt es hier einen stillen Alarm?«

Der Filialleiter schüttelt den Kopf. »Als die Geschichte losging saß ich gerade mit einem Kunden, dem Herrn Segger, in meinem Zimmer. Die Tür stand einen Spalt offen. Der Herr Segger hat mitbekommen, was da los war. Er hat die Tür zugezogen und mir zugeflüstert: Banküberfall. – Ja, und da hab ich gleich die 110 angerufen.«

»Sie haben alle getan, was Sie konnten«, muss Berger zugeben. Nur hat es leider nichts genützt, denkt er.

12.

»Groß Flottbek!« Wütend knallt Berger den Stadtplan in die Ecke.

»Ja, wer hätte das gedacht.« Pagels bleibt ganz ruhig.

»Damit hätte ich nun wirklich nicht gerechnet. Irgendwo in der Innenstadt. Oder vielleicht noch einmal draußen am Sachsenwald. Oder in Bergedorf meinetwegen. Aber doch nicht in den Elbvororten! Das liegt ja nun völlig aus der Richtung!«

»Na ja, man könnte natürlich sagen: Zurück zu den Anfängen. Die Post in Nienstedten – das sind ja man gerade zweieinhalb Kilometer weiter westlich, und die Post in Altona dreieinhalb Kilometer östlich.«

»Ja.«

»Diese alten Fälle dürfen wir auf keinen Fall aus den Augen verlieren.«

»Nein.« In Nienstedten war damals ein Postbeamter erschossen worden.

»Jedenfalls haben wir wieder einen weiteren Punkt auf unserer Karte und sind einen weiteren Schritt in Richtung Verhaftung gekommen. Kein Grund zur Aufregung.«

»Die Presse fängt an, sich mehr und mehr auf die Seite des Bankräubers zu schlagen.«

»Wir fassen ihn. Denk dran: *Wir kriegen sie alle!* Und das tun wir auch, Horst. Keine Sorge.«

»Nach dem Überfall beim Polizeipräsidium war ich so optimistisch. Aber jetzt – jetzt ist alles wieder offen. Es ist einfach zu deprimierend. Wir sitzen hier mitten in der Großstadt, haben die besten Möglichkeiten, und wir schaffen es trotzdem nicht. Die Polizei ist in sechs Minuten am Tatort – aber da ist er dann schon seit einer Minute weg.«

»Er hat sich den Ort – wie immer – gut ausgesucht. Gleich gegenüber der S-Bahn-Station. Aber er kann auch mit dem Bus, mit dem Fahrrad, mit dem Auto weggefahren sein. Es hat ihn ja niemand gesehen.«

»Wenn er nicht durch die Gartenpforte geflüchtet ist, wie die *Bild*-Zeitung behauptet.«

»Ich habe die Pforte gesehen, ich bin den Weg abgegangen. Es ist möglich. Er kommt dann über das Grundstück der Bank und ein Nachbargrundstück ohne Probleme in die Bellmannstraße, das ist die Parallelstraße zur Waitzstraße.«

»Aber gesehen hat ihn da keiner.«

»Nein.«

»Warum er wohl diese albernen Zählbretter mitgenommen hat?«

»Keine Ahnung. So viele Münzen wie diesmal hat er auch noch nie eingesackt. Vielleicht fassen wir ihn darüber.

Vielleicht wird er leichtsinnig und bezahlt irgendetwas in Münzen. Ein Radio oder eine Waschmaschine ...«

»Ja, vielleicht.« Pagels glaubt nicht daran. Bis jetzt hat Spitznase noch keinen Fehler gemacht.

13.

Es klopft. »Entschuldigung, da ist ein junges Fräulein von der Bank«, sagt Trudchen. »Sie möchte eine Aussage machen.«

»Bitte, kommen Sie doch herein. – Fräulein?«

»Elke Harder.«

»Was können wir für Sie tun, Fräulein Harder?«

»Es geht um den Überfall in der Waitzstraße. Ja, also, ich weiß nicht recht, wo ich anfangen soll ...«

»Am Anfang natürlich.«

»Ja, natürlich. Also, bei dem Überfall selbst, da bin ich nicht dabei gewesen. Ich arbeite ja nur vormittags. Aber am Montagmorgen, so gegen zehn Uhr muss das gewesen sein, da war ein Mann bei uns in der Bank und hat sich nach einem Kredit erkundigt. Er hat gesagt, er ist Seemann und braucht ganz dringend 2.000,- DM.«

»Und – hat er den Kredit bekommen?«, fragt Berger. Er denkt: Wenn er irgendetwas unterschrieben hat, irgendeinen Ausweis vorgezeigt hat, dann haben wir ihn.

Doch Fräulein Harder schüttelt den Kopf. »Nein, hat er nicht. Ich habe mich eine ganze Weile mit ihm unterhalten, und er hat sich über alle Möglichkeiten informiert, wie das Geld zurückzuzahlen ist und welche Sicherheiten erforderlich sind, und ob das alles auch geht, weil er doch ein Seemann ist und nicht wirklich in Hamburg wohnt – alles sehr dubios. Und dabei hat er sich immer wieder umgesehen, so als ob er sich mehr für die Bank interessierte als für seinen Kredit.«

»Und dann?«

»Ja, und dann hab ich schließlich gesagt, dass ich vor allen Dingen seinen Ausweis brauchen würde. Aber den hatte er nicht dabei. Er hat versprochen, später noch einmal wiederzukommen, aber das hat er natürlich nicht getan.«

»Können Sie den Mann beschreiben?« Sie hat ihn ohne Maske gesehen, denkt Berger. Die ideale Zeugin.

Doch so ideal ist die Zeugin nicht. Sie sagt, der Mann habe einen hellgrauen Pullover und eine dunkelgraue Hose getragen. Er war etwa fünfundzwanzig Jahre alt, hatte aschblondes Haar und graue Augen. Größe: Vielleicht 1,70 m.

»Und sonst? Irgendwelche besonderen Merkmale?«

»Nein.«

»Keine Auffälligkeiten – im Gesicht vielleicht?«

»Nein, nicht dass ich wüsste.«

Pagels seufzt vernehmlich.

»Ja, aufgefallen ist er mir eigentlich vor allen Dingen, weil er trotz der Kälte keinen Mantel anhatte.«

»Das spricht dafür, dass er mit dem Auto gekommen ist«, sagt Berger. Er überfliegt noch einmal die Aussage eines Passanten, der zur Zeit des Überfalls aus dem Bahnhof gekommen war: *Ich hab gesehen, wie ein graublauer Borgward-Personenwagen mit hoher Geschwindigkeit die Waitzstraße entlang gejagt ist. Und zwar entgegen der Fahrtrichtung. Die Waitzstraße ist ja eine Einbahnstraße. Ja, und gleich darauf kam dann die Polizei ...*

Wie viele graublaue Borgward mag es in Hamburg noch geben? Die Firma ist vor drei Jahren in Konkurs gegangen.

14.

Ein nasskalter Februarabend.

»Warum hat dieser Wagen eigentlich keine Standheizung?«, fragt Bentz.

Pagels lacht. »Du kannst ja mal einen Antrag stellen ...«

Zu viert sitzen sie hier und warten. Die Stimmung ist gereizt.

»Der kommt nicht«, sagt Haydn. »Der wäre ja auch bescheuert, wenn er hier noch einmal auftauchen würde. Das weiß doch jeder, dass man feststellen kann, woher ein Telefongespräch kommt ...«

Es ist schon der zweite Abend, den sie hier draußen warten.

Da schrillt das Funktelefon. »Herr Berger?«

»Ja.«

»Da ist ein Anruf für Sie!«

»Danke.«

Zwei Tage nach dem Überfall, denkt Berger. Genau wie die anderen Male. Sie stehen jetzt vor dem Barmbeker Bahnhof. Die letzten beiden Anrufe kamen aus einer öffentlichen Telefonzelle im Raum Barmbek. Diesmal kriegen wir ihn, denkt er. Diesmal sind wir vorbereitet. Berger bleibt an der Leitung. Pagels steigt aus, geht in die Telefonzelle, wählt jetzt die Nummer des Präsidiums.

Berger lauscht in den Hörer. Erst eine Reihe technischer Geräusche, während das Telefon umgeschaltet wird. Dann endlich eine Stimme: »Hallo? Spreche ich mit dem Raubdezernat?«

Das ist die Stimme. »Ja, hier ist Berger, Raubdezernat.«

»Hier ist Heckenrose«

»Freut mich, Sie zu hören, Heckenrose ...« Berger gibt Pagels das verabredete Zeichen. Hoffentlich hat er es gesehen, denkt Berger.

»Der Überfall in der Waitzstraße – das war natürlich wieder Spitznase ...«

»Was Sie nicht sagen!«

»Er ist mit der S-Bahn gekommen, direkt von St. Pauli ...«

»In St. Pauli gibt es keine S-Bahn, Heckenrose!«

»Erst mit der U-Bahn, dann mit der S-Bahn. Ich habe ihn bis vor die Bank verfolgt. Ich habe genau gesehen, wie er sich das Tuch umgebunden hat und dann in die Bank hineingestürmt ist.«

»Er hatte eine Pudelmütze auf«, sagt Berger. »Kein Tuch diesmal.«

»Keine Minute später schrillte die Alarmsirene, und dann ist der Mann auch schon wieder aus der Bank herausgekommen. Er hat sich das Tuch abgenommen und es in die Manteltasche gesteckt ...«

»Der Täter hat eine Jacke getragen, keinen Mantel«, widerspricht Berger. »Und er hatte kein Tuch.«

»Sie müssen schon glauben, was ich sage, denn ich bin dabei gewesen. Und ich habe mir alle Einzelheiten gemerkt. Mir entgeht nichts ...«

Pagels kommt aus der Zelle gewetzt. Berger drückt von innen die Fahrertür auf.

»Das ist schön, dass Sie so gut aufpassen, Heckenrose. Und wie ist es dann weitergegangen?«

Berger hält die Sprechmuschel zu, als Pagels ins Auto springt, die Tür zuknallt und den Motor startet.

»... ein Fahrrad aus dem Gebüsch gezogen und in Richtung Blankenese davongeradelt. Aber ich bin ihm auf den Fersen geblieben ...«

»Eingang zum Stadtpark«, sagt Pagels.

»... bis er dann – was sagten Sie gerade?«

»Ich schreibe mit«, lügt Berger, »auf den Fersen geblieben, bis er dann ...?«

»Was ist das für ein Geräusch?«

»Die Kaffeemaschine. Bis er dann ...?« Ein paar hundert Meter noch. Der Wagen biegt in die Saarlandstraße ein.

»Das ist doch ein Auto, was ich da höre?«

»Nein. Erzählen Sie einfach weiter ...«

»Das ist eine Falle ...«

»Aufgelegt!«, ruft Berger.

»Da drüben, das ist er!«, sagt Pagels.

Tatsächlich, da stürzt ein Mann hastig aus einer der Telefonzellen. »Den schnappen wir uns!«

Kaum ist der Wagen zum Stehen gekommen, springen die Polizisten hinaus, rennen über die Straße. Berger hat nicht auf den Verkehr geachtet. Bremsen quietschen. Verdammt, das war eng! – »Idiot!«, ruft ihm jemand hinterher, es stört ihn nicht. Wir kriegen ihn, denkt er. Den jedenfalls kriegen wir jetzt!

Aber noch haben sie ihn nicht. Der Mann hat einen Vorsprung von fast fünfzig Metern. Bevor die beiden Polizisten heran sind, ist er nach rechts in den Parkanlagen verschwunden.

»Hier ist er lang!«, ruft Pagels.

Zu sehen ist nichts. Berger bleibt stehen. Schritte sind zu hören, weiter rechts. Heckenrose oder einer der Polizisten? Berger läuft in die Richtung. Stockfinster ist es. Berger kommt vom Weg ab, landet in einem Rosenbeet. Er reißt sich los, rennt weiter.

»Pagels?«

Pagels gibt keine Antwort. Berger verlangsamt seine Schritte. Schließlich hält er inne. Nichts regt sich. Und doch muss der Mann in der Nähe sein. Was ist das da vorn? Ein großes dunkles Objekt. Kein Mensch, oder? Nein, eine Statue. Diana, die Göttin der Jagd. Wie passend! Wir kriegen ihn.

Wir müssen ihn kriegen! – Atmet da nicht jemand? Berger tastet nach seiner Pistole.

Da hört er Pagels' Stimme: »Hier drüben, Berger! Ich hab ihn.«

15.

»Herr Berger? Hier ist Wesseck von der Präsidiumswache.«

»Ja, Morgen, Herr Wesseck, was kann ich für Sie tun?«

»Hier ist jemand von der Müllabfuhr, der hat etwas gefunden. Es ist sehr wichtig, sagt er.«

»Sehr wichtig?«

»Ja. Im Zusammenhang mit der Fahndung nach Spitznase.«

»Gut, ich komm runter.«

»Das hier, das haben wir im Müll entdeckt.« Vor Berger auf dem Schreibtisch liegt ein Münzzählbrett, wie es in Banken verwendet wird. *Ein Dpf.* steht drauf. Ein Deutscher Pfennig. Das Brett ist mit Mulden versehen, in denen jeweils – leicht gegeneinander versetzt – zehn Pfennige Platz finden.

»Und das lag auf dem Müll?« Berger weiß sofort, worum es sich handelt. Mehrere dieser Zählbretter sind bei dem Banküberfall in der Waitzstraße mitgenommen worden.

»Ja. Meistens sehen wir ja gar nicht nach, was da so in der Tonne liegt. Aber dies war in einem der Großbehälter, und da müssen wir vorher immer erst reingucken, bevor die geleert werden, weil ja neulich einmal ein spielendes Kind da reingeklettert war ...«

Berger nickt. Davon hat er in der Zeitung gelesen.

»Und da lag dieses Brett oben auf. Da ist mir gleich eingefallen, dass der Spitznase ja solche Bretter hat mitgehen lassen ...«

»Wo steht denn dieser Müllbehälter?«

»In Billstedt, in der Ihlestraße.«

Pagels und Berger sehen sich an. Beide denken dasselbe: Sein erster schwerer Fehler. »Und – ist der Behälter jetzt schon geleert worden?«

»Ja.«

Berger sieht den Müllmann vorwurfsvoll an.

»Ich wusste ja nicht, wie wichtig das ist, sonst hätte ich natürlich dafür gesorgt, dass das alles so bleibt, wie es ist ...«

»Kein Problem«, sagt Berger rasch. Vielleicht ist das ganz gut so, denkt er. Wenn da erst eine große Polizeiaktion angelaufen wäre, dann wäre der Bankräuber gewarnt und hätte sich womöglich rechtzeitig aus dem Staub gemacht. »Herzlichen Dank. Sie haben uns sehr geholfen.«

Aber der Mann geht noch nicht. Er druckst herum. »Und – die Belohnung?«, fragt er schließlich. »Ich meine, ich bin doch bei der Stadt beschäftigt. Gilt das auch für Staatsbedienstete?«

Berger seufzt. »Die Belohnung ist ausgesetzt für Hinweise, die zur Ergreifung des Täters führen. Erst einmal müssen wir den Täter festnehmen. Wenn das jetzt aufgrund dieses Hinweises passiert, dann werden Sie sicher zumindest einen Anteil an der Belohnung bekommen.«

16.

Doch danach sieht es nicht aus. »Negativ«, sagt Berger. Er kommt von der Spurensicherung zurück. Das Zählbrett hat nur die Abdrücke des Müllmannes erbracht. Daumen und Zeigefinger. Und einige stark verwischte ältere Fingerabdrücke. Nichts, was man verwerten könnte.

»Ich hab was für dich!« Berger hatte Pagels beauftragt, festzustellen, ob in der Ihlestraße oder in deren näherer Umgebung irgendein alter Bekannter wohnhaft sei.

»Tatsächlich?« Die Ihlestraße ist so klein; allzu viel Hoffnung hatte Berger nicht gehabt. Aber was Pagels da gefunden hat, das klingt durchaus vielversprechend:

»Hier. Hans-Uwe Slavek. Mehrfach vorbestraft, unter anderem wegen Diebstahls.«

»Hm, geboren 1928, also sechsunddreißig Jahre alt. Das könnte hinkommen. Und die Größe – wo haben wir die Größe?«

»Hier. 1,75 m. Etwas kleiner als gedacht. Aber – ja, das wäre schon möglich.«

»Also gut, den laden wir vor.«

Doch die Spur führt ins Leere. Slavek ist Fuhrunternehmer (in den Akten hatte noch *Kraftfahrer* gestanden). Und am 13. Januar abends ist er an der Sternschanze in einer Kneipe gewesen. Ab siebzehn Uhr etwa. Dafür gibt es eine ganze Reihe von Zeugen – unter anderem die Wirtsleute.

»Außerdem«, sagt Pagels, als der Mann gegangen ist, »bei dem Bierbauch kann ich mir nur schwer vorstellen, wie der über den Tresen gesprungen sein soll.«

17.

»Papa weiß nicht, dass ich hier bin. – Er ist immer so leicht gereizt, wenn von dir die Rede ist.«

»Ja«, sagt Wilhelm. »Das ist mir auch schon aufgefallen. Aber komm doch erst einmal herein. Und mach die Tür zu. Es ist kalt draußen.«

Michael zieht sich die Schuhe aus.

»Nicht nötig!«, sagt Wilhelm.

Michael registriert, dass sein Großvater nach Alkohol riecht. Und das schon am frühen Morgen.

»Müsstest du nicht in der Schule sein?«

»Ja«, erwidert Michael knapp.

Wilhelm Berger sieht ihn an, nickt.

»Ich will es wissen«, sagt Michael. »Was damals passiert ist. Im Krieg. Alles«

»Weißt du das nicht alles?«

Michael schüttelt den Kopf. »Ihr redet alle nur drumherum und tut geheimnisvoll. Ich hab schon mitgekriegt, dass ihr nicht gerade im Widerstand gewesen seid, aber sonst ...«

»Dein Vater war ein Kind, als der Krieg ausbrach«, erwidert Wilhelm. »Wann ist er geboren? 1930. Im Herbst 1930. Er war also neun Jahre alt. Und als der Krieg zu Ende war, da war er ungefähr so alt wie du jetzt.«

»Er ist auch in dieser – in der Hitlerjugend gewesen?«

»Ja, natürlich. Die meisten waren in der HJ. Und die Protzes, bei denen Horst untergebracht war, die wollten natürlich auch möglichst wenig Aufsehen erregen. Tun, was die anderen tun ...«

»Und du – du hast dich freiwillig gemeldet ...«

»Ja.«

»Warst du denn auch – dafür?«

Wilhelm Berger schüttelt den Kopf. »Ich hab mich freiwillig gemeldet, weil ich dagegen war.«

»Versteh ich nicht.«

»Die Polizei – die war doch dazu da, das umzusetzen, was die Regierung angeordnet hat. Und nach 1938, nach der Reichskristallnacht, da hab ich gesehen, dass das, was ich für Recht und Gerechtigkeit halte, dass das einfach keine Chance mehr hatte. Da hab ich die erste Gelegenheit beim Schopf ergriffen und bin zur Marine ...«

»Du als Landratte?«, wundert sich Michael.

»Nicht so sehr Landratte, wie du vielleicht denkst. Ich stamme ja aus Hamburg; Düsseldorf war nur so eine Art Zwischenstation. Mein Vater war bei Ballin in der Reederei tätig; wir hatten ein eigenes Segelboot auf der Elbe. Und über meinen Vater hatte ich auch den Kontakt zu Bernhard Rogge. Der hatte vor dem Krieg irgendein Segelschulschiff kommandiert, glaube ich. So genau weiß ich das nicht mehr. Aber dann, als der Krieg ausbrach und als klar war, dass es auch gegen England gehen würde, da hat man Rogge zum Kommandanten eines Hilfskreuzers gemacht. Der *Atlantis*. Tja, und ich bin dann mitgefahren ...«

»Einfach so.«

»Nein, nicht einfach so. Natürlich hatte die Marine für den Hilfskreuzer II, wie die *Atlantis* damals noch hieß, längst eine Besatzung zusammengestellt. Und Leute wie ich waren da nicht vorgesehen. Aber als Rogge sich angesehen hat, was man ihm da zugewiesen hatte, da hat er gleich die Hälfte wieder nach Hause geschickt. Vorbestrafte, Kranke, Drückeberger. Für die musste nun ganz schnell Ersatz gefunden werden. Und da er wusste, dass ich von der Polizei wegwollte, hat er sich an mich erinnert ...«

»Und dann hast du gesagt: Tschüss, Dagmar, tschüss, Horst!«

»Erst einmal nicht. Im September 1939 bin ich nach Bremen gekommen, aber da war das Schiff ja überhaupt noch nicht umgebaut. Noch nicht einmal Pläne hatten sie gehabt, wo und wie sie die Geschütze einbauen könnten – nur die Idee, die *Goldenfels*, die könnten wir als Hilfskreuzer einsetzen. Ein halbes Jahr hat dann der Umbau gedauert. Da haben wir schon gedacht, der Krieg ist zu Ende, bevor unser Schiff fertig wird. War er aber nicht. Im März 1940 sind wir dann ausgelaufen ...«

»Und Dagmar? Und Horst? Susanne war ja schon in Amerika, aber die anderen ...«

»Susanne war in Sicherheit. Und Dagmar – wenn ich gewusst hätte, was kommt, dann hätte ich sie natürlich nicht alleingelassen ...« Wilhelms Hände zittern. »Du trinkst noch keinen Schnaps, oder?«

Michael schüttelt den Kopf.

Wilhelm Berger gießt sich einen großzügigen Whisky ein, nimmt einen kräftigen Schluck. Dann sagt er: »Dagmar, die durfte nicht einmal wissen, auf welch einem Schiff ich bin. Erst viel, viel später hat sie erfahren, dass ich in Gefangenschaft geraten bin ...«

»Wieso eigentlich?«

»Wieso? Größte Geheimhaltung natürlich! Niemand durfte wissen, wie viele Hilfskreuzer es gab und wie sie aussahen. Um die Verwirrung zu vergrößern, haben sie ja auch noch zwei Schiffe losgeschickt, die völlig gleich aussahen. Unsere *Atlantis* und dann noch die *Pinguin* unter Krueder. Das war ein Schwesterschiff der *Goldenfels* gewesen ...«

»Nein, das meine ich nicht. Ich meine: Wieso bist du in Gefangenschaft geraten? Ich denke, die Besatzung der *Atlantis* ist am Ende von U-Booten aufgenommen worden und nach Hause zurückgekehrt ...«

»Woher weißt du das denn alles?«

»Gelesen.«

»Ach ja, das Buch. Horst hat sich ja das Buch von mir ausgeliehen. – Nein, am Ende, da war ich nicht mehr dabei. Ich bin ja nachher auf der *Ketty Brøvig* gewesen.«

»Das verstehe ich nicht.«

»Das war so: Die Aufgabe der Hilfskreuzer war es, den Schiffsverkehr unserer Gegner zu stören. Handelsschiffe aufzubringen – anzuhalten also – und zu versenken. Oder, wenn sie eine wertvolle Ladung enthielten, sie zu beschlagnahmen und als Prise nach Deutschland zu schicken.«

»Ja, das weiß ich.«

»Die *Atlantis* hatte ursprünglich vier Prisenkommandos an Bord. Aber unsere Kaperfahrt war viel erfolgreicher, als die Herrschaften in der Seekriegsleitung gedacht hatten. So mussten wir die Leute aufteilen. Wer an Bord entbehrlich war, musste mit auf eine der Prisen. Und ich war entbehrlich. Am Ende hatte die *Atlantis* sechs Schiffe als Prisen genommen. Und auf der fünften, der *Ketty Brøvig*, da war ich dann mit dabei.«

»Und ihr seid nicht durchgekommen?«

»Nein. Die *Ketty Brøvig* war ein Tanker. Und die Versorgung der deutschen Schiffe war ja immer sehr problematisch. So haben wir die *Ketty Brøvig* benutzt, um verschiedene Schiffe aufzutanken – unter anderem auch zweimal das Panzerschiff *Admiral Scheer*. Im Indischen Ozean war das, nördlich von Madagaskar. Und da haben sie uns dann erwischt ...«

»Mit der *Scheer* zusammen?«

»Nein. Die *Admiral Scheer* war da schon weg. Zurück in den Atlantik. Aber bei der Suche nach der *Scheer*, da hat uns dann das Bordflugzeug eines australischen Kreuzers entdeckt. Weglaufen konnten wir nicht; die *Ketty Brøvig* war kein sehr schnelles Schiff. So haben wir sie denn versenkt, sind in die Boote gegangen, und die Australier haben uns aufgefischt. Am 4. März 1941 war das. Da war der Krieg für mich zu Ende. Die *Atlantis* hat noch eine Weile durchgehalten, bis zum November ...«

»Dann hast du Oma überhaupt nicht mehr wiedergesehen.«

»Nein.« Wilhelm Berger nimmt noch einen Schluck.

»Und Papa?«

»Ende 1945 war ich wieder zu Hause. Das heißt, wieder in Deutschland. Unser Haus in Düsseldorf stand nicht mehr.

Und die Protzes, bei denen Horst untergebracht war, die waren auch ausgebombt und steckten auf einem Bauernhof in Wüstenhöfen. Bei Tostedt ist das.«

Michael weiß nicht genau, wo Tostedt liegt; Wilhelm Berger sieht es ihm an.

»Richtung Bremen«, sagt er. »Ja, und dann bin ich wieder bei der Polizei angefangen. Dass ich das Haus hier in Hamburg gekriegt habe, war ein kleines Wunder. Es war ja alles zerbombt. Und wir mussten am Anfang noch Leute zur Untermiete mit aufnehmen – aber das weißt du wahrscheinlich alles von Papa.«

Michael schüttelt den Kopf. »Papa erzählt fast gar nichts von früher«, sagt er.

»Vielleicht liegt das an mir«, sagt Wilhelm Berger. »Ich habe Horst alleingelassen, als er knapp zehn Jahre alt war. Und als ich wiederkam, war er schon fast erwachsen. Wir sind uns nie wieder richtig nahegekommen ...«

Der zweite Mann

Mittwoch, 23.4.1964

1.

»Es ging alles ganz schnell ...« Die Stimme der Kassiererin zittert.

Berger nickt. Es geht immer ganz schnell, denkt er. Das ist das Wesen eines Banküberfalls.

»Er ist hier reingestürmt, mit Strumpfmaske maskiert, Pistole in der Hand ...«

»Was war das für ein Strumpf?«

»Ein Damenstrumpf. Braun. Mit Laufmasche.«

»Und die Pistole?«

»Da kenne ich mich nicht aus. Klein sah sie aus, aber ohne Zweifel echt.«

Das könnte hinkommen; die Walther ist keine besonders große Pistole, denkt Berger. »Was geschah dann?«

»Er hat uns mit vorgehaltener Waffe in den Keller gescheucht und hat gesagt, wer rauskommt, wird erschossen. Dann ist er wieder nach oben gegangen. Ja, und dann ist er gleich wieder heruntergekommen und hat einen Bankkunden vor sich hergetrieben, der sich zu uns stellen musste.«

»Wie lange haben Sie unten gewartet?«

»Einige Minuten. Als schließlich oben nichts mehr zu hören gewesen ist, sind wir vorsichtig wieder hochgeschlichen. Ganz, ganz vorsichtig natürlich. Der Räuber war weg; da haben wir dann die Polizei angerufen.«

Berger nickt. Fünf Minuten hat es gedauert, nach Auslösen des Alarms, bis der erste Streifenwagen vor der Bank eingetroffen ist.

»Dann haben wir festgestellt, was alles fehlt. Es sind genau 3.671 DM. Und der Einkaufsbeutel mit meinem Frühstück.«

»Was?« Das war noch nie da, denkt Berger.

»Ein weißer Leinenbeutel, ungefähr so groß.«

»Irgendwelche besonderen Kennzeichen? Eine Aufschrift oder so etwas?«

Sie schüttelt den Kopf.

»Und Sie sind ganz sicher, dass Sie diesen Beutel heute Morgen wirklich mit dabei gehabt haben?«

»Ja, natürlich. Mein Frühstück ist ja da drin. Ein Brötchen mit Mettwurst ...«

Pagels tritt herzu.

»Hast du das gehört? Er hat ein Mettwurstbrötchen geklaut. Ich fasse es nicht!«

»Horst, könntest du mal bitte kommen? Ich habe mit dem Kassenleiter gesprochen. Er sagt, auf ihn ist geschossen worden.«

2.

»Ich war hier. Hier, in diesem Nebenraum. Unsere Aktenablage. Ich habe erst gar nicht mitbekommen, was da draußen los war. Aber als ich dann schließlich die Tür aufgemacht habe, um zurückzugehen, da war da der Bankräuber und hat auf mich geschossen. Ich hab sofort die Tür wieder zugeknallt, die Akten sind zu Boden gefallen, und dann hab ich abgeschlossen.«

Berger sieht den Mann an. Die Frage, warum er nicht die Polizei angerufen hat, erübrigt sich. Der Raum hat kein Telefon. »Und Sie sind sich sicher, dass der Mann auf Sie geschossen hat?« Keiner der anderen hat den Schuss erwähnt.

»Ja, natürlich.«

»Das Problem ist nur – unsere Spurensicherung hat bisher keinen Einschuss entdecken können. Könnte es sich um eine Gaspistole gehandelt haben?«

Der Mann schüttelt den Kopf. »Ausgeschlossen.«

»Das ist nicht immer so leicht zu unterscheiden ...«

»Junger Mann, ich bin im Krieg gewesen, ich werde doch wohl noch merken, ob mit einer scharfen Waffe geschossen wird oder nicht!«

Berger kann diese Aussage nur zur Kenntnis nehmen. Die Spurensicherung geht noch einmal jeden Winkel der in Frage kommenden Räume ab, doch es finden sich weder ein Einschuss noch das Projektil oder die Patronenhülse.

Und der Täter? – Zu Fuß geflüchtet, angeblich in Richtung Stellinger Allee.

3.

»Das dauert alles viel zu lange!« Zwei Beamte vom Polizeirevier 36 durchkämmen mit Fahrrädern das Schrebergartengelände östlich der Kieler Straße.

»Wir sind ja nicht allein unterwegs. Vielleicht haben die anderen ihn schon.«

»Glaub ich nicht. Den Spitznase, den kriegen die nicht. Der ist diesen Eierköppen von der Kripo doch haushoch überlegen.«

»Weiß ich nicht.«

Von den Fahrrädern aus können sie über die Hecken der Schrebergärten gucken, aber falls sich jemand dahinter geduckt hat, werden sie ihn kaum bemerken.

»He, hallo, Herr Wachtmeister!«

Die Polizisten steigen ab, sehen sich um.

»Da ist er langgelaufen!« Ein älterer Herr weist ihnen die Richtung.

»Was, wer?« Zu sehen ist nichts.

»Na der, den Sie suchen. Ist eben hier langgekommen.«

»So?«, fragt Schnieder misstrauisch. »Wie sah er denn aus?«

»Grüne Jacke, grüne Hose.«

Die beiden Polizisten sehen sich an. Das könnte stimmen ...

»Könnte einer von Hagenbeck gewesen sein ...«

»Von Hagenbeck?«

»Na ja, weiß ich nicht, aber der Tierpark ist doch da drüben, die Felsen können Sie ja schon sehen von hier, und die Wärter, die haben doch alle diese grünen Sachen an ...«

»Da längs ist er gelaufen?« Schnieder steigt auf sein Fahrrad.

»Ja, da, gleich die nächste links!«

»Los, komm, Kurt, den schnappen wir uns!«

4.

»Ich habe alles mit angesehen.«

Berger sieht die junge Frau zweifelnd an. Es ist jetzt fast zwölf Uhr; der Überfall hat sich gegen 9.55 Uhr ereignet. Warum ist sie nicht eher gekommen?

»Ich weiß, was Sie jetzt denken. Aber – ich konnte einfach nicht. Ich bin nach Hause gerannt, meine Beine haben gezittert, ich hab mich aufs Bett geworfen und geheult. Er hatte doch auf mich geschossen!«

»Beruhigen Sie sich bitte. Niemand macht Ihnen einen Vorwurf.« Berger winkt Pagels heran. Noch jemand, auf den angeblich geschossen worden ist, denkt er. Aber es gibt keine Einschüsse, keine Patronenhülsen, überhaupt keine Spuren von irgendeiner Schießerei. Was für eine verrückte Geschichte.

»Allmählich habe ich mich dann beruhigt, ja und dann bin ich zur Bank zurückgegangen.«

»Schön, dass Sie da sind«, sagt Berger. »Kommen Sie, wir setzen uns hier hin, und dann erzählen Sie uns einmal der Reihe nach, was Sie gesehen haben. Das hier ist mein Kollege Pagels.«

»Angenehm.« Sie setzt sich, atmet erst einmal tief durch. Berger sieht sie aufmunternd an.

»Ja, also, das war so. Ich wollte die Überweisung an den Tierschutzverein ausfüllen, und da hab ich mir den Vordruck aus dem Ständer genommen und mich an den Tisch gesetzt. Und da kommt plötzlich dieser Kerl mit der Strumpfmaske herein. Er hat eine Pistole in der Hand, brüllt herum, scheucht die Angestellten in den Keller. Aber mich hat er nicht gesehen.«

»Und dann?«

»Ich wollte weglaufen, aber da kommt der Bankräuber schon wieder zurück. Und er sieht mich immer noch nicht. Da hab ich mich hinter dem Tisch versteckt. In dem Moment kommt ein anderer Kunde herein. Ein älterer Herr. Als der sieht, dass der Schalterraum leer ist, sagt er: Was ist hier denn los? Ja, und da treibt der Bankräuber ihn auch in den Keller.«

Sie macht eine Pause, muss sich erst wieder sammeln.

»Und dann hab ich gedacht, jetzt kann ich schnell weglaufen, aber wie ich zur Tür komme, da ist da sein Komplize, der hat draußen gewartet ...«

»Sind Sie ganz sicher?« Von einem zweiten Mann war bisher nicht die Rede.

»Ja, natürlich. Er stand ja direkt vor mir. Er hatte sich eine Pudelmütze ganz über das Gesicht gezogen, und als ich an ihm vorbeigerannt bin, da hat er gerufen: Halt! Bleiben Sie stehen, sonst passiert etwas! Aber ich bin trotzdem losgerannt. Ja, und dann, dann hat er hinter mir hergeschossen. Und ich, ich hab geschrien und bin weitergerannt, ohne mich umzusehen, geradeaus, direkt nach Hause, und da hab ich mich in der Wohnung eingeschlossen und geheult.«

»Das ist bedauerlich«, nickt Pagels.

Das ist verständlich, denkt Berger. »Können Sie den zweiten Mann näher beschreiben?«, fragt er.

»Nicht wirklich, nein. Ich war ja so erschrocken.«

»War er groß oder klein?«

»Größer als ich auf jeden Fall. Und etwas fülliger als der andere, als der mit der Strumpfmaske.«

»Und die Pudelmütze?«

»Blau. Dunkelblau, mit so einem Troddel obendrauf. Er hatte sie bis zum Kinn heruntergezogen.«

»Und die Schusswaffe, haben Sie die auch gesehen?«

»Nein. Sonst wäre ich wahrscheinlich doch stehen geblieben. Aber er hatte die eine Hand in der Hosentasche. Ich nehme an, dass er die Pistole da verborgen hatte ...«

5.

»Nein«, sagt die Frau in dem Kassenhäuschen. »Hier nicht. Ganz bestimmt nicht.«

Als die beiden Polizisten in den Schrebergärten nichts Verdächtiges gefunden haben, sind sie mit ihren Fahrrädern direkt bis zum Haupteingang von Hagenbecks Tierpark geradelt.

»Und könnte er nicht irgendwo anders ...«

»Herr Wachtmeister, das ist ein Zoo hier. Die Zäune sind so, dass man da nicht ohne Weiteres drübersteigen kann. Nein, da müsste er dann schon zum Nebeneingang im Gazellenkamp gelaufen sein. Das ist ganz am anderen Ende, etwa ein Kilometer, wenn man außenrum geht.«

Das ist zu weit, denkt Schnieder. »Aber wo ist er denn hin?« Er sieht sich suchend um, als müsste der flüchtige Räuber sich hier irgendwo versteckt halten.

»Das ist keiner von uns«, sagt die Frau. »Da bin ich mir ganz sicher.«

Darauf ließe sich alles Mögliche erwidern. Schnieder sagt nur: »Schönen Dank. – Komm, Kurt, wir nehmen uns noch einmal die Schrebergärten vor.«

6.

»Zwei Täter«, sagt Berger. Er streicht sich mit der Hand über das Kinn.

Pagels sagt: »Oststeinbek, Stapelfeld, Ellerbek ... Sollen wir Roeder informieren?«

Berger schüttelt den Kopf. »Jetzt sind wir einmal hier, jetzt bringen wir das auch zu Ende.« Er denkt: Alles ist ganz anders, als wir geglaubt haben. Spitznase ist gar kein Einzeltäter. Und wenn das so ist, dann gehören all diese Fälle zusammen. Sachsenwald, Stadtrand, Berliner Tor, Elbvororte, alles. Das bringt uns ein schönes Stück weiter.

Ein Schutzpolizist tritt auf ihn zu. »Herr Kommissar? Könnten Sie mal bitte mitkommen? Wir haben etwas gefunden.«

Die Polizisten bahnen sich einen Weg durch die Schaulustigen, die sich inzwischen vor der Bank angesammelt haben.

»Wir haben das Kleingartengelände abgesucht ...«

Berger unterbricht ihn. »Moment mal bitte!« Er bleibt stehen und wendet sich an die Journalisten, die ihnen gefolgt sind. »Meine Herrschaften, so geht das nicht. Ich werde Sie sofort unterrichten, wenn wir etwas gefunden haben. Bitte warten Sie hier; wir werden hierher zurückkommen.«

Murrend lassen sie sich darauf ein.

»Das ist ein ausgedehntes Gelände hier«, sagt der Polizist. »Zieht sich ganz rüber bis nach Hagenbecks Tierpark. Zum Glück haben ein paar Leute gesehen, wo der Mann hingelaufen ist, sonst hätten wir lange suchen können.«

»Ja, diese Kleingärtner, die haben immer ein wachsames Auge«, brummt Pagels.

»Da vorn ist es«, sagt der Polizist. »Die Laube steht zurzeit leer; sie gehört einem siebzigjährigen Rentner, der liegt im Krankenhaus.«

Berger nickt. Das Gras könnte gemäht werden, und die Beete sind noch nicht neu bepflanzt.

»Hier in dem Schuppen ist es!« Ein zweiter Schutzpolizist öffnet die Tür zu einem Bretterverschlag.

»Hat jemand eine Taschenlampe?«, fragt Berger.

»Man gewöhnt sich an die Dunkelheit. Es ist hier rechts in diesem Topf.«

»Ich hätte doch gern eine Taschenlampe«, beharrt Berger. »Und die Spurensicherung soll herkommen.«

»Wir haben den Topf natürlich angefasst«, beeilt sich der Polizist zu sagen. »Wir hätten ja sonst nicht sehen können, was drin ist.«

»Ja, natürlich.«

Berger überlegt. Was für ein absurdes Theater, denkt er. Der Bankräuber rennt in den nächsten Schrebergarten und versteckt die Beute. Warum? Damit wir sie nicht an ihm finden können. An ihm oder in seiner Wohnung. Und warum befürchtet er das? Weil wir ihm schon auf der Spur sind. Weil wir ihn schon in Verdacht hatten, ihn vielleicht schon vernommen haben im Zusammenhang mit den anderen Überfällen. Pukalla fällt ihm ein. Und dann dieser Typ aus Reinbek. Fischer, so hieß der wohl. Und der Sturmflutpirat. Einer von denen wahrscheinlich. Wie auch immer – den kriegen wir ...

Da kommt der Mann mit der Taschenlampe. Berger geht in den Schuppen, nimmt den Topf von der Wand, vorsichtig, um keine weiteren Spuren zu verwischen, und trägt ihn ins Freie.

In dem Topf steckt ein weißer Leinenbeutel.

»Da drin ist alles«, sagt der Polizist.

Berger öffnet den Beutel. Zuoberst liegt eine grüne Jacke. Offenbar ein Kleidungsstück, das der Bankräuber bei dem Überfall getragen hat. Darunter ein einzelner Damenstrumpf.

Berger nimmt ihn heraus, betrachtet ihn von allen Seiten. Ja, da ist die Laufmasche. Unter dem Strumpf liegt die Pistole. Berger fasst sie mit zwei Fingern am Lauf, um keine Fingerabdrücke zu verwischen. Ein ihm unbekanntes Fabrikat, vielleicht tschechisch, 7,65 mm, durchgeladen, gespannt und entsichert. Die Waffe kommt in einen Probenbeutel für die Spurensicherung.

»Keine Walther«, sagt Pagels.

Berger nickt. Aber das heißt natürlich nicht viel. Spitznase wird nach der Schießerei in der Deutschen Bank die Waffe weggeworfen und sich eine neue besorgt haben. Berger greift noch einmal in den Leinenbeutel. Ein Mettwurstbrötchen kommt zum Vorschein, in Pergamentpapier eingewickelt. Ganz zuunterst im Beutel finden sich Geldscheine sowie etwas Hartgeld. Berger zählt nach; es sind genau 3671 DM. Er sieht Pagels an.

Der nickt. »Es war nur einer«, sagt er.

»Und die Frau?«

»Die Frau spinnt.«

Berger sieht sich um. »Wie viele Leute haben das hier mitgekriegt?«

»Ein knappes Dutzend, würde ich schätzen.«

»Gut. Versuchen wir es. Alle sichtbaren Polizeikräfte werden sofort abgezogen. Der Schuppen wird unauffällig überwacht.«

7.

»Herr Berger, stimmt es, dass die Beute aus dem Überfall gefunden worden ist?«

Das hat sich schneller rumgesprochen als erwartet. Berger bittet um Ruhe. »Meine Herrschaften, wir sind jetzt auf Ihre Hilfe angewiesen. Was immer Sie gehört haben mögen – ich möchte Sie bitten, nicht darüber zu berichten. Ich selbst werde Ihnen zur Sache auch keine Auskünfte erteilen. Nur so viel: Wir sehen eine kleine Chance, den Täter zu fassen. Wir werden versuchen, ihm eine Falle zu stellen. Das kann nur funktionieren, wenn er nicht vorher gewarnt wird.«

»Wir leben davon, dass wir unsere Leserschaft umfassend unterrichten!«

»Ich denke, Ihre Leserschaft wird Verständnis dafür aufbringen, wenn sie in diesem Fall erst etwas später über gewisse Einzelheiten unterrichtet wird. Kann ich davon ausgehen, dass Sie sich an diesen Vorschlag halten?«

Einige der Reporter nicken.

»Ich kann Sie nicht zwingen, aber die Aktion ist sinnlos, wenn auch nur eine einzige Zeitung über diese Angelegenheit berichtet. Ich frage daher noch einmal: Sind Sie alle bereit, Stillschweigen zu bewahren?«

»Nur für die eine Nacht?«

»Ja«, sagt Berger. In dem Augenblick, wo er es gesagt hat, ist ihm klar, dass das falsch war. Wenn nun der Täter erst nach mehreren Tagen kommt, um die Beute zu holen?

»Ich denke, wir werden uns an die Vereinbarung halten«, sagt der Mann vom *Abendblatt*.

»Ich danke Ihnen.«

8.

Sie hat es in den Nachrichten gehört, gleich als sie aus der Schule gekommen ist: Banküberfall in Stellingen. Und jetzt, um fünfzehn Uhr, haben sie die Meldung wiederholt.

»Wo ist Papa?«, fragt sie. Ihr Herz rast.

»Dienst bis achtzehn Uhr, das weißt du doch!« Mama stellt das Radio ab. »Hast du schon deine Schularbeiten gemacht?«

»Nein.« Sie schüttelt den Kopf. Sie kann sich auf nichts konzentrieren. Was Mama wohl denkt, wenn sie solche Meldungen hört? Hat sie auch Angst um Papa, so wie sie? Sie muss doch wissen, was los ist. Sie muss doch wissen, wo das Geld herkommt, das immer da ist, wenn man es gerade braucht.

Einen Aufsatz soll sie schreiben. Aber sie ist nicht bei der Sache. Mama guckt ihr über die Schulter. »Das sieht ja aus, als ob die Hühner drauf gekratzt haben! Schreib sauber!«

»Ja, Mama.«

Sie verdrängt es, denkt das Mädchen. Sie tut so, als ob dieses Problem einfach nicht existiert. Und vielleicht existiert es ja auch gar nicht. Vielleicht bilde ich mir alles nur ein. Aber sie weiß, dass es nicht so ist. Wenn Papa doch endlich kommen würde, denkt sie. Aber Papa kommt nicht. Nicht um achtzehn Uhr und nicht um neunzehn Uhr.

9.

»Sie haben Wort gehalten«, sagt Pagels.

»Ja.« Keine der Zeitungen hat verraten, dass das Versteck der Beute entdeckt worden ist. Es könnte klappen. Es muss einfach klappen. Seit achtzehn Uhr liegen sie auf der Lauer. Pagels und Berger sitzen im Schuppen; weitere Beamte sind an verschiedenen Punkten rings um das Schrebergartengelände postiert. Ein paar Stunden höchstens, dann haben sie Spitznase in der Falle.

Pagels streckt sich. Die Dielen knarren. »Scheiß Bruchbude!«

Berger legt den Zeigefinger auf die Lippen.

Pagels schüttelt den Kopf. »Das kann man draußen nicht hören. Leises Reden, das hört man nicht weit. Flüstern, das ist viel durchdringender, aber ...«

War das ein Geräusch?

Die beiden Polizisten bewegen sich nicht. Nichts geschieht.

»Eine Maus wahrscheinlich«, sagt Pagels.

Berger stellt sich vor, dass womöglich eine Maus ihm ins Hosenbein rennen könnte. Er verändert seine Stellung ein wenig. Wieder knarrt der Fußboden.

»Die Bude stinkt!«, sagt Berger.

»Mäusepisse.«

Allmählich wird es draußen dunkel. Während in den ersten Stunden noch gelegentlich Leute auf den Wegen vorbeigegangen sind, kommt jetzt keiner mehr. Irgendwo in der Ferne ertönt ein Schrei, wild und mörderisch. Berger zuckt zusammen.

»Hagenbeck«, sagt Pagels. »Das ist bei Hagenbeck.«

»Aufpassen! Er kommt.«

In der Tat, draußen werden Schritte hörbar. Der Kies knirscht. Einen Augenblick lang geschieht nichts. Dann macht sich jemand an der Tür zu schaffen. Die Kriminalisten stehen reglos, die Waffe in der Hand. Endlich geht die Tür auf, jemand kommt herein, zieht die Tür hinter sich zu. Eine Taschenlampe blitzt auf – da schlägt Berger zu. Der Eindringling schreit auf, die Lampe fällt zu Boden, Handschellen klicken, das war's.

»Alles in Ordnung?« Zwei weitere Beamte kommen herbeigeeilt.

»Ja, alles in Ordnung. Wir haben ihn.«

»Fein. Er heißt Hans-Uwe Klett.«

»Er hat doch noch gar kein Wort gesagt«, wundert sich Berger.

»Nicht nötig. Er ist nicht allein gekommen. Da hinten im Wagen, da sitzt seine Frau.«

10.

»Und jetzt?«, fragt Berger.

»Jetzt machen wir weiter«, sagt Pagels. »Durch die Mangel drehen, Wohnung durchsuchen, das volle Programm.«

»Das meine ich nicht«, sagt Berger.

Pagels zuckt mit den Achseln. Ihm ist klar, was sein Partner meint. Der Bursche, den sie festgenommen haben, ist ein Milchgesicht, zweiundzwanzig Jahre alt, mit einer eher kleinen Nase. Nie und nimmer ist dies der gesuchte Spitznase. »Wir machen trotzdem weiter.«

Berger schüttelt den Kopf. »Wir müssen Roeder einschalten.«

»Unsinn! Wir haben den Kerl gefangen, und wir bringen das Ding jetzt auch zu Ende.«

»Roeder hat den Klett bereits im Visier gehabt. Er hat eine Liste der Gewohnheitsverbrecher erstellt, und da war der Klett mit drauf, das hab ich selbst gesehen.«

»Aber er hat ihn nicht gekriegt.«

Einen Augenblick lang sehen Berger und Pagels sich an. Schließlich greift Berger zum Telefon. Roeders Nummer steht auf der Liste. Pagels schüttelt missbilligend den Kopf. Berger lässt sich nicht irritieren.

»Der ist nicht zu Hause«, sagt Pagels, als nach dem zehnten Läuten niemand rangeht. Auch Berger will schon aufgeben, aber schließlich wird doch am anderen Ende der Hörer abgenommen.

»Ja?« Eine Frauenstimme, verschlafen.

»Entschuldigen Sie, Frau Roeder, dass wir Sie geweckt haben, aber könnten wir vielleicht mal Ihren Mann sprechen ...«

»Meinen Mann? Wer ist denn da?«

»Berger, Kriminalpolizei.«

»Ach, Kriminalpolizei. Ja, mein Mann, der ist noch im Büro. Der muss noch bei Ihnen sein...«

»Tatsächlich? Entschuldigen Sie bitte die Störung!« Berger legt den Hörer auf.

Pagels schüttelt den Kopf. »Er ist nicht im Büro. Sein Zimmer ist dunkel und abgeschlossen.«

»Vielleicht auf dem Weg nach Hause noch irgendwo eingekehrt.«

»Ja, vielleicht.« Der ist bei ner Frau, denkt Pagels. Der ist bestimmt bei ner Frau.

11.

»Ihr Name ist Hans-Uwe Klett.«

»Ja, das ist richtig.«

»Geboren am 16.3.1942 in Hamburg.«

Klett nickt.

»Mit achtzehn Jahren haben Sie geheiratet ...«

»Ja. Meine Frau war unverhofft schwanger geworden, und ich wollte doch, dass das Kind nicht unehelich zur Welt kommen sollte.«

»Sie haben dann eine Lehre als Maschinenschlosser angefangen ...«

»Ja.«

»Aber nicht abgeschlossen.«

»Doch, aber nicht bei den Eisen- und Bronzewerken. Da hatten sie mich ohne irgendeinen Grund entlassen ...«

»Wegen Bummelei steht hier in den Akten.«

»Ich hab nicht gebummelt.«

»Beim zweiten Versuch sind Sie dann aber durchgekommen.«

»Ja, ich habe die Gesellenprüfung theoretisch und praktisch jeweils mit Gut bestanden.«

»Sehr schön. Aber noch vor Abschluss der Lehre haben Sie dann angefangen, sich als Einbrecher zu betätigen ...«

»Das ist eine Jugendstrafe, die ist abgebüßt und vorbei. Ich weiß nicht, warum Sie hier jetzt noch darauf herumreiten ...«

»Herr Klett, es geht uns zunächst einmal darum, uns ein Bild von Ihnen zu machen. Diese Jugendstrafe, auf die Sie sich hier beziehen, die haben Sie immerhin für einundsechzig Einbruchsdiebstähle bekommen. Einundsechzig! Das ist nun wirklich keine Kleinigkeit. Damals ist Ihnen zugutegekommen, dass der kriminalpsychologische Gutachter Sie als überdurchschnittlich intelligent bezeichnet hat ...«

»Das war damals ein Ausbruch einer Krisensituation ...«

»Sie haben ein gutes Gedächtnis. Genauso hat er das formuliert. So sind Sie mit einem Jahr Jugendstrafe davongekommen, die zur Bewährung ausgesetzt worden ist.«

»Ich habe mir seitdem nichts zuschulden kommen lassen ...«

»Aber gearbeitet haben Sie jedenfalls nicht, sodass Sie aufgrund fehlender Mietzahlungen mit Ihrer Familie in das Wohnlager in der Notkestraße eingewiesen werden mussten.«

»Ich habe mich immer wieder um Arbeit bemüht, aber es ist mir einfach nicht gelungen ...«

»Herr Klett, glauben Sie mir, ich kenne den Arbeitsmarkt so gut wie Sie. Im Augenblick bekommt jeder eine Stelle, der arbeiten möchte. Jeder. Und dann noch jemand, der eine Lehre mit Gut abgeschlossen hat, und dem eine überdurchschnittliche Intelligenz bescheinigt worden ist ...«

»Sie irren sich, ich habe keine Stelle bekommen können.«

»Gut, lassen wir diesen Punkt einmal einen Augenblick außer Acht. Jedenfalls haben Sie sich dann entschlossen, Banken zu überfallen.«

»Nein.«

»Herr Klett, ich bitte Sie! Ich habe Sie vor knapp einer Stunde festgenommen, als Sie dabei waren, das gestohlene

Geld aus seinem Versteck zu holen. Sie haben heute Mittag die Stellinger Volksbank überfallen. Es hat absolut keinen Sinn, das zu leugnen.«

»Ich leugne nicht. Ich sage die Wahrheit. Ich bin kein Bankräuber. Ich bin nur heute Abend mit meiner Frau noch ein bisschen spazieren gefahren, und ich wollte mir bei der schönen Luft draußen noch ein bisschen die Beine vertreten. Ich hatte gehofft, dass meine Frau mitgehen würde, aber leider – Sie wissen ja ...«

»Herr Klett! Ich appelliere an Ihre Intelligenz! Wir haben Sie mit der Beute in der Hand überrascht und festgenommen.«

»Sie haben mich mit der Taschenlampe in der Hand überrascht ...«

»Als Sie die Beute holen wollten.«

»Ich weiß von keiner Beute. Ich war – ich wollte – Herr Kriminalrat, ich musste zum Klo, und ich hatte gehofft, dass in diesem Häuschen vielleicht eine Toilette – die Tür war ja offen ...«

»Herr Klett, was Sie da sagen, das ist absurd!«

»Es ist aber die reine Wahrheit!«

12.

»Na?« Pagels lehnt an der Wand und raucht.

»Ein zäher Brocken!« Berger macht seinem Unmut Luft.

»Ja, das ist ein Profi, das hab ich gleich gedacht.«

»Und die Frau?«

Pagels lächelt. »Ich hab sie gefragt, ob ihr Mann das etwa allein gemacht hat.«

»Und? Mensch, lass dir doch nicht alles aus der Nase ziehen!«

»Nein, hat er nicht. Es gibt da einen gewissen Slavek. Hermann Slavek. Ich hab mal geguckt, was wir über den haben.

Vorbestraft natürlich, aber auch nur wegen irgendwelchem Kleinkram. Körperverletzung, Widerstand, Diebstahl, Trunkenheit im Straßenverkehr. Er ist fünfunddreißig Jahre alt. Sie kennen sich wohl aus der Notkestraße.«

»Dann ist das Spitznase!«

»Weiß ich nicht, glaub ich nicht.«

»Und wo ist die Frau Klett jetzt?«

»Ich hab sie nach Hause geschickt.«

»Bist du verrückt?«

Pagels schüttelt den Kopf. »Wir hätten sie gar nicht erst herholen dürfen. Sie ist im neunten Monat schwanger, hast du das nicht gesehen?«

»Nein.« Berger hatte sich voll auf den Mann konzentriert. »Aber sie wird den – wie heißt er?

»Slavek.«

»Den Slavek warnen.«

»Nein, wird sie nicht. Ich hab ihr eine Polizistin als Begleitung mitgegeben, damit sie auch heil zu Hause ankommt. Wo wir doch den Wagen einbehalten haben. Wegen der Spurensicherung.«

»Und wo wohnt dieser Slavek?«

»In Billstedt, in der Ihlestraße.«

»Ihlestraße? Da sind wir doch gerade erst gewesen ...« Berger kommt nicht drauf.

»Der Banküberfall in der Waitzstraße«, sagt Pagels. »Die Geschichte mit den Zählbrettern.«

»Mein Gott, war das etwa der Kerl, den wir damals schon im Visier gehabt haben, dieser Fuhrunternehmer?«

Pagels nickt.

»Komm, den schnappen wir uns!«

13.

»Keiner da.«

»Doch.« Auf dem Flur sind schlurfende Schritte vernehmbar.

Doch es ist nicht Slavek, der da die Tür öffnet. Eine Frau, vielleicht dreißig Jahre alt, mit verwuschelten langen Haaren, im Nachthemd. »Ja?«

»Kriminalpolizei. Dürfen wir mal reinkommen?«

»Bitte.«

Sie macht tatsächlich die Tür auf. Sie gähnt. »Wissen Sie eigentlich, wie spät es ist?«

Es ist fünf Uhr morgens. »Tut mir leid, dass wir Sie zu dieser frühen Stunde stören müssen, Frau Slavek ...«

Sie lacht heiser.

»Was ist daran so komisch?«

»Die Slavek, die ist doch längst abgehauen. Ich bin nicht die Slavek.«

»Und wer sind Sie?«

»Noske. Lisa Noske.«

»Und – was machen Sie hier, Frau Noske?«

»Ich wohne hier. Der Hermann und ich – wir sind befreundet.«

Befreundet. Gut sieht sie aus. Sie bemerkt Pagels Blick, knöpft das Nachthemd zu.

»Ihren Freund, den hätten wir gern mal gesprochen ...«

»Der ist nicht da.«

»Wissen Sie, wo er sich aufhält?«

»Im Krankenhaus. Er hatte einen Unfall.«

»Was denn für einen Unfall?«

»Das ist eine ziemlich komplizierte Geschichte.«

Das klingt so, als müsse sie sich die Geschichte erst ausdenken, denkt Berger. Doch dann erzählt sie den Hergang recht flüssig. Ihr Mann und sie haben eine Kneipe an der

Sternschanze. Gestern war es zu einem Streit zwischen ihr und einem Gast gekommen. Der Mann wollte nicht bezahlen. Slavek hat sich eingemischt, hat sie schützen wollen. Da hat der Gast eine Pistole gezogen und auf ihn geschossen. Slavek ist am Oberschenkel verletzt worden und liegt im Krankenhaus. Und sie selbst hat auch Prügel abbekommen, sagt sie. Sie trägt ein Pflaster im Gesicht.

Berger sieht sie zweifelnd an. Eine Schießerei, bloß weil einer die Zeche prellen will? »Dürfen wir uns mal ein bisschen umsehen?«

»Bitte. Ich hab aber nicht aufgeräumt.«

»Das macht nichts«, sagt Berger. Das ist uns auch viel lieber so, denkt er. Pagels macht sich daran, die Wohnung zu durchsuchen.

»Sie haben den Vorfall natürlich zur Anzeige gebracht«, sagt Berger.

Lisa Noske schüttelt den Kopf.

»Warum nicht?«

»Ach, bei der ganzen Hektik ...«

Berger schweigt. Er sieht die Noske an, versucht abzuschätzen, ob irgendetwas von dem stimmt, was sie da erzählt. Nervös ist sie; ihre Hände zittern, als sie sich eine Zigarette anzündet. Immer wieder sieht sie sich um, was Pagels macht.

»Keine Sorge«, sagt Berger. »Wir bringen nichts durcheinander.«

»Nein, nein ...«

Berger sieht sie weiterhin an und wartet. Lange hält sie das nicht aus, denkt er. Irgendetwas wird sie jetzt gleich sagen.

»Worum – worum geht es denn überhaupt?«

Zu spät, denkt Berger. Diese Frage hätte sofort kommen müssen. Sie weiß sehr genau, worum es geht. »Der Banküberfall gestern«, sagt er. »Sie haben sicher davon gehört.«

»Banküberfall?«

»Das ist doch Ihre Zeitung hier, oder?« Das *Abendblatt* liegt mit der Titelseite nach unten auf dem Couchtisch. Berger dreht die Zeitung um.

»Ja, ja. Ach, das meinen Sie.«

Berger nickt. *Raubüberfall auf Stellinger Volksbank – Täter flüchtig*. So lautet die Schlagzeile auf der Titelseite.

»Haben Sie uns nichts zu erzählen?«

»Nein.«

Vielleicht hätte ich gar nichts sagen sollen, denkt Berger. Einfach abwarten. Vielleicht wäre sie dann mit allem herausgekommen. Wer weiß. Die Zeit verstreicht. Im Hintergrund rumort Pagels. Schließlich kommt er wieder ins Wohnzimmer, ein Kleidungsstück in der Hand.

»Guck mal, Horst, was ich gefunden habe!«

Eine Hose. »Gehört die Herrn Slavek?«

»Ja, natürlich. Ich hab doch gesagt, dass er angeschossen worden ist ...«

Die Hose ist blutverschmiert und weist ein Loch im Bereich des rechten Oberschenkels auf. Pagels hält ihr die Hose hin, wartet auf etwas.

»Er kann noch von Glück sagen ...«, setzt Lisa Noske an.

Pagels schüttelt den Kopf. »Die falsche Antwort, Frau Noske!« Er dreht die Hose von innen nach außen. Jetzt sieht man, dass auch die Tasche ein Schussloch aufweist. Berger weiß sofort, was das bedeutet. Er sieht die Frau an. Jetzt ist die letzte Chance, denkt er. Mensch, rede doch! Die Chance verstreicht.

Pagels dreht die Tasche von innen nach außen. Jetzt sieht man, dass die Pulver- und Brandspuren im Inneren der Tasche sitzen. Das kann nur eines bedeuten: Slavek hat sich aus der Hosentasche selbst ins Bein geschossen.

Frau Noske schweigt noch immer. Berger steht auf, tritt ganz dicht an die Frau heran. »Sagen Sie uns bitte, was geschehen ist.«

Doch sie bleibt verstockt. »Ich hab alles gesagt.«

»Darf ich mal bitte?« Ehe Frau Noske begreift, was geschieht, hat ihr Berger das Pflaster vom Gesicht gerissen.

»Au!« Sie reibt sich die Wange und sieht den Polizisten böse an. Die Gesichtshaut ist unverletzt.

»Frau Noske, ziehen Sie sich bitte an und kommen Sie mit ins Präsidium.«

14.

»Und jetzt?«

Pagels schweigt. Slavek ist inzwischen vom Krankenhaus in das Lazarett des Untersuchungsgefängnisses überführt worden. Er verweigert jede Aussage.

»Die kommen da nicht mehr raus«, hofft Berger.

»Sollte man meinen.«

Ja, denkt Berger, sollte man meinen. Aber ob das Gericht das auch so sieht? Ein Geständnis wäre besser. Oder die Beute aus der Waitzstraße. Aber die Durchsuchung von Slaveks Wohnung hat nichts ergeben.

»Weitermachen?«

Pagels nickt. Mal sehen, wer zuerst zusammenbricht, denkt er. Klett oder wir. Doch sie sind zu zweit, Klett ist allein.

»Du machst Pause«, sagt Pagels. »Eine Stunde mindestens. Ich weck dich, wenn du wieder dran bist.«

Berger bringt nicht die Kraft auf, zu widersprechen. Der kleine Polizist wirkt so frisch wie eh und je. Als Pagels gegangen ist, schließt Berger die Tür ab und legt den Kopf auf den Schreibtisch. Im nächsten Moment ist er eingeschlafen.

15.

»Schlafen im Dienst!«

Berger schreckt hoch. Wie ist Roeder ins Zimmer gekommen?

Der Kollege lacht. »Da habe ich dir einen schönen Schrecken eingejagt, was? Lass man, jeder muss mal schlafen.«

»Pagels hat inzwischen ...« Berger sieht auf die Uhr. Schon nach elf! Er hat über drei Stunden geschlafen.

»Wir alle haben inzwischen einiges getan. Es hat eine Reihe von Wahlgegenüberstellungen gegeben. Klett ist eindeutig identifiziert worden – zumindest von den Leuten, die ihn bei seiner Flucht in die Schrebergärten beobachtet haben. Jetzt ist Pagels dabei, ihm noch einmal seine Lage zu erläutern. Der macht's nicht mehr lange. Noch eine Stunde, dann hast du ihn.«

Du? Berger kann es kaum glauben. War das Anerkennung, eine Art von Lob aus Roeders Mund?

Berger wäscht sich das Gesicht mit kaltem Wasser. Ein Blick in den Spiegel: Vor ihm steht ein übernächtigter Kriminalbeamter. Er kämmt sich die Haare. So sieht es schon besser aus. Jetzt noch ein Becher Kaffee, dann kann es losgehen.

Als Pagels herauskommt, ist Berger regelrecht erschrocken. »Das war zu viel«, sagt er. »Das darfst du nicht machen. Du bringst dich um, wenn du nicht aufpasst!«

Pagels sieht aus wie eine wandelnde Leiche, aber seine Augen leuchten. »Wir schaffen ihn«, sagt er. »Gleich ist es so weit. Gib ihm den Rest!«

Berger nickt. Er geht rein.

16.

»Herr Klett, der Herr Pagels hat Ihnen Ihre Situation verdeutlicht.«

Klett sieht aus, als ob er demnächst zusammenbrechen würde. »Ich will schlafen«, sagt er.

»Natürlich können Sie schlafen. Schlafen Sie jetzt ruhig. Wir sprechen inzwischen mit dem Herrn Slavek. Der ist gut ausgeschlafen, und der ist – im Gegensatz zu Ihnen – ein alter Hase. Der weiß, wer zuerst auspackt, hat Vorteile.«

»Ich kann doch nichts sagen. Ich weiß überhaupt nichts. Ich weiß gar nicht, was Sie von mir wollen.« Es klingt nicht mehr aufmüpfig, sondern nur noch resigniert.

Roeder hat recht, denkt Berger. Der ist jetzt reif für ein Geständnis. »Ihr Freund Slavek ist verhaftet. Er hat eine Schussverletzung. Und die hat er sich in der Stellinger Volksbank zugezogen, nirgendwo sonst. Wir haben Blutspuren gefunden. Die werden jetzt analysiert und mit dem Blut vom Hermann Slavek verglichen. Wir können nachweisen, dass Slavek am Tatort gewesen ist. Und Sie auch. Die Zeugen haben Sie wiedererkannt.«

»Sie können mich nicht wiedererkannt haben. Ich bin nicht in Stellingen gewesen.«

»Mensch, Herr Klett, machen Sie sich doch nicht mehr Schwierigkeiten als nötig!«

»Ich will schlafen.«

»Ja, natürlich. Alles Ihre Entscheidung, Herr Klett.«

»Oder ...«

Berger wartet.

»Oder einen starken Kaffee.«

»Den sollen Sie haben.« Es kommt so mitfühlend rüber, wie beabsichtigt. Gewonnen, denkt Berger.

Der Kaffee kommt. Klett trinkt ihn mit gierigen Schlucken. Schließlich hält er inne, sieht Berger einen Moment lang an, fragt sich wohl, wie weit er dem Beamten trauen kann, findet nichts Nachteiliges. »Das Geld«, sagt er. »Wir haben doch das Geld gebraucht.«

»Ja«, sagt Berger.

»Und wir haben es einfach nicht hingekriegt. Immer war zu wenig da. Und dann haben sie uns in das Lager gesteckt, in der Notkestraße. – Sie machen sich ja keine Vorstellung, wie das da aussieht!«

Berger nickt.

»Ein Fuhrunternehmen hatten wir aufmachen wollen, der Slavek und ich. Aber wir haben es nicht gepackt.«

»Ohne Geld geht das nicht«, gibt Berger zu.

»Ja, genau. Erst haben wir dann versucht, uns mit Einbrüchen über Wasser zu halten, aber das bringt ja nichts. Über hundert Einbrüche haben wir zusammen gemacht, seit ich wieder draußen war ...«

»Über hundert.« Nur keine Überraschung zeigen. Berger rechnet rasch nach. Am 30. Dezember 1962 ist Klett auf Bewährung freigekommen. Am 23. April 1964 haben sie ihn wieder festgenommen.

»Ja. Hundertachtunddreißig Einbrüche genau.«

Also etwa zwei Einbrüche pro Woche.

»Aber es hat sich nicht gelohnt. Ganze 13.000 DM haben wir dabei erbeutet. Kleinkram. Da sind wir dann auf die Idee mit den Banküberfällen gekommen ...«

»Ja, so ein Banküberfall, das ist natürlich schon eine etwas andere Klasse als ein einfacher Einbruch. Dazu gehört Intelligenz, sorgfältige Planung«, sagt Berger. Es klingt anerkennend. »Aber mit so einem Partner wie dem Slavek, der sich selbst ins Bein schießt – ich weiß nicht ...«

»Ach, der Slavek! Ich hab die ganzen Sachen geplant und ausbaldowert. Ich ganz allein. Der Slavek, den konnte man ja nur als Fahrer einsetzen. Oder zum Schmiere stehen. Aber nicht einmal das hat er gekonnt. Und gestern in Stellingen ...«

Gut, denkt Berger. Das hätten wir schon mal. »Vielleicht ist es am besten, wenn Sie alles einfach der Reihe nach erzählen.« Er gießt Kaffee nach.

»Ja, gut. Unser erster Überfall, das war eigentlich schon typisch für die ganze Serie ...«

Es gibt also eine ganze Serie. Auch das haben sie bisher nicht sicher gewusst.

»Im August ist das gewesen. Am 16. August 1963. Die Post hatten wir überfallen wollen. Alles hatte ich vorbereitet, einfach alles. In der Telefonzelle im Vorraum, da haben wir uns umgezogen. Maske auf, Pistolen in die Hand – und dann sagt doch dieser Idiot: Ich kann das nicht! Das war vielleicht eine Scheiße. Wir haben die Pistolen wieder eingepackt und die Masken und sind nach Hause gefahren.«

»Das war die Post in – in Niendorf?«

»Ja, die Post in Niendorf. Die kannten wir am besten.«

»Aber damit haben Sie sich nicht zufriedengegeben.«

»Natürlich nicht. Ich bin dann in der Gegend herumgefahren und hab nach geeigneten Objekten Ausschau gehalten. Die Post, die wäre sowieso zu klein gewesen. So bin ich dann auf die Sparkasse in Halstenbek gekommen.«

»So hat es also angefangen«, sagt Berger. Bis eben hat er keine Ahnung gehabt, dass die Sparkasse in Halstenbek überhaupt überfallen worden ist. Halstenbek liegt in Schleswig-Holstein, zwar nur wenige Kilometer außerhalb der Landesgrenze, aber eben doch außerhalb.

»Ich hab mir erst alles genau angesehen, und dann hab ich schließlich den Slavek reingeschickt. Er sollte einen Fünfziger wechseln und sich dabei dann gleich mal ein bisschen umsehen in der Bank. Außerdem hat er sich auf diese Weise schon ein bisschen an den Tatort gewöhnt. Ich wollte ja nicht, dass er am Ende wieder in Panik gerät.«

»Das war clever«, sagt Berger. Er denkt: Ihr Dösköppe!

»Drei Tage später haben wir uns dann ein Auto gemietet und sind hingefahren. Kurz vor Mittag. Wir haben das Auto in einer Seitenstraße geparkt und sind dann von verschiedenen Seiten auf die Bank zugegangen, sodass keiner merken konnte, dass wir zusammengehören ...«

»Wann das gewesen ist, wissen Sie nicht mehr, nehme ich an ...«

»Doch, natürlich. Am 16. August. 16.8.1963. Genau 15.600,- DM hat das gebracht.«

»Donnerwetter, haben Sie ein gutes Gedächtnis!«

Es ist offensichtlich, dass Klett sich geschmeichelt fühlt. Er nimmt noch einen Schluck Kaffee. »Ja, und dann – dann kam unser zweiter Bankraub. Zwei Monate später. Am 7. Oktober ...«

Berger nickt. Mit einem raschen Seitenblick überzeugt er sich, dass Haydn alles mitbekommt. So eine Generalbeichte, die gibt es nur einmal. Da muss alles stimmen. Ja, Haydn schreibt alles mit.

Berger notiert sich nur die wichtigsten Daten. Schleswig-Holsteinische Westbank, steht da. Halstenbek, 16. August 1963. Und die Liste wächst.

Oststeinbek, Kreissparkasse Stormarn, 7. Oktober.

Stapelfeld, Kreissparkasse Stormarn, 11. November.

Ellerbek, Kreissparkasse Pinneberg, 18. Dezember.

Groß Flottbek, Altonaer Volksbank ...

»In der Waitzstraße«, sagt Berger.

»Ja, in der Waitzstraße. – Slavek hat draußen Schmiere gestanden. Ich bin rein, blaue Pudelmütze bis zum Kinn heruntergezogen. Abkassiert, die Belegschaft im Keller eingesperrt. Den VW hatten wir in einer Seitenstraße geparkt. Hat keiner gesehen. 17.250,- DM hat das Ding eingebracht. Außer dem Geld hatten wir auch noch die Zählbretter mitgenommen. Die haben wir dann später in einen Müllcontainer geworfen, wo sie auch prompt gefunden worden sind.«

»Warum haben Sie die Dinger überhaupt mitgenommen?«

»Wir wollten eine falsche Spur legen. Und das mit der Pudelmütze und dass nur einer in den Kassenraum gegangen ist, das war dazu, dass die Polizei denken sollte, Spitznase hätte den Überfall durchgeführt.«

»Und die Erkundung vorher – das war wieder Slavek?«

»Ja. Er hat nach einem Kredit gefragt ...«

Und weiter geht die Aufzählung der Überfälle:

Bremen, Bank für Gemeinwirtschaft, 31. Januar.

Hannover, Stadtsparkasse Hannover, 21. Februar.

Und dann die Stellinger Volksbank am 23. April ...

»Da haben Sie ja eine ganz schöne Summe zusammenbekommen«, sagt Berger.

»Ja, runde 120.000!«, sagt Klett voller Stolz.

»Ich schätze, Sie gehören damit zu den erfolgreichsten Bankräubern der Nachkriegsgeschichte. – Und Ihre Frau hat nichts davon gewusst?«

»Nein. Die hätte doch den Mund nicht halten können!«

Und doch haben wir dich mit ihr zusammen beim Abholen der Beute erwischt, denkt Berger. Aber er will diesen Punkt jetzt nicht vertiefen. »Und die Frau Noske?«, fragt er stattdessen.

Klett schüttelt den Kopf. »Nicht bei den Überfällen«, sagt er.

»Aber bei der Vorbereitung?«

»Ja, natürlich. Sie war voll eingeweiht und hat auch mitgeholfen, die Banken auszukundschaften und so.«

»Hat das denn keine Schwierigkeiten gegeben – ich meine, dass die Frau Noske mit dem Slavek ein Verhältnis gehabt hat? Was hat denn der Ehemann dazu gesagt?«

»Gustav Noske? Der war doch mit dabei!«

»Das haben Sie bisher aber noch nicht gesagt.« Berger merkt, dass Klett sich verplappert hat. Aber jetzt gibt es kein Zurück.

»In Bremen und in Hannover, da hat er mitgemacht.«

Also vier Bankräuber, denkt Berger. Mindestens. Vier oder fünf. Eine richtige Bande. »Jedenfalls hat es sich für Sie ja ganz schön gelohnt.«

»Ach, Herr Kommissar ...« Klett greift noch einmal zum Kaffeebecher, doch der ist jetzt leer. Er setzt den Becher wieder ab. »Wie gewonnen, so zerronnen, würd ich mal sagen. Wir haben das alles genauso schnell wieder ausgegeben, wie wir es eingenommen haben. Und von unserem Traum der eigenen Spedition, da sind wir noch ganz schön weit weggewesen ...«

Jetzt sieht er wieder aus wie ein Kind, denkt Berger. Ein armes, verzweifeltes Kind.

17.

Scheiße! Roeder versetzt dem Tischbein einen Fußtritt. Der Ball rollt vom Tisch. Roeder bückt sich und hebt ihn wieder auf. Scheiße!

Gelb ist am Ball. Dichter ans Tor ran, denkt Roeder. Von hier aus kann er doch wohl noch nicht schießen. Dichter ans Tor ran. Und den roten Spieler zurück. Und quer legen. Zum Zwecke der Abwehr darf der Kicker im Abstand von mindestens zwei Kickerlängen in die Schussbahn des Gegners gestellt oder gelegt werden, wobei er Bodenberührung haben und mit dem Rücken dem eigenen Tor oder dem Spielfeld zugewandt sein muss. Regel 6, Punkt 3. Der Rote ist der HSV. Der HSV ist in der Defensive.

Dieser Berger hat einfach ein unverdientes Glück. Jahrelang spürt er diesem Phantom Spitznase hinterher, und dann stolpert ihm diese Bande vor die Füße. Meine Bankräuber! Und er hat sie jetzt erwischt. Aber das hilft nun nichts. Ich muss das anerkennen. Denn ich bin fair. Jedenfalls gebe ich mir die größte Mühe.

Ach, jetzt hab ich gezuckt. Das gilt nicht. Noch einmal. So. Den Ball genau zurechtlegen, und dann ... Der Schuss geht neben das Tor. Abschlag.

Es ist bei der Arbeit genau wie beim Sport. Immer fair bleiben! Und wenn der Berger diesen Fall eigenhändig gelöst hat, dann muss ich das einfach anerkennen. Neidlos anerkennen. Ich bin nicht neidisch. Ich nicht. Man muss das große Ganze im Auge behalten. Das gemeinsame Ziel. – Ach, das war jetzt wieder überhastet! Der Ball geht ins Aus. Einstoß für Gelb. Macht nichts. *Der Einstoß kann, auch indirekt, kein Torschuss sein.* Wir schaffen das schon. Unsere Jungs. Der Uwe, der Charly ...

Roeder überlegt, ob er sich Farben kaufen und die Figuren neu anstreichen sollte. Denn eigentlich spielt der HSV ja nicht mit roten Hemden, sondern mit roten Hosen. Die Hemden sollten weiß sein. Irgendwann mache ich es, denkt er. Irgendwann ... Oder auch nicht. Er weiß nur zu gut, dass er ein schlechter Heimwerker ist. Roeder nimmt noch einen Schluck Bier. Aus der Flasche natürlich. Als echter Fußballfan gehört sich das so, auch wenn es Roeder eigentlich zuwider ist. Und doch irgendwie reizvoll. In verbotener Weise erotisch, geradezu.

So, jetzt ist der HSV am Ball. Jetzt nur nichts falsch machen! Der Gelbe versucht ja, ihm den Weg abzuschneiden, aber das wird wohl nichts. Ein kleiner Kick nach links – wieder Rot – und schon steht der HSV-Spieler frei vor dem Tor. Sorgfältig bringt Roeder die Figur in Position. Und der Torwart – der steht natürlich in den falschen Ecke. Zack! Schon fliegt der

Ball ins Gehäuse. Tor! Tor! Tor für den HSV! Roeder greift zur Tröte.

Ein lautes Klopfen an der Wand lässt ihn verstummen. Er hat nicht gewusst, dass die Ahlers zu Hause ist. So ein Mist! Kann sie morgens nicht einkaufen gehen wie andere Hausfrauen auch? Roeder bricht die Partie beim Stande von 1:0 für den HSV ab. Er packt die Figuren ein und rollt das Spielfeld zusammen. Dabei ist es nicht verboten, für sich allein eine Partie Tipp-Kick zu spielen. Etwas ungewöhnlich vielleicht. Aber er ist eben ein ungewöhnlicher Mensch.

18.

»Wie ein armes, verzweifeltes Kind«, sagt Berger.

»So ist das immer hinterher«, sagt Pagels. »Du denkst, du jagst irgendeinen Verbrecher, eine Art Monstrum, aber wenn du ihn dann schließlich hast, ist es doch auch nur ein armer Mensch, vielleicht mit ein paar Fehlern mehr als die meisten, aber doch immer noch ein Mensch und im Grunde nicht viel anders als ich und du.«

»Schön hast du das gesagt.« Berger setzt an und leert das Glas. Der zweite Halbe. Er will sich betrinken.

»Und dennoch müssen wir es tun«, beharrt Pagels. »Aber das brauche ich dir nicht zu erläutern, oder?«

Berger schüttelt den Kopf. »Nein, nein.« Er gibt der Bedienung ein Zeichen, winkt mit dem leeren Glas. »Du auch?«

Pagels schüttelt den Kopf.

»Ich hab da früher nicht so drüber nachgedacht«, sagt Berger. »Aber vorhin, als der Klett seine Aussage gemacht hat, da ist mir das auf einmal richtig klar geworden. Da sitzt nun dieser Mensch in Untersuchungshaft, und allmählich wird ihm klar, alles was er bisher gehabt hat, das gilt jetzt nicht mehr. Geld – weg. Frau – wahrscheinlich auch weg. Freunde – alle weg, auch verhaftet. Oder abgehauen, wie dieser Noske. Er hat niemand und nichts mehr auf der Welt. Keiner mehr da, der sich für ihn interessiert. Nur noch dieser beschissene Polizist, der ihn zulabert, Stunden und Stunden ...«

Das neue Bier kommt. »Danke.« Berger setzt an und nimmt einen kräftigen Schluck.

»Zum Wohl«, sagt Pagels. Er nippt an seinem Glas.

»Und plötzlich – plötzlich hat dieser arme Mensch die irrsinnige Hoffnung: Dieser Polizist da, das ist dein Freund, wenn du dem alles erzählst, der versteht dich, der wird dir helfen, der wird dafür sorgen, dass alles in Ordnung kommt.«

»Klett ist kein Kind«, sagt Pagels.

»Und dann brechen alle Dämme, und er erzählt alles, alles, seine geheimsten Gedanken, seine sämtlichen Untaten ... Und ich? Was hab ich dann gesagt?«

»Jetzt haben Sie Ihr Gewissen erleichtert«, schlägt Pagels vor.

»Ja, irgend so einen Scheiß hab ich gesagt. Dabei ist völlig klar, dass der Bursche sich gerade eben um Kopf und Kragen geredet hat, dass er statt des einen noch immer nicht völlig lupenrein bewiesenen Überfalls plötzlich acht Banküberfälle auf dem Konto hat und dafür zehn Jahre in den Kahn geht statt vielleicht nur ...«

»Anders geht es nicht«, sagt Pagels. »Das weißt du so gut wie ich. Wir sind nicht wirklich fair, aber die anderen sind es erst recht nicht. Und dieser Klett – mal sehen, was wir in den nächsten Tagen noch so alles zu hören bekommen. Denn jetzt wird natürlich auch der Slavek aussagen ...«

»Der Slavek ist ein Trottel. Ein Bankräuber, der sich selbst ins Bein schießt!«

Pagels widerspricht. »Das hat an der Pistole gelegen. Die alte Mauser, die ließ sich nicht mehr sichern ...«

»Wie dem auch sei ...« Bergers Glas ist schon wieder leer. »Ich geh mal zum Klo.«

Pagels sieht dem Kollegen nach, wie er davonwankt. Angeschlagen ist er. Mühsam bahnt er sich einen Weg. Gut besucht, das Lokal. Kein Wunder, Freitagabend und Monatsanfang!

Berger kommt mit einem neuen Glas Bier zurück. Einen Moment lang glaubt er, in der Menge den Kollegen Bentz erblickt zu haben. Aber der Mann sieht nicht her, und Berger ist nicht in der Stimmung, der Sache auf den Grund zu gehen. Verfolgungswahn, denkt er. Du leidest schon an Verfolgungswahn.

»Du wirst dich totpinkeln«, verheißt Pagels. »Wie viel sind das jetzt? Zwei Liter? Übrigens – da stimmt etwas nicht. Da müssen wir morgen noch einmal nachhaken.« Er hat sich Bergers Liste vorgenommen.

»Wieso?« Berger sieht auf den Zettel. Ihm ist nichts aufgefallen.

»Hier, sieh dir das mal an.«

Da steht:

52 - 35 - 37 - 26 - 18 - 21 - 62. »Sind das die Lottozahlen?«

»Quatsch. Das sind die Abstände zwischen den einzelnen Überfällen.« Pagels malt einen Kringel um die 62. »Das ist zu viel«, sagt er.

»Zwischen den ersten beiden Überfällen waren auch über fünfzig Tage.«

»Ja, aber danach sind die Abstände immer kürzer geworden – bis eben auf das letzte Mal. Da ist irgendetwas dazwischen gewesen, ganz bestimmt.«

»Glaubst du? Ein, zwei weitere Banküberfälle?«

»Gut möglich.«

»Nicht in Hamburg. Das würden wir wissen.«

»Nein, aber die Burschen haben ja bundesweit gearbeitet. Wir werden die Meldungen aus den anderen Bundesländern noch einmal durchgehen müssen.«

»Ich weiß nicht.«

»Die Zahlen sprechen für sich.«

»Wenn du – wenn du meinst. Tschuldigung.« Berger hat einen Schluckauf.

»Tief einatmen und die Luft anhalten.«

»Was? Ach so. Nein, vergiss es. Nein, was der Klett da abgeliefert hat – also, ich hatte das Gefühl, was der Klett da abgeliefert hat – eine Lebensbeichte ist das gewesen. Eine komplette Lebensbeichte.«

»Vielleicht ja, vielleicht nein. Ich traue ihm nicht. Ein ganz übler Bursche ist das in meinen Augen. Und dieser Noske – was der wohl für eine Rolle spielt? Weißt du was? Komm mit, wir gucken uns diese Kneipe von dem Noske einmal etwas genauer an.«

»Das können wir nicht machen, wir haben doch keinen ...«

Aber Pagels hört nicht zu. »Zahlen, bitte!«

19.

»Schanzenstraße 35. Hier ist es.« Pagels hat den Weg auf Anhieb gefunden.

Die Kneipe liegt im Dunkeln. »Dortmunder Hansa-Bier«, liest Berger laut vor. Er schwankt leicht. Das viele Bier zeigt seine Wirkung.

»Komm, Horst, mach keinen Krach!« Pagels zieht den Kollegen in den Schatten des Eingangs.

Berger rüttelt an der Tür. Die ist verschlossen. »Geschlossen«, lallt er. »Genau. Hier steht es ja. Hier auf dem Zettel. Geschlossen.«

»Ja«, sagt Pagels. Er macht sich an dem Schloss zu schaffen. Einen Augenblick später gibt die Tür nach; Ding-Dong macht es. Die beiden Polizisten treten ein.

Pagels macht Licht; Berger hält sich an der Theke fest. »Martini«, sagt er. »Hier steht: Martini. Willst du einen Martini? – Ich nehm ein Bier ...«

»Du setzst dich ganz ruhig hier hin und machst gar nichts«, sagt Pagels.

Berger lässt sich mit lautem Krach auf einen der Stühle plumpsen. »Scheißkneipe ...«, murmelt er. Es stinkt noch immer nach Rauch.

Pagels kümmert sich nicht darum. Ja, es ist eine billige Kaschemme ohne irgendwelche Besonderheiten und ohne persönliche Note. Pagels fragt sich, ob es nicht doch falsch gewesen ist, überhaupt herzukommen. Das Lokal ist durchsucht worden; er hat den Bericht gelesen. Ergebnis: Null. Hier ist das viele Geld jedenfalls nicht verborgen. Suchend geht Pagels hinter den Tresen.

»Ich will ein Bier! – Was ist das hier bloß für eine Scheißkneipe ...«

»Hör auf«, sagt Pagels. Er bückt sich hinter dem Tresen. Was ist das für ein Fleck da am Fußboden? Mehr Licht, denkt er. Wir brauchen mehr Licht hier. Pagels richtet sich wieder auf. Fast hätte er sich an dem Zigarettenautomaten gestoßen. Unter dem Automaten gibt es ein kleines Regal. Darauf steht das Telefon. Und dahinter eine Reihe von Bierdeckeln aufrecht an die Wand gelehnt. Was ist das für eine merkwürdige Sammlung? Pagels räumt die Deckel zur Seite.

In dem Augenblick wird die Tür aufgestoßen. Ding-Dong. Pagels fährt herum. Im Eingang stehen zwei Polizisten. »Was ist hier denn los?«

»Nichts«, sagt Pagels dreist. »Ein schnelles Bier noch vor dem Schlafengehen – das ist doch nicht verboten, oder?«

»Ja, genau, ich will jetzt endlich mein Bier«, lallt Berger. Er hat sich halb erhoben, aber dann wieder auf den Stuhl fallen lassen.

»Ist das Ihre Kneipe?«, fragt der Streifenpolizist Pagels.

»Jawohl, Herr Wachtmeister!« Zu spät erkennt er, dass hinter den beiden Polizisten noch jemand steht. Eine Frau.

»Frau Noske, ist das nun Ihr Mann oder nicht?«

Lisa Noske schüttelt den Kopf.

20.

»So, so, Sie sind also unter die Gastwirte gegangen?« Roeder lacht sich kaputt.

Pagels nimmt sich zusammen. Er braucht Roeders Hilfe. Berger ist nicht einsatzfähig, und jetzt muss umgehend gehandelt werden.

»Ein schnelles Bier noch vor dem Schlafengehen! Einfach großartig!«

»Herr Roeder, die Geschichte hat auch ihre ernste Seite ...«

»Dienstrechtlich meinen Sie.« Roeder hört auf zu lachen. »Ja, das ist klar. Sie haben da ne ganze Menge Vorschriften missachtet, da kommt einiges zusammen, und wenn das jetzt noch an die Presse geht, dann sehe ich ziemlich schwarz für unseren Freund Berger ...«

»Ich rede nicht von den Vorschriften«, sagt Pagels. Er ist noch eine Spur blasser geworden. Du Arsch, denkt er. Irgendwann zahle ich dir das heim!

»Nein, natürlich nicht. Vorschriften, wo kämen wir denn hin? Sie doch nicht! – Ein schnelles Bier ...«

»Herr Roeder, bitte! Es geht um etwas ganz anderes.«

»Um was denn? Das würde ich jetzt allerdings gern wissen!«

»Berger und ich, wir haben uns die Kneipe von dem Noske noch einmal gründlich unter die Lupe genommen ...«

»Besonders das Bier!« Roeder wiehert wie ein Pferd.

»Hinter der Theke findet sich am Boden ein etwas undeutlicher Fleck ...«

»Ja, ja, das ist schon klar, dass das nicht gerade das sauberste Lokal von Hamburg sein kann, was der Noske da gepachtet hat. Für zweitausend Piepen, da kriegt er nicht den *Alsterpavillon*! Oder das *Café Jacobs*!«

»Es könnte sich um einen Blutfleck handeln. Und in der Wand, gleich neben dem Telefon, da findet sich ein frischer Einschuss.«

»Was?«

»Ein Einschuss. In der Kneipe ist geschossen worden, so weit hatte die Lisa Noske schon recht. Aber was wir bisher nicht wissen ist, wer hier auf wen geschossen hat.«

»Na schön. Da werden wir uns drum kümmern.«

»Es ist wichtig, dass die Lisa Noske jetzt nicht ...«

»Herr Pagels, ich weiß selbst, was jetzt wichtig ist und was nicht. Ich brauche mich nicht von einem Trinker belehren zu lassen.«

Pagels kann nicht verhindern, dass seine Hände zittern, als er das Zimmer verlässt. Irgendwann zahle ich es dir heim, denkt er. Ganz sicher!

21.

»Sind Sie derjenige, der die Banküberfälle bearbeitet? Die von dem Spitznase?«

»Ja, der bin ich.« Der Anrufer hat ein durchdringendes Organ; Berger hält den Hörer weiter vom Ohr ab. »Mit wem spreche ich bitte?«

»Das tut nichts zur Sache.«

Werden die Gespräche nun automatisch aufgezeichnet oder nicht? Berger ist sich nicht sicher, ob die neue Technik funktioniert. »Worum handelt es sich denn?«

»Sie kennen doch den Noske?«

»Noske? Meinen Sie den Gustav Noske?«

»Den Gastwirt, ja.«

»Wissen Sie, wo er sich zurzeit aufhält?«

»Nein. Ist der nicht festgenommen? Nicht? Na, auch egal. Jedenfalls, als ich neulich bei ihm in der Kneipe gewesen bin, in der Schanzenstraße, da haben wir ganz schön was gebechert. Und der Noske immer feste mit dabei. Der ist selbst sein bester Kunde, hab ich mir gedacht.«

»Ja.« Witze über Trinker kann Berger im Augenblick nicht gut vertragen.

»Ja und dann, dann hat der Noske plötzlich damit angefangen, dass man mit ehrlicher Arbeit ja nie zu Geld kommen kann und dass man schon Bankräuber werden muss, um reich zu werden.«

»Ja.« Das überrascht Berger nicht. Sie haben ihre Erkundigungen eingezogen. Noske neigt zur Trinkerei und zur Angabe, heißt es. Berger spielt mit dem Bleistift, malt ein Schachbrettmuster auf den Notizblock.

»Ja, und da haben wir ihn natürlich aufgezogen und gesagt, da müsste er aber schon richtig gut sein, um damit Erfolg zu haben. So wie der Spitznase ...«

»Ja, und?«

»Und wissen Sie, was er da gesagt hat, der Noske? Der Spitznase, hat er gesagt, der Spitznase – das bin ich!«

»Noch mal bitte!« Berger legt den Bleistift zur Seite.

»Gustav Noske ist Spitznase.«

22.

»Das wäre also geklärt. Aber wo zum Teufel steckt der Bursche?« Roeder wirkt äußerst zufrieden.

Berger schüttelt den Kopf. »Nichts ist geklärt«, sagt er.

»Keine Ahnung, wo der steckt.« Haydn setzt den Kaffeebecher ab. Die braunen Ringe auf der Tischplatte könnte er auch mal wieder abwischen, denkt Berger.

»Untergetaucht«, sagt Kayser. »Als er gemerkt hat, dass wir Klett und Slavek hopsgenommen haben, da hat er sich abgesetzt.«

»Über die Grenze wahrscheinlich«, mutmaßt Haydn.

Roeder schüttelt den Kopf. »Ohne seinen Wagen?«

»Wieso?«

»Seine Frau hat doch sein Auto verkauft.«

»Was?«

»Steht alles hier in den Protokollen. Könnten Sie ruhig mal lesen, Kayser.«

»Und er ist ohne Wagen abgehauen?«

»Ja. Oder auch nicht. Dass er weg ist, das behauptet bisher nur die Frau Noske. Kann doch gut sein, dass er sich hier irgendwo in Hamburg versteckt hält. Bei einem seiner Freunde. Wenn er Spitznase ist, dann wird er doch wohl clever genug sein ...«

Berger unterbricht Roeders Gedankenflug. »Schade nur, dass er nicht Spitznase ist.«

»Was soll das denn heißen?«

»Habt ihr die Fotos nicht gesehen? Hier, hier liegen doch noch die Abzüge. Da, seht euch das doch an! Dieser Noske, der sieht eher aus wie ein etwas übergewichtiger Gastwirt. Was er ja auch ist. Ich kann mir nicht vorstellen, dass der irgendwo über die Theke springen würde ...«

»Man kann sich täuschen.«

Berger schüttelt den Kopf. »Ihr vergesst, dass ich unseren Bankräuber ja in Aumühle selbst gesehen habe. Und so viel kann ich mit Sicherheit sagen: Dieser Mann hier ...« Berger weist auf die Fotos. »Dieser Mann hier, der war das jedenfalls nicht.«

»Und was machen wir jetzt?«

»Die Frau«, sagt Pagels. »Die weiß das. Die muss das wissen. Ich denke, wir sollten uns die Frau Noske noch einmal vornehmen.«

Berger erhebt sich, aber Roeder winkt ab.

»Ich mach das«, sagt er. »Ihr habt ne Pause verdient. Jetzt bin ich mal dran.«

23.

»Frau Noske, ich habe Sie hergebeten, um mich noch einmal mit Ihnen über den Verbleib Ihres Mannes zu unterhalten.« Roeder hat sich so gesetzt, dass seine Körperfülle gut zur Wirkung kommt.

Frau Noske sitzt tiefer; sie muss zu ihm aufsehen. Sie sagt: »Ich weiß nicht, wo mein Mann ist.« Es klingt unsicher.

»Lassen Sie uns den Ablauf der Ereignisse noch einmal gemeinsam durchgehen.«

»Nein.« Mehr gehaucht als gesprochen.

»Bitte?«

»Nein. Das hat doch keinen Sinn. Wie oft haben wir das jetzt gemacht? Dreimal? Viermal? Erst Ihre beiden Kollegen, die mich nachts hochgeschreckt haben, dann zweimal Sie – und jetzt schon wieder ...«

»Wir müssen das so lange wiederholen, bis wir zu einem vernünftigen Ergebnis kommen. Sie können sich und uns viel Mühe ersparen, wenn Sie wirklich wahrheitsgemäß berichten, was sich zugetragen hat.«

»Aber ich hab doch alles ...«

Roeder schüttelt den Kopf. »Das haben Sie nicht, Frau Noske. Und deswegen gehen wir jetzt alles noch einmal durch. Fangen wir mit Hannover an. Wie war das nach dem Überfall in Hannover?«

»Hannover? Das war der letzte Überfall, bei dem Gustav mitgemacht hat.«

»Ja.«

Frau Noske schweigt.

»War etwas anders als bei den anderen Überfällen?«

»Nein.«

Roeder wartet.

»Gustav war schlecht drauf. Das ist das Einzige, was anders war als sonst.«

Roeder sagt nichts. Er registriert, wie nervös die Frau ist. Da ist etwas faul, denkt er. Pagels hat recht: Da ist etwas faul!

Frau Noske räuspert sich.

Jetzt kommt es, denkt Roeder.

»Nach Hannover, also, nach dem Überfall in Hannover, spät in der Nacht ist er da nach Hause gekommen. Und dann hat er gesagt, dass er das nicht mehr aushält. Dass er glaubt, dass die Polizei schon hinter ihm her ist und dass er sich absetzen will ...«

»Wo hat er Ihnen das gesagt?«

»In der Kneipe natürlich.«

»Als alle dabei waren?«

»Ja.«

»Und was haben die Kollegen dazu gesagt?«

»Die Kollegen? Den Hermann meinen Sie? Und den Hans-Uwe?«

»Klett und Slavek, ja, die meine ich.«

Sie zögert. »Ich weiß nicht. Vielleicht ist es doch hinterher gewesen.«

»Hinterher?«

»Bei uns in der Wohnung.«

»In der Schanzenstraße oder bei Slavek in der Wohnung?«

»Ich weiß nicht mehr wo. Jedenfalls waren keine anderen mit dabei.«

»Und dann ist er verschwunden?«

»Ja. Am nächsten Tag war er weg.«

»Die Vermisstenanzeige, die haben Sie dann aber erst am 21. März aufgegeben. Also fast genau einen Monat später.«

»Nein.«

»Doch, das steht hier so in den Akten. Am 21. März haben Sie angegeben, Ihr Mann sei seit vorgestern verschwunden.«

»Ja, das stimmt auch. Sie bringen mich ganz durcheinander.«

»Ich versuche doch nur, Ihnen zu helfen. Also wie war das nun wirklich?«

»Als er aus Hannover zurückgekommen ist, da hat er gesagt, dass er das nicht mehr aushält. Und im März, da ist er dann abgehauen. So war das.«

Zu viele Lügen, denkt Roeder. Zu viele Widersprüche. Da kommt sie nicht mehr raus.

»Und wann war die Schießerei?«

»Welche Schießerei?«

»Sie haben doch bei Ihrer ersten Vernehmung ausgesagt, in der Kneipe Ihres Mannes sei es zu einer Schießerei gekommen, bei der der Slavek Ihnen zu Hilfe ...«

»Nein, das stimmt doch gar nicht. Eine Notlüge war das. Das hatte ich doch nur gesagt, um zu erklären, wie der Hermann zu seiner Verletzung gekommen ist.«

»In der Kneipe ist also nicht geschossen worden?«

»Nein.«

»Wie erklären Sie sich dann, dass wir bei der Untersuchung des Lokals drei Einschüsse entdeckt haben?«

Frau Noske wird blass. »Davon weiß ich nichts. Die müssen – wir haben das Lokal ja noch nicht lange gehabt, die müssen von früher ...«

»Frau Noske, das kann doch nicht sein. Unter den Löchern liegt ja noch der zerbröselte Putz, der aus der Wand gefallen ist.«

»Ich weiß nicht. – Vielleicht ist nicht so gründlich sauber gemacht ...«

»Das ist doch nicht Ihr Ernst!«

Frau Noske schweigt.

»Na schön, klammern wir diesen Punkt erst einmal aus. Drei Tage nach dieser angeblichen Schießerei haben Sie dann den Wagen Ihres Mannes verkauft.«

»Ich hab doch nicht ...«

»Den VW Transporter. Den eigentlichen Verkauf haben Klett und Slavek abgewickelt, aber der Wagen gehörte natürlich Ihnen und Ihrem Mann. So steht es in den Papieren. Also müssen Sie doch unterschrieben haben ...«

»Ach, das meinen Sie. Ja, das hab ich unterschrieben.«

»Verkauft an den Makler, von dem Sie die Gaststätte gepachtet haben.«

Lisa Noske nickt.

»Mitsamt den Gartengeräten.«

»Was für Gartengeräte?«

»Der Makler sagt, in dem Wagen hätten sich Schaufeln und Forken befunden.«

»Ach, das meinen Sie.«

»Ja, das meine ich.«

»Ja, wir hatten doch ...« Sie bricht mitten im Satz ab.

»Ja, Frau Noske? Ich bin neugierig, was Sie jetzt sagen werden! Unseres Wissens haben weder Sie noch Klett noch Slavek irgendeinen Garten, für dessen Bewirtschaftung Sie Gartengeräte brauchen würden. Und es waren neue Geräte.«

»Ja, das war wegen Stellingen. Wegen der Bank in Stellingen. Wir hatten doch wegen des Verstecks für die Beute in diesem Schrebergartengelände den Schuppen gebraucht, und da haben wir ein bisschen im Garten umgegraben, um zu sehen, ob auch wirklich niemand ...«

Roeder grinst. »Mal abgesehen davon, dass das Versteck im Schrebergarten nicht vorher eingeplant gewesen ist, sondern nur nötig wurde, weil der Slavek sich ins Bein geschossen hat und mit dem Fluchtauto abgehauen ist, mal ganz abgesehen davon – glauben Sie im Ernst, wenn Sie in den Schrebergärten herumgraben, dass dann nichts als Spuren von Müll an Ihrer Forke hängen bleibt?«

»Müll?«

»Ja, so steht es hier im Laborbericht. Sie haben im Müll gegraben, Frau Noske!«

Lisa Noske schweigt. Roeder sieht, dass sie zittert.

»Frau Noske, bitte sagen Sie uns: Wo ist Ihr Mann?«

Sie schweigt. Sie fängt an zu schluchzen. Und schließlich flüstert sie: »Gustav lebt nicht mehr.«

24.

»Roeder ist mit rausgefahren«, sagt Pagels.

»Ja, ich weiß. Aber ich muss mir das nicht angucken. Das steht hinterher sowieso alles im *Abendblatt*.«

»Sie haben einen Bagger gemietet, um den Müll wieder abzutragen.«

»Ich beneide die Kollegen nicht. Die Drecksarbeit muss natürlich die Schutzpolizei machen. Roeder steht hübsch am Rande und guckt zu.«

»Ich hab mir die Protokolle angeguckt. Noske hat seinen Beuteanteil versoffen und dann seine Frau verprügelt. Da ist die Lisa Noske zum Slavek gezogen. Aber der Noske wollte sie wiederhaben und hat versucht, seine Kumpane zu erpressen. Wenn die Lisa nicht zu mir zurückkommt, packe ich aus. Ohnehin hat er angefangen, im Suff alles Mögliche auszuplaudern. Er sei Spitznase, hat er behauptet!«

»Weil die Zeitungen den Überfall in Othmarschen Spitznase zugeschrieben haben.«

»Ja. Also musste er zum Schweigen gebracht werden. Klett, Slavek und Lisa Noske haben ihn dann in seiner Kneipe aufgesucht. Als der letzte Gast gegangen war, haben sie einen Streit vom Zaun gebrochen. Der Noske hat wohl gesehen, worauf das hinausläuft und gesagt, er ruft jetzt seinen Anwalt an, bei dem er ein Geständnis hinterlegt hat. Aber den Anwalt gab es gar nicht. Die anderen haben den Bluff durchschaut, und Slavek hat ihn dann noch am Telefon niedergeschossen und anschließend den schwer verletzten Kumpanen durch einen aufgesetzten Kopfschuss erledigt.«

»Und anschließend in Barsbüttel auf die Müllkippe gelegt. Ja, ich weiß.«

25.

Sie hätte nicht herkommen sollen. Warum ist sie nicht direkt nach der Messe von Hannover aus zurückgeflogen? Stattdessen hat sie den Zug nach Hamburg genommen, das Gepäck am Hauptbahnhof eingeschlossen. Nur einmal gucken, denkt sie, das kann doch nichts schaden. Einmal sehen, wie er so lebt. Da vorn ist schon das Grundstück.

Das Haus mag dreißig Jahre alt sein. Roter Klinker. Eine kleine Villa. Der Rasen ist frisch gemäht, ein Rhododendron blüht lila. Liegt es nur an dem trüben Wetter, dass das Haus so wenig einladend wirkt? Nein. Beim genauen Hinsehen bemerkt man, dass die Fenster neu gestrichen werden müssten. Und der blühende Busch kann nicht darüber hinwegtäuschen, dass es in diesem Garten keine Blumen gibt. Das Haus eines Mannes, denkt sie. Ist es nur das?

Eigentlich will sie nur vorbeigehen, nur über den Zaun schauen. Und wenn er zufällig im Garten stünde ... Aber er ist nicht im Garten. Die Garage steht offen, kein Auto darin, wahrscheinlich ist er gar nicht zu Hause.

Hier kann sie nicht stehen bleiben. Bestimmt ist er nicht zu Hause. Die Gartenpforte quietscht. Jetzt ist sie doch hineingegangen. Der Weg zur Haustür kommt ihr endlos vor. In den Ritzen der Betonplatten wächst Moos. Zu schattig, denkt sie. Der Garten ist zu schattig. Vielleicht blüht deshalb nichts? Und jetzt steht sie vor der Tür.

Schon hat sie geläutet. Und er ist zu Hause. Sie hört Schritte. Sie stellt sich vor, wie er die Haustür öffnet, sie ungläubig anstarrt, sie wiedererkennt, ihr um den Hals fällt.

Doch die Tür wird nur einen Spalt weit geöffnet, und jemand knurrt unwillig: »Ich brauche nichts!«

»Dann ist es ja gut«, sagt sie, und es kommt so kühl heraus, wie es beabsichtigt ist, fast jedenfalls, und es gelingt ihr auch noch, sich abrupt abzuwenden, aber dann ist es mit ihrer Fassung zu Ende, und sie heult los.

»Was ist denn?«

Wilhelm hat die Tür geöffnet, er klingt verblüfft, abweisend auch, aber es ist seine Stimme, selbst nach zwanzig Jahren noch unverkennbar seine Stimme. »Papa«, schluchzt sie.

»Susanne?«

Und schon ist er bei ihr. »Mein Gott, Susanne!« Er nimmt sie in den Arm, drückt sie ganz fest an sich, sein Atem riecht nach Alkohol, alles ganz egal.

»Komm rein«, sagt er. Und: »Schön, dass du da bist.«

26.

Roeder strahlt. »Meine Herrschaften, das war ein ganz hervorragender Einsatz. Wir haben ein Lob vom Innensenator erhalten, das ich hiermit gern an Sie weitergebe.«

»Danke«, sagt Berger. Er nippt an dem Kaffee, den Roeder für Pagels und ihn spendiert hat.

»Was ist denn nun mit den Disziplinarmaßnahmen?«, fragt Pagels.

»Ach, Herr Pagels, ich bitte Sie! Sie müssen doch nun nicht gleich jedes Wort auf die Goldwaage legen!«

»An dem Abend hatte ich aber schon das Gefühl ...«

Berger legt ihm die Hand auf den Arm. Was soll das jetzt noch? Alles ist geklärt, die Harmonie wiederhergestellt.

Auch Roeder ist auf Ausgleich bedacht: »Herr Pagels, sagen wir mal so: Sie haben jetzt bei mir einen Wunsch frei ...«

»Einen Wunsch?«

»Nun ja, wenn es sich irgendwie einrichten lässt ...« Roeder hat offensichtlich Sorge, dass er zur Kasse gebeten werden könnte. Doch das ist nicht der Fall.

»Nur eine Frage: Wie haben Sie eigentlich so schnell herausgefunden, dass wir uns Zutritt zu der Kneipe verschafft haben?«

»Sie sind gesehen worden.«

»Und da sind Sie gleich mit rausgefahren – bei einem ganz normalen Verdacht auf einen Einbruch?«

»Nun ja, die Meldung ist halt nicht von irgendwem gekommen ...«

»Sondern?«

»Der Kollege Bentz hat Sie beobachtet.«

»Der Kollege Bentz«, sagt Pagels. Er sieht Berger an. Und in diesem Moment weiß Roeder, dass er zu weit gegangen ist.

27.

»Ich glaube, ich habe da einen Fehler gemacht.« Roeder ist sofort zu Pfeifer gegangen.

»Gut, dass Sie gleich damit gekommen sind«, sagt Pfeifer. Er greift zum Telefon. »Berger und Pagels zu mir!«

Roeder trommelt nervös mit den Fingern auf der Tischplatte.

»Lassen Sie das«, sagt Pfeifer.

Da kommen Berger und Pagels herein. Berger zieht die Augenbrauen hoch, als er sieht, dass Roeder auch hier ist. Pagels murmelt: »Jetzt kriegen wir einen Anschiss.«

»Setzen Sie sich«, sagt Pfeifer. Er registriert, dass die beiden Polizisten sich auf die Sessel links und rechts außen verteilen, sodass der Platz auf dem Ledersofa neben Roeder frei bleibt. Beide sehen ihm direkt ins Gesicht, Berger leicht belustigt, Pagels dreist. Roeder sieht weder ihn noch seine Mitarbeiter an, sondern starrt auf die Tischplatte.

»Ich habe ein paar Dinge mit Ihnen zu klären.«

»Bentz fehlt«, sagt Pagels. »Wenn es etwas zu klären gibt, dann mit dem Kollegen Bentz.«

»Mit wem hier was geklärt wird, bestimme ich.«

Pagels schweigt.

»Es gibt Kollegen, die sind ehrgeiziger als andere. Einer davon ist Bentz. Es ist nicht immer leicht, mit solchen Leuten zusammenzuarbeiten, das gebe ich gern zu. Aber man muss sich bemühen. Es ist immer leichter, schwierige Mitarbeiter einfach auszugrenzen und mit denjenigen weiterzuarbeiten, die guten Willens sind. Es ist leichter, aber es ist falsch.«

Berger wird rot.

»Wenn jemand keine Möglichkeiten sieht, sich im Dienst hervorzutun, dann sucht er sich andere Möglichkeiten. Umwege. Abwege. Da gibt es viele Möglichkeiten. Sei es, dass er nachts privat auf Streife geht, um in irgendeiner spektakulären Aktion irgendeinen Gangster zu fassen, sei es, dass er die Kollegen bespitzelt und guckt, ob er ihnen irgendwo am Zeug flicken kann. Das kann nicht hingenommen werden, und das wird auch nicht hingenommen.«

Pagels nickt.

Pfeifer sieht ihn an. »Wenn ich sage: Das kann nicht hingenommen werden, dann meine ich damit nicht die Methode Pagels!«

Jetzt wird Pagels rot. Berger weiß nicht, wovon die Rede ist.

»Der Fall Homstede darf sich nicht wiederholen.«

Pagels räuspert sich. »Ich weiß nicht, was Sie meinen.«

»Sie wissen sehr wohl, was ich meine, Herr Pagels. Im November 1958 ist der Kollege Homstede abends im dunklen Treppenhaus unglücklich mit Ihnen zusammengestoßen und dabei die Treppe heruntergefallen. Er hat mehrere Wochen im Krankenhaus zugebracht und anschließend um seine Versetzung gebeten.«

»Das war ein Unfall.«

»Ich habe nichts anderes behauptet. Aber ich erwarte von Ihnen, dass sich ein solcher Unfall nicht wiederholt. Ich dulde hier keine Vendetta. Ich erwarte von Ihnen, dass Sie weiter mit dem Kollegen Bentz zusammenarbeiten. Und nicht nur das – ich erwarte von Ihnen, dass sich die Zusammenarbeit deutlich verbessert. Ist das klar?«

Berger nickt, Pagels starrt vor sich hin.

»Es wird ohnehin nur für wenige Monate sein. Der Kollege Bentz wird nämlich zur Präsidialabteilung der Behörde für Inneres wechseln.«

Berger ist erleichtert. Den sind wir los, denkt er.

28.

»Natürlich war es richtig«, sagt Susanne. »Ich habe es mir ja auch wieder und wieder klargemacht, dass es richtig war. Ich bin Jüdin. Fast jedenfalls. Zu drei Vierteln.«

»Wir haben ja gehofft, dass der Spuk bald vorübergeht«, sagt Wilhelm. »Aber es ging immer weiter, und es wurde immer schlimmer. In so kurzer Zeit. Wir hatten den Eindruck, dass die Demokraten sich mit großem Eifer selbst außer Gefecht setzten. Und nach der Kristallnacht gab es kein Zögern mehr. Wir haben ein Telegramm nach Amerika geschickt. An deinen richtigen Vater.«

»Ich war kein kleines Kind mehr«, sagt Susanne. »Ihr habt mir das alles erklärt, aber es war doch einfach furchtbar. Von den Eltern weggeschickt zu werden. Verstoßen.«

»Wir haben dich nicht verstoßen«, widerspricht Berger sanft.

»Ich weiß, aber so hat es einfach auf mich gewirkt. Von den Eltern weggeschickt, und dann zu dem sogenannten Vater, den ich nicht kannte und der mich schon einmal verstoßen hatte, ohne mich überhaupt je gesehen zu haben. Und er hat mich auch jetzt nicht haben wollen.«

»Immerhin haben sie dich bei sich aufgenommen.«

»Ja, das haben sie. Sie haben sich sehr korrekt verhalten. Aber das war nicht genug. Und Jenny, die Frau meines Vaters, die hatte Mitleid mit mir. Das war fast noch schlimmer. Ich bin ausgezogen, sowie ich mit der Schule fertig war.«

»Wir hätten alle auswandern sollen«, sagt Berger. »Oder sonst etwas tun.«

»Das konntet ihr doch gar nicht. Ihr habt doch alle nur auf diese Kerle gestarrt wie das Kaninchen auf die Schlange. Ihr konntet nichts machen.«

»Das mag für die meisten Menschen zutreffen«, behauptet Wilhelm Berger. »Für mich nicht. Nicht wirklich. Ich war nicht wehrlos. Ich hatte ja meine Dienstwaffe.«

»Das ist doch lächerlich«, sagt Susanne.

Wilhelm sieht sie an. Einen Augenblick lang ist er versucht, ihr alles zu beichten, aber dann traut er sich doch nicht. »Ja. Ja, du hast recht. Es ist lächerlich. Ich hatte zwar eine Waffe, aber ich war eben doch nur ein Kaninchen. Ein Kaninchen mit einer Pistole. Das ist lächerlich. – So, ich geh jetzt mal und mach uns einen Kaffee.«

Susanne nimmt das Bild von der Kommode. Das ist Dagmar, ihre Mutter. Wie alt mag sie gewesen sein, als das Foto entstand? Zwanzig? Einundzwanzig? Und was für ein Mensch war sie? Dich verstehe ich am wenigsten, denkt Susanne. Dreimal hast du mich im Stich gelassen, dreimal! Es ist fast wie in der Bibel, bei Petrus. Das erste Mal bei deinem Selbstmordversuch, 1929. Da hat Wilhelm dich gerettet. Das zweite Mal, als du mich nach Amerika geschickt hast. Und das dritte Mal, als du dich schließlich doch umgebracht hast.

Wilhelm Berger kommt mit dem Kaffee. »Seit Ende 1938, seit der Reichskristallnacht, habe ich mich bemüht, das Visum für Dagmar zu bekommen. Es hat endlos gedauert, ich hatte nicht mehr geglaubt, dass es überhaupt noch klappen würde. Aber schließlich war es dann doch da.« Ein vollkommen grotesker Austausch von Briefen und Telegrammen mit Freunden im Ausland, mit der amerikanischen Botschaft, mit der englischen Botschaft, alles vergebens – bis schließlich die Visa für Indien eingetroffen waren. Von dort aus würde man weitersehen müssen. »Absurd natürlich. Was solltet ihr in Indien? Aber: Hauptsache, raus!«

»Zu spät«, sagt Susanne.

»Es schien nicht so«, sagt Berger. »Sicher, die Spannungen wurden immer größer, aber schließlich hatten wir die Tickets von der Hansa-Reederei, und am 18. August 1939 sind Mama und Horst an Bord der *Rauenfels* gegangen, die sie nach Indien bringen sollte.«

»Da war noch Frieden?«, fragt Susanne. »Ich müsste es wissen, aber ich weiß es nicht mehr.«

»Da war noch Frieden. Aber die Abreise der *Rauenfels* hat sich um zwei Tage verzögert. Und dennoch – am 20. August war immer noch Frieden. Du kannst dir nicht vorstellen, wie erleichtert ich war, als das Schiff endlich ausgelaufen ist. Ich habe in Blankenese am Ufer gestanden und gewinkt und gewinkt. Und Mama und Horst haben zurückgewinkt, bis wir uns nicht mehr sehen konnten.«

»Sie sind also noch herausgekommen? Aber ...«

Berger schüttelt den Kopf. »Die *Rauenfels* hat als erste Station Antwerpen angelaufen. Vier Tage Aufenthalt. Immer noch dicht an Deutschland, immer noch zu dicht am bevorstehenden Krieg. Und dann endlich, endlich ging es weiter. Am 26.8. stand im *Hamburger Tageblatt* unter der Rubrik Schiffsmeldungen: *Rauenfels* ab Antwerpen. Vom nächsten Tag an gab es keine Schiffsmeldungen mehr ...«

»Aber da war immer noch Frieden ...«

»Ja. Aber was ich damals nicht wusste, inzwischen war längst der telegraphische Befehl an alle deutschen Handelsschiffe ergangen, unverzüglich den nächsten deutschen Hafen anzulaufen. Am 31. August waren Mama und Horst wieder in Hamburg. Am 1. September morgens begann der Angriff auf Polen. Damit waren natürlich alle Grenzen dicht, und es gab keine Chance mehr, die beiden außer Landes zu bringen.«

Susanne fasst Wilhelms Hand. »Das habe ich nicht gewusst ...«

29.

»Weißt du noch, dass du mir früher beim Einschlafen Geschichten vorgelesen hast?«

Wilhelm Berger nickt. Eine Ewigkeit ist das jetzt her. »Wie alt bist du jetzt? Oder darf ich das nicht fragen?«

»Na hör mal, du als mein Vater! Dreiundvierzig bin ich.«

»Ja, die Zeit vergeht. – *Peterchens Mondfahrt* haben wir dir vorgelesen. Damals war ich ja noch mit der Jutta zusammen, und du, du bist manchmal zu Besuch zu uns gekommen.«

»Das weiß ich noch genau. Was ist eigentlich aus Jutta geworden?«

»Sie ist ja damals nach Berlin gegangen. Lebt jetzt im Osten mit irgendeinem hohen Tier zusammen. Weihnachtskarten kann sie wohl noch schreiben, ohne Absender irgendwo eingeworfen, aber ich traue mich nicht mehr, ihr zu antworten.«

»Sag mal, hast du das Buch eigentlich noch? Oder war das Juttas?«

»*Peterchens Mondfahrt*? Nein, das habe ich noch.« Berger erhebt sich, um es zu holen.

»Ach, lass nur, du brauchst nicht extra danach zu suchen.«

Der alte Berger lacht. »Meine Bücher sind nicht so in Unordnung wie die Küche!« Es dauert keine Minute, dann hat er den schmalen Band gefunden. »Wenn man sich das so vorstellt! Damals war es ein Märchen, und heute – heute fliegen die Menschen wirklich zum Mond.«

»Noch nicht«, sagt Susanne.

»Noch nicht, aber bald. In zwei Jahren vielleicht.«

»Weißt du noch, dass du es nicht vorlesen mochtest, weil gerade dieser Mörder ...«

»Ja, ich weiß. Aber im Moment sind keine Mörder unterwegs. Soll ich dir vorlesen ...?«

Susanne sieht ihn an. »Ja«, sagt sie.

Einer von uns?

Mai - August 1965

1.

»Wir ziehen um«, sagt Michael.

Das kommt für Berger wie ein Schock. »Wohin?«

»Nur bis nach Harburg, Papa!« Michael lacht. Aber es ist kein besonders fröhliches Lachen.

»Und warum?«

»Mama und der Manfred – sie haben sich getrennt.«

»Das freut mich«, sagt Berger unwillkürlich. Er denkt: Eigentlich geht es mich ja gar nichts an, aber für den Kerl warst du nun wirklich zu schade, Moni. Als er Michaels bestürztes Gesicht sieht, fügt er hinzu: »Mach dir nichts draus. Das kommt in den besten Familien vor.«

»Ja«, sagt Michael.

»Und in eurem Fall – ich glaube, da ist es wirklich das Beste.«

Tatsächlich? Werden Papa und Mama jetzt vielleicht doch wieder zusammenziehen? Dann wird die Irmi traurig sein. Und die Irmi ist auch nett. Keiner soll traurig sein, denkt er. Aber es gibt nichts, was er tun kann. »Monika hat mich schon umgemeldet. Gymnasium für Jungen in Harburg. Oben bei der Eberthalle ist das.«

Berger nickt. Er weiß, wo das ist. »Harburg ist nicht so hässlich, wie du denkst«, sagt er. »Da gibt es den Stadtpark, den Schulgarten, das Göhlbachtal ...«

»Du kennst dich gut aus.«

Monika kommt aus Harburg. Da haben sie sich kennengelernt. Hat sie Michael das nicht erzählt? »Es wird dir bestimmt gefallen!«

»Ja«, sagt Michael. Er hat Angst vor Harburg. Und Angst vor Manfred Marquardt. Der Mann ist ihm unheimlich geworden. Wie der mit Mama umgegangen ist. Zum Glück hat sie ihn weggeschickt. Er ist weg, denkt er. Ich sollte mich freuen. Aber – ist er wirklich weg?

2.

»Jetzt haben wir eine echte Chance!« Roeder strahlt. Vor ihm auf dem Tisch liegt das *Abendblatt* mit dem Foto der Queen. »Er wird glauben, dass die Polizei voll damit beschäftigt ist, die Königin zu bewachen. Aber da irrt er sich. Das Raubdezernat ist nicht miteingeteilt.«

»So eine Chance kann er gar nicht auslassen«, bestätigt Kayser.

»Arschkriecher«, murmelt Pagels.

»Also, der Ablauf ist folgendermaßen: Die Queen kommt morgens mit dem Zug am Dammtorbahnhof an. Dann folgt die Fahrt zum Rathaus. Links und rechts der Straßen Tausende von Menschen. Und der Rathausmarkt, eine einzige Menschenmasse. In den Seitenstraßen dasselbe Bild. Und hier die ganzen Banken ...« Roeder weist auf die Wandkarte. »Die Landeszentralbank, die Deutsche Bank, die Commerzbank und nicht zu vergessen die Dresdner Bank hier am Jungfernstieg.«

»Ich weiß nicht.« Berger ist nicht überzeugt. »Er kann ja schließlich nicht hexen. Bei dem Gedränge gibt es auch für Spitznase kein Durchkommen.«

Roeder wischt den Einwand vom Tisch: »Der kommt schon durch, der ist bisher immer und überall durchgekommen. Vielleicht flüchtet er wieder durch den U-Bahn-Tunnel ...«

»Ja, oder er springt in ein vorbeifahrendes Boot, wie einst Eulenspiegel!«

Roeder starrt Pagels irritiert an.

»Als er bei dem Barbier am Hopfenmarkt gearbeitet hat«, hilft ihm Pagels auf die Sprünge.

Roeder explodiert: »Mein Gott, Pagels, es geht hier nicht um irgendwelche Eulenspiegeleien!«

»Aber das mit dem Schiff wäre schon eine Möglichkeit«, sagt Berger ganz ruhig. »Wenn er sich nun ein schnelles Motorboot mietet ...«

»Da kommt er nicht durch die Schleusen! Weder an der Alster noch unten am Schaartor. Alles abgeriegelt von der Wasserschutzpolizei. Ihr dürft nicht vergessen, dass ja schließlich die Queen auch eine Alsterfahrt macht.«

»Ja. Um 10.50 Uhr ab Jungfernstieg, 11.15 Uhr an Fährdamm«, ergänzt Haydn eifrig.

»Schön. Und was werden wir nun also tun?«

»Die wichtigsten Objekte bewachen natürlich!«

3.

»Zehntausende von Hamburgern sind auf den Beinen, um einen Blick auf die Queen zu erhaschen. Und wer hier vor dem Dammtorbahnhof die Chance haben will, die Königin gleich bei ihrer Ankunft zu erblicken, der hat früh aufstehen müssen, meine Damen und Herren. Es herrscht ein dichtes Gedränge, überall werden Fähnchen geschwenkt, dabei sind es noch fünf Minuten, bis der Sonderzug hier eintrifft. Und alles ist bis ins Detail vorbereitet. Auf dem Bahnsteig ist ein roter Teppich ausgebreitet, und genau vor diesem Teppich wird jetzt – in knapp fünf Minuten – der Salonwagen mit der englischen Königin zum Halten kommen ...«

Pagels verzieht das Gesicht. »Kann der Mensch das verdammte Radio nicht leiser stellen?«

Berger zuckt mit den Achseln. Sie stehen im Eingang der Dresdner Bank buchstäblich mit dem Rücken zur Wand, vor ihnen mehrere Reihen von Zuschauern, die darauf warten, dass die Königin vorbeifährt. Es herrscht fröhliche Stimmung. Kein Bankräuber in Sicht.

»... und jetzt ist es so weit. Sie hören es am Jubel, meine Damen und Herren, in diesem Moment läuft der Sonderzug am Dammtorbahnhof ein. Da ist der Salonwagen. Die Tür öffnet sich. Und wie einst ihr Urgroßvater, König Eduard VII. vor 61 Jahren, so tritt jetzt die strahlende junge Königin heraus auf den Bahnsteig. Beifall brandet auf. Und da ist das Empfangskomitee, an der Spitze der Hamburger Bürgermeister Dr. Paul Nevermann, und jetzt ...«

Bergers Funksprechgerät quäkt los. Unwillig drehen sich die Vorderleute um. Pagels macht eine beschwichtigende Geste. Berger hält sich das freie Ohr zu. »Was gibt's?«

»Alles in Ordnung bei euch?« Roeders Stimme klingt verzerrt, doch man spürt die Anspannung.

»Ja, alles ruhig.«

»Seid ihr auf Position?«

»Ja, wir sind auf Position.«

»Gut aufpassen! Gleich wird's ernst!«

»Kasper!«, brummt Pagels.

»Alles klar«, sagt Berger.

»Verstanden, Ende.«

Das war Roeders Idee gewesen, sich die Funksprechgeräte von der Bundeswehr auszuleihen. Berger fragt sich, wo er das unhandliche Ding lassen soll, wenn er wirklich einen Bankräuber verfolgen muss.

»... setzt sich die Wagenkolonne in Bewegung. Im ersten Cabriolet die Königin neben dem Ersten Bürgermeister. Die Königin trägt ein cyclamrotes Seidenkleid, dunkelblau kariert, und dazu passend eine cyclamrote Turbankappe mit einer Schleife über der Stirn. Im zweiten Wagen folgt Prinz Philip mit Frau Engelhard ...«

»Wieso?«, fragt Pagels.

Berger schreckt hoch. »Was?«

»Wieso Frau Engelhard? Gehört da nicht die Frau Nevermann hin?«

»Weiß ich nicht.«

Das Gedränge wird größer. Hier kommt jetzt kein Bankräuber mehr durch, denkt Berger. Vor ihm schwenkt jemand eine riesige englische Fahne.

»Sie kommt!«, ruft der Mann mit dem Radio.

»... und jetzt – der Jubel bricht aus wie ein Vulkan ...«

Pagels tippt sich an die Stirn.

»Das ist ein Sechshunderter«, sagt der Mann mit dem Radio. »Extra aus Stuttgart geholt. Mit dem Kennzeichen S – KE 600. Das S für Stuttgart, und das KE für Königin Elizabeth, und die 600 ...«

Berger reckt den Hals. Der Wagen ist noch gar nicht zu sehen.

»... biegt die Kolonne jetzt in den Jungfernstieg ein. Die Fenster der Bürohäuser – dicht gedrängt auch hier überall die Menschen. Leitern, Kisten, Stühle haben sie herbeigeschafft, um sich die besten Plätze zu sichern. Ein besonders Mutiger hat sogar einen Mauervorsprung erklommen ...«

Wo? Alarmiert guckt Berger nach oben, doch von seiner Position aus kann er die Fassade nicht einsehen. Er muss weiter nach vorn, zwischen die Menschen!

»He, he, nicht drängeln!«, ruft eine Alte. Und dann wieder: »Elizabeth! Elizabeth!«

»... und da ist der zweite Wagen mit Prinz Philip. Er trägt die Uniform eines Admirals der Royal Navy und erweist damit der Hafenstadt Hamburg seine ganz besondere Reverenz. Und Frau Engelhard ...«

Zum Teufel mit Frau Engelhard! Wo steckt der Fassadenkletterer? Doch so sehr er sich auch müht, Berger kann den Mann nicht erblicken. Immer wieder versperrt ihm die englische Fahne die Sicht.

»God save the Queen!«, brüllt neben ihm ein etwas betagter Geschäftsmann im Nadelstreifenanzug.

Und dann ist die Kolonne vorüber. Die Menschenmenge drängt nach rechts, in Richtung Rathausplatz, wo die Königin sich auf dem Balkon zeigen wird. Vergeblich versucht Berger, zum Bankeingang zurückzukommen. Er muss mit. Gehetzt sieht er sich um. Was war das mit diesem Fassadenkletterer? Und wo ist Pagels?

Das Funkgerät! Im Laufen schaltet Berger das Gerät ein. Gut, dass sie das Ding haben! »Was ist mit diesem Fassadenkletterer?«

Einen Augenblick herrscht Stille. Dann Roeders verzerrte Stimme: »... wiederholen.«

Berger schnaubt vor Ungeduld. »Der Radioreporter hat doch gerade gesagt, dass jemand an der Fassade herumklettert!«

»An welcher Fassade?«

»Mein Gott, Roeder!«

»Wir wissen nichts von einer Fassade. Alles ruhig.«

Scheiße. »Verstanden, Ende!«

Jetzt ist er am Rathausplatz. Das heißt, er ist nur bis zum Reesendamm gekommen. Da steht er nun, eingekeilt in der Menschenmenge. Um ihn herum nichts als Schulkinder. Die haben offenbar frei bekommen. Ob Michael hier irgendwo mit dabei ist? Ach, unwichtig. Wo steckt Pagels?

Berger versucht es mit dem Funkgerät. »Pagels?«

Keine Antwort.

»Pagels? Hörst du mich?«

Nichts. Bestimmt hat er das Ding ausgeschaltet, denkt Berger. Er bemüht sich, Schritt für Schritt rückwärts aus der Menge herauszukommen. Doch während er sich langsam in Richtung Alster zurückzieht, strömen ständig neue Schaulustige herbei.

Hinter ihm bricht wieder Jubel los. Berger sieht sich nicht um. Wahrscheinlich sind sie jetzt auf dem Balkon, denkt er. Undeutlich dringen die Klänge des Polizei-Musikkorps an sein Ohr. Erst die englische Hymne, dann die deutsche.

»... lass uns dir zum Guten dienen, einig deutsches Vaterland!«, grölt jemand hinter ihm ebenso laut wie falsch. Berger dreht sich um. Es ist Pagels.

»Wo steckst du denn?«

»Hier. Und während du hier dumm herumjubelst, habe ich mir den Klettermaxe vorgenommen.«

»Und?«

»Nichts. Nur ein harmloser Spinner.«

Glück gehabt, denkt Berger. Eine Schießerei bei all diesen Menschen – nicht auszudenken, was da alles hätte passieren können.

4.

Spielzeug Rasch in der Innenstadt. Im ersten Stock zieht die Modelleisenbahn ihre Runden. Michael Berger hat sich die neue Märklin-Lokomotive zeigen lassen. Einfach stark. Aber teurer als er gedacht hat. Zu teuer. So viel kann er nicht ausgeben. Oder doch? Wenn er nun das Geld nimmt, das er für das Geburtstagsgeschenkt für Mama vorgesehen hat? Nein, das geht nicht. »Ich nehme doch erst einmal nur den Katalog mit«, sagt er.

Als er sich umdreht, steht Erika hinter ihm. »He, was machst du denn hier?«

»Dasselbe wie du. Einkaufen.«

»Wir haben uns ja lange nicht gesehen! Wo hast du denn gesteckt die ganze Zeit?«

»Wir sind weggezogen aus Bergedorf«, sagt Michael. Er denkt: Mein Gott, wie erwachsen die Erika auf einmal aussieht!

»Weggezogen? So plötzlich? Und wo seid ihr hin?«

»Nach Harburg.« Michael wird rot. Niemand darf es wissen, das hat seine Mutter ihm eingeschärft. Absolut niemand! Aber das kann doch für Erika nicht gelten, oder?

»Ja«, sagt das Mädchen. Und dann: »Bei mir hat sich auch einiges verändert. Ich bin verlobt!«

»Ah.« Michael zeigt sich nur mäßig interessiert.

Erika zeigt ihm den Ring.

»Stark«, sagt Michael.

Erika lächelt. Sie fühlt sich überlegen. Dass sie schwanger ist, hat der Michael nicht gemerkt. Jungs merken nie etwas.

5.

»*Die Katze im Sack*? Klar hab ich das gesehen. Warum fragst du?« Pagels sieht so gut wie jeden Krimi im Fernsehen.

»Jürgen Roland hat das gemacht.«

»Die Regie, ja. Das Buch ist ja von James Hadley Chase, und das Drehbuch ...«

»Von Wolfgang Menge, ja, ich weiß. Als ich das gesehen hab, da hab ich wieder dran gedacht, dass wir ja den Jürgen Roland hier gehabt haben damals – als Zeugen.«

»Der Überfall in der Langen Reihe. 1960 war das.«

»Ja, genau. Und da hab ich wieder dran gedacht: Jürgen Roland hat damals sinngemäß gesagt, der Mann sei gelaufen wie ein Profi. Im Gegensatz zu dem Versicherungsvertreter, der ihn verfolgt hat.«

»Wie ein Profi?« Pagels war damals nicht mit dabei.

»Ja. Wie ein Schauspieler, der einen Bankräuber spielt, so hat er das ausgedrückt.«

»Und?«

»Ich habe ihn ja selbst gesehen, unseren Spitznase. Wobei von der Nase nun wirklich nichts zu erkennen war. Er war ja maskiert, ich könnte ihn überhaupt nicht beschreiben. Nur dass er groß war und älter als ich, das weiß ich sicher. Aber da war noch etwas anderes. Je länger ich darüber nachdenke, desto sicherer bin ich mir. Der Mann hatte Autorität, war sich seiner Sache absolut sicher.«

»Ein Profi eben.«

»Ja. Nein. Kein Berufsverbrecher, wenn du so willst, sondern ganz einfach jemand, der gewohnt ist, dass die Leute tun, was er ihnen sagt. Ein Offizier vielleicht. Irgend so etwas in der Richtung. Und dann ist da ja noch die Schusswaffe. In der Deutschen Bank hat er eine Walther PP verwendet. Oder PPK. Das ist ja wohl eine Offizierswaffe ...«

Pagels schüttelt den Kopf.

»Roeder hat gesagt ...«

»Nicht in der Bundeswehr. Da haben sie die Walther P 1. Und die Wehrmacht hatte normalerweise die P 38. Allerdings haben viele Offiziere damals die leichtere Walther PP vorgezogen. Aber die mussten sie sich dann selbst kaufen.«

»Du meinst also, er hat das Ding noch aus dem Krieg?«

»Möglich. Aber ist dir eigentlich klar, wofür das PP steht?«

Horst Berger nickt. Ja, der Zusammenhang ist ihm auch gerade aufgegangen. »PP steht für Polizeipistole«, sagt er. »Und PPK für Polizeipistole, kurz.«

»Eben.« Pagels setzt nach: »Und die Überfälle waren so gut vorbereitet. Glaubst du nicht, dass da vielleicht mehr als bloßes Glück im Spiel gewesen sein könnte? Insiderwissen?«

Möglich, denkt Berger. Mein Gott, ja, das wäre möglich.

»Der Gedanke ist mir schon ganz früh gekommen, damals, als der Überfall auf die Deutsche Bank war. 1959, im Mai. Ist doch vollkommen irre, so etwas zu machen. Die Bank liegt doch nur einen Steinwurf von der Rathauswache entfernt. Die Polizei ist praktisch sofort da. Und dann hat sie ihn, ganz egal, ob er nun zur Tür herausmarschiert oder aus dem Fenster springt.«

»Genau zweihundert Meter sind das«, sagt Horst.

»Ja. Dafür braucht ein Polizist wie lange? Dreißig Sekunden? Fünfundvierzig? Mit anderen Worten: Er ist sofort da. Nur wenn der Täter weiß, dass der Alarm nicht direkt dorthin läuft, sondern erst zum Präsidium am Karl-Muck-Platz und dann per Telefon wieder zurück zum Rathaus, dann kann er damit rechnen, dass er genau die drei Minuten hat, die er braucht. Drei Minuten! Und diese minutengenaue Planung, die gilt ja auch für eine ganze Reihe der anderen Überfälle. Denk nur an dieses sagenhafte Ding am Berliner Tor! Und für so ein Wissen, da reicht es einfach nicht aus, dass man jemanden kennt bei der Polizei; das funktioniert nur, wenn man selbst bei der Polizei ist.«

Horst Berger schüttelt den Kopf. Das klingt zwar logisch, aber: »Nein, das kann ich nicht glauben.«

»Überleg mal, Horst! Warum hat er nie zugeschlagen, wenn die Kräfte der Polizei am stärksten geschwächt waren? Während der Sturmflutkatastrophe, beim Queen-Besuch – da wäre so ein Banküberfall doch am leichtesten durchzuführen! Kann es nicht sein, dass er diese Chancen einfach nicht nutzen konnte, weil er beruflich verhindert war? Als Polizist nämlich?«

Berger schweigt.

Pagels setzt nach: »Und warum eigentlich nicht? Ich hätte da schon so einen Lieblingspolizisten, der genau an der richtigen Position sitzt ...«

»Vergiss es. Ich kann mir nicht vorstellen, dass der Roeder irgendwo über einen Tresen springt.«

»Wahrscheinlich nicht. Schade.«

»Roeder hat ja für einige Tage sowieso ein ganz klares Alibi. Denk nur an den Überfall auf die Deutsche Bank, 1959.

Mein erster Tag in der neuen Dienststelle. Roeder war dabei. Ich erinnere mich noch ganz genau, wie sauer ich war, als er von meinem berühmten Herrn Vater anfing.«

»Du irrst dich.«

»Na hör mal! Ich werd doch noch wissen, wie das damals gewesen ist. Ich weiß sogar noch, was für eine Krawatte der Roeder getragen hat, irgend so ein Ding in blau-weiß-schwarz, als ob er ein Exil-Este wäre ...«

Pagels schüttelt den Kopf. »Du irrst dich. Roeder war da, und er hat diesen HSV-Schlips getragen, aber er ist früher gegangen. Viel früher. Als der Alarm kam, war er schon eine ganze Weile weg.«

»Bist du dir sicher?«

»Absolut!«

»Lange genug, um den Überfall auszuführen?«

»Vom Karl-Muck-Platz bis zum Rathaus sind es doch zu Fuß höchstens zwanzig Minuten.«

Berger überlegt. »Und wenn schon«, sagt er schließlich. »Ich hab den Kerl doch gesehen in Aumühle damals. Auch wenn er völlig maskiert war – glaubst du im Ernst, ich hätte unseren Roeder nicht erkannt?«

Pagels zuckt mit den Achseln.

Mist, denkt Berger. Warum hab ich solch ein schlechtes Personengedächtnis? Kann das wirklich sein, dass das der Roeder gewesen ist und ich hab das nicht gemerkt? Blödsinn!

Doch da fällt ihm plötzlich etwas ein. Der Tag der offenen Tür. Wie war das gewesen? Hat nicht Irmi damals gesagt, sie sei im Präsidium jemand begegnet, der so aussah wie der Bankräuber? Er hatte dem damals keine Bedeutung beigemessen, aber – wenn es nun stimmte? So viel stand fest: Sie waren Roeder auf dem Flur begegnet!

In dem Augenblick kommt Roeder herein. Die beiden starren ihn an.

»Ist was? Guten Morgen allerseits. Ich hoffe, ich störe nicht. Ich wollte nur mal schnell meine Schulden bei der Kaffeekasse bezahlen.«

»Sehr löblich«, brummt Pagels. Er hat sich wieder gefasst. Roeder ist ein großer Kaffeetrinker aber ein schlechter Zahler.

»Ja, ich will doch schließlich nicht so einfach in die Herbstferien entfleuchen, sonst kann ich ja gar nicht ruhig schlafen. Wie viel ist es denn?«, fragt er.

Pagels konsultiert die Liste »Sechsachtzig.«

»Was? Das kann doch gar nicht sein ...«

»Herr Roeder, sind das hier Ihre Striche oder nicht?«

»Weiß ich nicht. Ja, doch, wahrscheinlich stimmt das doch. Kann schon sein, dass ich in der letzten Zeit ein bisschen mehr als sonst ... Können Sie auf Zwanzig rausgeben?«

»Klar«, sagt Pagels. Er schüttet den Inhalt der Dose auf den Tisch, sortiert die Münzen. »So, das wären schon mal fünf, sieben, neun, zehn ...«

Berger achtet nicht auf die Münzen, die sein Kollege zur Seite schiebt. Er starrt fasziniert auf den nagelneuen Zwanzigmarkschein, der da vor ihm auf dem Tisch liegt.

Roeder bemerkt seinen Blick. »Die sind schön, die neuen Dinger, nicht? Freue ich mich immer wieder dran. Diese Frau – die ist nach einem Gemälde von Dürer. Elsbeth Tucher heißt die. War eine Kaufmannsfrau, oder so etwas ...«

»Ja, ja«, sagt Berger. Ihn fasziniert etwas anderes. Unter dem Kopf der Kaufmannsfrau steht die Nummer der Banknote. Zwei Buchstaben, sieben Ziffern, ein Buchstabe. So sollte es jedenfalls sein. Aber auf diesem Schein steht HM1735467CX.

6.

»Das kann nicht sein«, sagt Berger.

Roeder ist wieder gegangen; Pagels hat sich die Liste von Trudchen geben lassen. Es gibt im Raubdezernat nur einen, der die Bedingungen so ungefähr erfüllt, und das ist Roeder.

Sigmund Roeder, geb. 31.8.1929 in Hamburg
verh. seit 3.5.1954
2 Kinder
im Polizeidienst seit 1946
wohnhaft: 2000 Hamburg 80, Corthumstr. 38

»Bergedorf ist das«, sagt Pagels. »Hamburg 80, das ist Bergedorf.«

»Damals – die Geschichte mit dem Silbernitrat – der Kerl hat doch ausgesagt, dass er die Scheine in Bergedorf auf der Straße gefunden hat!«, erinnert sich Berger plötzlich.

»Ja. In der Mantiusstraße. Nicht weit vom Bahnhof.«

»Und wie liegt das zur Corthumstraße?« Berger schlägt den Stadtplan auf. »Hier ist der Bahnhof – und hier die Ernst-Mantius-Straße. Und hier rechts unten die Corthumstraße. Hm. Gut zwanzig Minuten würde man brauchen. Und es ist zumindest nicht völlig aus der Richtung.«

»Man könnte so gehen«, sagt Pagels, »wenn man nicht mitten durch das Zentrum laufen will. Weil man vielleicht nicht gesehen werden will ... Und was machen wir jetzt?«

»Gar nichts. Abwarten.«

»Willst du nicht Pfeifer ins Bild setzen?«

»Nein. Das reicht nicht«, sagt Berger. »Aber wir werden Roeder im Auge behalten. Tag und Nacht überwachen. Sowie er aus dem Urlaub zurück ist.«

7.

Zu viert sind sie in Urlaub gefahren. Mit dem Zelt natürlich, sonst wäre das alles nicht zu bezahlen. Er hat den Kindern die Porta Westfalica gezeigt; sie sind alle mit dem Weserdampfer gefahren und jetzt, nach gut einer Woche, hat er seine Familie zum Einkaufen nach Oeynhausen hineingebracht. Seine Frau und die Mädchen steuern auf eines der Zeuggeschäfte zu. Er zögert. Klamotten kaufen, das ist nichts für ihn.

»Und was machst du so lange?«, fragt Erika.

»Ich sehe mir ein bisschen die Gegend an.«

»Und wo treffen wir uns wieder?«

»Beim Auto am besten. Sagen wir – so in drei Stunden. siebzehn Uhr. Reicht das?«

»Ja, das reicht. Das muss reichen. Aber das Auto – oh Gott, ob ich das wiederfinde, wo wir das abgestellt haben ...«

»Ach, komm, Mama!« Erika lacht. »Das finden wir schon!«

Und dann sind sie losgezogen. Und er auch. Ganz ruhig schlendert er jetzt durch die Innenstadt, besieht sich die Auslagen der Geschäfte. Und die Banken. Da ist schon eine. Oeynhausener Volksbank. Eindrucksvoll. Könnte sich lohnen. Wo sind wir hier? Viktoriastraße. Gut. Er betritt die Bank, sieht sich um. Eine große Schalterhalle, reger Publikumsverkehr, niemand beachtet ihn. Er nimmt sich eine Broschüre zum Thema Bausparen aus dem Ständer und setzt sich damit an einen der Besuchertische. Bausparen ... Das dauert zu lange. Er blickt auf von seiner Lektüre, sieht sich im Saal um. Die Kasse – nicht besonders gesichert. Der Kassierer ein älterer Mann; der wird wohl nicht den Helden spielen, so kurz vor der Pensionierung. Und eine Überwachungskamera – er kratzt sich am Kopf, blickt zur Decke – nein, eine Überwachungskamera gibt es hier auch nicht.

Das einzige Problem ist die Fußgängerzone. Zu viele Blumenkübel, zu viele Fußgänger. Man kann mit dem Wagen vorfahren, klar, sonst könnten ja die Geschäfte nicht beliefert werden, aber nicht am Nachmittag. Da ist es einfach zu voll. Nein, es muss morgens passieren. Gleich früh morgens, wenn er die Brötchen holt. Am Donnerstag.

8.

Wie gewohnt ist er als Erster wach. In aller Ruhe zieht er sich an, kriecht aus dem Zelt. Nieselregen empfängt ihn. Das ist gut. Da werden die anderen lange schlafen und sich nicht wundern, wenn er heute mit den Brötchen etwas länger braucht. Er geht zum Wagen.

Plötzlich steht Erika vor ihm, voll angezogen. Hübsch sieht sie aus mit ihren sechzehn Jahren, frech und fröhlich. Sie sagt: »Ich will mit.«

Er erstarrt.

»Ich weiß, was du vorhast. Ich weiß auch, was du sagen willst, das geht nicht, es ist gefährlich und so, aber ich gehe trotzdem mit.«

Und mit einem Schlag ist ihm klar: Sie weiß es. Sie weiß alles. »Erika«, sagt er erschrocken.

»Du bist der Bankräuber, von dem die Zeitungen schreiben. Und du ziehst jetzt los, um meine Mitgift zu besorgen. Ich gehe mit.«

Das fehlte noch! Mit einem Satz ist er bei ihr, packt sie mit beiden Armen, schüttelt sie. »Du bleibst hier!«

»Pah!«, sagt sie. Dann sieht sie sein Gesicht. Voller Wut und Verzweiflung, so hat sie ihn noch nie erlebt, und einen Augenblick lang hat sie Angst vor ihrem Vater.

In dem Moment, als er ihr die Ohrfeige verpasst, weiß er, dass er verloren hat.

9.

Sie sitzen zusammen im Wagen.

»Das ist kein Spiel«, sagt er.

»Natürlich nicht.«

Für den Bruchteil einer Sekunde guckt er zur Seite, sieht seine Tochter, das Kind, dann starrt er wieder nach vorn. Sie ist ein Kind, sie ist noch ein Kind! Niemals hätte er sie mitnehmen dürfen. Sein eigenes Kind!

»Die anderen haben natürlich keine Ahnung«, sagt sie.

Das hätte auch noch gefehlt, denkt er.

»Die Kleine nicht, natürlich nicht. Und Mama – Mama mag wohl ahnen, dass irgendetwas nicht stimmt. Aber sie fragt nicht nach.«

»Ja.« Das ist auch gut so.

Eine Weile fahren sie schweigend durch den Morgen. Als sie an einer Ampel halten müssen, trommelt der Mann voller Ungeduld mit den Händen auf das Lenkrad.

»Du bist nervös«, stellt Erika fest.

»Ja.«

»Wegen mir?«

»Das ist ein Verbrechen, was ich hier mache. Das ist eindeutig gegen das Gesetz«, sagt er.

»Du hast dich bisher nicht darum gekümmert, glaube ich. Weißt du, ich hab das alles in den Zeitungen nachgelesen. Diese ganzen Überfälle, und der Mann, den du ...«

»Halt den Mund!« Endlich geht es weiter.

Erika lässt sich nicht bremsen. Völlig aufgekratzt ist sie. »Weißt du, für mich ist das so: Da gibt es das Gesetz und die Ordnung, und das ist alles schön und gut. Aber da gibt es auch den Tiger, der kümmert sich nicht um das Gesetz, der streift durch den Dschungel und nimmt sich das, was er braucht. Und wenn ihm dabei ein Mensch in die Quere kommt, dann tötet er auch den Menschen, wenn es sein muss. Denn er ist der Tiger ...«

Es ist falsch, denkt er, ich bin kein Tiger. Aber was bin ich wirklich? »Wir sind gleich da«, sagt er.

10.

Er kennt sich inzwischen gut aus in Bad Oeynhausen. Dreimal ist er hier gewesen, ist alles abgegangen, die Entfernungen, die Fluchtwege. Die Volksbank in der Viktoriastraße – groß genug, um ordentlich Beute zu bringen. Aber die Volksbank hat einen entscheidenden Nachteil. Es gibt keinen Hinterausgang, kein ungesichertes Fenster irgendwo, wo es keiner einsehen kann. Er muss zu derselben Tür wieder heraus, zu der er hereinkommt. Und die Bank liegt in der Fußgängerzone. Aber eine Flucht zu Fuß kommt nicht in Frage. Er muss mit dem Wagen bis direkt vor den Eingang fahren, zum Teufel mit den Verbotsschildern.

Jetzt fahren sie schon zum zweiten Mal die Runde um das Wildgehege. Bahnhofstraße – Moltkestraße – Bismarckstraße – Rolandstraße – Weserstraße – nichts. Er blickt auf die Uhr. Schon 9.15 Uhr. Wenn es jetzt nicht klappt, auf der nächsten Runde, dann muss er die Aktion abbrechen.

»Da!« Sie sind wieder in der Moltkestraße. Ein junger Mann hat einen beigefarbenen Opel am Seitenstreifen geparkt und ist jetzt dabei, den Wagen abzuschließen. Sie fahren langsam vorbei. Im Rückspiegel sehen sie, wie der Mann raschen Schrittes in Richtung Innenstadt davongeht. Kein Zweifel, der geht zur Arbeit.

»Den nehmen wir!«

Den nehmen wir? Er will das Auto klauen, denkt Erika. »Warum?«

»Damit niemand unseren Käfer in der Nähe der Bank sieht natürlich.«

Sie parken den VW ein ganzes Stück weiter auf dem Parkplatz am Bahnhof Bad Oeynhausen Süd. Der Mann zieht die schwarzen Lederhandschuhe an, füttert die Parkuhr, dann nimmt er die Aktentasche aus dem Kofferraum. Anschließend gehen Vater und Tochter zusammen zurück zur Moltkestraße.

Da steht der Wagen. Ein Opel Rekord älterer Bauart. Aus Herford. Kein Problem. Die Tür ist im Nu geöffnet.

»Steig ein!«

Erika sieht zu, wie ihr Vater zwei Autokennzeichen aus der Aktentasche nimmt und sie über die Kennzeichen des Opel hängt. *BI – SE 971* steht da jetzt. Anschließend nimmt Papa den Schulterriemen aus der Aktentasche und knipst ihn an der Tasche fest.

»Hier, nimm die Sonnenbrille! Und nun los!«

Erika setzt die Brille auf; sie ist ihr zu groß. Fasziniert sieht sie zu, wie ihr Vater den Wagen kurzschließt. Papa hat Routine! Der Motor springt sofort an.

Sie rollen in langsamem Tempo durch die Fußgängerzone. Paul-Baehr-Straße, liest Erika. Paul Baehr. Sie denkt sich einen Teddybär, der Paul heißt. Dann kommt schon die Viktoriastraße. Sie fahren direkt bis vor die Bank. Noch immer sind wenig Menschen unterwegs an diesem Donnerstagmorgen. Das Wetter ist zu schlecht.

»Wenn's schiefgeht, steigst du einfach aus und gehst weg.«

Erika nickt. »Mach's gut!«

Schon ist ihr Vater draußen; die Wagentür klappt zu. Ohne Hast geht er in die Bank. Ruhig und selbstsicher. Er sieht aus wie ein Arbeiter oder kleiner Angestellter, denkt sie. Mit diesem mausgrauen Arbeitskittel und der Schlägermütze. Und das Halstuch? Er hat das Halstuch vergessen!

Schon ist er in der Bank verschwunden. Mein Gott, er hat das Halstuch vergessen! Soll sie ihm nachrennen? Nein, Blödsinn, das geht nicht. Sie kann nichts machen. Gar nichts. Nur warten. Und aufpassen, dass die Polizei nicht kommt. Ob sie eine Alarmanlage haben? Sicher, das ist eine große, moderne Bank. Die haben bestimmt eine Alarmanlage. Was soll sie tun, wenn die Sirene plötzlich losheult?

Gar nichts. Gar nichts wird sie tun. Papa ist ein Meister seines Faches. Der braucht nur Sekunden, um seinen Überfall durchzuziehen. Niemals länger als eine Minute. Der schnappt sich das Geld, und schon ist er wieder draußen. Ehe irgendjemand mitkriegt, was überhaupt los ist, sitzt er schon wieder bei ihr im Wagen und sie brausen los. Da! Da öffnet sich ja schon die Tür. Doch es ist nur ein Kunde, der ohne Hast aus der Bank ins Freie tritt.

Erika sieht auf die Uhr. Der Zeiger rückt eine Minute vor. 9.32 Uhr. Zwei Minuten schon. Jetzt wird sie unruhig. Sie fährt zusammen, als plötzlich jemand an die Seitenscheibe klopft. Eine alte Frau. Panisch sucht sie, bis sie die Kurbel für das Fenster gefunden hat. Sie dreht die Scheibe einen Spalt weit herunter. »Ja bitte?«

»Junge Frau, Sie dürfen hier nicht parken, das ist eine Fußgängerzone hier!«

»Ja.« Was soll sie darauf sagen. »Ja, entschuldigen Sie, aber das ist – wir mussten nämlich ...«

Doch da ist die Alte schon weitergegangen, ohne ihre Antwort abzuwarten. Erika dreht das Fenster wieder zu. Ihr Herz klopft wie wild. Jetzt hat sie wirklich Angst. Drei Minuten schon. Da stimmt etwas nicht, das ist schiefgegangen! Keine Frage, das ist schiefgegangen! Was soll sie nur tun? Aussteigen und weglaufen? Nein, kommt nicht in Frage. Sie ist doch kein kleines Kind mehr! Wenn es wirklich schiefgegangen ist, dann rutscht sie schnell auf die Fahrerseite rüber und braust los. Sie kann fahren, auch wenn sie noch keinen Führerschein hat. Das geht einfach. Ferdi hat es ihr gezeigt. Das darf Papa natürlich nicht wissen.

Da kommt er endlich! Nein, wieder ist es jemand anders, der da aus der Bank kommt. Ein älterer Herr mit Hut. Ganz ruhig sieht er aus, so als ob nichts geschehen ist. Nein, es ist auch nichts geschehen. Papa ist einfach nur hingegangen, um ein wenig Geld abzuheben. Das mit dem Überfall, das war alles nur Spaß. Ganz bestimmt. Das war nur so eine Art Spiel zwischen ihnen beiden, so tun als ob. Früher haben sie immer so gespielt; sie war die Prinzessin, und er war ...

Da schrillt die Sirene los. Und da kommt Papa. Er rennt aus der Bank, und sie sind hinter ihm her. »Überfall!«, schreit jemand. »Hilfe, Überfall!« Sie müssen weg. Nichts wie weg hier! Warum schießt Papa nicht?

Da ist Papa im Wagen und fährt los. Jemand will ihm den Weg versperren, einer der Bankangestellten, er springt aber zur Seite, als Papa Gas gibt. Und schon saust ihr Opel durch die Fußgängerzone, in wildem Slalom zwischen den Blumenkübeln, raus aus dieser Falle, nichts wie raus! Wie endlos lang ist sie doch, diese verdammte Paul-Baehr-Straße! Da, endlich, da vorne, Am Kurpark, eine richtige Straße, sie sind entkommen.

Nein, sind sie nicht. Ein großer Wagen versperrt den Weg. Polizei? Nein, keine Polizei. Papa drückt kurz auf die Hupe, winkt, sie sollen zur Seite fahren. An der Handbewegung sieht sie, wie aufgeregt er ist. Und der andere Wagen fährt tatsächlich zur Seite. Danke! Ein kurzes Handzeichen. Sie sind frei.

11.

Sie sind wieder auf dem Weg zum Zeltplatz.

»Das war knapp«, sagt Erika.

»Ja.«

»Hast du? Du hast doch nicht?«

Er registriert ihren angstvollen Blick. Er schüttelt den Kopf. Nein, er hat nicht geschossen. Vielleicht war es doch nicht verkehrt, sie mitzunehmen, denkt er. Jetzt hat sie es selbst gesehen. Jetzt weiß sie, dass das kein Spiel ist.

»Das war ein voller Erfolg«, sagt er schließlich. »Das sind über Hunderttausend. Das reicht für die Aussteuer. Und Mama kriegt auch ihre Wohnung, von der sie schon so lange träumt. Jetzt können wir uns das leisten.«

»Papa?« Das klingt nicht begeistert.

»Ja?«

»Hör auf.«

»Wie?«

»Das reicht doch jetzt, hast du selbst gesagt. Du musst doch nicht weitermachen auf diese Weise. Du kannst doch einfach mit uns zusammen das Erreichte genießen ...«

»Wie war das doch gleich? Ich bin der Tiger?«

»Ach, Unsinn. Du bist kein Tiger. Du bist mein lieber Papa. Und ich habe Angst um dich.«

12.

Freitagmorgen. Die Sonne scheint. Grete hat den Campingtisch gedeckt. Papa hat Brötchen geholt. Er kommt mit der Zeitung zurück.

»Hier, für dich, Grete, damit du dich nicht langweilst!«

»Ich langweile mich nie im Urlaub, das weißt du doch!« Sie lacht. »Und dann auch noch ausgerechnet – wie heißt das Ding? – das *Westfalen-Blatt* ?Nee, also wirklich!«

Erika schneidet ein Brötchen auf. »Schade, dass wir morgen schon wieder zurückmüssen.«

»Ja, das geht ja nun nicht anders. Die Kleine muss doch zur Schule.«

»Ihr könntet doch sagen, dass ich krank bin«, schlägt Lotte vor.

»Ganz schön frech, mit deinen zehn Jahren! Nein, das kommt nicht in Frage. Ich muss ja auch wieder zur Arbeit.«

»Ja, klar, weiß ich doch. Ist die Erdbeermarmelade schon wieder alle? Erika, nein wirklich!«

»Das war ich nicht!«

»Immer streichst du das Zeug löffelweise aufs Brot. Kein Wunder, dass du so ...«

»Schschsch! Keinen Streit jetzt«, fährt Grete dazwischen. »Die Sonne scheint, es ist warm, wir sitzen hier ...«

»Na, mehr als dreizehn Grad sind das aber nicht!«

»Wozu habt ihr denn eure Strickjacken? Und passt mal auf, wenn wir wieder nach Hamburg kommen, dann sagen alle: Zu Hause hat es die ganze Zeit geregnet.«

Die Mädchen lachen. Nur Vater ist in die Zeitung vertieft.

»Sag mal, August, was liest du denn da so Spannendes?«

»Ach, nichts. Alles nur das Übliche. Hier steht, dass sie wieder einen Judenmord-Prozess eröffnen. Angeklagt sind fünfzehn ehemalige Mitarbeiter der Lagermannschaft von irgend so einer SD-Außenstelle in Polen. Mord in siebzehntausend Fällen – mein lieber Mann!«

»Ja, ich sag ja immer, du kannst von Glück sagen, dass du bei der Wehrmacht warst und nicht bei der SS. Wie leicht hättest du da in irgend so etwas reingeraten können ...«

»Ja, das ist wohl wahr.«

Der Mann klappt die Zeitung zu und legt das Blatt zur Seite. Er hat gesehen, was er sehen wollte. Es steht auf derselben Seite wie die Notiz über den Judenmord-Prozess, nur viel größer aufgemacht, und mit Foto. *»Gehen Sie zurück – bleiben Sie still!«, rief der Räuber und griff nach dem Geld. Dreister Banküberfall / Rund 118.000 Mark erbeutet / Täter entkommen.* Gott sei Dank zeigt das Foto nicht ihn, sondern nur die Sparkasse. Und die Täterbeschreibung ist dürftig genug. Ein vierzig bis fünfundvierzig Jahre alter schlanker Mann mit schmalem, blassem Gesicht. Kein Wort von der Nase. Zum Glück kein Wort von der Nase.

13.

»Das ist die Liste«, sagt Pagels.

»Und?«, fragt Berger.

Pagels zuckt mit den Schultern.

Berger beugt sich über die beiden Blätter Papier.

»Es fängt an mit 1959«, erläutert Pagels. »Der Tag, an dem du hier angefangen hast. Überfall auf die Deutsche Bank. Roeder könnte das geschafft haben – gerade so. Knapp wäre es auf jeden Fall gewesen.«

»Ja.« Knapp oder nicht – es wäre möglich.

»Was davor war, weiß ich nicht. Keine Ahnung, wo Roeder 1953 oder 1954 gewesen ist. Das lässt sich nicht mehr rekonstruieren. Aber dann, 1960, der Überfall auf die Dresdner Bank in der Langen Reihe, das könnte er wieder gewesen sein. Da hatte er frei.«

»Das stimmt. Aber wie gut läuft Roeder? Läuft er wirklich ›wie ein Profi‹? Hast du ihn mal laufen sehen in letzter Zeit?«

Berger schüttelt den Kopf. »Eigentlich würde ich immer annehmen, Roeder läuft nicht – der fährt.«

»Aber wir haben natürlich keine Ahnung, was er privat macht.«

»Nein. Das heißt ...«

»Genau. Damals, als wir den Klett verhaftet hatten und versucht haben, den Roeder zu erreichen, da hat seine Frau doch geglaubt, er sei noch im Präsidium. Ganz klar, er hat ne Freundin, der Roeder. Die stellt Ansprüche. Das ist teuer.«

»Daher die Banküberfälle.«

»Schön und logisch. Aber der nächste auf der Liste, der kommt nicht in Frage.«

»Reinbek? Nein, da war er ja hier bei uns, als der Anruf kam. Dann gehört der Überfall eben nicht mit zu der Serie. Wir hatten ja damals gleich unsere Zweifel.«

»Die anderen Sachsenwald-Überfälle, das kann er natürlich gewesen sein.«

»Vielleicht. Ich habe ihn in Aumühle nicht erkannt.«

»Aber du hast, soweit ich weiß, allgemein Schwierigkeiten, Leute wiederzuerkennen. Und gar in Verkleidung. Er kann das gewesen sein.«

»Für den Überfall hier am Berliner Tor hat er auch kein Alibi.«

»Und danach?«

Die beiden Polizisten sehen sich an. »Fehlanzeige«, sagt Berger schließlich. »Danach Fehlanzeige. Es gibt zwar noch eine ganze Reihe von Überfällen, besonders in diesem Jahr, aber da sind zum Teil mehrere Täter beteiligt gewesen, und zum Teil ist Roeder eindeutig hier gewesen.«

»Wir sollten es mit den Zeugen versuchen«, schlägt Pagels vor.

»Haben wir ein aktuelles Foto von Roeder?«

»Letztes Jahr auf der Weihnachtsfeier«, sagt Pagels. »Trudchen hat Bilder gemacht. Da ist bestimmt etwas dabei, was wir gebrauchen können. Die Bilder legen wir den Zeugen vor. Mal sehen, was dabei herauskommt.«

14.

Pagels klappert die Zeugen ab, doch vergeblich. Die Aussagen schwanken zwischen »könnte sein« und »wahrscheinlich nicht«. Und auch eine andere Hoffnung hat sich sehr rasch zerschlagen. Zu zweit können sie es nicht schaffen, Roeder zu überwachen. Der Dienst nimmt zu viel Zeit in Anspruch. Und Banküberfälle finden nun einmal am Tag statt, während der normalen Arbeitszeit.

»Ich wüsste einen, der dafür in Frage käme«, sagt Pagels.

Berger sieht ihn an; er weiß, was jetzt kommen wird.

»Dein Vater«, sagt Pagels.

»Ja.«

»Meinst du, er würde ...?«

»Ja.« Ja, natürlich wird er das machen. »Okay, ich frage ihn.«

15.

Roeder fährt mit der S-Bahn nach Hause. Wilhelm kann ihn sehen, wenn die Tür zum Nachbarabteil geöffnet wird. Reisende mit Traglasten. Da sitzt er und liest seine Zeitung. Er achtet nicht auf die Umgebung.

Mittlerer Landweg. Jetzt folgt das lange Stück durch die unbebaute Elbmarsch. Links und rechts nichts als Wiesen und Weiden. Wieder drängt jemand durch die Abteiltür, und Berger sieht Roeder, wie er gerade die Zeitung umblättert. Alt und müde sieht er aus, denkt Berger. Nicht wie ein erfolgreicher Bankräuber.

In Bergedorf geht Roeder zum Busbahnhof. Er nimmt die Ringlinie, wie vorausgesehen. Fast ist Wilhelm Berger versucht, es ihm gleichzutun. Aber nein, das wäre zu riskant. Zu groß die Gefahr, dass Roeder ihn bemerkt. Spätestens wenn er an derselben Haltestelle aussteigt. Justus-Brinckmann-

Straße wahrscheinlich. Berger entscheidet sich für ein Taxi und ist deutlich vor Roeder am Ziel.

Er stellt sich gegenüber der Bushaltestelle auf. Ein Bus kommt. Berger tritt zurück in den Schatten einer großen Platane. Der Bus hält an; Berger ist die Sicht versperrt. Der Bus fährt weiter. Und da ist Roeder. Ohne nach rechts oder links zu blicken, marschiert er die Straße entlang und biegt dann in die Corthumstraße ein. Berger zögert einen Moment. Es ist klar, in welchem Haus der Mann jetzt verschwinden wird.

Doch da kommt noch jemand, der ebenfalls in die Corthumstraße einbiegt. Ohne besondere Eile, so als ginge er spazieren. Aber er geht nicht spazieren, denkt Berger. Sein Gang hat etwas gewollt Lässiges, und jetzt bleibt er vor dem Haus stehen, in dem Roeder verschwunden ist. Er zündet sich eine Zigarette an, wirft dabei einen Blick auf Roeders Haus, wirft das Streichholz weg, pafft eine Rauchwolke in die Luft und geht dann langsam weiter. Nicht sehr weit allerdings. Nach wenigen Metern steigt er in einen geparkten Wagen. Doch ein Spaziergänger?

Nein, dann würde er jetzt wegfahren. Aber der Mann bleibt im Auto sitzen. Was hat das zu bedeuten? Berger sieht, wie der Mann eine Zeitung entfaltet. Ab und zu lässt er das Blatt sinken und wirft einen Blick nach draußen. So weit sich das in dem Halbdunkel erkennen lässt, hat er Roeders Haus im Auge. Doch da tut sich nichts. Schließlich geht Wilhelm Berger auf dem Bürgersteig an dem geparkten Wagen vorbei. Ein älterer VW, noch mit geteilter Heckscheibe. Der Winker überklebt. Vermutlich vorschriftsgemäß durch einen Blinker ersetzt.

Der Mann beachtet ihn nicht. Ein Detektiv, denkt Berger. Ein Privatdetektiv. Soll er Horst anrufen? Nein, nicht nötig. Mit dem wird er auch allein fertig. Er geht bis zur nächsten Straßenecke und kehrt dann um.

Der Detektiv bemerkt ihn erst, als Berger die Tür aufreißt und sich neben ihm auf den Beifahrersitz schiebt.

»He, was soll ...«

»Kriminalpolizei«, behauptet Wilhelm Berger. Amtsanmaßung, denkt er. Egal. »Ich hätte da ein paar Fragen.«

»Was wollen Sie? Was soll das Ganze?«

»Roeder. Warum überwachen Sie Roeder?«

»Ich bin Ihnen gegenüber zu keiner Auskunft ...«

»Machen Sie keine Schwierigkeiten«, sagt Berger. »Sie sehen doch, dass wir auch hinter dem Mann her sind. Dies ist ein Fall für die Polizei!«

»Für die Polizei?« Der Mann lacht. »Das ist eher ein Fall für die Irrenanstalt!«

16.

»Fehlanzeige«, sagt Wilhelm Berger am Ende seines Berichts.

Horst Berger, Pagels und er haben sich in der Kneipe getroffen.

»Bist du dir sicher?«, fragt Horst.

Wilhelm nickt. »Dieser Detektiv hat mir sein Leid geklagt. Die Frau Roeder hat ihn auf ihren Mann angesetzt. Sie glaubt, dass er fremdgeht. Er soll im Büro gewesen sein, angeblich, war aber dann doch nicht da, und solche Geschichten. Und dann hat es auch wohl mindestens einmal einen Anruf von einer jungen Frau gegeben, die ihren Namen nicht nennen wollte. Erst hat die Frau Roeder ja geglaubt, das sei alles irgendwie ein Irrtum, aber schließlich hat sie ihrem Mann das Gerede von den Überstunden nicht mehr abgenommen ...«

»So, so, eine Freundin hat er also«, sagt Pagels.

Wilhelm schüttelt den Kopf. »Eben nicht! Das ist ja das Verrückte! Seit über einem Monat steigt dieser Detektiv ihm nach, und er ist sich ganz sicher: Es gibt keine Geliebte. Der

Roeder hat in Hamburg eine kleine Wohnung gemietet, direkt unterm Dach. Ein winziges Loch, sagt der Detektiv. Er hat sich Zutritt verschafft als Mann von der Feuerkasse ...«

»Das Liebesnest!«

»Nein. Keine Spur von einer Frau. Ein Radio gibt es da, einen Kühlschrank, in dem nichts steht außer ein paar Flaschen Bier, jede Menge Sportzeitschriften, und auf dem Tisch ein völlig abgegriffenes Tipp-Kick-Spiel!«

»Tischfußball? Ja, das leuchtet ein, der Roeder ist doch geradezu ein Fußballnarr«, sagt Pagels.

»In der Wohnung trinkt er heimlich Bier und spielt Tipp-Kick – gegen sich selbst.«

»Warum macht er das nicht zu Hause?«, fragt Horst Berger. »Nichts davon ist verboten.«

»Du kennst seine Frau nicht. Zu Hause darf er damit nicht kommen. Die Frau – ich hab sie ja nur einmal gesehen – aber der Detektiv sagt, die ist völlig auf vornehm und macht in Kultur, die würde ihm nie erlauben, zu Hause Fußball zu hören und Bier zu trinken – ganz zu schweigen von Tipp-Kick!«

»Er sollte sich scheiden lassen.«

»Keine Chance. Sie hat das Geld.«

»Und – was hat die Frau Roeder zu diesen Ermittlungsergebnissen gesagt? Das hat er ihr doch sicher erzählt, oder?«

»Sie glaubt kein Wort. Der Detektiv soll weiter dranbleiben. Irgendwo müsse doch noch eine Geliebte stecken ...«

»Ist ja irre!« Horst lacht laut auf.

»Was gibt es doch für verkorkste Beziehungen!«, prustet Pagels.

»Ja«, sagt Horst Berger, plötzlich ernüchtert. »Ja, das stimmt.« Es kriselt zwischen Irmi und ihm.

17.

Papa ist nervös, so viel ist ihm auch aufgefallen. Und Irmi nicht da. Keine Frage, denkt Michael, die haben sich gestritten. Michael hat mit Papa zusammen zu Abend gegessen und noch eine Runde Schach gespielt. Michael hat mühelos gewonnen – ein sicheres Zeichen dafür, dass Horst Berger nicht bei der Sache war. Er hatte ihn ansprechen wollen auf Mamas Probleme, auf ihre Angst, und er hatte gehofft, dass Papa helfen würde, aber so hat er sich gar nicht getraut, davon anzufangen.

Der Weg war mühsam. Er hatte die Straßenbahn genommen über Wilhelmsburg – eine halbe Weltreise. Zurück wird er mit der Bahn fahren. Halt, noch die Mütze! Die hätte er jetzt fast vergessen. Das wäre ziemlich kühl geworden nachher in Harburg zu Fuß nach Hause. Eine halbe Stunde braucht er vom Unterelbe-Bahnhof. Mindestens.

»Bis demnächst dann!«

»Kommst du nächste Woche?«

»Ich weiß noch nicht. Kommt darauf an, ob wir noch Geschichte schreiben.«

»Mach's gut!«

Michael macht die Gartenpforte hinter sich zu. Noch ein letzter Blick zurück. Papa steht auf dem Balkon und sieht ihm nach. Er winkt. Michael winkt kurz zurück, dann macht er sich auf den Weg.

Es ist dunkel. Michael geht rasch. Er denkt an die Englischarbeit, für die er jetzt doch nicht gelernt hat. Morgen früh, wenn er rechtzeitig aufsteht, könnte er das Kapitel noch einmal durchlesen. Vor allem die Daten – es geht um die Sklavenbefreiung. Warum kann er sich diese Jahreszahlen nicht merken? Wann war noch mal dieser Amerikanische Bürgerkrieg? 1865 – 67? So ungefähr jedenfalls. Gettysburg, denkt er. Da hat er das angekündigt mit der Sklavenbefreiung, dieser Lincoln. Wo liegt Gettysburg eigentlich? Er hat keine Ahnung. Aber danach fragt wahrscheinlich auch keiner. Michael geht zügig und sieht sich nicht um. So fällt ihm nicht auf, dass ihm schon die ganze Zeit jemand in größerem Abstand folgt.

Endlich ist er bei der Mundsburg. Ein paar Leute stehen schon auf dem Bahnsteig. Überraschend viele Leute. Das Theater muss wohl gerade zu Ende sein. Was für ein altertümlicher Bahnhof, denkt er. Der muss heil geblieben sein, und ringsumher war alles flachgebombt. Die U-Bahn muss jeden Moment kommen. Michael geht ganz nach vorn durch, damit er am Hauptbahnhof am richtigen Ende ist. Er sieht sich nicht um. Er merkt nicht, wie jemand, den er kennt, in den letzten Wagen einsteigt.

18.

August Wesseck hat ein großes Bier vor sich stehen. Er sitzt allein am Tisch und beobachtet das Treiben auf der Tanzfläche. Ferdi hat seine Schallplattensammlung mitgebracht. Er macht den Diskjockey. Wilde Musik, das meiste. Aber ab und zu auch ein paar leise Töne. Friedel Hensch und die Cypries. Die Dinger muss Grete ihm ausgeliehen haben, denkt Wesseck. *Übers Jahr, wenn die Kornblumen blühen* und *Das alte Försterhaus*. Das sind unsere Platten.

Erika wirbelt vorbei, rotwangig, aufgeregt. »Komm, tanzen!« Wesseck schüttelt den Kopf. Was für ein Glück wir doch haben, denkt er. Die Kinderlähmung damals – alles ohne bleibenden Schaden überstanden.

»Das ist ein schwarzer Tag für die Hamburger Polizei!« Eggert setzt sich zu ihm. Er wedelt mit dem *Abendblatt*. »Hast du das gelesen? Ein sechsundzwanzig Jahre alter Polizeihauptwachtmeister muss wegen schwerer passiver Bestechung zwei Jahre und drei Monate ins Gefängnis. Einer von uns!«

»Hartes Urteil«, sagt Wesseck. Muss der Kerl ausgerechnet jetzt damit kommen? Sie sind hier, um sich zu amüsieren.

»Ja. Hart, aber gerecht. Hat von irgend so einem Kaufmann Geschenke angenommen und dafür beim Alkoholtest ein Auge zugedrückt.«

»Und wie ist das rausgekommen?«

»Die Frau hat gepetzt. Die Frau von dem Polizisten.«

»Das muss ja ne tolle Schnepfe sein«, sagt Wesseck.

»Das kannst du wohl laut sagen. Und das Ergebnis ist nun, dass der Kaufmann seinen Lappen los ist, für vier Jahre, und der Polizist geht in den Knast.«

»Da gehört der Kaufmann hin«, sagt Wesseck spontan. Und er denkt: Warum erzählt mir der Eggert das?

»Dies ist eine Handelsstadt, August. So blind ist Justitia nun auch wieder nicht, dass sie das nicht sieht.«

»Scheiße«, sagt Wesseck. »Zu den Spitzenverdienern zählen wir Wachtmeister nicht gerade. Das sollte man nicht vergessen.«

»Deswegen sag ich es ja.«

»Ja klar.« Wesseck ist die Stimmung verdorben. Der Kollege, von dem Eggert da redet, der war immerhin Hauptwachtmeister. Und selbst der ist nicht ausgekommen mit seinem Geld. Was soll er da erst sagen, als einfacher Wachtmeister. A7 kriegt er, zwei Stufen weniger. Da muss man die Knete schon ganz schön zusammenhalten. Ja, natürlich, die Feier ist teuer gewesen, aber glaubt der Eggert allen Ernstes, er könnte sich das nur leisten, wenn er irgendwelche krummen Dinger dreht? Ahnt er etwas? Er hätte die Kollegen nicht einladen sollen.

Schrille Töne reißen ihn aus seinen Gedanken. Der Ferdi hat eine neue Scheibe aufgelegt. Und da ist Erika, die zu ihm an den Tisch tritt. Blendend sieht sie aus in ihrem weißen Kleid. »Das sind die Stones«, sagt sie. »Komm, Papa, wir tanzen!«

Die Rolling Stones. Mit dem Namen verbindet er eher schwierige Polizeieinsätze. Was hatten die Kollegen erzählt, wie war das gewesen im September bei dem Konzert in der Ernst-Merck-Halle? Gut, dass er da nicht miteingesetzt gewesen war ...

Erika zieht ihn mit sich. Und dann stehen sie auf der Tanzfläche.

This could be the last time,

Maybe the last time, I don't know ...

Ja, denkt Wesseck, in der Tat. Das ist wahrscheinlich das letzte Mal, dass ich mit dir tanze, Mädchen. Und was für ein Höllentanz! Es ist heiß auf der Tanzfläche, Wesseck kommt schon nach wenigen Augenblicken ins Schwitzen.

Well I told you once and I told you twice

That someone will have to pay the price ...

Alles bezahlt, denkt er. Hochzeit, Mitgift, alles. Und das neue Haus für uns. Jetzt noch ein kleines bisschen, eine kleine Reserve, gut angelegt, für unser Küken, und dann kann ich mich wirklich zur Ruhe setzen.

This could be the last time,

Maybe the last time, I don't know ...

Doch, denkt Wesseck, ich weiß es. Dies wird jetzt das letzte Mal. Aber hat er sich das nicht schon oft gesagt?

19.

»Morgen, Herr Wesseck. Mein Gott, Sie sehen aber auch nicht gerade ausgeschlafen aus ...«

»Ja, wir hatten ja Feier gestern. Unsere Kleine hat geheiratet, die Erika. Bis heute früh um vier haben wir getanzt.

Marmor, Stein und Eisen bricht ... Aber da merkt man schon, dass man nicht mehr der Jüngste ist!«

»Aber so alt ja nun auch noch nicht! Denn lassen Sie es man sachte angehen heute.«

»Ja, das muss ich wohl ...«

»Wir kümmern uns schon um ihn, keine Sorge«, sagt der Kollege.

»Sind Sie mit dabei gewesen?«, fragt Berger. Der Eggert sieht auch nicht gerade frisch aus.

»Ja klar! So eine hübsche junge Braut, das lässt man sich doch nicht entgehen! So romantisch das Ganze. Sie wissen ja, wie das ist. *Mit siebzehn hat man noch Träume ...*«

»Ja«, sagt Berger. Mit siebzehn hatte er Monika kennengelernt. Daran will er jetzt lieber nicht erinnert werden.

Berger geht zum Fahrstuhl. *Marmor, Stein und Eisen bricht,* denkt er. Und unsere Liebe? Bricht die auch nicht? Er ist sich nicht mehr so sicher. Er glaubt, eine gewisse Distanz festgestellt zu haben zwischen sich und Irmtraut. Aber vielleicht täuscht er sich auch.

20.

Nein, er täuscht sich nicht.

Am 28. Dezember besucht der neue Innensenator Heinz Ruhnau das Polizeipräsidium. Wie es in der Hausmitteilung heißt, wird Polizeipräsident Dr. Frenzel ihn um 12.30 Uhr begrüßen und ihm sodann die leitenden Beamten vorstellen. Das geht bestimmt bis in den Abend. Aber die leitenden Beamten – Berger hat Glück, da gehört er nicht dazu.

Aber als er Irmi vorschlägt, stattdessen mit ihr essen zu gehen, schüttelt sie den Kopf. »Ich bin schon verabredet.«

»Ach.«

»Guck nicht so, Horst. Du hast ja die letzten Wochen nie Zeit gehabt. Und als der Bretzke angerufen hat ...«

»Wer?«

»Klaus Bretzke. Der Kassierer aus unserer Sparkasse in Aumühle. Du weißt doch!«

Ja, Berger erinnert sich. Hatte der Kerl nicht damals schon ein Auge auf Irmi geworfen?

»Jedenfalls – er ist befördert worden. Er wird unser neuer Zweigstellenleiter. Und da – ich hab gedacht, die Einladung zum Essen – warum soll ich die nicht annehmen ...?«

Ja, warum nicht? »Viel Spaß«, sagt Berger.

21.

Große Lagebesprechung. Roeder hat alle zusammengerufen. Er sagt: »Die Entwicklung ist dramatisch. Sie haben das ja wahrscheinlich alle in der Zeitung verfolgt. Im Jahre 1960 gab es im ganzen Bundesgebiet nur vierundvierzig Banküberfälle. 1961 waren es bereits neunundvierzig Fälle. Und der Anstieg hat sich weiter fortgesetzt. Was schätzen Sie, wie viele Überfalle waren es im letzten Jahr?«

»1964? Deutlich mehr. Vielleicht hundert?«, rät Berger.

»Schön wär's! Nein, meine Herrschaften, im vergangenen Jahr hatten wir in der Bundesrepublik zweihundertzwei Banküberfälle, und nach den Zahlen, die uns bisher vorliegen, werden es für das laufende Jahr noch mehr werden.«

»Wie hoch ist denn die Aufklärungsquote?«, fragt Berger.

»Darüber liegen mir keine Angaben vor. Aber es gibt begründete Hoffnung, dass wir ganz kurz vor der Wende stehen. Es wird jetzt allmählich eng für unsere Bankräuber. Dank der immer besseren Ausrüstung unserer Polizei ist es inzwischen kaum noch möglich, in Hamburg einen erfolgreichen Überfall durchzuziehen. Besonders bei den großen

Banken in Innenstadtnähe können wir jederzeit sicherstellen, dass unsere Streifenwagen innerhalb von zwei Minuten am Tatort sind.«

»Wenn jetzt alle Funkstreifen auf Mercedes umgestellt werden, dauert es vielleicht nur noch anderthalb Minuten«, sagt Pagels.

»Ja, vielleicht.« Roeder lächelt irritiert. »Was ich sagen wollte, ist Folgendes: Da sich die Response time der Polizei nicht weiter verbessern lässt ...«

Pagels lacht laut auf.

»Da sich hier keine weiteren Fortschritte erzielen lassen, müssen die Verbesserungen vor allem auf der Seite der Banken erfolgen. Eine sehr schöne Maßnahme wäre es, überall Filmkameras einzubauen, die jeden Besucher der Bank filmen.«

»Die meisten Täter sind maskiert«, gibt Berger zu bedenken.

»Das nützt nicht viel. Die meisten Menschen sind durch ihre Körperbewegungen so eindeutig charakterisiert, dass man sie trotz Maskierung identifizieren könnte.«

»Beamte nicht«, ruft Pagels dazwischen. »Die bewegen sich nicht genug!«

»Pagels!« Berger ruft ihn zur Ordnung. So spaßig die Einwürfe auch sein mögen, er hat keine Lust, hier den ganzen Vormittag herumzusitzen.

»Sie mögen darüber lächeln, aber schon 1957 ist in Ohio ein Bankräuber auf diese Weise identifiziert worden. Anstelle der Filmkameras kann man natürlich auch Kleinbildkameras einsetzen, die mit der Auslösung des Alarms aktiviert werden. Bei Verwendung einer 17-m-Filmrolle können im 2-Sekunden-Abstand etwa vierhundertfünfzig Aufnahmen getätigt werden. – Aber das ist nur eine der Möglichkeiten. Am wichtigsten ist natürlich die Absperrung der sensiblen Bereiche. Panzerglas vor den Schaltern – und vor allem eine

Verlangsamung der Auszahlung. Wenn es uns gelingt, die Auszahlung größerer Beträge so sehr zu verzögern, dass der ganze Vorgang sich über mehrere Minuten hinzieht, dann sollte es möglich sein, die Räuber direkt am Tatort zu fassen.«

»Wenn denn der Alarm ausgelöst werden kann«, sagt Kayser.

»Ja. Aber auch da sind Verbesserungen möglich. Zum Beispiel kann die Polizei auch durch den Einsatz automatischer Schussmelder alarmiert werden.«

»Zum Glück wird bisher bei den Überfällen meistens nicht geschossen«, sagt Berger.

»Es ist doch verschiedentlich vorgeschlagen worden, die Kassierer zu bewaffnen. Was halten Sie davon?«, fragt Kayser.

»Gar nichts. Der Kassierer ist das Ziel des Angreifers und hätte keine Chance, die Waffe rechtzeitig zu ziehen. Nein, wenn eine Waffe im Schalterraum vorgehalten werden soll, dann muss sie von einem der anderen, unverdächtig wirkenden Angestellten bedient werden. Aber das wäre wirklich nur eine allerletzte Möglichkeit.«

»Hoffen wir es«, sagt Pagels.

»Ja. Allerdings heißt es, dass inzwischen etwa 40% der Kassen mit einer Schusswaffe ausgestattet sind. Offenbar ist aber die Bereitschaft, diese auch tatsächlich einzusetzen, eher gering. In vielen Fällen liegen die Pistolen im Tresor oder sind anderswo weggeschlossen und im Ernstfall ohnehin nicht greifbar.«

Berger nickt. Er hat den Artikel in der *Kriminalistik* auch gelesen, auf den Roeder sich hier offensichtlich bezieht. Der Autor behauptet: *Wenn die Geldinstitute im Besitz von Schusswaffen und die Bankangestellten auch bereit sind, unter bestimmten Bedingungen diese zu gebrauchen, wird das Risiko für den*

Räuber erheblich größer werden. Noch größer wird das Risiko natürlich für die Angestellten und die Kunden. Aber davon schreibt er nichts. Man kann nur hoffen, dass die Vernunft sich durchsetzt.

Da kommt Trudchen herein, blickt sich suchend im Raum um. Schließlich erblickt sie Berger. Sie winkt ihn heraus. Berger erhebt sich leise und verlässt den Vortragsraum.

»Was gibt's denn?«

»Herr Berger, Ihr Sohn ist am Telefon. Ihre Frau – ich meine Ihre ehemalige Frau – sie hat einen Unfall gehabt.«

22.

»Was willst du jetzt hören?«, fragt Monika. »Dass ich ein bisschen weine und sage: Ja, Horst, du hattest recht?«

Hilflos und verloren sieht sie aus in ihrem Krankenhausbett, denkt Berger. Und der flotte Spruch kommt nicht halb so flott rüber, wie sie beabsichtigt hat. Ja, Monika ist dem Weinen ziemlich nahe.

»Es tut mir leid«, sagt Berger.

»Mir auch. Ja, du hattest wirklich recht. Ich hätte auf dich hören sollen. Aber ich hab nicht geglaubt, dass er mir ernsthaft etwas tun würde. Wir hatten uns doch in Frieden getrennt ...«

Fast in Frieden, denkt Berger. Da waren Dinge vorgefallen, von denen er nichts wusste. Fest stand nur, dass Monika nicht ohne Grund die schöne Wohnung aufgegeben hatte und nach Harburg gezogen war – ohne ihre neue Anschrift zu hinterlassen. Wenn Michael nicht gewesen wäre – er hätte sie völlig aus den Augen verloren. Dabei war es immer weiter bergab gegangen mit Monika und ihrem Manfred. Kein Geld mehr, das Auto längst abgemeldet. Bruchstückweise hatte er davon erfahren. Und auch jetzt war es Michael gewesen, der ihn alarmiert hatte, Panik in der Stimme: Mama hat einen Unfall gehabt. Sie liegt im Mariahilf.

»Er hat dich ganz schön zugerichtet«, sagt Berger.

»Ach, die paar blauen Flecken, das wird schon wieder. Und so eine gebrochene Rippe – das tut zwar im Augenblick ein bisschen weh, aber das heilt ziemlich schnell.«

»Ja, das tut es.« Es sind die unsichtbaren Narben, die nicht so leicht heilen.

»Aber es ist nett von dir, dass du gekommen bist. Riesig nett.«

»Der Michael hat mich gleich angerufen.«

»Ja, der Michael. Der ist drüber zugekommen, wie es passiert ist. Ich weiß nicht, was sonst noch alles geschehen wäre ...«

»Hast du Anzeige erstattet?«, fragt Berger.

Monika schüttelt den Kopf.

»Das solltest du tun, auf jeden Fall!«

Sie schweigt. Sie wird es nicht tun, denkt Berger. Schließlich sagt sie: »Wie lange haben wir zusammen gelebt, der Manfred und ich? Sechs Jahre? Ja, ich glaube, es sind jetzt sechs Jahre. Das ist eine Beziehung, Horst, nicht irgendein Verwaltungsakt, wo man sagen kann: Bei Zuwiderhandlung werden rechtliche Schritte eingeleitet! Und bevor du weiter nachfragst: Ja, er hat mich auch vorher schon geschlagen. Aber er hat sich hinterher jedes Mal entschuldigt und ist ganz, ganz nett zu mir gewesen ...«

Berger schüttelt den Kopf. Monika – so eine große, selbstbewusste Frau. Nie hätte er geglaubt, dass sie sich das gefallen lassen würde!

»Er ist eben impulsiv. Und hinterher tut es ihm dann leid.«

»Ich bin auch impulsiv«, sagt Berger. »Ich schnapp mir den Kerl, und dann ...«

»Nein, Horst«, sagt Monika leise, aber bestimmt. »Das tust du nicht. Du führst dich auf, als habe sich jemand an deinem Eigentum vergriffen. Aber ich bin nicht dein Eigentum. Ich bin ich, und ich tue, was ich will. Das musst du bitte akzeptieren.«

»Ja«, sagt Berger.

»Du darfst dich nicht in mein Leben einmischen.«

»Nein.«

Da klopft es.

»Herein!«, ruft Monika.

Es ist eine Krankenschwester. Sie bringt einen großen Strauß roter Rosen.

»Was für schöne Blumen!«, sagt Monika unwillkürlich.

»Ja. Und in dieser Jahreszeit – die müssen ein Vermögen gekostet haben! Aber der Herr wollte nicht mit reinkommen ...«

Es dauert eine Sekunde, bis Berger geschaltet hat. Er springt auf. »Ist er noch unten?«

»Nein, er musste gleich wieder weg, aber ...«

Berger rennt los.

»Horst!«, ruft Monika, aber da ist er schon aus der Tür. Er hat Mühe, auf dem glatt gebohnerten Linoleum mit seinen Ledersohlen. Der Fahrstuhl ist nicht da. Berger nimmt die Treppe. Schon ist er in der Eingangshalle. Aber die Halle ist leer. Zu spät, denkt Berger.

Nein, nicht zu spät. Was hat Monika gesagt? Das Auto ist abgemeldet. Er hat keinen Wagen, er ist zu Fuß da. Oder mit dem Taxi. Nein, zu Fuß, mit dem Bus, er hat ja kein Geld. Und bis zur Haltestelle sind es einige hundert Meter.

Berger stößt die Tür auf, rennt ins Freie. Fast rempelt er eine ältere Dame an, kann im letzten Moment noch ausweichen. Fassungslos sieht sie ihm nach. »Flegel!«, ruft sie. Berger rennt weiter.

Und da sieht er Manfred Marquardt. Und Marquardt sieht ihn. Viel zu früh sieht er ihn. Der Weg von der Klinik zieht sich in weitem Bogen den Hang hinunter zur Stader Straße, der Kerl ist weg, er kann ihn nicht einholen. Berger rennt wie noch nie in seinem Leben. Er kommt näher und näher, aber da ist schon die Haltestelle. Eine ganze Gruppe von Leuten steht da, und da naht auch schon der Bahnbus. Doch die Ampel wird rot, hält ihn auf, und jetzt ist Berger heran.

Marquardt steht mitten unter den Leuten, sieht ihm frech ins Gesicht. Berger packt ihn am Kragen.

»Schlag doch zu«, sagt Marquardt. »Hier, vor zwanzig Zeugen, schlag mich doch zusammen!« Seine Stimme zittert leicht, er hat Angst, dass Berger trotzdem zuschlägt, trotz aller Zeugen, aber da kommt Berger zur Besinnung.

»Das wird Monika nicht gefallen, wenn du mich hier zusammenschlägst!«

»Nein«, sagt Berger, »das wird ihr nicht gefallen.«

Der Bus ist heran. Die Türen öffnen sich. Marquardt grinst. Das ist zu viel. Den Schlag sieht er nicht kommen. Er geht zu Boden. Berger zerrt ihn wieder hoch. »Das war erst die Anzahlung«, zischt er. Marquardt wehrt sich nicht. Er blutet. Er hält sich ein Taschentuch vor die Nase.

»Unglaublich!«, entrüstet sich ein Rentner neben Berger. »Sind wir hier vielleicht im Wilden Westen, oder was?«

»Man sollte die Polizei rufen!«, schlägt ein anderer vor.

Das wartet Berger nicht ab. Er lässt Marquardt los und geht davon. Ihm ist kalt, und er fühlt sich elend. Niemand versucht, ihn aufzuhalten.

23.

»Bist du denn wahnsinnig?« Pagels schüttelt den Kopf. Berger hat ihm von seinem Ausflug nach Harburg berichtet.

»Ja, es war vielleicht eine Dummheit«, gibt Berger zu.

»Es war auf jeden Fall eine Dummheit!«, bestätigt Pagels. »Wenn der Kerl dich anzeigt! Was willst du dann machen? Behaupten, du warst das nicht? Bist noch nie in Harburg gewesen?«

Berger schüttelt den Kopf. Dass Marquardt ihn anzeigen könnte, ist seine geringste Sorge. Viel mehr wurmt ihn, dass er nichts erreicht hat, sondern durch sein Eingreifen die Situation eher verschlimmert hat. Es besteht die Gefahr, dass am Ende Monika für seine Unbeherrschtheit büßen muss. »Wenn der ihr noch einmal auch nur ein Haar krümmt ...«, murmelt Berger.

»Mein Gott noch mal«, ereifert sich Pagels. »Begreifst du es denn nicht? Du bist hier nicht als Robin Hood beschäftigt, als Rächer der Enterbten, sondern als Polizeibeamter. Und da ist die Frage: Liegt hier eine Straftat vor oder nicht? Hat jemand Anzeige erstattet? Will die Staatsanwaltschaft, dass hier ermittelt wird? Alles nein? – Too bad! Dann kannst du nichts machen.«

»Die Monika war meine Frau, Mensch!«

»Ja, so seid ihr, ihr Bergers! Für eure Frauen tut ihr alles. Aber das fällt euch erst ein, wenn sie tot sind oder so sehr in der Scheiße stecken, dass ihnen niemand mehr helfen kann.«

»Was willst du damit sagen?«

»Schrei mich nicht an«, sagt Pagels, plötzlich ernüchtert. Jetzt hat er zu viel gesagt.

»Was redest du da von ›ihr Bergers‹? Du meinst Wilhelm! Was ist mit Wilhelm?«

»Ach, ist doch egal.«

Berger packt Pagels am Kragen. »Was ist mit Wilhelm?«

»Lass mich los! – Was mit Wilhelm ist? Das weißt du doch. Der ist auch selbst losgezogen, um sich sein Recht zu suchen. Den Kapitän der *Rauenfels*. Den wollte er haben, um jeden Preis!«

»Das Schiff ist in Norwegen in die Luft geflogen.«

»Ja, schon, aber erst als die Besatzung von Bord war.«

»Willst du damit sagen ...«

»Ja. Wilhelm hat ihn aufgespürt, den Mann.«

Horst Berger starrt ihn an.

»Seitdem säuft er!«, fügt Pagels hinzu.

Berger schüttelt den Kopf.

»Frag ihn doch.«

24.

Horst Berger hat sich im Amt abgemeldet und ist sofort nach Wandsbek gefahren. Susanne empfängt ihn an der Tür. »Das ist ja eine Überraschung. Ich mache gerade Tee. Möchtest du eine Tasse?«

»Danke«, sagt Berger. Er sieht seinen Vater an. »Wilhelm, ich muss mit dir reden.«

Susanne spürt die Unruhe in seiner Stimme. »Dann lasse ich euch wohl besser allein.«

»Du brauchst nicht wegzugehen«, sagt Wilhelm. »Ich habe keine Geheimnisse vor dir.«

»Ich muss den Tee machen«, beharrt Susanne. Sie verschwindet in der Küche.

»Vor ihr hast du keine Geheimnisse«, sagt Berger. »Aber vor mir.«

»Hat Pagels also geredet«, stellt Wilhelm fest.

Die beiden Männer starren sich an.

»Ich verstehe dich nicht.«

Susanne kommt mit dem Tee.

»Wirklich nicht? Dagmar war schon in Sicherheit. Aber er, er hat euch beide in Antwerpen nicht von Bord gelassen. Er hat euch nach Deutschland zurückgebracht. Gegen Dagmars Willen.«

»Na und? Sie hätte trotzdem nicht zu sterben brauchen«, sagt Berger. »Als Halbjüdin war sie doch überhaupt nicht gefährdet.«

Susanne verharrt mitten in der Bewegung. »Weißt du eigentlich, was du da sagst?«

»Sie hat sich selbst umgebracht«, beharrt Horst Berger. »Dafür war sie selbst verantwortlich. Niemand sonst. Schon gar nicht dieser Kapitän. Dass er ihr Schwierigkeiten bei der Ausreise gemacht hat, das ist doch kein Verbrechen! Sie hat sich selbst umgebracht.«

»Ja, sie hat sich selbst umgebracht! Kannst du dir gar nicht vorstellen, wie das für sie gewesen ist, 1942, als dann allmählich all ihre Verwandten und Freunde verhaftet und ins KZ gesteckt wurden? Und umgebracht wurden, einer nach dem anderen? Dir hätte das vermutlich nichts ausgemacht!«

Berger starrt sie an. »Entschuldigung«, sagt er schließlich. »Wie dumm von mir. Ich habe nicht nachgedacht.« Und dennoch bleibt es ein Mord, denkt er.

Keiner sagt etwas.

»Und dennoch bleibt es ein Mord!«, beharrt Horst Berger schließlich.

Wilhelm schüttelt den Kopf. »Ich hab ihn nicht erschossen.«

»Nicht?«

»Nein. – Ich hab's tun wollen, ja. Aber ich habe es nicht geschafft. Das ist mein Problem. Ich habe es einfach nicht geschafft.«

Ich habe es verpatzt, denkt Horst Berger. Alles verpatzt. Mit Wilhelm, mit Susanne, mit Monika, mit Irmi ...

Wilhelm sieht ihn an. Er zögert einen Moment, dann sagt er: »Ich glaube, jetzt brauchen wir alle einen Schnaps.«

Das Ende

Montag, 3. Januar 1966

1.

Es hat ihm nie Schwierigkeiten bereitet, früh aufzustehen. Wesseck wirft einen Blick auf die Uhr. Gleich 4.30 Uhr, genau richtig. Er stellt den Wecker ab und schwingt sich aus dem Bett. Es ist kalt in der Wohnung. Er hätte noch Kohlen nachlegen müssen gestern Abend. Am besten Briketts, in Zeitung eingewickelt. Er hat es vergessen. Die Anspannung, denkt er. Das war die Anspannung. Man gewöhnt sich nie daran. Aber jetzt, wo es endlich losgeht, jetzt ist er ganz ruhig. Seine Hände zittern nicht, als er Zeitungspapier und Kleinholz in den Ofen stopft und anzündet.

Wesseck wäscht sich und rasiert sich in der Küche. Das Feuer im Ofen brennt inzwischen; Wesseck schüttet Kohlen nach, dann macht er sich Frühstück.

»Ich denke, du hast frei?« Grete steht in der Schlafzimmertür, reckt sich, gähnt.

»Kleine Nebentätigkeit«, sagt Wesseck. »Irgendwie müssen die Kohlen ja reinkommen, oder?«

»Ja.« Grete denkt an das Reihenhaus in Wentorf. Der Rohbau ist jetzt fertig. In wenigen Monaten werden sie dort einziehen.

»Willst du auch nen Kaffee?«

Sie schüttelt den Kopf. »Zu früh.« Sie wird sich gleich wieder hinlegen und noch ein Stündchen schlafen. »Bist du länger weg? Nimm dir was zu essen mit!«

Wesseck nickt. Seine Frau sieht, dass er sich schon zwei Scheiben Käsebrot bereitgelegt hat. Sie öffnet den Küchenschrank, findet nicht, was sie sucht. »Wo ist denn eigentlich deine Brotdose?«

»Die Brotdose? Ach, die muss ich in der Wache liegen gelassen haben.«

»Warte, ich pack dir das Brot ein.« Frau Wesseck nimmt zwei Bogen Pergamentpapier aus der Schublade.

»Danke.« Wesseck kaut auf seinem Marmeladenbrot. Er hatte gehofft, dass seine Frau nicht aufwachen würde. Jetzt dauert alles länger. Fehlt nur noch, dass sie nachfragt, was das für ein Job ist, den er da wieder angenommen hat. Wesseck wirft einen Blick auf die Uhr. 4.50 Uhr. Es wird Zeit.

»Denk dran, dass du heute Nachtdienst hast!«

Wesseck nickt. Ja, um zweiundzwanzig Uhr muss er im Präsidium am Berliner Tor sein. Bis dahin ist er längst zurück.

2.

Bis jetzt hat alles geklappt. Wie immer. Pünktlich um sieben Uhr hat er in der Autowerkstatt in Bremen die bestellten Kennzeichen abgeholt. DEL-T 645 heißt der grüne VW Käfer jetzt. Seit kurz vor acht Uhr parkt er im Zentrum von Delmenhorst. Noch ist es zu früh.

Von hier kann er zwei Sparkassen einsehen, die Landessparkasse und die Landesbank. Er hat beide Eingänge im Blick, von hier aus wird er beobachten, wie die Mitarbeiter zum Dienst erscheinen. Aber noch ist es zu früh, noch kommt keiner. Er entspannt sich. Es ist zu warm im Auto; Wesseck spürt, wie die Müdigkeit ihn anschleicht. Zu wenig Schlaf, das Übliche. Gestern hatte er noch bis sieben Uhr abends Dienst. Nur sechs Stunden Schlaf – das war einfach zu wenig. Er öffnet die Wagentür, steigt aus.

Die Kälte überfällt ihn wie ein Schock. Eine Zeitung, das wäre jetzt das Richtige. Er geht die paar Schritte zum Bahnhof, kauft eine *Bild*-Zeitung, trinkt einen Kaffee. Der Kaffee ist zu heiß; er verbrennt sich den Mund. Und was schreibt die *Bild*? *1966 – keine Krise – sondern neuer Wohlstand!* Hoffentlich stimmt die Prognose. Als er auf die Bahnhofsuhr blickt, rückt der Minutenzeiger vor. Gleich viertel vor. Wesseck lässt Kaffee und *Bild*-Zeitung zurück und geht zu seinem Wagen.

Ja, jetzt kommen sie. Die Landesbank ist größer, wichtiger. Er sieht die Belegschaft zur Arbeit gehen. Bei dreißig hört er auf zu zählen. Aber es kommen noch mehr. Noch viel mehr. Was soll er tun? Unschlüssig sitzt er im Wagen und sieht zu, wie die Eingangstür aufgeschlossen wird. Und da sind auch schon die ersten Kunden. Eine Sekunde lang fragt er sich, ob er nicht einfach aufgeben und zurückfahren sollte. Nein, das ist Unsinn. Er braucht das Geld. Die Sparkasse wäre wahrscheinlich einfacher. Aber das meiste Geld, das ist vermutlich in der Landesbank. Er entscheidet sich für die Landesbank.

Wesseck wirft einen Blick auf die Uhr. Viertel nach Acht. Es wird Zeit. 8.20 Uhr betritt er die Bank in der Bahnhofstraße.

3.

»Könnten Sie mir den bitte wechseln?« Der Mann im grauen Mantel hat einen Tausendmarkschein auf den Tresen gelegt.

»Gern.« Gaycken nimmt den Schein. Der ist echt, keine Frage, das fühlt der Kassierer sofort. Er dreht sich um und greift nach dem Wechselgeld. Irgendetwas stimmt nicht, denkt er. Was stimmt nicht mit dem Mann? Sind es die Handschuhe? Es ist Winter – warum soll er nicht Handschuhe tragen?

In diesem Moment sieht Karin Opitz, die mit Gaycken und ihrer Kollegin damit beschäftigt war, Geld zu zählen, wie der Mann behände und lautlos über den Schalter steigt und sich daran macht, in aller Ruhe die Scheine auf dem Tresen zusammenzuraffen und ganze Bündel von Banknoten in seine

Tasche zu stopfen – mit links. In der rechten Hand hält er eine Pistole. Sie erstarrt vor Schreck.

Annedore Bohnhorst blickt auf, sieht die Kollegin, erfasst die Situation und ruft: »Herr Gaycken!«

Der Kassierer dreht sich um. Unmittelbar vor ihm steht der Bankräuber. Gaycken starrt die Pistole an.

»Halt die Schnauze, oder ich schieße!«, zischt der Bankräuber.

Da schlägt Gaycken zu. Die Pistole fliegt auf den Boden, rutscht unter den Tresen, unerreichbar für Wesseck. Der stürzt sich auf den Kassierer. Wesseck ist sportlich, kampferprobt. Der Kassierer geht zu Boden. Noch hat fast niemand etwas von dem Überfall bemerkt. Noch kann alles gut gehen. Die Pistole! Er muss die Pistole haben! Wesseck tastet danach.

»Hilfe!«, schreit eines der Mädchen.

Zum Teufel mit der Pistole! Wesseck richtet sich auf, greift seine Aktentasche, will über den Tresen. Zu spät. Einer der jungen Angestellten stürzt sich auf ihn. Kein Gegner. Wesseck stößt ihn zur Seite. Doch jetzt packen ihn weitere Hände. Er kommt ins Straucheln, jemand zieht ihm die Beine weg, er stürzt, versucht verzweifelt, sich zu befreien.

Brigitte Sigl, eine Sekretärin, tritt beherzt hinzu, bückt sich und nimmt die Pistole an sich.

»Schieß ihn tot, das Schwein!«, ruft jemand.

Sie denkt nicht daran. Sie tritt ganz ruhig ein paar Schritte zurück und inspiziert die Pistole. Eine belgische FN 7,65 mm. Jetzt zahlt es sich aus, dass sie Mitglied im Schützenverein ist. Sie nimmt das Magazin heraus und entlädt die Waffe. Acht Schuss im Magazin, eine Patrone im Lauf. Das hätte übel ausgehen können.

Durch den Lärm aufmerksam geworden, stürzt jetzt Direktor Förster aus seinem Zimmer. Er erfasst die Situation mit einem Blick und löst den Alarm aus.

Da ertönt ein Schmerzensschrei. Mein Gott, denkt Förster, jetzt gibt es ein Blutbad. Doch der Kampf ist entschieden. Wesseck kommt nicht wieder hoch. Es hilft nichts, dass er um sich schlägt wie ein Wahnsinniger. Sie packen seine Arme, drehen sie auf den Rücken. Wieder und wieder schlagen sie ihn ins Gesicht, in den Nacken. Er beißt einen der Männer, doch es hilft ihm nichts; die anderen sind stärker als er, sind zu viele, er kann nicht mehr weg, sie knien über ihm, auf ihm, er kriegt keine Luft mehr, er blutet aus Mund und Nase.

Die Polizeizentrale Delmenhorst liegt in der Gartenstraße, in unmittelbarer Nähe; zwei Minuten nach dem Alarm treffen zwei Streifenwagen vor der Bank ein. Die Polizisten stürmen mit gezogener Waffe in die Schalterhalle, doch der Kampf ist beendet. Der Bankräuber liegt bewegungsunfähig am Boden.

Einer der jungen Polizisten hilft Wesseck auf die Beine. Handschellen klicken. »Na, Opa, das hättste nicht gedacht, was?« Ein Milchgesicht grinst ihn an.

Wesseck bebt vor Wut und Scham. Als sie ihn abführen, schreit er: »Na, wartet! Euch werden noch die Augen übergehen, wenn ich auspacke!« Die Beamten lachen.

4.

Berger hat schlecht geschlafen. Er muss mit Monika reden. Und mit Irmi. Vor allem mit Irmi. Jetzt gleich am besten. Da schrillt das Telefon.

»Berger, Raubdezernat.«

»Hallo, altes Haus! Wie geht's denn so?« Höll aus Delmenhorst; der hat ihm gerade noch gefehlt.

»Hör mal, das ist im Augenblick ein ganz ungünstiger Moment. Wir haben hier ...«

»Falsch, mein Lieber! Völlig falsch! Ihr habt gar nichts! Wir haben hier!« Höll wiehert wie ein Pferd. »Kennst du einen Wesseck?«

»Wesseck? Nee ...«

»Wirklich nicht? Wachtmeister Wesseck, der sitzt normalerweise bei euch im Hochhaus am Empfang, sagt er jedenfalls ...«

»Ach, den August meinst du ...«

»Ja, so heißt er wohl. Den haben wir eben festgenommen. Banküberfall.«

»Was?« Das hätte er dem Mann nicht zugetraut.

»Ja, da staunst du! Kannst du rüberkommen?«

»Das geht nicht. Da müsste eine offizielle Anfrage ...«

»Ja, natürlich. Ich weiß, Horst. Komm trotzdem. Ich will nicht, dass unsere Obersten das alles vermasseln. Denn dies ist ein wichtiges Ding, das kannst du wohl glauben. Die Banker, die haben den Kerl regelrecht zusammengeschlagen. Und als wir ihn dann abgeführt haben, da hat er rumgetönt: Euch werden noch die Augen übergehen, wenn ich auspacke!«

Euch werden noch die Augen übergehen? »Glaubst du ...?«

»Ja, glaube ich. Das war ein ganz großes Ding. Sauber ausbaldowert. Eiskalt ausgeführt. Ich hab mich erkundigt. Dreiundsechzig Angestellte waren in der Bank zu dem Zeitpunkt. Dreiundsechzig! Und zwei Kunden. Und das macht der Bursche ganz allein. Der ganze Überfall – eine Sache von Sekunden. Der hat das nicht zum ersten Mal gemacht. Und du kannst sagen, was du willst, der Kerl hat eine ganz ausgeprägte Spitznase.«

5.

Berger nimmt den eigenen Wagen. Halb zehn ist es, bis er endlich an den Elbbrücken ist. Kein Stau diesmal. Es könnte klappen. Delmenhorst – anderthalb Stunden sind das höchstens. Hundertvierzig schafft er mit dem DKW mühelos. Hundertfünfzig vielleicht. Wenn alles frei ist.

Seine Gedanken rasen. Ein Polizist also, tatsächlich. Hätten sie das wissen können? Man wird sehen. Euch werden die Augen übergehen ... Der ist angeschlagen, den kann man jetzt knacken. Der packt aus. Wenn man die richtigen Fragen stellt. Was sind die richtigen Fragen? Weiß Höll die richtigen Fragen? Ein famoser Kumpel ist er, keine Frage, aber wie gut ist er im Verhör?

Stau beim Horster Dreieck. Berger muss mit dem Tempo herunter, schließlich geht es weiter, im Schritttempo. Die Spur wechseln? Nein, das bringt auch nichts. So ein Mist! Die Zeit, die Zeit! Wenn der Kerl zur Besinnung kommt, sagt er gar nichts mehr. Wäre ja verrückt, wenn er das alles zugeben würde. Jetzt, nur jetzt, ist er verwundbar. Unmittelbar nach der Festnahme. Der Höll – der hätte ihn gar nicht anrufen dürfen. Nur keine Pause machen, nur den Kerl nicht zur Besinnung kommen lassen.

Jetzt geht es weiter. Eine Baustelle war das, nichts als eine dämliche Baustelle. Schon vorbei. Dafür jetzt wieder Löcher in der Fahrbahn. Rabumm, rabumm. Ja, ist schon wahr, die Straße des Führers müsste dringend von Grund auf erneuert werden, aber doch nicht gerade jetzt. Auf der Überholspur geht es noch. Aber schon muss er nach rechts; ein weißer Porsche zieht vorbei. Arschloch.

Was passiert inzwischen? Wie läuft die Kette? Höll informiert die Staatsanwaltschaft in Oldenburg, von da geht der Anruf nach Hamburg, von da ins Präsidium, dann weiter zu

Pfeifer oder gleich zu Roeder. Klar, auch in Hamburg muss jetzt sofort gehandelt werden. Die Wohnung durchsuchen, Beweismittel sicherstellen, Kollegen, Nachbarn, Bekannte ermitteln, befragen. Roeder reißt ihm den Arsch ab, wenn er hört, dass er inzwischen unerlaubt auf dem Weg nach Delmenhorst ist. Ach was, nicht daran denken jetzt ...

Da fällt sein Blick auf das Armaturenbrett. Der Tank ist fast leer! Das hätte ja noch gefehlt, dass er hier auf der Autobahn liegen bleibt, sich abschleppen lassen muss! Fünf Kilometer bis zur Raststätte, das schafft er noch, oder? Ja, das schafft er noch.

6.

»Irgendwie muss er ja hergekommen sein«, sagt Lüders. Der Kommissar ist aus Oldenburg hergerast, auf dem Motorrad.

»Klar.« Er könnte natürlich auch mit dem Zug gekommen sein, denkt Hauptwachtmeister Manz. Zusammen gehen sie die Straßen in der Umgebung der Bank ab. Nichts.

»Was ist das denn da drüben für ein Wagen?«

Der grüne VW hat die ganze Zeit schon da gestanden. Manz zuckt mit den Achseln. »Keine Ahnung. Aber DEL – der ist nicht aus Hamburg, der ist von hier.«

»Moment mal!« Lüders hat sich das Kennzeichen aus der Nähe angesehen. »Das Ding ist ja nur aufgesteckt!« Er hält dem verdutzten Wachtmeister das Schild unter die Nase.

»Ganz schön clever!« HH – Z 878 steht auf dem echten Kennzeichen.

»Können Sie den aufmachen?«

»Einen Käfer? Aber klar doch!«

Eine Minute später ist der Wagen offen. »Fassen Sie man lieber nichts an«, sagt Lüders. Er selbst trägt Handschuhe. Jetzt beugt er sich über den Rücksitz und inspiziert die Dinge, die dort auf der Ablage liegen. Nagelneue Schuhe, neue Socken, ein nicht ganz sauberer weißer Kittel, ein alter Hut ... »Die Sachen hat er sich wohl nach dem Überfall anziehen wollen«, sagt Lüders.

Er öffnet das Handschuhfach. Darin liegen ein Sparbuch, ein abgewetztes Portemonnaie und eine dünne Brieftasche. Die fühlt sich leer an, denkt Lüders. Sie ist leer, bis auf zwei Fotos. Das eine Bild zeigt einen Dackel, das andere ein vielleicht acht Jahre altes Mädchen.

»Sieht so aus, als ob er Geld gebraucht hätte«, sagt Lüders. »Auf diesem Sparbuch sind nur noch ein paar Mark, die Brieftasche ist leer und dieses Portemonnaie wohl auch ...«

Es fühlt sich jedenfalls leer an. Doch als Lüders die abgewetzte Geldbörse öffnet, findet er darin zwei Tausendmarkscheine und drei Hunderter.

7.

»Sie wollten mich sprechen?« Oberkriminalrat Pfeifer fühlt sich unbehaglich. Es ist nie ein gutes Zeichen, wenn der Polizeipräsident einen zu sich zitiert. Und Pfeifer hasst es, einem Jüngeren für irgendetwas Rechenschaft ablegen zu müssen.

»Nehmen Sie doch Platz.«

»Danke.« Ein noch schlechteres Zeichen. Kein einfacher Anschiss, sondern etwas sehr, sehr Schwerwiegendes offenbar.

»Haben Sie schon die Nachrichten gehört?«

»Nein, ich war ...«

»Macht nichts, werden Sie schon noch früh genug hören. Es gibt eine Sensation. Der Hamburger Bankräuber ist gefasst. In Niedersachsen festgenommen.«

Wenn es weiter nichts ist! »Da kann ich die Kollegen nur herzlich ...«

»Ja, ja. Das können Sie machen oder nicht, das ist mir völlig egal. Was mir aber überhaupt nicht egal ist, das ist, dass dieser verdammte Bankräuber einer von uns ist. Ein Hamburger Polizist.«

8.

August Wesseck sitzt zusammengesunken auf dem Stuhl. Er hätte aufhören sollen. Natürlich hätte er aufhören sollen. Spätestens nach dem Ding in Bad Oeynhausen. Und jetzt? Er reibt sich den Kopf.

»Herr Wesseck, haben Sie diese Überfälle allein ausgeübt?«

Höll heißt er, der die Fragen stellt. Dick und gemütlich. Sieht aus, als ob er gern ein Bier trinken würde. Aber nicht heute. Nicht jetzt ...

»Herr Wesseck ...«

»Was haben Sie gefragt?« Es fällt ihm schwer, sich zu konzentrieren. Dabei kommt es jetzt auf jeden Satz an, auf jedes Wort. Einmal haben sie ihn schon aus der Fassung gebracht. Gleich am Anfang, bei der Festnahme. Was hatte er gesagt? Ihr werdet euch noch wundern? Was für eine Dummheit.

»Haben Sie die Überfälle allein ausgeübt?« Der andere ist ganz ruhig.

»Ja, ganz allein ...«

Höll wartet, aber mehr kommt nicht. Prüfend sieht er den Bankräuber an. »Und das soll ich glauben?«

»Es ist so.«

»Und Ihre Familie?«

Es gibt ihm einen Stich ins Herz.

»Ihre Frau, die Töchter? Die haben nichts gewusst und nichts gemerkt?«

»Nein.« Merkt der Kerl, dass das gelogen ist? Ja, er merkt es. Er sieht Wesseck an und schweigt. Wartet.

Von mir wirst du nichts erfahren, denkt August Wesseck. Lass die Familie aus dem Spiel. Aber natürlich werden sie alle durch die Mangel drehen, alle. Wenn bloß Grete keine Dummheiten macht. Sie muss es gewusst haben, von Anfang an. Seit sie ihn mit diesen Uhren erwischt hatte. Aber er hat sie angeschrien, bedroht auch, und sie hat nie wieder nachgefragt. Ihn nur manchmal scharf angesehen, wenn er überraschend mit Geld kam. Und auch das nur, wenn sonst niemand dabei war.

»Und das Geld? Was haben Sie damit gemacht?«

Wesseck zuckt mit den Achseln. »Verbraucht.« Weiber, hatte er sagen wollen. Glücksspiel, Pferdewetten. Aber jetzt, wo es ernst wird, kommen ihm die Worte nicht über die Lippen. Was wird aus den Mädchen, denkt er. Er hört nicht, was der Polizist fragt.

»Herr Wesseck?«

»Ja?« Er fährt hoch. Im selben Moment verzerrt er das Gesicht. Der Kopf tut irrsinnig weh.

»Herr Wesseck, geht es Ihnen nicht gut? Wenn Sie wollen, können wir das Verhör unterbrechen ...«

»Nein, nein, es geht schon ...«

Zweifelnd sieht Höll die jämmerliche Gestalt an, die ihm da gegenübersitzt.

9.

»Gojenbergsweg 24, hier sind wir richtig.«

»Na, dann los!« Roeder steigt aus dem Wagen und schlägt den Kragen hoch. Kalt ist es.

Haydn ist schon da.

»Ist Berger immer noch nicht zurück?«

»Wird sicher gleich kommen.«

Alles muss man selber machen, denkt Roeder. Wozu haben wir all diese Kommissare und Anwärter und was nicht alles, wenn im entscheidenden Moment keiner da ist? Sie poltern die Treppe hoch. Natürlich wohnt dieser Wesseck im dritten Stock. Roeder schnauft. Auf der letzten Treppe geht das Licht aus. Roeder bleibt abrupt stehen; Haydn läuft auf ihn auf.

»Machen Sie Licht!«

Es dauert endlos lange, bis Haydn den Schalter gefunden hat. Roeder flucht im Dunkeln.

Auf ihr Läuten öffnet ein uniformierter Polizist.

»Alles in Ordnung, so wie ich es angeordnet habe?«

»Jawohl, Herr Roeder. Ich meine, Herr Kriminal ...«

Roeder unterbricht ihn: »Wo ist die Frau?«

»Sitzt im Wohnzimmer und weint. Der Wachtmeister Sindermann ist bei ihr.«

»Na, dann wollen wir mal sehen ...«

Grete Wesseck blickt auf, als Roeder das Zimmer betritt. Sie sieht verheult aus. Roeder baut sich vor ihr auf, verschränkt die Arme. »Na, meine Liebe, da haben Sie sich aber was Schönes eingebrockt ...«

10.

»Wo bist du denn jetzt?«, fragt Höll.

Berger hat ihn angerufen. »Grundbergsee. In einer halben Stunde bin ich bei dir.«

»Zu spät.« Berger hat sich schon gewundert, dass der andere sofort rangegangen ist.

»Was heißt das?«

»Ich musste abbrechen. Ja, ich weiß, was du sagen willst. Aber so ging das nicht mehr weiter. Du hast ihn ja nicht gesehen, den Wesseck. Der sieht aus wie der Tod. Blasser und blasser ist er geworden. Und er hat mehr und mehr dichtgemacht. Wir haben gesehen, wie er sich noch zusammengerissen hat, keine Schwäche zeigen wollte, aber am Ende ging es nicht mehr weiter. Ist Ihnen nicht gut?, hab ich gefragt. Und er, er hat gesagt: Ich hab höllische Schmerzen.«

»Das ist doch nur Mache!«, ruft Berger aufgebracht.

»Keine Mache. Du hast das nicht gesehen, Berger. Das ist echt. Ich hab also den Arzt gerufen. Und dann ging alles ruckzuck. Ein Blick – und dann ab ins Krankenhaus. Verdacht auf Schädelbasisbruch.«

»Mist!«

»Tut mir leid, aber mehr war nicht drin.«

»Manchmal muss man einfach ...«

»Nein. Wenn er uns stirbt, Horst, was ist dann? Ich will das nicht verantworten. Natürlich kann ich immer sagen, ich hab das nicht geahnt, ich bin doch kein Arzt. Aber das wäre gelogen. Ich hab schon gesehen, dass es ihm schlecht geht. Wenn das man kein Schädelbasisbruch ist, hab ich gedacht. Man weiß ja so ungefähr, wie das aussieht. Vom Erste-Hilfe-Kurs.«

»Okay, wahrscheinlich hast du recht. Und was hat er noch gesagt?«

»Wenig. Aber fest steht, dass dies nicht sein erstes großes Ding gewesen ist. Der Tausender, den er sich hat wechseln lassen wollen, der stammt aus einem anderen Überfall, das hat er zugegeben. Sein Auto, das haben wir übrigens sichergestellt. Das ist tatsächlich seine eigene Karre, sagt Flensburg. Aber er hatte Delmenhorster Kennzeichen über die Hamburger Nummer gesteckt. Und in diesem Auto, da lag noch ein Totschläger und außerdem eine stark lädierte Geldbörse mit zwei Tausendmarkscheinen drin ...«

»Irgendeine konkrete Verbindung zu den Hamburger Banküberfällen?«

»Dazu hat er sich nicht geäußert. Aber die Art der Ausführung, der Sprung über den Tresen und all das – und dann natürlich noch die spitze Nase!«

»Mensch, Höll, die Spitznase kannst du dir in Sauer legen! Etwas mehr müssen wir schon in der Hand haben!«

»Tut mir leid, aber mehr war nicht drin. – Ach ja, ein gewisser Roeder hat hier angerufen und gefragt, ob ich weiß, wo du bist. Er klang ziemlich aufgeregt ...«

11.

»Hier, das haben wir gefunden!« Haydn zeigt Roeder eine flache Dose aus Aluminium.

»Eine Brotdose. Ja, und?«

Haydn öffnet den Deckel.

»Verdammt!«, ruft Roeder unwillkürlich aus. Die Dose ist voller Geld. »Wie viel mag das sein?«

»Fünfzigtausend, grob geschätzt.«

»Zu wenig!« Wenn Wesseck wirklich Spitznase ist, kann das höchstens ein kleiner Teil der Beute sein.

Haydn zuckt mit den Schultern. »Mehr ist da nicht. Wir haben alles abgesucht. Dies war im Schuppen, hinten, auf dem Hof. Zwischen den Kohlen.«

»Zwischen den Kohlen ...« Erst jetzt sieht Roeder, wie schmutzig Haydns Hände sind.

»Wir haben alles umgeschaufelt, den ganzen Koks, aber da war nichts. Dies lag unter den Briketts.«

»Schön.« Roeder denkt nach. Es gibt zwei Möglichkeiten ... »Es gibt zwei Möglichkeiten«, sagt er. »Entweder die Frau Wesseck ist mit im Boot oder nicht. Zugegeben hat sie jedenfalls nichts. Sie hat gesagt, einen großen Teil der Hausarbeit macht ihr Mann. Treppe wischen, Kohlen reinholen und so. Aber das kann natürlich alles gelogen sein ... Wir machen Folgendes: Wir stecken die Dose wieder unter die Kohlen, genau an der Stelle, an der wir sie gefunden haben. Und dann richten wir alles wieder so her, wie es gewesen ist. Die

Wesseck kann das von da drinnen nicht sehen, was ihr auf dem Hof gemacht habt. Sie weiß nicht, ob wir den Schuppen durchsucht haben oder nicht. Wie tief unter den Kohlen lag die Brotdose?«

»Nicht tief.«

»So, dass man sie beim nächsten Mal Kohlen holen entdecken würde?«

»Beim nächsten oder übernächsten Mal. Ja, ich denke schon.«

»Gut. Und wir suchen uns eine Stelle, von der aus man den Schuppen einsehen kann ...«

Haydn schüttelt den Kopf. »Das wird nicht gehen. Auf dem Hof kann man sich nicht verstecken. Und vom alten Friedhof her – das ist zu auffällig, das sieht man sofort.«

»Tatsächlich?« Roeder sieht den jüngeren Kollegen zweifelnd an. Hat der vielleicht nur keine Lust, hier irgendwo in der Kälte herumzustehen und zu warten, dass etwas passiert? Egal. »Macht nichts. Wir überwachen das Haus. Wenn die Frau Wesseck herausgeht, wird sie unauffällig beschattet. Nicht, dass sie uns mit dem Geld abhaut.«

»Es ist eine ganz schön große Summe ...«

Haydn hat natürlich recht. Wenn das verloren geht ... »Wer weiß von dem Geld?«

»Nur ich und der Kollege Schneider.«

»Gut. Dann sorgen Sie dafür, dass das so bleibt. Nichts aufschreiben. Wir warten einfach ab, was passiert. Entweder sie weiß nichts von dem Geld. Dann findet sie die Dose spätestens morgen und zeigt den Fund an. Oder sie steckt mit drin und behält das Geld. Und dann haben wir sie.«

Haydn widerspricht nicht. Aber ihm ist sehr wohl klar, dass es noch eine dritte Möglichkeit gibt: Frau Wesseck weiß nichts von dem Geld, findet es zufällig und entschließt sich, den Fund zu behalten. Zwar nicht legal, aber doch irgendwie verständlich. Wenn ihr Mann ins Gefängnis geht, wird sie jede Mark brauchen ...

»Und sehen Sie zu, dass Sie sich erst einmal irgendwo die Hände waschen!«

Haydn nickt. Er weiß es auch, denkt er. Roeder weiß es auch. Er will die Frau reinlegen.

12.

Als Berger eine gute Stunde später in Bergedorf eintrifft, ist Roeder gerade fertig. Berger hat mit einem gehörigen Anschiss gerechnet, doch der bleibt aus. Roeder berichtet: »Wesseck wohnt seit über zehn Jahren mit seiner Familie hier in dieser Wohnung. Ziemliche Bruchbude, aber das siehst du ja gleich selbst. Außer seiner Frau Grete gibt es noch zwei Töchter. Die sind zehn und sechzehn Jahre alt. Nur die Kleine wohnt noch hier. Im Februar wollten die Wessecks umziehen in einen Neubau am Wentorfer Sportplatz. Aber das wird nun wohl nichts werden. Von den Banküberfällen ihres Mannes hat die Frau keine Ahnung gehabt, sagt sie. Das könnte stimmen. Ist aus allen Wolken gefallen, als wir hier aufgetaucht sind. Ganze fünfhundert Mark haben wir in der Wohnung gefunden ...«

Haydn sieht seinen Vorgesetzten mit hochgezogenen Brauen an.

Irgendetwas stimmt hier nicht, denkt Berger. Er fragt: »Wo sind Frau und Tochter jetzt?«

Roeder deutet auf die Tür zum Schlafzimmer. »Die Alte ist da drin und heult.«

»Und das Kind?«

»In der Schule.«

»Ich übernehme das hier«, sagt Berger. Er legt all seine Ruhe und Überlegenheit in diesen Satz. Ob es ausreicht, den dicken Roeder aus der Wohnung zu drängen?

»Ich bin hier sowieso fertig«, sagt der.

Berger atmet auf.

»Ach ja, Berger, die Leitung der Ermittlungen hat übrigens der Herr Oberkriminalrat Pfeifer übernommen. Wir machen nur die Zuarbeit.«

Pfeifer. Noch ein Schreibtischpolizist mehr. Das macht alles noch schwieriger, denkt Berger.

13.

»Am 17. Juli 1928«, sagt Margarete Wesseck. »Geboren am 17. Juli 1928. Das hab ich Ihrem Kollegen vorhin auch schon erzählt.«

Berger sieht auf das Protokoll, das vor ihm auf dem Tisch liegt. Das wird er nachher noch einmal in aller Ruhe durcharbeiten müssen. »Dann sind Sie also deutlich jünger als Ihr Mann.«

»Gut vierzehn Jahre, ja.«

Berger erfährt, dass August Wesseck am 27.12.1914 in Hamburg-Bergedorf geboren ist. Nach der Schule hat er eine Schlosserlehre begonnen aber nicht abgeschlossen. Und vorbestraft ist er auch. Mit achtzehn Jahren hat er ein Jahr wegen eines Motorraddiebstahls auf Hahnöfersand eingesessen. Lange her, alles verjährt. Danach dann Ernteeinsatz. Frau Wesseck legt Berger die Bescheinigung vor. Fleiß, Ehrlichkeit, Eignung zur Landarbeit – alles sehr gut.

An die Weinküferlehre beim Vater schließt sich von 1935 – 37 der Wehrdienst an. Bei Kriegausbruch wird Wesseck sofort eingezogen; er kommt zur Infanterie-Division 93, 1. Kompanie, Panzerjäger-Abteilung. Er war mutig, sagt seine Frau. Ostfront. Dreimal verwundet. Mit dem Eisernen Kreuz II. Klasse ausgezeichnet. Bei Kriegsende als Feldwebel in britische Gefangenschaft geraten.

Unteroffizier, denkt Berger. Bei der Wehrmacht hat er also mehr erreicht als bei der Polizei. Im hamburgischen Staatsdienst ist er über den Wachtmeister nicht hinausgekommen.

»Da haben wir uns dann kennengelernt«, sagt Margarete Wesseck. »Gleich nach seiner Rückkehr aus der Gefangenschaft. Es war Liebe auf den ersten Blick.«

Berger sieht Grete Wesseck forschend an. Achtzehn ist sie damals gewesen. Er denkt an seine eigene Beziehung zu Monika. Auch bei ihnen war es Liebe auf den ersten Blick gewesen – gehalten hatte es nur wenige Jahre. Und dabei waren die Bedingungen in ihrer Ehe unendlich viel günstiger gewesen. Er hatte nicht schlecht verdient, und Wilhelm hatte ja das Haus gehabt.

Wesseck hatte sich 1946 bei der Polizei beworben. Er wurde sofort eingestellt. Politisch nicht vorbelastet. Und die Vorstrafe war verjährt. Das Anfangsgehalt: 289,40 Mark brutto.

»1949 wurde dann unsere Erika geboren. Da wurde es dann wirklich ziemlich knapp bei uns, das können Sie mir glauben.«

Berger nickt.

»Und 1957, als wir schon gedacht hatten, nun sind wir endlich finanziell über den Berg, da ist dann noch die Lotte gekommen – unser kleiner Nachkömmling. Mein Gott, die muss ja gleich nach Hause kommen!«

Gut, dass sie jetzt in der Schule ist, denkt Berger. So kriegt sie von dem ganzen Schlamassel nicht allzu viel mit.

»Und die große Tochter – die ist schon aus dem Haus, nehme ich an?«

»Ja. Die Erika, die hat kurz vor Weihnachten geheiratet. – Mein Gott, was muss das für ein Schock sein für die beiden ...«

Berger rechnet rasch nach. 1949 geboren – sie kann also höchstens sechzehn gewesen sein. »Was hat Ihr Mann denn dazu gesagt, dass Ihre Tochter jetzt schon heiraten wollte?«

»Er hat ihr den Hintern versohlt«, sagt Frau Wesseck. »Aber das hilft ja nicht gegen Schwangerschaft. Da hat er dann nachgeben müssen.« Sie lächelt.

In dem Augenblick ertönt vom Treppenhaus her ein lang gezogenes, heulendes Geräusch. Frau Wesseck springt auf. »Lotte«, ruft sie, »meine arme kleine Lotte, was ist passiert?«

Berger schluckt. Ihm ist klar, was passiert ist. Er wünscht sich weit weg.

»Komm in meine Arme, Schatz, alles wird gut! Du brauchst nicht zu weinen, Mädchen, ich bin ja bei dir, alles wird gut.«

14.

Als Berger ins Präsidium zurückkommt, fängt ihn Pfeifer auf dem Flur ab. »Berger, ich muss mit Ihnen reden.«

»Was gibt's denn?«

Berger weiß sehr wohl, was es gibt.

»Ihre Arbeitsweise«, sagt Pfeifer. »So geht das nicht. Bestimmte Grundregeln müssen eingehalten werden. Wir sind eine Gemeinschaft, ein Team. Da kann sich nicht einfach einer ins Auto setzen und losbrausen, ohne die anderen zu informieren.«

»Es ging darum, so rasch wie irgend möglich nach Delmenhorst zu kommen. Ich wollte ...«

»Während Sie drei Stunden auf der Autobahn vertrödelt haben, haben Roeder und Pagels versucht, mühsam per Telefon und Fernschreiber die Kollegen vor Ort mit den nötigsten Informationen zu versorgen. So gut es eben geht, wenn der eigentliche Sachbearbeiter nicht da ist.«

»Pagels ist bestens informiert«, sagt Berger.

»Pagels ist Pagels«, sagt Pfeifer. »Wenn ich geglaubt hätte, er wäre der bessere Mann für Ihren Job, dann hätte ich ihn auf Ihren Posten gesetzt. Habe ich aber nicht. Sie sind der bessere Mann. Aber nur, wenn Sie dann auch wirklich da sind, wenn man Sie braucht.«

15.

»Wir haben nicht viel Zeit«, sagt Berger. »Roeder ist jetzt dabei, die Zeugen zusammenzutrommeln. Trudchen hat es übernommen, die Vernehmungszimmer zu buchen. Sie koordiniert auch die Termine. Es sind ja ziemlich viele Zeugen. Und ich will sie möglichst alle hier haben.«

»Gut, dass wir uns vorbereitet haben.«

»Trotzdem können wir nicht alles gleichzeitig schaffen. Besonders wichtig sind natürlich die Fälle, in denen geschossen worden ist. Ob wir ihm am Ende zehn oder fünfzehn Banküberfälle anhängen können, das ist eigentlich zweitrangig. Aber Mord und schwere Körperverletzung, da sollten wir alles dransetzen.«

»Das wird schwierig«, sagt Brandes. »Der Mord war 1953. Das sind jetzt zwölf Jahre!«

»Aber da gibt es doch diese Frau, die den Täter ohne Maske gesehen hat. Wenn die sich auch nur einigermaßen sicher ist ...«

»Ich geh die Liste durch und rufe alle an.«

»Wir müssen alle noch heute Abend hier haben. Wegen der Fotos. Wahlgegenüberstellung scheidet aus; der Wesseck sitzt in Oldenburg und ist obendrein schwer verletzt. Es muss mit den Fotos gehen. Aber das macht nur Sinn, wenn sie nicht vorher das Bild des Täters in der Zeitung gesehen haben.«

Kayser geht ab.

»Und du, Pagels ...«

»Die Tochter natürlich. Ich nehme mir die große Tochter vor.«

»Fein. Und ich hole die Fotos von der Frau Wesseck.«

Aber vorher muss ich noch eine Kleinigkeit erledigen, denkt er. Die Presse – jetzt muss sie mir wirklich helfen.

16.

»Das hab' ich mir gedacht. Von Anfang an hab ich mir das gedacht.« Der Mann vom *Abendblatt* wirkt sichtlich zufrieden. Sie haben sich in der Bahnhofsgaststätte im Hauptbahnhof getroffen, auf halbem Wege zwischen Präsidium und Redaktion.

»Ja. Glückwunsch«, sagt Berger. Er denkt: Und warum hast du es uns nicht gesagt, wenn du geglaubt hast, dass Spitznase ein Polizist sei? Aber es ist müßig, jetzt darauf herumzureiten. Er braucht schließlich die Hilfe des Journalisten. »Das Bier geht auf meine Rechnung.« Berger gibt dem Kellner ein Zeichen, doch der straft ihn mit Missachtung.

Der Journalist lacht. »Danke für den Versuch. – Lassen Sie uns das später nachholen. Im Augenblick bin ich im Dienst, und so wie es aussieht, wird das heute eine lange Nacht.«

»Nicht nur für Sie! – Weswegen ich Sie sprechen wollte: Wir haben da ein Problem. Da ist das Kind. Die jüngste Tochter. Kleines Mädchen, zehn Jahre alt. Sie haben sie in der Schule verspottet, mit Fingern auf sie gezeigt, ihr ›Spitznase‹ nachgerufen ...«

»Ja, Kinder sind da ziemlich grausam.«

»Können Sie nicht etwas für sie tun?«

»Ich?« Der Journalist schüttelt den Kopf.

»Die Kleine müsste irgendwo untergebracht werden. Bis der Prozess vorbei ist jedenfalls und die Öffentlichkeit sich wieder ein bisschen beruhigt hat.«

»Bei mir nicht. – Aber Scherz beiseite – ich kann das natürlich ansprechen nachher in unserer großen Runde. Ja, warum eigentlich nicht. Ein Appell an unsere Leser. Macht sich immer gut, so etwas. Aber Text bringt da nicht viel. Sie haben nicht zufällig ein Foto von der Kleinen? Das hilft immer, wenn wir uns an die Öffentlichkeit wenden müssen.«

Berger nickt. »Hier. Geht das?« Das Foto hat er aus den Unterlagen. Roeder hat es bei der Wohnungsdurchsuchung kassiert.

»Haben Sie das von der Frau Wesseck?«

Berger nickt.

Der Journalist betrachtet die Aufnahme. »Zu klein, zu dunkel. Mal sehen, was unsere Technik daraus machen kann. – Na ja, kleines Mädchen mit Hund, das kommt immer gut an. Das könnte gehen. Mensch, gucken Sie nicht so besorgt, Berger, ich mach das, ich tu mein Äußerstes, versprochen. Die Frau Wesseck. Die weiß doch Bescheid, nehme ich an?«

»Ja, klar.« Das gehört auch zum Beruf, denkt Berger. Lügen, ohne rot zu werden. Jetzt kann er nur hoffen, dass Frau Wesseck zustimmt.

17.

Wie kommt er jetzt am schnellsten nach Bergedorf? Berger nimmt die S-Bahn. Keine zwanzig Minuten. Das ist mit dem Streifenwagen nicht zu schlagen. Und jetzt? Welcher Bus? Berger hat keine Ahnung. Anstatt lange rumzufragen, wählt er das Taxi. Der Fahrer knurrt, als er für die kurze Strecke obendrein noch eine Quittung ausstellen soll.

Berger winkt hinüber zu dem Streifenwagen, der auf der anderen Straßenseite parkt. »Alles ruhig?«, fragt er. Der junge Polizist am Steuer nickt. Berger geht nach oben.

»Entschuldigen Sie, dass es hier noch immer so aussieht«, sagt Frau Wesseck. »Ich hab einfach noch nicht die Ruhe gefunden, das alles wieder einzusortieren.«

Berger nickt. Das ist ihm schon aufgefallen, was Roeder und seine Leute hier für ein Chaos angerichtet haben.

»Wie geht es der Kleinen?«, fragt Berger.

»Schlecht. Die liegt im Krankenhaus. Nervenzusammenbruch.«

Verdammt, denkt Berger.

»Ich hab es einfach nicht geschafft, sie wieder zu beruhigen. Da hab ich schließlich den Pastor angerufen, die Kirche ist ja gleich da drüben, und der hat mir geholfen. Alles geregelt. Ich war vorhin noch bei ihr. Im Bethesda ist sie, aber das darf keiner wissen, damit sie nicht gestört wird.«

Die Unschuldigen trifft es immer am härtesten. Berger sagt: »Frau Wesseck, ich könnte versuchen zu arrangieren, dass wir sie für ein paar Wochen aus dem Schlamassel herausbringen.«

»Tatsächlich? Das wäre schön. Aber wer würde solch ein armes Kind denn nehmen wollen?«

»Da machen Sie sich mal keine Gedanken, Frau Wesseck, das regelt sich alles.« Hofft er jedenfalls. Eines der wenigen Dinge, die sich hier vielleicht noch regeln lassen, denkt er.

»Sie haben sicher noch weitere Fragen?« Möglichst wenig sagen, denkt Grete Wesseck. Was hat August immer gesagt? Wenn wirklich mal irgendetwas schiefgehen sollte, wenn wir in Schwierigkeiten geraten sollten, möglichst wenig sagen. Aber das ist nicht so leicht, wenn man so gern redet wie Grete Wesseck. Ich muss es versuchen, denkt sie. Ich muss es einfach versuchen.

Aber das Gespräch fängt so harmlos an, dass sie gar nicht darauf kommt, irgendetwas zurückzuhalten. Der Polizist fragt nach alten Fotos. Bildern aus ihrer zwanzigjährigen Ehe.

»Aber die sind nicht eingeklebt«, sagt sie. »Ich hab zwar schon ganz lange ein Album im Schrank liegen, aber irgendwie bin ich noch nie dazu gekommen.«

»Das macht nichts«, sagt Berger.

Frau Wesseck öffnet eine große Zigarrenkiste. *Sumatra Fehlfarben* steht auf dem Deckel. *50 Zigarren, 10 Pfg.* Frau Wesseck nimmt die Bilder heraus, breitet sie mit beiden Händen auf dem Tisch aus. Wenn irgendwie noch ein Rest von Ordnung vorhanden gewesen sein mag, ist er jetzt verloren.

»Unser Hochzeitsbild!«

Hübsch ist sie gewesen, die Grete. Ja, man kann es auch heute noch ahnen.

»Wann ist das gewesen?«

»Am 2. November 1946. – Gucken Sie mal, wie mager wir da noch alle gewesen sind!«

Sie ist auch heute nicht fett, wenn sie auch ein paar Kilo mehr drauf hat.

»Ach, sehen Sie mal hier, das war unser erster Wagen! 1951 hat August den gekauft ...«

Ein dreirädriger Tempo-Lieferwagen.

»Und hier, wo war das noch? Ach ja, das war damals, als wir in Gudow zum Campen waren ...«

Berger nickt. Ja, das Zelt im Hintergrund, ziemlich groß, wenn auch etwas altmodisch. Er nimmt das Bild, dreht es um. Aber auf der Rückseite steht nichts.

»Wann mag das gewesen sein?«

»Das? Lassen Sie mich mal nachdenken. Da war die Erika war wohl gerade erst aus den Windeln ...«

1953 vielleicht, denkt Berger. Kein schlechtes Foto, außer dass es so entsetzlich klein ist. 6 x 9, mit Rand natürlich, damals hatte man das so. »Die Negative haben Sie wohl nicht noch zufällig?«

»Negative? Nee, die schmeißen wir immer gleich weg. Wir haben ja die Bilder. Und es gibt ja auch so schon genug Negatives in der Welt ...«

»Das ist wohl wahr«, sagt Berger.

»Dies hier, das war übrigens vorletztes Jahr, da sind wir wieder an die Ostsee gefahren. Sierksdorf. Mit dem Zelt. Aber das ist jetzt nicht auf dem Campingplatz, sondern am Strand ...«

»Ja«, sagt Berger. »Ja, natürlich.« 1964 interessiert ihn nicht.

»Und das hier, das ist übrigens meine Kusine ...«

Die sieht dösig aus, findet Berger. Er sagt: »Frau Wesseck, was sind denn das hier für Aufnahmen?«

August Wesseck allein vor einem schweren Motorrad. Papier, hochglanz, chamois, mit Büttenrand. Berger dreht das Foto um. Auch dieses Bild ist nicht beschriftet. *Agfa* steht auf der Rückseite, sonst nichts.

»Das weiß ich gar nicht mehr.«

»Schade.«

Grete überlegt. »Vielleicht 1960? Warten Sie mal, ich glaub, ich hab hier noch die alten Fahrkarten. Ich hab das alles aufbewahrt. Wir sind ja damals mit der Bahn gefahren nach Sierksdorf ...«

Berger seufzt. Sierksdorf interessiert ihn nicht.

»... wir konnten ja nicht alle mit auf dem Motorrad.«

Berger fährt auf. »Sind Sie denn öfter in Sierksdorf gewesen?«

»Ja, natürlich, aber nur einmal mit dem Motorrad. Nachher hatten wir ja den VW ...« Frau Wesseck kramt in dem Stapel vor der Kommode. Das wäre genau richtig, denkt Berger. 1960, das wäre das Bild, das ich brauche. Und hier sieht der Wesseck geradezu verwegen aus, in der Motorradmontur. Genau das Bild, das man den Zeugen vorlegen könnte.

»Ja, hier. – Ach, und die alten Schallplatten, alles durcheinander, nein, da muss ich ja wirklich erst einmal aufräumen!«

Sie bringt den ganzen Stapel mit zum Tisch; die oberste Platte gerät ins Rutschen, Berger kann sie gerade noch auffangen.

»Ja, hier, 1960!«

Berger wirft nur einen flüchtigen Blick auf die Fahrkarte. Er sagt: »Kann ich mir das Bild wohl mal ausleihen? Und die Aufnahmen von dem Zeltplatz in Gudow damals, die auch?«

»Ja, natürlich.« Grete Wesseck sieht den Polizisten ängstlich an. Alle Munterkeit ist plötzlich von ihr gewichen. Es geht um irgendwelche Zeugen, denkt sie. Er will die Bilder irgendwelchen Zeugen vorlegen. Und ich Idiot, ich zeige ihm den ganzen Kram.

Berger kommt sich fies vor. Diese naive Frau, denkt er. Ich hab sie reingelegt. Er legt behutsam die Schallplatte auf den Tisch. Die Hülle zeigt einen jugendlichen Peter Alexander. *Die süßesten Früchte fressen stets die großen Tiere.* Ja, denkt Berger, das tun sie wirklich.

18.

»Ich hab mir natürlich sofort freigenommen«, sagt der Junge. »Ich kann doch die Erika in diesem Moment nicht alleinlassen.«

»Das ist sehr löblich von Ihnen«, brummt Pagels. Das Sie kommt ihm schwer über die Lippen. Es sind beides noch Kinder, denkt er. Aber er weiß, er muss sich vor zu viel Vertraulichkeit hüten.

»Ich hab natürlich von dem allem nichts gewusst«, schluchzt Erika.

»Das ist jetzt alles ganz furchtbar für Sie«, sagt Pagels. »Und ich will Ihnen auch ganz bestimmt nicht wehtun. Aber dennoch muss ich Ihnen ein paar Fragen stellen.«

»Ja, natürlich.«

»Da wären zunächst einmal die Personalien. Sie sind also die Erika ...«

»Ich bin Erika Fütterer, geborene Wesseck, geboren am 4. April 1949.«

»Sechzehn Jahre – dann sind Sie ja gerade mit der Schule fertig.«

»Ja. Seit dem Frühjahr.«

»Haben Sie eine Lehre angefangen?«

Erika schüttelt den Kopf. »Der Ferdi und ich, wir kennen uns ja schon von der Schule, und wir mögen uns so, so gern! Es war gleich klar, dass wir heiraten würden ...«

»Trotzdem können Sie natürlich ...«

»Ich wollte immer nur Mutter sein!«

Und das von diesem Kind, denkt Pagels.

Der Ferdi ergänzt: »Man sieht es noch nicht, aber ich werde demnächst Vater!«

»Aber Sie haben eine Berufsausbildung.«

»Ja, ich bin Maler. Die Gesellenprüfung kommt im nächsten Jahr. Und dann die Meisterprüfung, damit ich dann später Papas Betrieb übernehmen kann. Der ist Maler und nicht Elektriker, wie die Zeitungen geschrieben haben. Aber das mit der Übernahme, das hat noch Zeit.«

»Wie alt ist denn Ihr Herr Papa?«

»Neununddreißig.«

»Ja«, sagt Pagels, »das hat dann wohl noch Zeit.«

»Papa hat ganz schön geschluckt, als er gehört hat, dass wir heiraten wollten«, sagt Ferdi.

»Und Ihr Papa?«, fragt Pagels die Erika.

»Ja, der hat eigentlich gar nichts gesagt. Er hat sich mit Mama beraten, und dann haben sie beschlossen, dass das so sicher am besten für uns ist. Wo doch das Kind schon unterwegs ist. Und dann hat Papa sich richtig großzügig gezeigt und hat gesagt: Das mag ja altmodisch sein, aber von mir kriegst du eine ordentliche Mitgift!«

Pagels durchzuckt es förmlich. Das hätte jetzt nicht kommen dürfen, denkt er. Aber es lässt sich nicht ungeschehen machen. »Ihr Vater hat Ihnen also eine ordentliche Summe Geld versprochen?«

»Die hat er auch gezahlt«, sagt der Ferdi. »Fast fünfzigtausend Mark. Damit wir uns diese Wohnung kaufen konnten. Das hat meinen Vater dann auch beruhigt. Erst hat er ja ein bisschen rumgemault: So ein Polizist, der hat doch nichts! Kannst du dir nichts Besseres suchen? – Aber als er das mit der Wohnung gehört hat, da ist er ganz stumm geworden.«

»Und Sie hatten wirklich keine Ahnung, woher Ihr Vater das Geld für die Mitgift hatte?«

»Um Geldsachen hab ich mich nie gekümmert.«

»Ich bitte Sie, Frau Fütterer«, sagt Pagels. »Fünfzigtausend Mark – die fallen doch nicht so plötzlich vom Himmel!«

»Papa hat gesagt, er hat das Geld. Damit war ich zufrieden. Und wir haben immer sehr sparsam gelebt. Ich weiß nicht – haben Sie unsere Wohnung mal gesehen? Dann wissen Sie ja, wie es da aussieht. Wir haben gespart, wo wir nur konnten.«

Das ist dir gerade noch rechtzeitig eingefallen, denkt Pagels.

Er überlegt. Ihm ist klar, dass ihm hier etwas vorgespielt wird. Die junge Frau ist nicht so naiv, wie sie tut. Und die Art, wie sie spricht, wie sie sich gibt – Pagels ist bewusst, dass von ihr ein gewisser erotischer Reiz ausgeht. Auch wenn er selbst sich dagegen unempfindlich glaubt.

19.

»Hier, kennst du den schon? Treffen sich zwei Staatsanwälte auf der Straße. Sagt der eine: Ich werde den Kassierer anklagen, der dem Bankräuber-Polizisten die Waffe aus der Hand schlug! Fragt der andere: Warum denn? Die Antwort ...«

»Wegen Widerstandes gegen die Staatsgewalt. – Ja, Haydn, ich habe auch die Zeitung gelesen heute früh.« Roeder sieht aus, als ob er geheult hätte.

»Pfeifer hat schon angerufen. In der Zeitung stehen noch mehr Witze. Es heißt, der Wesseck sei mit dem Peterwagen zu seinem Bankraub nach Reinbek gefahren.«

»Ha, ha!«

»Nein, im Ernst!«

»So ein Schwachsinn!«

»Aber wie es da in der Zeitung steht, sieht es ganz überzeugend aus.« Haydn wedelt mit der *Bild*-Zeitung. »Die behaupten, der Hunde-Müller, also der Polizeimeister Johann Müller, kam damals gerade mit dem Arry, dem berühmten Polizeihund, von einem Streifengang zurück, als die Nachricht von dem Überfall in Reinbek durchgegeben wurde. Da ist er mit dem nächsten freien Peterwagen rausgefahren. Peter 125 soll das gewesen sein. Mit Wesseck am Steuer.«

»Das war dann aber nach dem Überfall.«

»Ja, natürlich. Wesseck machte einen nervösen, abgehetzten Eindruck, heißt es hier in der Zeitung. Sie sind dann bis vor die Bank gefahren. Wesseck ist im Auto sitzen geblieben. Arry hat die Spur aufgenommen und ist dann direkt zu Wesseck gelaufen. Daraufhin hat Müller den Hund zurückgenommen und zu Wesseck gesagt: Fahr doch bitte ein Stück weiter; du irritierst den Hund! – Dabei hatte Arry in Wirklichkeit den Bankräuber schon gefunden.«

»Das kann ich nicht glauben«, sagt Roeder. »Das muss sofort dementiert werden. Wo steckt der Müller? Pagels, setz du dich mal bitte mit dem Müller in Verbindung und versuche herauszufinden, was sich da wirklich abgespielt hat. Da waren wir doch noch am Karl-Muck-Platz. Und der Wesseck, der saß in Billstedt. Der Müller kann doch wohl kaum so eine Art Rundfahrt ...«

»Ich prüf das nach.«

»Das braucht keiner nachzuprüfen«, sagt Berger. »Das stimmt.«

»Trotzdem dementieren«, bestimmt Roeder.

20.

»Und zack – da lag er. Und dann hab ich gedacht, pass auf, da kommen sicher gleich noch mehr, hab ganz still hinter dem Busch gesessen, und da kommt auch schon der nächste Iwan über die Düne gelatscht, so wie im tiefsten Frieden. Und – zack!«

Kayser seufzt. Er hat einen von Wessecks Kriegskameraden ausfindig gemacht. Wie kann er nur diesen Redefluss unterbrechen?

»Zwölf Stück waren das am Ende. Die konnten das von der anderen Seite ja nicht sehen, und gehört haben sie es wohl auch nicht, es wurde ja immer mal geschossen ...«

Kayser räuspert sich. »Könnten Sie mir vielleicht ein bisschen über den Herrn Wesseck ...«

»Der August? – Das war ein feiner Kerl. Nee wirklich! Ich kann es gar nicht fassen. Was für eine furchtbare Geschichte. Und zugleich muss ich sagen, er hat mein tiefes Mitgefühl. Der Krieg, wissen Sie? Wir sind ja Jahrgang 1914. Ich hab da gar keinen Zweifel, das ist der Krieg gewesen, der ihn fertig gemacht hat. Er ist ein Held gewesen damals, nicht mehr und nicht weniger.«

»Das kann ein Problem sein«, sagt Kayser.

»Wir waren ja in der 43. Division, das hab ich Ihnen ja schon erzählt, am Wolchow eingesetzt. Stellungskrieg vor Leningrad. Das müssen Sie sich vorstellen wie im Ersten

Weltkrieg, Schützengräben, Bunker und so weiter. Sie kennen das ja sicher von den Bildern. Zigarettenbilder. Hat mein Vater früher gesammelt. Hab ich immer noch ne ganze Kiste von voll. Verdun, die Somme, dieses ganze Zeug. Eckstein war das, die Marke gibt es immer noch, glaub ich. Aber ich rauche ja jetzt nicht mehr ...«

»Leningrad«, sagt Kayser. »Sie wollten mir von Leningrad erzählen.«

»Leningrad? Nein, so weit sind wir ja nicht gekommen. Wir nicht. Am Wolchow haben wir gelegen. Hab ich doch schon gesagt, oder? Und der Wesseck, der hat damals den Kopf hingehalten. Mehr als wir alle. Sein Leben riskiert. Einen verletzten Kameraden gerettet, den sonst keiner sich zu holen getraut hat. Den Josef. Ist verwundet worden dabei, der Wesseck. Orden gekriegt dafür. Hat aber nichts genützt. Den Kerl hat's dann vier Monate später doch erwischt. Kopfschuss. Da war dann nichts mehr zu machen.«

Kayser nickt.

»Aber diese Geschichten am Wolchow, das ist ja noch gar nichts gegen 1944. Diese wahnsinnige Abwehrschlacht. Das geht schief, das hab ich damals schon gedacht. Gegen einen so haushoch überlegenen Gegner. Ostpreußen. Was die Iwans an Panzern hatten und an Artillerie, das glaubt ja gar keiner. Und wir – wir haben das alles mitgemacht, unser Äußerstes gegeben. Und dann war auf einmal alles vorbei. Der Krieg zu Ende.«

»Ja«, sagt Kayser. Er hofft, dass damit auch der Redefluss zu Ende ist. Aber der alte Kamerad setzt noch einmal neu an:

»Und für den August, da war nun auch alles vorbei. Sein Einsatz vergessen, seine Fähigkeiten nicht mehr gefragt. Die Orden? Dafür gibt's ne Mark beim Trödler. Und Arbeit? Was hat er denn gelernt? Nichts, war ja Krieg. Tja, da wollte ihn keiner haben, so sah's aus. Bis auf die Polizei. Polizeidienst? Na ja, haben sie gesagt, das können wir machen. Aber dann bitte ganz unten anfangen. Tief unter denjenigen, die damals bei den Nazis schon oben waren. Glauben Sie, das hat ihn nicht getroffen?«

»Ich sehe das alles«, gibt Kayser zu. »Aber viele waren in dieser Lage. Die meisten sind keine Bankräuber geworden.«

Der Mann wirft ihm einen vernichtenden Blick zu.

21.

»Hast du die Zeitungen gesehen?« Irmis Stimme bebt. Über eine Stunde hat es gedauert, bis sie Berger endlich am Telefon hatte. Und auch jetzt klingt er abgehetzt, hat keine Zeit für sie. »Was ist denn, Irmi? Ich bin gerade mitten in einer Besprechung ...«

»Ich möchte, dass du dir ansiehst, was da steht, in den Zeitungen. Wie er systematisch fertig gemacht wird, dieser Mann. *Wolf in Uniform. Pantoffelheld. Der Mann wird ausgestoßen.* Das sagt übrigens euer Polizeipräsident Dr. Jürgen Frenzel. Und die ganze Familie wird mithineingezogen. *Seine 16jährige Tochter Erika heiratete einen Elektriker aus Bergedorf* – und dazu dann ein Foto von der Hochzeitsgesellschaft!«

Berger seufzt. »Ja, natürlich, ich habe das auch gesehen.« Er trommelt nervös mit den Fingern auf die Tischplatte.

»Diese Hetze, das ist das Ergebnis deiner Arbeit. Guck sie dir doch an, die Frau, die Kinder. Und die Eltern von dem Wesseck, die leben auch noch.«

»Es tut mir leid, wenn ich diesen Leuten wehtue, Irmi, ganz ehrlich, aber Schuld daran ist doch der August Wesseck und nicht ich. Der Mann ist Polizist, der hat ganz genau gewusst, auf was er sich da einlässt ...«

»Ich arbeite in meinem Beruf, weil ich Menschen liebe, weil ich mich freue, ihnen zu helfen, ihre Träume zu erfüllen. Aber du, du zerschlägst ihre Träume ...«

»Wenn du das so siehst ...«

»Ja, Horst, so sehe ich das. Ich liebe Menschen. Und du, du vernichtest sie. Einen größeren Gegensatz könnte es kaum geben. Und ich glaube, ich kann das nicht aushalten. Ich nehme meine Sachen und gehe nach Hause.«

Berger ist wie vom Donner gerührt. In ihm rumort es. Aber er weiß, wenn er jetzt irgendetwas sagt, dann wird es nur noch schlimmer, dann kommt es zu einem Streit, der sich womöglich nie mehr heilen lässt. Er seufzt. »Du musst wissen, was du tust.«

»Ja«, sagt sie.

Sie hat jetzt bestimmt Tränen in den Augen.

»Es tut mir sehr leid, Irmi.« Auch Bergers Stimme zittert.

»Mir auch.«

22.

Berger packt seine Sachen. Feierabend. Nichts erreicht, denkt er. Nur zwei der Zeugen haben Wesseck anhand des Fotos identifizieren können. Das reicht nicht. Pagels ist schon gegangen.

Plötzlich steht Roeder in der Tür. Berger registriert, dass auch er von der Anstrengung gezeichnet ist. »Wie ist es denn gelaufen in Oldenburg?«, fragt er.

Roeders Gesichtsausdruck spricht Bände. »Gar nicht«, sagt er schließlich. »Er will uns nicht sehen, er will nicht mit uns sprechen. Mit den Überfällen in Hamburg hat er nichts zu tun, sagt er. Jetzt ist es an uns, ihm das Gegenteil zu beweisen.«

»Wir schaffen das schon«, sagt Berger.

»Ja.« Roeder muss sich zusammenreißen. Es ist ihm egal, ob sie Wesseck die Überfälle nachweisen können. Alles ist ihm egal. Seine Frau hat die Scheidung eingereicht.

23.

Als Horst Berger nach Hause kommt, ist er zum Umfallen müde. Ein kurzer Blick auf die Titelseite des *Abendblatts*. Nichts über Wesseck, denkt er. Jedenfalls nicht auf der ersten Seite. Er zieht die Schuhe aus, lässt sich ins Bett fallen und schläft sofort ein.

So kommt es, dass er die gute Nachricht des Tages erst zum Frühstück erfährt. Sie steht auf Seite 3. Die kleine Lotte Wesseck ist jetzt in Schweden. Eine Familie mit einem Haus am Öresund hat das Kind aufgenommen, so lange, bis in Hamburg wieder Ruhe eingekehrt ist.

Bevor Berger den Artikel zu Ende gelesen hat, schrillt das Telefon.

»Gut, dass du noch zu Hause bist«, sagt Pagels. »Komm bitte sofort raus nach Bergedorf. Es gibt eine neue Entwicklung.«

24.

Sie treffen sich unten am Bergedorfer Schloss.

»Verdammt kalt«, sagt Berger. »Wollen wir uns nicht lieber irgendwo reinsetzen?«

Pagels schüttelt den Kopf. »Lieber nicht. Ich will nicht, dass irgendjemand mithört.«

Berger sieht sich um. Der Schlosspark ist zu dieser Jahreszeit verwaist. »Mensch, mach's nicht so spannend!«

»Es ist spannend, das kannst du mir glauben.«

Das richtige Szenario haben wir uns jedenfalls ausgesucht, denkt Berger. An dieser Stelle haben sie damals Hannack gefasst, den Mörder, nach einer wilden Schießerei. 1933 ist das gewesen, im Oktober.

»Was denn für eine neue Entwicklung?«

»Ich war hier draußen am Gojenbergsweg, um zu sehen, wie das alles so läuft mit der Überwachung. Nichts los, haben die Kollegen im Streifenwagen gesagt. Keiner geht raus, keiner kommt rein. Und während ich noch da stehe, fliegt plötzlich die Tür auf, und die Frau Wesseck kommt aus dem Haus gelaufen, ganz aufgeregt, sie muss sofort mit der Polizei sprechen. Hier ist die Polizei, habe ich gesagt. Und dann hat sie uns eine Brotdose gezeigt, die sie gerade unter den Kohlen gefunden hat. Eine Brotdose, gefüllt mit 58.750 DM.«

»Au Backe.«

»Die hat sie eben gerade gefunden.«

»Schön, dass sie damit sofort zu uns gekommen ist ... Aber Moment mal ...«

»Ja, Horst. Das habe ich auch gedacht.«

»Wie kann das sein, dass der Roeder das ganze Haus durchsucht und dabei geht ihm diese Brotdose durch die Lappen?«

»Die Frau Wesseck hat uns gezeigt, wo sie das Ding gefunden hat. Lag eigentlich ziemlich offen da. Jedenfalls so, dass jemand wie Roeder das nicht übersehen haben kann.«

»Nun wird er vielleicht nicht selber im Kohlenschuppen herumgewühlt haben«, sagt Pagels. »Das war sicher einer seiner Mitarbeiter. Blohm vielleicht. Oder Seidenwinkel. Lauter Leute, die sich nicht gern die Finger schmutzig machen.«

»Trotzdem. Da ist was faul. – Gibt es irgendwelche Hinweise ...?«

»Das ist die Brotdose vom August Wesseck, das hat die Frau bestätigt. Es muss ein Teil der Beute sein.«

»Verdammter Mist.« Berger sieht Pagels an. »Eine Falle?«

»Ja, so muss es sein. Roeder hat das Geld gefunden und dagelassen, um zu sehen, was passiert. Er hat versucht, die Frau reinzulegen.«

Berger denkt: Irmi hat recht. Es ist schon ein schmutziges Spiel, das wir hier spielen. »Aber warum hat er uns nichts davon gesagt?«

»Weiß ich nicht. Vielleicht denkt er, er kann uns gleich mit aufs Kreuz legen? Vielleicht denkt er, wir finden das Geld und versuchen dann, es zu unterschlagen?«

»Das kann ich nicht glauben.«

Ich schon, denkt Pagels. Roeder weiß, dass ich klamm bin. Er sagt: »Ich weiß inzwischen nicht mehr, was ich glauben soll. Los, wir gehen noch mal hin und durchsuchen das Haus vom Boden bis zum Keller. Wer weiß, was der Roeder noch so alles übersehen hat.«

25.

Doch mehr Geld finden sie nicht. Eine halbe Stunde später stehen die beiden Polizisten im Bastelkeller. Hier haben die falschen Kfz-Kennzeichen gelegen, hier hat Roeder die diversen Mützen sichergestellt, die gestern in der Zeitung abgebildet waren.

»So einen Keller hätte ich auch gerne«, sagt Pagels anerkennend. An der Wand hängen Werkzeuge aller Art. »Der hat wirklich alles, was das Bastlerherz begehrt.«

»Ja, ja«, sagt Berger. Ihm wäre dieses Loch von einem Hobbykeller viel zu eng.

»Und was mag in diesen Schubladen sein?«

»Noch mehr Werkzeuge«, vermutet Berger.

Pagels zieht an dem Griff. Die Schublade klemmt.

»Los, zusammen!«, sagt Berger. Er schnappt sich den zweiten Griff.

Mit einem Ruck fliegt die Lade auf. Pagels stößt einen leisen Pfiff aus. Die Schublade ist bis zum Rand gefüllt mit Sekt und Bier.

»Ein heimlicher Trinker, was?«, sagt Berger. Auch von diesem Lager stand nichts in Roeders Protokoll.

Pagels schüttelt den Kopf. »Ich möchte wetten, das ist übrig geblieben bei der Hochzeit der Tochter. Hier, hier liegt ja noch die Rechnung. Dezember – ja, das stimmt.«

Berger wirft einen Blick auf die Rechnung. »Ja, wird wohl so sein. Ist da noch was anderes drin?« Er nimmt eine Sektflasche heraus: Die beschlagene Flasche gleitet ihm fast aus der Hand; er setzt sie mit Schwung auf den Boden.

»Nicht so forsch!«, ruft Pagels, doch zu spät. Es gibt einen lauten Knall, und der Sektkorken donnert gegen die Kellerdecke.

»Teufel«, ruft Berger. »Die Dinger sind ja gefährlich!« Er wischt sich die Sektspritzer aus dem Gesicht. Gut, dass sich keiner verletzt hat, denkt er. Und die Kellerdecke ... Die Kellerdecke ist aus Beton. Aber als Berger nach oben guckt, fällt sein Blick auf einen kräftigen Haken aus Metall, der dort aufgehängt ist. »Was haben wir denn da?«

»Ein Fleischerhaken. Und hier drüben, hier sind noch mehr.«

Die beiden Polizisten sehen sich an.

»Berliner Tor«, sagt Berger schließlich, »ich würde sagen, das ist der Beweis.«

26.

»Wie dem auch sei«, sagt Pagels, »das ist ein faules Spiel hier!«

»Erst das Geld und dann die Fleischerhaken!«

Pagels nickt. »So blind kann keiner sein, und Roeder ist nicht blind. Im Gegenteil, er ist ein guter Beobachter. Er hat das beides gesehen ...«

»Das ist eine Falle«, sagt Berger. »Er will, dass die Frau versucht, diese Dinge verschwinden zu lassen. Er will nachweisen, dass sie mit drinsteckt.«

»Na, den kauf ich mir, den stell ich zur Rede, vor versammelter Mannschaft!«

»Wozu?«

Berger starrt den Kollegen an.

»Wozu, Horst?«, wiederholt Pagels. »Dass er nett sein soll, das steht nicht in der Vorschrift. Er darf Schwein sein, solange er sich im gesetzlichen Rahmen bewegt.«

Berger schüttelt den Kopf. »Und? Ist das noch im Rahmen? Das entspricht jedenfalls nicht meiner Vorstellung von der Polizeiarbeit.«

»Weißt du eigentlich, dass er eine Polizistin hingeschickt hat, die das kleine Mädchen vernehmen sollte?«

»Was?«

»Gleich als die Meldung durchkam, als sie noch in der Schule war.«

Berger starrt ihn an. »Und was soll das?«

»Er will es halt wissen, der Roeder. Auch wenn er das nicht vor Gericht verwenden kann, ganz egal, er will wissen, wer drinsteckt und wer nicht.«

»Und was ist dabei herausgekommen?«

»Nichts.«

Gut, dass das Kind inzwischen in Schweden ist, denkt Berger. Er schüttelt den Kopf. »Ist es das wert, Pagels? Kann es das wert sein?«

»Hand aufs Herz, Berger: Jetzt mal abgesehen von dem kleinen Mädchen – glaubst du wirklich, dass die Frauen völlig ahnungslos und unschuldig sind?«

»Aber es sind keine Bankräuber! Ganz egal, was sie gewusst oder geahnt haben – sie haben keine Sparkasse überfallen ...«

»Gewissensbisse? Und du bist dir sicher, dass du den richtigen Beruf hast?«

»Pagels, Spitznase ist gefasst! Das reicht doch! Was sich jetzt hier noch abspielt, das ist einfach unwürdig. Das ist eine Menschenjagd, auf Frauen und Kinder! Damit muss Schluss sein! Sofort!«

»Da bin ich aber neugierig, wie du das stoppen willst!«

»Ich red mit Pfeifer ...«

Pagels schüttelt den Kopf. »Pfeifer hat nette Umgangsformen, aber auch er ist ein harter Bursche, Berger. Auch Pfeifer ist in erster Linie Polizist. Den wirst du nicht auf deine Seite ziehen können, das schaffst du nicht!«

»Dann eben Oldenburg«, sagt Berger. »Ich mach das über Oldenburg. Lüders muss helfen. Ich muss zu dem Wesseck. Wir brauchen ein Geständnis, sonst gibt es ein Unglück!«

27.

»Haben wir jetzt endlich die Liste der Überfälle?«

Mein Gott, ist der Pfeifer nervös, denkt Berger. Er versucht, sich wieder auf die Aufgabe zu konzentrieren. Der Anruf ist geschafft, Lüders ist bereit, ihn zu empfangen, jederzeit, wie spät es auch sein mag.

»Ja, hier.« Roeder hat alles zusammengestellt. Er hat eine Handschrift wie ein Schulkind, denkt Berger.

Kayser wirft einen Blick auf die Liste. »Da fehlt Köln.«

»Was?«

»Köln. Die *Morgenpost* schreibt, dass er am 3. Dezember 1957 die Stadtsparkasse in Köln ausgeraubt hat. Beute: 15.000 Mark.«

»Roeder, Berger, wissen Sie was davon?«

Die Angesprochenen schütteln die Köpfe.

»Soll ich bei der *Mopo* anrufen und fragen, wo die das herhaben?«, fragt Kayser in aller Unschuld.

Da explodiert Pfeifer. »Bin ich denn hier von Wahnsinnigen umgeben? Nein, Kayser, Sie sollen nicht bei der *Mopo* anrufen. Sie sollen sich an die Kripo in Köln wenden und nachfragen, ob etwas dran ist an der Geschichte.«

Kayser schleicht davon.

»Was ist mit Curslack?«, fragt Berger. »Ich habe hier einen Zeitungsbericht aus dem *Abendblatt* von 1960, wo sie Spitznase einen Überfall auf die *Sparcasse von 1864* in Curslack zurechnen. 1952 soll das gewesen sein.«

»Ach, das Ding«, sagt Roeder. »Das ist abgehakt.«

Kayser kommt zurück. »War nichts mit Köln«, sagt er. »Das hat keine Ähnlichkeit mit den Hamburger Überfällen. Aber sie schicken uns die Unterlagen trotzdem zu, für alle Fälle.«

»Von mir aus. Sonst noch irgendwelche Vorschläge, was wir in die Liste aufnehmen sollten?«

Berger wirft noch einen Blick auf die Aufstellung. Er sieht Pfeifer zweifelnd an. Das ist alles zu kleinräumig, denkt er. Der Mann ist in Delmenhorst festgenommen worden. Der hat nicht nur in Hamburg gearbeitet. Er sagt: »Die Stadtpläne. Kiel, Lübeck, Stade – und Köln war da, glaube ich, auch dabei. Und die Kfz-Kennzeichen ...«

»Genau«, sagt Pagels. »H – AZ 337 zum Beispiel. Wozu braucht er ein falsches Kennzeichen aus Hannover, wenn er hier in und um Hamburg arbeitet?«

»Und BI – das ist Bielefeld, oder?«

Pfeifer rauft sich die Haare. »Wie weit sind wir mit der Auswertung der Schichtbücher?«

»Die meisten haben wir. Aber einige sind nicht aufzufinden.«

»Was? Das kann doch nicht wahr sein!«

Natürlich kann das wahr sein, denkt Berger. Kein Mensch hat sich je für die alten Schichtbücher interessiert. Und wenn die Wachen in andere Gebäude umgezogen sind, wie in Billstedt zum Beispiel, wer weiß, wo das Zeug geblieben ist.

»Fest steht jedenfalls, dass er am 2. Februar 1953 freihatte.«

»Das ist wenigstens etwas.«

Der Überfall auf die Post in Nienstedten. Das ist die Hauptsache, denkt Berger. Darum geht es. Können wir ihm den Mord nachweisen, oder können wir es nicht?

Roeder sagt: »Die Dienstwaffe ist natürlich schon unterwegs nach Wiesbaden. Ich hab das gleich veranlasst.«

Pagels knurrt: »Die wird er wohl nicht genommen haben ...«

»Jedenfalls lag die ganz friedlich hier in seinem Schreibtisch in der Wache im Präsidium. In Delmenhorst hat er eine belgische FN-Pistole benutzt ...«

»Fabrique Nationale d'Arms de Guerre«, wirft Roeder ein.

»Angeber«, murmelt Pagels.

»Wie auch immer. Die hat auch 7,65 mm, genau wie unsere Walther.«

»Weiß man schon, wo er die herhat?«

»Keine Ahnung. – Fest steht aber übrigens auch, dass er am 20. Juli 1965 Dienst hatte.«

Roeder sieht auf die Liste. »20. Juli? Schenefeld war das, oder? Nein, das hab ich auch nicht gedacht, dass er da beteiligt war. Da war doch ne Frau mit dabei, oder?«

»Und am 29. Juni, Elbgaustraße, da ist er auch im Dienst gewesen.«

»Na gut.«

Pfeifer streicht den Banküberfall in der Elbgaustraße aus Roeders Liste. »Und was ist mit Ellerau, 3. Dezember?«

Alle reden durcheinander.

»Seid mal still«, ruft Roeder plötzlich. »Ruhe! Da ist Oldenburg an der Leitung.«

Berger hat gar nicht mitbekommen, dass das Telefon geklingelt hat; Roeder muss sofort abgehoben haben. Alle halten inne.

»Lüders ist das! – Ja, ja, ich verstehe. – Hat er zugegeben, ja, gut. Und die Scheine, die Nummern waren registriert? – Nicht registriert. Wie auch immer ... Ja, danke für die Mitteilung. Wir halten Sie auch auf dem Laufenden, ja, natürlich. – Bis später dann.«

Roeder legt den Hörer auf, sieht sie alle der Reihe nach an.

»Was gibt's?« Pfeifer kann es nicht mehr aushalten.

»Er hat einen weiteren Bankraub zugegeben. Bad Oeynhausen, 4. Oktober 1965.«

»Wer hätte das gedacht! – Bad Oeynhausen – wo liegt das überhaupt?«, fragt Kayser.

»In Nordrhein-Westfalen irgendwo!«, sagt Roeder. »Und es war der größte Bankraub der Nachkriegsgeschichte. Beute: 118.000 DM!«

Das wird eine lange Nacht, denkt Berger. Und dann noch Oldenburg. Keine Chance, sich mit Irmi auszusprechen.

28.

Roeder zieht sich den Mantel an. Er gähnt herzhaft, dann nickt er den anderen zu, macht sich auf den Weg.

»Bis gleich!«, ruft Pagels ihm hinterher.

Ja, bis gleich, denkt Berger. Sie sind jetzt sechsunddreißig Stunden im Einsatz, und die nächste Nacht wird auch wieder sehr kurz. Er reibt sich die Augen. »Wie machst du das, Pagels, dass du immer noch so frisch aussiehst? Ich könnte umfallen jetzt!«

»Und du willst wirklich noch nach Oldenburg fahren?«

»Ich muss. Anders kriegen wir die Kuh nicht vom Eis.«

Pagels sieht ihn besorgt an. »Du wirst im Graben landen!«

»Nein, Unsinn ... Vielleicht sollte ich vorher noch rasch einen Kaffee ...«

Pagels schüttelt den Kopf. »Das bringt's nicht. Dein wievielter Kaffee ist das heute? Der zwanzigste? – Hier, nimm dies, das ist stärker.«

Berger dreht die kleine Schachtel zwischen den Fingern. »Was ist das denn für ein Zeug?«

»Benzedrin«, sagt Pagels.

»Gegen Asthma? Ich hab kein Asthma!«

»Mein Gott, Berger, ja, es hilft auch gegen Asthma, aber das ist nicht der Punkt. Es macht wach, darum geht es.«

»Wo hast du das her?«

»Vom Arzt verschreiben lassen. Im Krieg haben wir das auch genommen. Benzedrin und Pervitin. Ich war doch Jagdflieger. Wenn du da nicht ganz wach bist, jeden einzelnen Moment, dann bist du ziemlich schnell tot. Also nimmst du dieses Zeug. Haben sie auch in die Fliegerschokolade reingetan damals.«

Berger schüttelt den Kopf.

»Ja, das steht nicht drin in den Büchern, wenn Rudel und Moelders und Hartmann und all die anderen Helden von ihren Siegen berichten, das schreiben sie nicht, aber doch ist es so, kannst du ruhig glauben. Im Ersten Weltkrieg, da war das noch schlimmer. Da haben sie Kokain genommen. Göring zum Beispiel. Kokain wirkt auch, aber die Folgen sind noch brutaler ...«

»Danke«, sagt Berger. Er betrachtet den abgemagerten Pagels. Deshalb sieht er also so alt aus, denkt er. Und deshalb ist er immer so fit, so voll da, wenn es drauf ankommt. Es ist dieses Zeug ...

»Ich geh jetzt«, sagt Pagels. »Leg mich ein paar Stunden hin. Und du – sei vorsichtig. Nimm nur eine, du bist das

Zeug nicht gewohnt. Und kotz nicht in den Dienstwagen!«

Berger wartet, bis Pagels gegangen ist. Soll er wirklich? Es macht süchtig, das hat Pagels zugegeben. Und wie wirkt es? Wie wirkt es auf ihn, der es noch nie benutzt hat? Wird man es ihm ansehen?

Das geht nicht. Berger nimmt die Schachtel und lässt sie in seiner Schreibtischschublade verschwinden. Nein, er wird das Zeug nicht nehmen. Und er wird auch nicht fahren. Es geht alles auch per Telefon. Es muss einfach gehen.

29.

»Guten Morgen, Herr Wesseck. Wie geht's Ihnen denn so?«

»Danke, Herr Lüders, könnte schlechter sein.« Wesseck hat sich ein wenig gefasst. Er hat schlecht geschlafen, aber der wenige Schlaf hat ihm dennoch gutgetan.

Lüders zieht sich den Besucherstuhl heran. Er legt seinen Mantel ab, hängt ihn über die Lehne. Dann sieht er sich nach einem Platz für seinen Hut um, findet keinen, legt den Hut auf das Bett.

»So«, sagt er. »Dann wollen wir mal sehen, wie wir diese Geschichte mit Anstand zu Ende bringen.«

»Mit Anstand!« Es klingt ironisch.

»Herr Wesseck, wir sind beide zu lange im Geschäft, als dass wir uns hier etwas vormachen müssten. In Ihrer Lage haben Sie natürlich mehrere Möglichkeiten, das wissen Sie. Bei Ihrer Festnahme haben Sie gesagt: Euch werden die Augen übergehen, wenn ich auspacke. – Das war schon einmal ein guter Anfang.«

»Ich weiß nicht, ob das ein guter Anfang war.«

»Denken Sie darüber nach. Sie haben Zeit. Ein bisschen jedenfalls. Die Ärzte sagen, dass Sie erst morgen wieder vernehmungsfähig sind. Deswegen ist dies jetzt auch keine Vernehmung, und ich will auch gar nichts von Ihnen wissen, ich erzähle Ihnen nur ein paar Dinge. Und es steht Ihnen natürlich frei, die zu beherzigen oder nicht.«

»Wie geht es denn jetzt eigentlich weiter?«

»Die Ärzte sagen, Sie haben jedenfalls keinen Schädelbruch. Das ist schon mal viel wert. Der Rest sind Schrammen und blaue Flecken, die gehen wieder weg. Und das heißt, dass wir ganz normal weitermachen. Sie werden morgen oder übermorgen ins Untersuchungsgefängnis kommen. Und da bleiben Sie dann bis zum Prozess.«

»Wo wird er denn stattfinden, der Prozess?«

»Das steht noch nicht fest. Normalerweise hier bei uns in Oldenburg. Aber die Hamburger scheinen ein sehr großes Interesse an Ihrer Person zu haben ...«

»Ich will nicht nach Hamburg.«

»Wegen der Familie?«

»Ja. Und wegen der Kollegen. Ich – ich schäme mich vor den Kollegen.«

Lüders sieht Wesseck einen Moment lang an. »Ich verstehe das«, sagt er. »Aber natürlich verstehe ich auch das Interesse der Hamburger Polizei an der lückenlosen Aufklärung dieser Angelegenheit. Selbst der Polizeipräsident hat hier angerufen und sich nach dem Stand der Dinge erkundigt. – Nicht bei mir, versteht sich, sondern bei meinen Vorgesetzten.«

Täuscht er sich, oder hat Lüders eben tatsächlich angedeutet, dass ihm an der Einmischung aus Hamburg nichts gelegen ist? Wesseck ahnt: Dieser Mann ist kein Feind. Der ist womöglich auf meiner Seite.

»Wie es heißt, soll eine Sonderkommission der Landeskriminalämter von Hamburg, Schleswig-Holstein und Niedersachsen gebildet werden, die sich mit Ihrem Fall befasst. Ob Nordrhein-Westfalen auch beteiligt wird, ist noch nicht entschieden. Und dann werden sie hier anreisen, die Herren Experten, um sich mit Ihnen zu unterhalten.«

Das hat er befürchtet. »Ich kann es nicht verhindern.«

»Nein, Sie können es nicht verhindern. Aber es ist ja nicht so, dass Sie nun gar nichts machen können.«

»Was denn?«

»Das wissen Sie doch selbst. Entweder Sie spielen den eiskalten Gangster, verweigern jede Aussage und lassen nur Ihren Anwalt reden – aber ich glaube, das ist nicht Ihre Art, oder?«

Wesseck schüttelt den Kopf. »Ich will keinen Anwalt. Ich habe diese Dinge getan, und nun muss ich mich auch dazu stellen.«

Lüders nickt. »Ja, so habe ich Sie auch eingeschätzt. Deshalb wäre mein Rat an Sie: Wählen Sie den anderen Weg. Machen Sie ein Geständnis ...«

»Ich soll mich also selbst belasten?«

»Das habe ich nicht gesagt. Niemand muss sich selbst belasten, das wissen Sie doch. – Nein, machen Sie ein Geständnis, noch heute, schreiben Sie alles auf. Alles was Sie gestehen wollen. Was da dann schwarz auf weiß steht, daran kann keiner mehr etwas deuteln. Das verkürzt das Verfahren. Das verkürzt den Schmerz für Sie und Ihre Familie.«

»Meine Familie!«

Berger hat recht, denkt Lüders. Da ist er verwundbar.

»Meine Frau – wie hat sie das alles aufgenommen?«

»Ich kann Ihnen dazu nichts sagen. Ich bin gebeten worden, Ihnen absolut nichts über Ihre Familie zu erzählen, um den Gang der Ermittlungen nicht zu behindern. Daran muss ich mich halten.« Während er dies sagt, zieht Lüders ein klein gefaltetes Blatt Zeitung aus der Tasche und hält es so, dass

Wesseck einen kurzen Blick darauf werfen kann. Es ist ein Artikel aus dem *Abendblatt*. Eine Passage ist mit Kugelschreiber eingekreist. Da steht: *Gestern um Mitternacht sprach das Hamburger Abendblatt mit Frau Wesseck. Sie nahm ihren Mann in Schutz. »Wir tragen alle seinen Namen«, sagte sie. »Ich wünschte, ich könnte zu ihm fahren und ihm sagen, dass ich und unsere Kinder zu ihm stehen.«*

August Wesseck weint.

30.

»Berger?« Berger fährt hoch. Er hat an seinem Schreibtisch geschlafen. Keine Zeit, erst nach Hause zu gehen. Auch Roeder hat offensichtlich in seinen Klamotten geschlafen; sein Jackett ist total zerknautscht.

»Komm mit, es gibt was zu besprechen!« Roeder ist sauer. Seine Stimme zittert ein wenig.

»Was gibt es denn?«

»Geständnis aus Oldenburg. – Hier, das Fernschreiben ist gerade hereingekommen.«

»Das ist eine gute Nachricht. Das erleichtert alles.«

»Ja, von wegen! Hier, guck dir das an: *Hamburger Polizeimeister Wesseck gesteht zehn Banküberfälle.*«

Das sind alle, denkt Berger. Alle, die wir kennen. Oder etwa nicht? Roeder ist jedenfalls nicht zufrieden, das sieht man.

Die anderen sehen auch nicht besser aus. Kayser gähnt herzhaft. Pagels nippt an seinem Kaffee. Pfeifer nimmt Roeder das Fernschreiben aus der Hand. Er liest vor:

»Das schreibt Oldenburg: *Ich bin bereit, ein umfassendes Geständnis abzulegen. Ich bin zwar noch nicht ganz wiederhergestellt. Ich habe immer noch Kopfschmerzen. Mit dieser Einschränkung gebe ich meine Erklärung ab ...*«

»Sauber ausgedacht!«, ruft Kayser dazwischen. »Da kann ihm keiner an den Karren fahren. Wenn wir ihm hinterher ein paar weitere Überfälle nachweisen, dann kann er sich immer mit seinen Kopfschmerzen entschuldigen. Die sind ihm gerade nicht eingefallen ...«

»Weiter. Jetzt kommt's: *Nach meinen Überlegungen habe ich folgende Banküberfälle verübt: 1. Im Winter 1960 auf die Volksbank in Reinbek. Ich fuhr mit meinem Fahrrad hin. Ich trug eine Maske und bedrohte die Angestellten mit einer Pistole. Meine Beute: 18.300 Mark.*« Pfeifer blickt in die Runde. »Winter 1960! Sie wissen, was das heißt! – Das ist nach der Geschichte in der Deutschen Bank und nach der Langen Reihe, also nach all den Fällen, wo geschossen worden ist.«

Roeder ist empört. »Damit kommt er nicht durch, damit kann er nicht durchkommen. Selbst wenn er die Hamburger Überfälle abstreitet – was ist denn mit Schwarzenbek 1955? Derselbe Modus operandi, derselbe Täter wie bei den anderen Sachsenwald-Überfällen. Da gibt es für mich gar keinen Zweifel.«

»Für uns nicht«, sagt Pagels. »Aber was heißt das schon? Davon wirst du den Staatsanwalt und den Richter überzeugen müssen, und ob das gelingt? Das ist ganz schön clever eingefädelt, dieses sogenannte Geständnis hier!«

»Ruhe bitte! – Ich lese weiter: 2. *Verbandssparcasse Aumühle im Mai 1961: Ich hatte aus einer Hamburger Garage einen Volkswagen entwendet, den ich später im Sachsenwald stehen ließ. Beute etwa 18.000 Mark.* – Ja, das wissen wir. Weiter: 3. *Commerzbank Reinbek. Diesmal kam ich zu Fuß. Maskiert und bewaffnet erbeutete ich 12.000 Mark.*«

»Zu Fuß hat er das gemacht? Von Bergedorf aus etwa? Der spinnt doch!«

»Sei nicht so kleinlich, Kayser, er wird wohl die Bahn genommen haben. Weiter: 4. *Wieder Aumühle, am 12. 1. 1962: Ich fuhr mit der Bundesbahn, dann ging ich zu Fuß. Ich erbeutete 7.600 Mark.* – Und dann: *5. Etwa 1964 fuhr ich nach Neumünster, stahl einen PKW und beraubte dort eine Bank. Ich erbeutete 20.000 Mark.*«

»Neumünster?«, sagt Roeder. »1964 soll das gewesen sein? Wieso wissen wir das nicht?«

»*6. Kurz darauf fuhr ich nach Hannover-Langenhagen mit meinem eigenen PKW Renault Gordini. In der Nähe einer Fabrik stahl ich einen PKW, fuhr zum Tatort und erbeutete etwa 19.000 Mark.* – Glückwunsch, kann ich nur sagen. Auch davon haben wir hier nichts mitgekriegt. Und hier kommt noch so ein Ding: *7. Dieser Überfall liegt länger zurück. Ich fuhr mit meinem Motorrad nach Bispingen bei Soltau.*«

»Und was hat er da gemacht?«

»Weiß ich nicht, das steht hier nicht.«

»Die Heidschnucken gestreichelt vermutlich. – Weiter. Was kommt noch?«

»*8. Etwa 1964 fuhr ich mit einem in Lüneburg gestohlenen Wagen nach Bardowick. Dort überfiel ich eine Sparkasse und erbeutete 19.000 Mark ...*«

»Ich hab doch gesagt damals, das ist unser Mann!«, ruft Kayser dazwischen. »Erinnert ihr euch nicht?«

Berger zuckt mit den Achseln. Kayser hat damals bei jedem Überfall gesagt, das sei Spitznase gewesen.

»Das Datum stimmt nicht, das war 1963, kurz nach Lengede, das weiß ich noch genau«, behauptet Roeder.

»Egal. Und dann das größte Ding: *9. Mit meinem eigenen Wagen fuhr ich im Oktober 1965 nach Bad Oeynhausen. Ich hatte Bielefelder Autonummern angehängt. Ich erbeutete 118.000 Mark.*«

»Mensch, Junge, 118.000 DM! – Wenn du da aufgehört hättest ...« Pagels natürlich.

Pfeifer lacht. »Das ist ja das Problem. Sie können nie aufhören, diese Burschen. *10. Dieser Überfall ist bekannt. Ich wollte in Delmenhorst mit 100.000 Mark flüchten, als ich überwältigt wurde. – Ich glaube, ich habe damit alle Banküberfälle zugegeben. Sollte mir noch ein anderer einfallen, werde ich ihn dem Geständnis hinzufügen.*«

»Und jetzt?«, fragt Haydn.

»Ja, und jetzt, das ist die Frage«, brummt Roeder. »Hübsch und rund das Ganze, beschissen hübsch und rund!«

»Ja, das kann man wohl sagen«, sagt Pfeifer. »Er hat sogar daran gedacht, dass die meisten Verbrecher nicht mit so einem großen Ding wie einem Banküberfall anfangen. Daher die Einbrüche in die Juwelierläden. Dazu heißt es hier in einer Art Nachsatz: *Vor meinen Banküberfällen verübte ich zwei Einbrüche in Juweliergeschäfte in Wentorf und Reinbek. Ich schlug mit einem Hammer die Scheiben ein. Ich holte mehrere Damen- und Herren-Armbanduhren heraus.*«

»Was sind das für Überfälle?«, fragt Haydn.

»Weiß ich nicht«, sagt Berger. »Irgendein Kleinkram, da waren wir nicht eingeschaltet. Ist ja alles Kreis Herzogtum Lauenburg. Da müssen wir uns erst in Ratzeburg erkundigen, was da los war. – Aber wenn er das sagt, unser Wesseck, dann wird das schon so sein. Seine Frau, die hat ja der Zeitung auch irgendetwas von goldenen Uhren erzählt, die sie im Schrank entdeckt hatte – war das nicht so?«

»Moment mal – hat sie nicht gesagt, das war 1951?«

»Davon steht aber nichts in deinem Protokoll, Roeder.«

»Nein, das hat sie ja auch nicht mir, sondern der Presse erzählt.«

»Was? Wirklich? 1951? – Das ist ja heiß! Das würde natürlich viel besser passen! Hast du die Zeitung ...«

»Hier.« Bei Kayser herrscht Ordnung. »Dienstag, 4. Januar, Seite 7.« Er wedelt mit dem *Abendblatt*.

Roeder überfliegt den Artikel. »Hm. Nein, ich glaube, das nützt uns nichts. Das widerruft sie einfach. Da hat der Reporter etwas falsch verstanden. Oder sie hat sich unklar ausgedrückt. – Aber wir packen ihn doch. Er muss doch zu kriegen sein, und wir kriegen ihn auch.«

Die Mutlosigkeit ist wie weggeblasen. Berger spürt, wie das Jagdfieber sie packt. Die anderen, nicht ihn. Er kommt sich vor wie ein Fremdkörper, wie ein Verräter. Und doch ist er überzeugt, das Richtige getan zu haben.

»Lass uns noch einmal all die Fälle durchgehen, für die Wesseck jetzt wirklich noch in Frage kommt.«

»Wir haben doch schon hundertmal ...«

»So viel Zeit muss sein.«

Roeder fügt sich knurrend.

»Wir brauchen die Daten, die genauen Daten!«

»Haydn, rufen Sie in Bispingen an. Und in Neumünster.«

Haydn zieht ein Telefon zu sich heran. Roeder diktiert.

»Also: Nummer eins war das Postamt 5 in Hamburg-Altona.«

Berger sieht in die Akte. »3. Januar 1952.« Jetzt nur nicht auffallen, denkt er.

Pagels steht an der Tafel, schreibt mit. So gehen sie alles der Reihe nach durch. Am Ende steht an der Tafel:

3. Januar 1952, Postamt 5 in Altona, Goethestr. (früher: Poststr.), 10.000 DM, Sprung über die Barriere.

6. September 1952, Kreissparkasse Buchholz, 18.280 DM, Kunde niedergeschlagen, Sprung über den Tresen.

2. Februar 1953, Postamt Nienstedten, Nienstedtener Str., 30.958 DM, Sprung über Tresen, Postbeamter erschossen.

12. September 1954, Bank in der Brandstwiete, 20.200 DM, als Handwerker (Maler) verkleidet, maskiert, Pistole im Anschlag.

1. Oktober 1955, Schwarzenbeker Verbandssparkasse, 16.500 DM mit gestohlenem Wagen, Fluchtwagen in der Evastraße in Eilbek gefunden.

1. Juni 1959, Deutsche Bank Zentrale, Hamburg, 20.000 DM, 2 Verletzte, Sprung über den Schaltertresen, Schuss auf den Kassierer (in den Oberarm getroffen), Passant niedergeschossen, Flucht durch U-Bahn-Tunnel.

25. Mai 1960, Dresdner Bank, Lange Reihe 29, 35.000 DM, Schießerei, Flucht durch August-Heerlein-Stift, Koppel 17, Beschreibung: »besonders spitze Nase«.

9. Dezember 1960, Volksbank Reinbek, Schönningstedter Str., 3.000 DM.

6. Mai 1961, Schwarzenbeker Verbandssparkasse, Aumühle, Bahnhofstr. 1, 18.000 DM, geklauten VW im Sachsenwald aufgegeben.

12. Januar 1962, Schwarzenbeker Verbandssparkasse, Aumühle, Bahnhofstr. 1, Sprung über den Tresen, 7.600 DM, Flucht durch die Gärten, weiter mit S-Bahn.

30. November 1962, Commerzbank Reinbek, Bahnhofstr. 11b, 15.000 DM. Der Täter trug dicke graue Stoffhandschuhe.

8. November 1963, Kreissparkasse Soltau in Bispingen, 17.000 DM. Mit dem eigenen Motorrad nach Bispingen gefahren.

6. Dezember 1963, Lüneburger Kreissparkasse Bardowick, 18.000 DM. Auto in Lüneburg gestohlen, Strumpfmaske, Sprung über den Tresen.

3. Januar 1964, 17.50 Uhr, Dresdner Bank, Filiale Berliner Tor, 2.625 DM. Sprung über die schusssichere Glaswand, mit Geld zurückgesprungen, vom Fenster abgeseilt, Flucht über Stacheldrahtzaun.

November 1964, Stadtsparkasse Neumünster, 20.000 DM, nach Neumünster gefahren, PKW gestohlen.

9. Juli 1965, Kreissparkasse Langenhagen, 19.000 DM, mit eigenem PKW nach Hannover gefahren, dann vor Ort Tatfahrzeug gestohlen.

14. Oktober 1965, Volksbank Bad Oeynhausen, 118.000 DM, mit gestohlenem PKW, Bielefelder Autonummern angehängt.

3. Januar 1966, Oldenburgische Landesbank in Delmenhorst, eigener PKW, Delmenhorster Nummern angehängt, Festnahme.

Pagels tritt einen Schritt zurück.

»Von den Überfällen hier auf dieser Liste hat er nur zehn zugegeben«, sagt Berger. »Die Nummern acht, neun, zehn, elf, dreizehn, vierzehn, fünfzehn, sechzehn, siebzehn und achtzehn.«

»Nummer zwölf muss er gewesen sein«, sagt Pagels. »Das Ding direkt gegenüber der Präsidiumswache. Das hat er bequem von seinem Arbeitsplatz aus ausbaldowern können. Und obendrein hatte er am 3. Januar 1964 dienstfrei.«

»Die Fleischerhaken in seinem Bastelkeller, die stimmen genau mit dem Haken überein, den er benutzt hat, um das Seil am Fensterkreuz zu befestigen«, sagt Roeder.

Berger registriert, dass Roeder also sehr wohl von den Haken gewusst hat.

»Warum gibt er das nicht zu?«, fragt Kayser. »Zehn oder elf Überfälle – wo ist da der Unterschied?«

»Weil das in Hamburg gewesen ist«, sagt Pfeifer. »Weil ihn das in die Nähe von Spitznase bringt.«

»Moment mal«, wirft Pagels ein. »Da ist jetzt ein Denkfehler. Wesseck ist Spitznase. Die Zeichnung mit der spitzen Nase ist nach dem ersten Überfall in Aumühle gemacht worden, und den hat Wesseck zugegeben.«

»Das stimmt nicht ganz«, sagt Berger. »Die spitze Nase ist zuerst 1960 aufgefallen, bei dem Überfall in der Langen Reihe.«

»Aber die Phantomzeichnung von 1960 hat keine Ähnlichkeit mit Wesseck.«

Berger zuckt mit den Achseln.

»Macht ihr mal weiter«, sagt Pfeifer. »Ich soll rüber zum Chef.«

»Wenn er das nun nicht war«, beharrt Berger, »dann haben wir es möglicherweise mit zwei Serien zu tun. Einer ersten, ziemlich brutalen Serie von 1952 bis 1960 und einer zweiten, eher sanften Serie nach 1960. Wir dürfen dabei auch nicht vergessen, dass der erste Überfall der zweiten Serie besonders tapsig ausgeführt worden ist.«

»Also doch zwei Täter?«, fragt Kayser.

Kayser schüttelt den Kopf. »Schwarzenbek«, sagt er dann. »Schwarzenbek 1955. Das passt genau in Wessecks Serie. Sowohl von der Lage her als auch von der Tatausführung. Und das Fluchtfahrzeug hat er in Eilbek abgestellt, wo er aufgewachsen ist. Da kennt er sich natürlich gut aus.«

»Das ist er sicher auch gewesen, der Wesseck. Das spricht gegen die Zweiteilung der Reihe«, sagt Roeder.

Berger zuckt mit den Schultern. »Ich weiß nicht. Diese erste Serie, die Überfälle auf die Post, das ist doch alles ganz weit im Westen. Da ist der Wesseck doch nie gewesen, oder? Wo war er denn eigentlich vor 1958 eingesetzt?«

»Lohbrügge.«

»Also auch im Osten. Keinerlei Verbindungen nach Altona oder Nienstedten. Oder gar nach Buchholz in der Nordheide. Was hat Wesseck mit Buchholz zu tun? Das liegt doch sehr weit aus der Richtung.«

Jetzt wird Roeder ernsthaft böse. »Delmenhorst liegt noch mehr aus der Richtung! Was soll denn dieses Herumgerede? Wir sind uns alle einig gewesen, dass wir es mit einer einzigen Serie zu tun haben. Das sind knallharte Fakten. Daran hat sich überhaupt nichts geändert. Und jetzt auf einmal wirst du abtrünnig. Was soll das? Man könnte ja fast glauben, du hast in Oldenburg angerufen, um den Wesseck rauszureißen!«

Einen Augenblick zögert Berger, dann sagt er: »Ja, ich hab in der Tat in Oldenburg angerufen.« Er blickt Roeder fest ins Gesicht.

»Du Idiot!«, flüstert Pagels.

Roeder tobt: »Ich fass es nicht! – Wir geben hier alle unser Äußerstes, und du unterläufst das alles? Das hat ein Nachspiel, Berger, da kannst du Gift drauf nehmen!«

In dem Augenblick kommt Pfeifer zurück. Er sieht blass aus.

»Was ist passiert?«, fragt Roeder bestürzt.

»Einstellen«, sagt Pfeifer tonlos. »Alles einstellen. Sofort.«

»Was?«

»Habe ich mich unklar ausgedrückt? Wir haben die Anweisung bekommen, sofort alle weitere Arbeit an dem Fall Wesseck einzustellen.«

»Das kann doch nicht sein!«

»Und doch ist es so. Bentz hat angerufen – im Auftrag des Senators. Das ist eine politische Entscheidung. Es gibt ein Geständnis, das reicht. Mehr ist nicht erforderlich. Die Mindeststrafe für einen schweren Raub – mit Waffe also – ist fünf Jahre Zuchthaus. Die Höchststrafe sind fünfzehn Jahre. Rechnerisch kommen die fünfzehn Jahre bei zehn gestandenen Banküberfällen allemal zusammen. Ob wir ihm jetzt den elften oder zwölften oder von mir aus auch den fünfundzwanzigsten Überfall noch nachweisen können, spielt überhaupt keine Rolle. Wir können also nichts gewinnen. Im Gegenteil, wir können nur verlieren: Keiner der eingestandenen Überfälle war in Hamburg. Das heißt, so wie die Lage jetzt ist, kommen wir in dem Verfahren gar nicht mehr vor. Und dann ist da noch das Geständnis. Das bringt einen schnellen Prozess, ein schnelles Urteil, und dann herrscht wieder Ruhe.«

Roeder fasst sich als Erster: »Das ist doch oberfaul! Da ist ein Deal gelaufen, das liegt doch auf der Hand: Ein Teilgeständnis gegen ›keine weiteren Fragen‹!«

»Darüber zu spekulieren ist müßig. Die Staatsanwaltschaft ist Herr des Verfahrens. Die Staatsanwaltschaft hat entschieden. Und ich brauche Ihnen nicht erst zu erläutern, dass diese Entscheidung auch im Sinne der Politik und im Sinne der Hamburger Polizei ist.«

»Mord«, sagt Roeder. »Mord! Da kann man doch nicht so einfach drüber weggehen, nur weil es einem gerade politisch nicht in den Kram passt!«

Pfeifer zuckt nur mit den Achseln.

31.

Sie packen ihre Sachen zusammen. »Glück gehabt«, sagt Pagels, als er schließlich als einer der Letzten zusammen mit Berger den Raum verlässt.

»Ja«, muss Berger zugeben. Er hat erreicht, was er wollte, wenn auch auf völlig andere Art, als er sich vorgestellt hatte.

Bevor Pagels zu einem weiteren Kommentar ansetzen kann, gibt es hinter ihnen einen Krach, als ob Holz zerbirst und Glas splittert. Sie eilen zurück. Roeder hat das Bild *Wir kriegen sie alle* in den Papierkorb geschmettert.

Die beiden starren ihn an. »War das nötig?«, fragt Pagels schließlich.

»Ach, zum Teufel«, sagt Roeder, jetzt plötzlich ernüchtert. Er starrt auf seine Hand. »Kann mir mal jemand helfen? Ich hab mich geschnitten!«

Auf dem Rückweg fährt Berger noch rasch in Aumühle vorbei. Das Herz klopft ihm bis zum Hals. Doch alle Aufregung erweist sich als unnötig. Irmi ist nicht da.

»Fräulein Albers ist im Urlaub.«

Na schön, denkt Berger. Er spürt die überraschten Blicke des Kassierers. Wenigstens ist sie ohne diesen Kerl in Urlaub gefahren.

32.

Wesseck steht in Oldenburg vor Gericht. Er wirkt ruhig und gelassen. Ein Foto zeigt ihn zusammen mit seinem Anwalt und Lüders, dem Kripo-Mann aus Oldenburg. Man hat den Eindruck, ein eingeschworenes Team vor sich zu haben. Und so ist es auch. Die drei sind sich einig. Von Spitznase wird in dem Prozess nicht die Rede sein. Und auch die Überfälle auf die Juwelierläden in Wentorf und Reinbek sollen keine Rolle spielen, wann immer die sich abgespielt haben mögen. Es geht nur um die zehn Banküberfälle, und bei denen ist alles klar. Das Geständnis lässt nichts zu wünschen übrig.

Oder doch? Wesseck weiß, dass eine schwierige Klippe zu überstehen ist. Er wird sie überstehen. Dennoch schrickt er zusammen, als die Frage schließlich kommt:

»Was können Sie uns über den Verbleib der Beute sagen?«

»Ich habe das Geld verbraucht«, sagt Wesseck.

»Das haben Sie alles verbraucht?« Auch der Staatsanwalt ist mit im Boot, das hat der Anwalt zugesichert, und es klingt auch eher amüsiert als bedrohlich, wenn er jetzt die Zahlen der Reihe nach aufführt:

»9. Dezember 1960, Volksbank Reinbek, 3.000 DM; 6. Mai 1961, Schwarzenbeker Verbandssparkasse Aumühle, 18.000 DM ...«

Es ist tatsächlich sehr viel, denkt Wesseck. Auf einmal hat er Angst, dass er mit seiner Taktik nicht durchkommt. Dieser Staatsanwalt – er hat eine sanfte Stimme, aber vermutlich ist er in Wahrheit doch ein scharfer Hund.

»... und am 14. Oktober 1965, Volksbank Bad Oeynhausen, 118.000 DM. Das ergibt zusammen die stattliche Summe von 238.898 DM. – Ich frage Sie, Herr Wesseck, was können Sie uns zum Verbleib dieses Geldes sagen?«

»Ich habe alles so unauffällig wie möglich meiner Familie zukommen lassen.«

Unten im Saal lacht jemand.

»Herr Wesseck, das müssen Sie uns bitte etwas genauer erklären. Das sind ja 45.000 Mark im Jahr! Die wollen Sie unauffällig in der Haushaltskasse untergebracht haben?«

»Ich hatte ja einige größere Ausgaben. Da ist der Betrag für das Reihenhaus in Wentorf ...«

»55.000 DM«, sagt der Staatsanwalt.

»Der Kauf des Wagens ...«

»7.000 DM.«

»Die Mitgift für meine Tochter ...«

»55.000 DM.«

»Und dann sind da noch die 58.000 DM, die meine Frau im Schuppen gefunden hat.«

»Das gibt zusammen 175.000 DM. Bleiben immer noch etwa 60.000 DM. Das sind immerhin 1.000 DM pro Monat! Wo sind die geblieben?«

»Weg. Verbraucht.«

»Das ist ja fast so etwas wie ein zweites Gehalt gewesen, was Sie da verbraucht haben!«

Wesseck zuckt mit den Achseln. »Ja, wenn viel Geld da ist, wird auch viel ausgegeben. Wo das im Einzelnen geblieben ist, das kann ich mir eigentlich auch gar nicht erklären ...«

Im Saal bricht Heiterkeit aus.

»Gut. Lassen wir diesen Punkt, und kommen wir zu einem anderen Thema ...«

Wesseck atmet auf. Die Krise ist überstanden.

33.

Es ist noch früh am Nachmittag, als der Anruf aus Oldenburg kommt. »Hier ist Lüders.«

»Was, Sie sind schon zurück? Schon fertig? – Wie ist es gelaufen?«

»Glatt«, sagt Lüders. »Alles ist glatt gelaufen. zwölf Jahre Zuchthaus – in Wirklichkeit sind das natürlich nur acht Jahre, und danach dann Polizeiaufsicht. Wesseck hat das Urteil angenommen.«

»Zwölf Jahre – das ist nicht wenig«, sagt Berger.

»Zwischen fünf und fünfzehn Jahren wären möglich gewesen«, sagt Lüders. »Aber Wesseck ist Polizist, der Verbleib der Beute ist nicht voll geklärt, und – auch wenn niemand davon gesprochen hat – Spitznase steht ja doch immer noch irgendwo im Hintergrund. Da musste das Urteil hart ausfallen. Vierzehn Jahre hat der Staatsanwalt beantragt. Aber es war klar, dass er die nicht kriegen würde.«

»Na schön«, sagt Berger. Er denkt: Das ist einfach zu viel. Für Totschlag gibt es auch nur maximal fünfzehn Jahre. Aber so ist das eben, wenn sich einer an den höchsten Werten der Republik vergreift, am Geld, dann wird's richtig teuer!

»Die Presse ist natürlich nicht zufrieden. Der Mann vom *Abendblatt* hat versucht, mich auszuhorchen. Ich habe nichts gesagt. Er hat gefragt: Was ist denn nun mit der Dame, die angeblich bei dem Überfall in Bad Oeynhausen mit im Auto saß? – Nichts, habe ich gesagt. Die Dame gibt's nicht. Sie haben doch das Geständnis gehört. Wesseck war allein. – Das hat ihm natürlich nicht gefallen. Er wird schreiben: *In dem Prozess blieb vieles unausgesprochen ...*«

»Ich hab noch einmal über alles nachgedacht«, sagt Berger. Er sitzt zusammen mit Pagels in der Kneipe. Vor ihm steht sein drittes Bier. Oder ist es das vierte? Er muss sich zusammennehmen, um noch klar zu sprechen.

»Überlass es den Pferden«, sagt Pagels. Seine Augen blicken wach wie immer.

»Was? – Ach so. Nein, im Ernst. Da hat nun dieser Wesseck alles aufs Spiel gesetzt, sein Ansehen, seine Familie, sein Leben, seine Gesundheit – einfach alles. Und was ist dabei herausgekommen? Gar nichts.«

»Zwölf Jahre Knast«, sagt Pagels. »Das ist nicht nichts!«

»Egal. – Was ich sagen will, ist, selbst wenn er – oder vielmehr wir – ich meine die Oldenburger – also die Polizei ihn am Ende nicht geschnappt hätten – haben würden – also, wenn er mit allem durchgekommen wäre – was hätte er davon gehabt? Ein Auto – aber das haben wir auch. Ein fast gekauftes Haus – haben wir auch. Das heißt doch, selbst wenn du bereit bist, über Leichen zu gehen ...«

»Was er bestritten hat!«

»Lass mich doch mal ausreden! – Selbst wenn du bereit bist, über Leichen zu gehen, dann kommst du nicht weiter, als wir ohnehin schon gekommen sind, und du bleibst zeitlebens ein armer Schlucker. Und wenn du im Arsch bist, dann bist du wirklich im Arsch. Aber so einer wie – wie zum Beispiel der Schlieker, der kann ruhig pleitegehen, das macht gar nichts, jetzt hat er zwar keine Werft mehr und kein Stahlwerk, aber dafür hat er jetzt ein Skigebiet in Berchtesgaden und sitzt im Aufsichtsrat von Dornier.«

»Was beklagst du dich? Dies ist ein freies Land. Werd doch Unternehmer, dann hast du das auch alles!«

»Weißt du was? Er tut mir leid, dieser Wesseck. Er tut mir einfach nur leid!«

Pagels seufzt. »Horst, ich hab dich neulich schon einmal gefragt. Da war es im Scherz, aber jetzt frage ich dich im Ernst: Glaubst du, dass dies der richtige Beruf für dich ist?«

»Ich weiß es nicht, Pagels. Ich weiß es nicht.«

34.

Es ist wieder kurz vor Kassenschluss. Berger hat es gerade noch geschafft.

»Ich möchte gern meine Kontoauszüge abholen.«

»Bitte.« Irmtraut sieht ihn nicht an. Sie sagt: »In der letzten Zeit hat es auf dem Konto sehr wenige Bewegungen gegeben. Angesichts der Kontoführungsgebühren sollte man sich vielleicht die Frage stellen, ob man das Konto ... ich meine ... du könntest ...«

»Nein«, sagt Berger. »Ich möchte das Konto behalten.«

Anmerkungen

Übersetzung der Textpassagen aus dem Beiheft zur *London Gazette* vom 3. Juli 1947 (S. 146-148)

Dieu et mon droit – (franz.: Gott und mein Recht) ist der Wappenspruch des englischen Königshauses.

ERSTE UND ZWEITE SCHLACHT VON NARVIK AM 10. BZW. 13. APRIL 1940. Konteradmiral R. H. C. Hallifax, Konteradmiral (D1), Home Fleet hat am 25. April 1940 folgenden Bericht erstattet:

(...)

SIR, Ich habe die Ehre, Ihnen hiermit die Berichte von Ihrer Majestät Schiffen HOTSPUR und HOSTILE über den Zerstörer-Angriff auf Narvik am 10. April 1940 vorzulegen. Als ranghöchster Überlebender des Angriffs fühle ich mich verpflichtet, eine zusammenhängende Darstellung zu liefern. Hierfür greife ich auf Informationen zurück, die von Ihrer Majestät Schiffen HOTSPUR, HOSTILE und den überlebenden Offizieren der HARDY stammen. Bis jetzt liegt kein Bericht der HAVOCK vor, und selbstverständlich gibt es keinen Bericht von Ihrer Majestät Schiff HUNTER.

(...)

Als wir etwa 18 Meilen westlich von Narvik waren, wurde das deutsche Munitionsschiff RAUENFELS gesichtet, das den Fjord heraufdampfte. Es hielt uns offenbar für deutsche Zerstörer, setzte seinen Kurs fort und wurde von HAVOCK gestoppt und in die Luft gejagt.

(...)

Bericht des Kommandanten der HAVOCK:

Bei unserem Rückweg aus dem Fjord wurde ein Handelsschiff gesichtet, das sich als der deutsche Dampfer RAUENFELS erwies. HOSTILE stoppte ihn mit einem Schuss und wies mich an, das Schiff zu untersuchen. Ich feuerte einen weiteren Schuss in den Bug. Das Schiff stoppte, und die Besatzung ging in höchster Eile von Bord. Ich stoppte und nahm die Besatzung auf, während das Schiff langsam auf das Ufer zutrieb.

(...)

Ich schoss zwei Sprenggranaten in das Schiff, um das Feuer zu beschleunigen, und nahm wieder Fahrt auf. Das Ergebnis war höchst überraschend: Der Deutsche flog im wahrsten Sinne des Wortes in die Luft, und eine Säule aus Feuer und Wrackteilen schoss über 1000 m in die Höhe. (...) Nach den Wrackteilen zu urteilen, die wir aufgesammelt haben, muss das Schiff die gesamte Munitionsreserve und die Torpedos für die Zerstörer-Flottille an Bord gehabt haben sowie das für Narvik vorgesehene Minenfeld.